T0178882

Nunca serás un verdadero Gondra

Nunca serás un
verdadero Gondra

BORJA ORTIZ DE GONDRA

LITERATURA RANDOM HOUSE

Penguin
Random House
Grupo Editorial

Primera edición: febrero de 2021

© 2021, Borja Ortiz de Gondra
Representado por la Agencia Literaria Dos Passos
© 2021, Penguin Random House Grupo Editorial, S.A.U.
Travessera de Gràcia, 47-49. 08021 Barcelona

Printed in Spain – Impreso en España

ISBN: 978-84-397-3798-8
Depósito legal: B-20.590-2020

Compuesto en La Nueva Edimac, S.L.
Impreso en Egedsa (Sabadell, Barcelona)

RH37988

Es posible que no haya más memoria
que la de las heridas.

Czesław Miłosz

Pero yo no hubiera querido contar.

Y por las noches, mientras tecleo con rabia, doloridamente, no dejan de acosarme las dudas: ¿para quién, ya, esta vigilia? ¿No es un empeño vano, puesto que no hay más destinatario? ¿A quién querías que me dirigiera, si a nadie le interesan hoy aquellos rencores olvidados? Es entonces cuando necesitaría poder descolgar el teléfono como nunca lo hice y preguntarte: ¿qué importancia puede tener ahora que dijese que no, que diera aquel portazo que lo inauguró todo, que nunca leyese la carta que estaba sobre la mesilla? ¿A quién le servirá de algo conocer que abandoné a mi madre cuando decidió quedarse a pesar de la desbandada de los hijos? Es cierto: no, no supe ver que sin ti y sin mí, la casa tenía los días contados. No supe o no quise saber. Y por eso estoy condenado a escribir en estas madrugadas neoyorquinas de insomnio, aunque no sé ya si lo hago por ti, porque tu nota arrugada que terminó por llegarme pide que acabe el tiempo del sueño, o si en realidad fuerzo mis dedos rendidos sobre el teclado para obligarme a mirar y a comprender y sufrir y pagar, y tal vez así consiga saldar la deuda y la culpa. Los ecos de entonces arden como navajas entrando en la piel, tantos recuerdos que no son míos, que deben de ser de nuestro padre o de cualquiera de aquellos antepasados de los que tan poco sabíamos, reminiscencias y memorias prestadas de Gondras que se encarnan en la página y a veces, solo algunas veces, calman el dolor. Hasta que llega la siguiente noche y la siguiente angustia, cuando empieza el combate por alzar una casa de palabras y vuelvo a descubrir que esas voces lejanas que me susurran al oído son intraducibles, que ningún pasado se puede reducir a vocablos pálidos e inexactos y me embarga de nuevo el desaliento y quiero abandonar y decirte que no sé hacerlo, que elegiste mal: ese libro que tú necesitabas no existirá nunca, será otro mito familiar como la novela quemada que redactó don Íñigo de Gondra cuando le impusieron que regresara de Cuba en el siglo XIX.

Sin embargo, no me atrevo a abandonar esta empresa imposible. Aunque he aprendido que toda narración es mentirosa, que la verdad se escapa como agua entre los dedos al pasar al relato, el miedo a ese sueño terrible que me esperaría si me fuese a la cama me empuja a seguir escribiendo. Las palabras, que son lo único que suelo recordar nítidamente cuando me levanto bañado en ansiedad, son siempre terminantes: «Borra las huellas, pero di nuestra herida, Borja. Su propio hermano».

Por eso me enfrento de nuevo a la pantalla en blanco, sin poder dejar de sentir que en algún lugar, hermano, tú sueñas que yo escribo esto. Las letras negras van cayendo sobre la página como los copos de nieve sobre la tierra del parque en la madrugada.

Nunca serás un verdadero Gondra.

Sonó el teléfono de casa en medio de la noche. Por aquella época yo aún dormía bien y debieron de repetirse varias veces los timbrazos en el apartamento silencioso hasta que John me despertó de un codazo para que saltara de la cama. A esas horas, pensó seguramente, solo podía ser para mí. ¿Quién si no iba a llamar en la madrugada?

—*Speaking* —contesté cuando preguntaron por mí en un inglés atroz.

La palabra que oí a continuación, «*Kaixo!*», me espabiló bruscamente. ¿Cuántos años hacía que nadie me hablaba en la lengua de allí? ¿Cuántos que aquel término familiar había sido abolido? Aunque la explicación atropellada y titubeante que vino después fue dicha en castellano, apenas conseguí entender de qué me estaban hablando.

—¿Quién eres? —interrumpí.

—Sí, perdona. *Ainhoa naiz.* Tu prima Ainhoa.

Colgué bruscamente. ¿Qué podía querer, después de tanto tiempo? ¿Y cómo se atrevía a localizarme y llamar a las cuatro o las cinco de la mañana? ¿No sabía que había seis horas de diferencia con Nueva York?

Volvió a sonar el teléfono. Fui contando los ocho timbrazos hasta que saltara el contestador mientras John gritaba desde el dormitorio:

—*Pick it up, for God's sake!*

Pero la voz se estaba grabando ya, aquella voz no escuchada en años y que ahora no comprendía por qué motivo se había cortado la conversación; una voz que saltaba de pronto al inglés y pedía disculpas si no estaba llamando «*to the house of Borja*», luego continuaba en español («Prima segunda quiero decir, ya sabes, tu madre y la mía…»), explicaba algo de una firma y los permisos, aunque yo no hacía caso de las palabras, horrorizado de volver a encontrarme frente a esa pronunciación que hubiera querido no volver a oír nunca, y terminaba por despedirse en un euskera vizcaíno, «*Agur, maitxia!*», que quería sonar afectuoso y a mí me resultó siniestro.

Por unos minutos, el apartamento quedó en silencio. En la oscuridad tenue del salón sin cortinas yo contemplaba anonadado el piloto rojo del contestador automático que parpadeaba, sin decidirme a regresar a la cama. Bastaría un gesto con el dedo para borrar el mensaje. No lo hice. No conseguía hacerlo. Levanté la vista hacia las ventanas y me di cuenta de que por entre las torres de agua de los edificios de enfrente empezaba a apuntar la claridad.

De nuevo me sobresaltaron los timbrazos. Ahora, mi mano, posada sobre el auricular, sentía las vibraciones de cada uno de ellos. John gritó de nuevo:

—*What the hell is going on?*

Esta vez el mensaje fue muy breve, un número de teléfono en inglés y en castellano («Con las prisas se me había olvidado dejártelo»), y algo que no entendí mientras se grababa. Pero John ya estaba junto a mí, desnudo como dormía siempre en las noches de agosto, alarmado ante las llamadas repetidas. Me vio agacharme para desconectar los cables de la toma y entonces encendió las luces del salón.

—Cálmate ya, Borja —exhortó saltando al español, como hacía siempre que me veía alterado—. ¿Quién era?

Balbuceé algo ininteligible sobre «mi familia, *back there*». ¿Qué podía decirle, si esa conversación la habíamos clausurado al principio, cuando decidimos comenzar de cero, él y yo solos, rotas las amarras con los pasados que aún herían? Se arrodilló junto a mí y me puso las manos sobre los hombros para que lo mirara a los ojos.

—Tu familia soy yo —afirmó con esa seguridad inquebrantable que tanto me había atraído cuando lo conocí—. Aunque no quieras casarte conmigo.

Me retiró de los dedos los cables del teléfono, los depositó en el suelo y luego me rodeó con sus brazos. Permanecimos sin decir nada, recostados contra la pared, cada uno perdido en sus pensamientos, mientras amanecía poco a poco y los sonidos del día iban invadiendo el apartamento: el autobús en la calle Ochenta y uno, el ascensor del edificio, las niñas vietnamitas que desayunaban en el piso de al lado. Ese era mi mundo ahora y nadie iba a arrancarme de él. Al quitar la corriente al contestador se habría borrado el mensaje, no tendría que volver a escucharlo nunca.

Cuando sonó el despertador del dormitorio, John roncaba muy quedamente junto a mí, hecho un ovillo sobre la alfombra del salón, y gotas de sudor aparecían ya sobre su frente. Le pasé la palma de la mano para enjugárselas, un gesto que a él le gustaba, y abrió los ojos. Sonrió sin pronunciar palabra y me dije que los silencios de este hombre sí eran comprensibles y nada había que preguntar ni adivinar en ellos.

Solo cuando recogí el *New York Times* que nos dejaban en el descansillo de la escalera y vi la fecha en la portada, caí en la cuenta: era el 15 de agosto. Pensé que en Algorta, en la campa junto a la iglesia de Nuestra Señora, la romería estaría en pleno apogeo. Si es que aún seguía celebrándose.

NUNCA SERÁS UN VERDADERO ARSUAGA

Capítulo 1

–Tu hermano se marcha, Bosco. No aguanta más. Dice que este no es lugar para criar hijos. ¿Te das cuenta? Se van a ir. Y no creo que sea idea de tu cuñada.

La voz de mi madre en el teléfono sonaba enfadada. Tal vez hubiera cansancio en su tono, pero no resignación, no aún. Siguiendo su costumbre, no decía «Clara», ni «mi futura nuera»; desde el principio, la había llamado siempre «tu cuñada», o «la novia de tu hermano», como si ese nuevo parentesco nos correspondiera únicamente a Juan Ignacio y a mí. «Él venderá su piso, seguro», discurrí recorriendo de un vistazo la minúscula *chambre de bonne* en la que yo llevaba ya diez años, «ahora es un buen momento, con el metro y el museo Guggenheim habrá ganado mucho valor».

–A más de mil kilómetros de distancia –seguía ella, cada vez más enojada–. Quiere poner tierra de por medio, «allí, en el sur, no hay bombas ni días de lluvia», me ha dicho. ¡Tu hermano aún tiene humor para andar haciendo chistes!

Noté que de un momento a otro se pondría a llorar y me apresuré a responderle:

–Ya me lo contarás tranquilamente cuando esté ahí. Llamaba solo para confirmar a qué hora llega el vuelo a Bilbao. ¿Me iréis a buscar al aeropuerto?

–Irá tu padre, no te preocupes. Tenemos que hablar muy seriamente contigo. Si ellos se van...

–El vuelo aterriza a las diez. No te olvides de decírselo.

–Me lo has repetido dos veces, hijo. Todavía no he perdido la cabeza.

–Hasta esta noche, entonces.

Al colgar, mi mirada tropezó con el maletón despanzurrado sobre la cama, sus fauces esperando impacientes a que las cerrara, no conseguía decidir qué llevarme. Empecé a llenarlo con las camisas negras que se secaban en perchas desperdigadas de cualquier manera por la habitación. ¿Cuándo había sido la última vez que me había enfrentado a la imagen insoportable de mi madre llorando? Debió de ser al morir la abuela Avelina, la tarde en que me confió cómo había caído en la cuenta de que ella sería la próxima.

–Esta mañana, en el desayuno, de golpe me he sentido realmente mayor –me había revelado entre sollozos en el coche, camino de la iglesia de Nuestra Señora–. Pronto, cuando habléis de «la abuela», seré yo. Perder a mi madre... es subir un peldaño. A partir de ahora estoy en primera línea de fuego. La próxima vez que se abra el panteón de los Arsuaga...

Así lo había dicho, «en primera línea de fuego», igual que si la vida fuese una guerra. Y a mí me había dado por pensar, mientras escuchaba distraído el sermón del funeral, que a partir de entonces yo también subía un peldaño, aunque a mí nadie me llamaría «padre». Había sido una sensación desconcertante. Como si al arrancar el coche después del entierro yo también hubiese puesto en marcha una nueva edad; como si al girar la llave de contacto hubiera empezado a dejar atrás realmente la niñez, a mis diecinueve años. Aún recordaba nítidamente que pisé a fondo el acelerador para alejarme a toda velocidad del cementerio junto al mar y la tumba centenaria.

Cerré con mucha dificultad la maleta. ¿No resultaba absurdo llevar tanta ropa para quince días? Aunque era mayo, en Algorta no pararía de llover, eso nunca fallaba. Recogí el sobre del Banque Société Générale que seguía encima de la mesilla, exactamente en el sitio en que lo había dejado él, Antoine creía recordar que me había dicho que se llamaba. ¡Quién sabía si era su nombre verdadero! Nadie lo daba la primera vez. Allí estaba, garabateado con aquella caligrafía bastante infantil junto a un número de teléfono sobre el primer papel que había encontrado a mano para darle. Yo tenía ganas de llamarlo, no sé, decirle que me había gustado, que en dos semanas no podríamos vernos porque me iba de viaje, que no pensase que no me atraía, al despedirnos no me había dado tiempo de explicarle nada. Pero existe una regla no escrita que prohíbe telefonear al día siguiente, hay que dejar pasar por lo menos dos o tres; de lo contrario, uno da la impresión de estar necesitado. Si no lo llamaba hoy, ya no lo llamaría hasta la vuelta, no pensaba gastarme el dinero en telefonearle desde Algorta, no era tan importante. Miré su escritura de niño aplicado: Antoine, efectivamente. Antoine Morand. Sonaba tan falso... Podría haber escrito Albert Dupont, o Yves Martin, cualquier nombre corriente de los que había docenas en el listín telefónico de París. No era el suyo de verdad, estaba claro, seguramente tampoco fuese su número. Dudé un instante. ¿Tenía algún sentido empezar algo ahora, cuando no sabía si me iba a quedar en la ciudad? El anuncio de las oposiciones parecía muy tentador. Arrugué el sobre, fui a tirarlo por el *vide-ordures*, en el último segundo cambié de opinión y lo metí entre los jerséis de color negro recordando su espalda sudada bajo mi peso, nunca se sabía. Los periódicos seguían al pie de la cama, donde los habíamos arrinconado al llegar de madrugada, no me había dejado tiempo para nada, ni siquiera para cepillarme los dientes, me había agarrado por los hombros y yo dejé caer la prensa que acabábamos de comprar con los *pains au chocolat* en el quiosco que abría toda la noche en la Gare du Nord. Así se habían quedado, desparramados por el suelo, *Le Monde* y *Libération*, con sus cuadernillos entreabiertos junto a mis libros apilados contra las paredes y los métodos de enseñanza del español. Empecé a recogerlos y, en uno de los suplementos culturales, una fotografía me hizo detenerme. Allí estaba Vicente, tres años mayor y sin su media melena. No habíamos vuelto a saber de él desde que abandonó el doctorado sin demasiadas explicaciones y regresó a Bilbao. Ahora sonreía en segundo plano en la inauguración de una exposición en el Guggenheim (*Forme et figuration. Chefs d'œuvre de la collection Blake-Purnell*, tres columnas de superlativos en el cuadernillo de artes), debía de ser alguien importante aunque no una de las autoridades, salía al fondo de la imagen vestido con esmoquin. *Le beau Vincent* lo solían llamar todas, rendidas ante su carita de niño pícaro enmarcada por el pelo largo que continuamente se echaba hacia atrás. Recorrí ansiosamente el artículo en busca de su nombre, hasta comprobar que no figuraba. Me dije que mi padre tal vez pudiera explicarme cómo había terminado en ese evento nuestro antiguo amigo, allí se conocían todos. Y si no, me lo podría decir alguna de las primas o las tías que vendrían al banquete. ¡De esmoquin, él que siempre llevaba las chaquetas raídas compradas de quinta o sexta mano en el rastro de Saint-Ouen! Tal vez la belleza escotada que aparecía exultante a su lado fuese su mujer. Pensé que después de la foto se habrían abalanzado sobre unos canapés de nombres imposibles y precios astronómicos servidos por alguna estrella de la nueva cocina vasca. Tantas veces nos habíamos tenido que comer falafels baratos en los bares del Marais, contando hasta el último franco entregado al judío ortodoxo que nos miraba con desconfianza... Ninguno habíamos vuelto a saber nada de él, desde que dejó de aparecer por las aulas de Vincennes-Saint-Denis nunca dio más señales de vida. *Paris, c'est fini*. Había sido más listo que todos nosotros, lo había visto a tiempo, no se había quedado esperando a cumplir los treinta impartiendo clases mal pagadas de español o haciendo traducciones a céntimo la palabra. *Le beau Vincent*. Me sonaba que Caroline llegó a salir algún tiempo con él. En realidad, todas mis amigas de la facultad habían salido en algún momento con él: Juliette, y Sylvie, y hasta Élisabeth, que era lesbiana. Incluso el listo de Pierre intentó que también conociera otros placeres, con un fracaso estrepitoso. En el Guggenheim, nada menos.

Bajé los seis pisos haciendo equilibrios con todo el equipaje por la estrecha escalera de servicio. Madame Galuz ni se dignó a ayudarme abriéndome la puerta del portal, no me perdonaba los retrasos de los últimos meses.

En el avión, la imagen de Vicente con esmoquin siguió dando vueltas y más vueltas por mi cabeza, como esos perros que se encarnizan con cualquier cosa vieja, una pelota medio deshecha o un trapo raído, dentellada tras dentellada en un círculo sin fin. Él había tirado la toalla y sin embargo parecía feliz. ¿Qué iba a hacer yo?

Estuve distraído, ausente, toda la primera parte de la sesión. Se sucedían los oradores en el podio, leyendo a la carrera los discursos para poder comprimir sus cinco o seis folios en el escaso tiempo acordado al representante de cada país, y cuando me tocaba a mí tomar notas para las actas resumidas, apenas lograba concentrarme. Aquella mañana nos habían asignado al debate de la Sexta Comisión sobre *The rule of law at the national and international levels*, un tema que habíamos decidido traducir como «El Estado de derecho en los planos nacional e internacional» a pesar de las pegas y matices que querían imponer los intérpretes, todos ellos mexicanos, sin duda espoleados por el jefe de gabinete de la delegación de su país, que necesitaba hacer méritos para optar a un puesto que acababa de quedar vacante. Cuando empezó a hablar el delegado de China, Silvia Ábalo me dio un codazo para que estuviese más atento: los cuatro sabíamos que no había intérprete directo del chino al español y que en la cabina de interpretación usarían el inglés como relé, con la consiguiente doble pérdida al retraducir una traducción.

—Hay que dormir más, Borja —me regañó después, en el Salón Norte de los Delegados, mientras tomábamos el café de media mañana—. La semana que trabajas en el equipo de redacción de actas no puedes irte de juerga por las noches, aunque estemos en pleno agosto.

No le contesté, a sabiendas de que eso era lo que más podía irritarla. Nuestra jefa era una boliviana que buscaba siempre la pelea, parecía que disfrutase solo con la confrontación y no pudiera entender que, ante uno de sus zarpazos, el interlocutor no se enzarzase en una batalla dialéctica. Sus ojos buscaron mi mirada, pero yo la desvié hacia los enormes ventanales y el puente de Queensboro, cuya estructura metálica brillaba en el sol inclemente de la mañana.

—¿Me estás escuchando? —insistió Silvia.

—Ninguno dormimos bien con estos calores —comentó Enric, tratando de desviar la conversación.

—¡Y la humedad! —corroboró Martina.

—Se pone el aire acondicionado al máximo y punto. Y se viene descansado a trabajar. Si no estás en perfectas condiciones, te voy a tener que dejar arriba, en la oficina, traduciendo, ¿entiendes? —me advirtió la jefa—. Ya nos las arreglaremos para sustituirte.

Hubo un silencio incómodo durante los segundos en que me obstiné en no responder. Incluso a través de los ventanales podía percibirse que afuera el calor extremo hacía reverberar todos los objetos metálicos.

—No hará falta —zanjé por fin, sin mirarla. No iba a darle el gusto de que me reemplazara con Esteban Alechinsky, un P-4 paraguayo al que ella promocionaba para que ascendiese a P-5 en lugar de cualquiera de los que no veníamos del Cono Sur.

Aliviados, mis dos compañeros rompieron a parlotear animadamente.

—¡El aire acondicionado! —Martina puso los ojos en blanco, abanicándose con cómica exageración—. ¿Ustedes no se pelean todos los días con sus parejas por la temperatura a la que lo ponen? Miren que llevo diez años casada con Andrew, pero con estos americanos no hay manera de que no te tengan el departamento como un frízer. De noche, en lugar de bajar el aire, me hace dormir con frazada, ¡como si estuviéramos en invierno!

—¡Randy es igual! —rio abiertamente Enric—. Y yo me paso el verano resfriado, porque me niego a estar en casa con jersey y calcetines cuando en la calle debe de hacer unos cuarenta grados.

—¡Quién nos mandó venir acá y casarnos con yanquis! Qué suerte que tenés vos —le festejó Martina a Silvia—, que te viniste con el marido de allá.

«El marido, las tres empleadas del servicio doméstico y los aires de dueña de media Bolivia», pensé. Toda la Sección de Traducción al Español sabía que su padre era uno de los oligarcas que habían logrado salir a tiempo del país y colocar en los paraísos fiscales de las Bahamas y Barbados la fortuna que habían hecho con el oro sucio y la coca. Ella presumía mucho de las vacaciones que pasaba en las plantaciones de su padre «en el Caribe» y todos dábamos por sentado que de aquellos viajes salían los cheques con los que luego compraba bolsos de cocodrilo en Bergdorf Goodman, porque ni siquiera con su sueldo de D-1 podría permitirse ese tren de vida.

—Mi madre me lo dice siempre: «Ay, Enric, pase lo de que seas mariquita, pero anda que irte a buscar uno de Iowa, que no sé ni dónde está en el mapa, en lugar de un *xicot* de Badalona como Dios manda...».

Los cuatro reímos abiertamente.

—Apuren con el café —nos apremió Silvia—. Yo los espero allí. Seguimos con los mismos turnos: Martina, Enric, Borja y luego yo. Pongan atención especialmente con el representante de Corea, que se empeña en hablar en un inglés que no se le entiende nada y la interpretación de los mexicanos no nos va a servir de mucho. La semana pasada, el pobre Esteban, que es un traductor excelente, la sufrió para sacar algo en claro y al final tuvimos que pedir la grabación del discurso para redactar el acta.

Se volvió hacia mí, calándose las gafas.

—Tú deberías tomarte otro café más, pero no te lo traigas a la sesión. No queremos volver a dar una mala imagen, ¿ya?

Así terminaban las frases de Silvia Ábalo cuando quería soltarte una orden: decía «¿ya?» como quien hubiera dicho «¿me has entendido?» o «¿de acuerdo?». Al principio yo no lo había interpretado así, creía que se le había pegado un latiguillo americano, que en realidad quería decir «*yeah?*». Lo había comprendido por fin, muy a mi pesar, el día en que alguien derramó mi café sobre la mesa de los redactores de actas en pleno trabajo; pese a que hacía más de un año del incidente, aún lo tenía grabado («Tú te me vas ahorita mismo al Salón Norte a por servilletas de papel, ¿ya?»), no se me olvidaba que mientras el Presidente de la Comisión de Población y Desarrollo, un noruego muy estirado, acercaba la mano a la campanilla para interrumpir la sesión, Esteban Alechinsky sacaba clínex de su cartera y me sonreía.

Tomó su portafolios y se alejó con aquellos pasitos cortos y acelerados de gorrión con los que esquivaba a los delegados que entraban en tromba procedentes de la reunión del Comité de Sanciones relativas al Sudán. «La gorda Ábalo» la llamábamos entre nosotros, aunque propiamente era más bien regordeta.

—No le hagas caso —me aconsejó Martina abriendo su monedero para pagar.

—La culpa es tuya —sentenció Enric—. Desde el primer día te empeñaste en no seguirle la corriente.

—A mí me contrataron para hacer mi trabajo, no para andar bailándole el agua a esa señorona latifundista —repliqué.

—Ah, porque vos naciste en el fango, ¿no?

—Déjalo, Martina, no merece la pena. Borja es un radical del que no haremos carrera nunca —pronosticó Enric al tiempo que seguía con la vista el trasero del chico mulato que recogía las mesas.

—A vos, ¿qué te costaría reírle las gracias a esa gorda?

Frente al amplio ventanal, en la orilla opuesta del East River, brillaba el antiguo letrero de Pepsi Cola entre las grúas de los rascacielos en construcción de Queens. Apenas quedaba ya rastro de los muelles en los que inmigrantes italianos, judíos, armenios y sí, también vascos, se habían deslomado creyendo que para salir adelante en el nuevo país bastaría con trabajar dura y honradamente.

—¿Me escuchaste? —insistió Martina—. ¿Qué te agarró hoy a vos?

—Pídeme otro café para llevar mientras voy al baño, ¿ya? —le ordené imitando el agudo de Nuestra Suprema Lideresa.

Mis dos compañeros intercambiaron una mirada.

—¿De verdad creés que eso es lo mejor? —preguntó ella, a punto de perder la paciencia.

—Después no te quejes —me advirtió Enric.

—Esta vez nadie me lo va a volcar sobre los papeles —argumenté, para precisarles después—: Porque ninguno de vosotros me haría algo así, ¿verdad?

—¡Cortála ya con eso, Borja! —explotó Martina—. Fue un accidente.

—Un *latte*. No; mejor, un *latte macchiato*. —Le dejé los billetes sobre la barra sin hacerle caso.

Volvieron a mirarse entre sí. Enric se encogió de hombros.

En el baño, un delegado indio vociferaba por el teléfono que sostenía entre la oreja y el hombro mientras orinaba en el mingitorio junto al mío. Al subirse la cremallera, el móvil resbaló y a punto estuvo de caer en el agua. Él lo atrapó con un gesto rápido y volviéndose hacia mí, exclamó:

—*Never a dull moment in this Organization!*

Imaginé que su interlocutor se habría dado cuenta de la situación, no obstante a él no pareció importarle: continuó la llamada y salió sin lavarse las manos. Pensé entonces que debería encender mi teléfono para consultar los mensajes antes de entrar en la segunda parte de la sesión de la mañana. Pero no quería hacerlo. En el metro, de camino al trabajo, había caído en la cuenta de que si Ainhoa había vuelto a llamar a casa y había escuchado el contestador automático, ya tendría el número de mi móvil, quizás me había dejado otro mensaje con aquellas palabras abolidas, «*Agur, maitxia!*». Miré el reloj: quedaban dos minutos para las once. «No hay tiempo», me dije.

Tomé asiento a la mesa de los redactores de actas justo cuando estaba subiendo al podio el representante de la República de Corea. El *latte macchiato* estaba exactamente en el centro del tablero, entre el montón de discursos distribuidos por las delegaciones y las copias del orden del día, esperando a que alguien hiciera el gesto de cogerlo y mostrar a quién pertenecía.

Un verdadero Gondra nunca da un paso atrás.

Alargué el brazo resueltamente, sintiendo la mirada clavada en mi mano.

Poder acudir al panteón en el cementerio junto al acantilado sabiendo que, cuando se abra la losa y aparezca el hueco, allí estarán acogiéndonos, cumplido también su deber, serenos y muertos, cuantos nos precedieron en el apellido, una cadena ininterrumpida de Gondras perfectamente catalogados en la genealogía por la que podrías remontarte hasta el caserío originario donde tal vez todo comenzase en 1874 con aquello que yo no supe. Eso es lo que no querían perder jamás y nosotros dos nunca entendimos. Y ahora tú has de contar quieras o no, tú que no supiste ver lo que era de verdad importante y en las noches te aferras a esa pella de barro ya reseco que te sigue atando a nosotros. Contar, sí, para rescatar del silencio la herida y el dolor y cuanto se hundió con una casa centenaria que no supiste defender.

Esa voz aún la percibo nítidamente, como si me hablara al oído, con sus pes y sus erres y ces de pronunciación recia, norteña, peninsular que aquí, en esta ciudad babélica de infinitas variedades latinas, donde el español es siempre dulce y amansado, silbante, con zetas indistinguibles de las eses, choca por inacostumbrada.

Y sin embargo yo no debería oír esas palabras que nunca pronunció mi hermano, que no pudo decirme, no son recuerdo de aquellos tiempos cancelados y aquella tierra, son fantasmagorías que me susurran la culpa y la duda, variaciones sobre los vocablos apenas entrevistos que apunté luego en el cuaderno manchado de sangre torturándome por recordar hasta la última sílaba de los papeles perdidos en aquella noche infernal y alucinada. Arrecia la nieve nocturna contra los cristales del salón y el viento enfurecido de la tormenta hace que tiemblen las hojas de las ventanas. En el parque, las ramas de los árboles se agitan con estrépito y la luz disminuida de las farolas parece parpadear. Bastaría con descender los cinco pisos, cruzar la calle Ochenta y uno y tenderme desnudo sobre la nieve que cubre los parterres de Central Park para morir de hipotermia en un tiempo brevísimo, debemos de estar a catorce o quince grados bajo cero a estas horas; sería muy fácil dejar que poco a poco se vayan produciendo los temblores, la torpeza de movimientos, la pérdida de la consciencia, la dilatación de las pupilas y la bajada de la tensión hasta que los latidos cardíacos se hagan muy débiles, luego casi indetectables y por fin se produzca la muerte dulce, no soñar más las palabras terribles y hundirme en el país de las sombras yo también, ser otro cadáver anónimo, sin pasado, sin ese apellido que tanto lastra, *nunca serás un verdadero Gondra*, uno de tantos vagabundos carentes de nombre y ataduras familiares que fallecen cotidianamente en los fríos gélidos de enero en cualquier esquina de Nueva York y nadie reclama, descansar por fin en el olvido donde todo viene a igualarse, donde nada importará lo que me pidió nuestra madre y yo me negué a hacer, que la violenta nevada vaya cubriendo mi cuerpo amoratado y dejar de ser por fin quien soy y quien ellos no quisieron ver. Sí, bastaría con abandonar la escritura que no avanza y ponerme en pie, dar diez pasos hasta el recibidor, no pensar en que John duerme en la habitación del fondo, abrir sigilosamente la puerta del apartamento, calzarme las botas que aguardan en el descansillo y estaría en camino.

Me pongo en pie.

Apago las luces del salón.

Diez pasos.

En el recibidor, buscando las llaves en el cajón de la cómoda, me sorprende mi imagen en el espejo. El semblante que me devuelve es el de mi padre, tal como se me aparecía aquella mañana en que bajamos a la playa, con su aire de cansancio y de derrota: la misma calvicie, la frente ancha con brillos, unos ojos pequeños, oscuros, cada vez más ocultos por los párpados abultados y caídos, las manchas de la edad afeando las mejillas. Aún faltan años para que yo llegue a tener la edad que tenía él la última vez que lo vi, vociferando en el restaurante las palabras crueles que tanto dolían, y sin embargo no puedo negar que mi rostro se está convirtiendo en el rostro de mi padre.

En lo que no quisiste ser y era inevitable.

Tiemblan las llaves en mis dedos.

¿Nos condenarás al silencio, entonces?

Las introduzco en la cerradura.

¿Dejarás que sean esos otros que de nada se arrepienten quienes escriban, quienes relaten y fijen la memoria?

Pero la mano no quiere girar y el tiempo se hace eterno mientras oigo a lo lejos los ecos apagados de la ventisca.

¿Permitirás que solo quede la prima Ainhoa para contar aquel tiempo?

No sé si es realmente mi voluntad quien termina por volver las llaves a su sitio y cerrar el cajón de la cómoda.

Al entrar en la cama me aferro con todas mis fuerzas al cuerpo que allí duerme y caliento mis pies fríos entre los suyos. John, entre sueños, me recibe enlazando nuestras manos. Hoy su aliento no me importa.

NUNCA SERÁS UN VERDADERO ARSUAGA

Capítulo 2

Mi padre me dio un abrazo breve, sin ejercer presión, más la idea de un abrazo que un verdadero estrecharse de los cuerpos, se ofreció con un gesto a tomarme el maletón grande o la mochila y me indicó sin más preámbulos:

—El coche está en el aparcamiento, Bosco. Puedes esperarme a la salida si no quieres bajar tú también con todo el equipaje, los ascensores no funcionan. A ver si terminan de una vez el nuevo aeropuerto, porque esto es un desastre.

—No me importa, papá, voy contigo.

Echamos a andar entre la escasa gente que esperaba en la terminal en obras, repleta de imágenes del futuro edificio que ya estaba construyendo el arquitecto estrella del momento. Grandes carteles publicitarios anunciaban «País Vasco: ven y cuéntalo». En todos ellos lucía un sol radiante.

—He hecho un buen viaje, la conexión ha sido muy rápida en Madrid.

—Ya —contestó, jugando con las llaves del coche.

—¿Qué tal todo por aquí?

—Bien.

—¿Mucho lío con los preparativos?

−Sí.

Metí todo el equipaje en el maletero y me senté a su lado. Mi padre arrancó el motor y puso la radio, en un gesto automático, me pareció, aunque bajó el volumen. Teníamos veinte o veinticinco minutos hasta llegar a la casa. ¿De qué iba a hablarle esta vez? Pensé que sería mejor el mutismo, estaba cansado después de tantas horas de viaje, no tenía por qué esforzarme.

Él miraba fijamente la carretera mientras conducía, sin una palabra. Estaría concentrado, atento a la lluvia traicionera que caía monótona y dura, tratando de que el coche agarrara en cada curva y no nos saliésemos, el tramo que bordeaba la ría de camino a Algorta siempre era peligroso. Yo contemplaba la noche a través de la ventanilla pensando que no debía hacerme ilusiones pese a que el número fuera real y en el contestador automático que me había salido el mensaje dijese «Antoine Morand». Lo había llamado en el último momento desde una cabina del aeropuerto de París antes de coger el vuelo, solo para decidir si merecía la pena conservar el sobre con sus datos o era mejor olvidarlo cuanto antes, aunque luego no había grabado nada, me había quedado respirando unos instantes al sonar el pitido y después había colgado rápido, no sabía qué decirle y no quería quedar como el primero que daba el paso. Y sin embargo no lograba quitarme de la cabeza la imagen de su cuerpo musculado y en tensión, los hombros hercúleos, sus brazos fibrosos apretados contra los míos.

−Tengo la respuesta.

La voz de mi padre rompió de pronto el silencio que se había instalado entre nosotros un buen rato antes. Lo miré, interrogativo, pero su mirada estaba fija en la carretera y en la noche. Una lluvia infernal azotaba el parabrisas.

−No, no has sido un buen hijo −continuó, al cabo de unos segundos−. Hasta ahora.

Siguió conduciendo con la vista concentrada en un punto indeterminado frente a él. No había apartado la mirada ni un momento para decírmelo a la cara, tener un gesto o un detalle que atenuasen lo que acababa de decir. No me dolió.

¿Y hoy? ¿Tampoco te duele hoy recordar que tú nunca respondiste a la mía?

No me dolió porque era simplemente una confirmación, un presentimiento que se había cumplido. Ahora tenía la certeza. Nada había que preguntar ni justificar o protestar: ese «no» era declaración y punto final, la contestación exacta y meditada a una pregunta impertinente formulada años atrás en un momento de debilidad, cuando quise hacer balance antes de tomar la decisión de instalarme en París y ceder mi puesto a Juan Ignacio, que sí había sido un buen hijo. No obstante, la respuesta llegaba en un momento insospechado, en tan solo quince minutos estaríamos llegando a la casa, él habría podido aparcar frente a la cancela de la entrada y dar por terminado el trayecto sin decirme nada esta vez tampoco, dejar como siempre que las cosas flotaran en el aire, estábamos acostumbrados a no decirnos lo que de verdad importaba, eso es lo que me sorprendió. Seguramente yo tampoco era el mismo que cuando la formulé, ni hubiera querido ahora saber de sus labios algo de lo que siempre había estado seguro sin necesidad de preguntárselo.

—Gracias —titubeé, ojeando a través de las gotas sobre la ventanilla las luces borrosas que parpadeaban al lado de la carretera.

—¿Yo he sido un buen padre?

Entonces fue cuando abrí y cerré la boca estúpidamente, como una merluza fuera del agua, observándolo atónito. No desvió la mirada del camino, hasta que estalló en una carcajada.

—Nunca imaginé que me preguntarías eso —acerté a balbucear.

–No es una contestación a mi pregunta –replicó, y sonó burlón.

–No sé, es tan a traición, tan inesperado... –me escuché farfullar–. Necesitaría tiempo para meditar la respuesta. ¿Por qué, ahora?

–Esta boda... Van a cambiar muchas cosas, Bosco –afirmó, mientras sus dedos apagaban la radio–. No te creas que conoces tan bien a tu *aita*. No al de estos últimos tiempos.

Sin que él apartase la vista de la carretera, su mano derecha abandonó el volante y buscó mi brazo, luego lo apretó unos segundos y volvió a su posición. Tal vez notó que ese contacto insólito me ponía muy tenso. ¿Qué había cambiado en «estos últimos tiempos»? Yo no estaba preparado para ese gesto, no ahora, llegaba demasiado tarde. ¿Y por qué decía *aita* y no «padre», recuperando de pronto esa palabra en euskera que no habíamos usado entre nosotros desde la infancia? Busqué nerviosamente el botón de la radio para encenderla de nuevo, pero sus dedos se posaron sobre los míos.

–Espera –exigió.

Mi mano deshizo bruscamente el contacto con la suya, en un movimiento reflejo.

No quisiste ver, y no viste. Te era más fácil continuar con la imagen construida, seguir rumiando esa anécdota pueril y estúpida, esa explicación barata de manual, tantas veces contada a tus amigas. Si hubieras prestado atención, tú que tanto me acusabas... ¿Era culpa mía si por aquel entonces los hombres no acunaban, si yo trabajaba tanto para el despacho Arsuaga y vosotros siempre alborotabais? ¿No era más importante seguir trayendo un buen sueldo y costearos colegios, uniformes, vacaciones? ¿Para qué sacar a colación ahora esa bobería en la que te reconoces?

–Él viajaba mucho, constantemente, por asuntos del negocio de mi familia, casi cada semana, ¿sabes? –le había explicado a Élisabeth soplando el té hirviente que me ofrecía en el apartamento que ella acababa de estrenar gracias a la generosidad de su padre–. Sin embargo, no había una sola vez en que regresase de vacío, siempre volvía con algo para los niños.

–Aunque solo fuesen unos caramelos comprados atolondradamente en un aeropuerto –había revelado otro día de confidencias a una Juliette más interesada en no desperdiciar ni una migaja de su falafel–. Esa era su manera de decirnos que no nos había olvidado.

–No sé, imagino que, incapaz de darnos su persona o su tiempo, trataba de expresarse a través de objetos –especulaba yo ante la mirada irónica de Sylvie, que me ayudaba con los formularios de las becas–. ¿Sabes que llegué a atesorar bolsitas llenas de las chucherías que me había traído?

–¡No te puedo creer! –se había reído Caroline cuando le confesé que, en vez de comérmelas, guardaba los paquetitos alineados uno detrás de otro, en el armario, para poder mirarlos todos juntos y decirme: «Esto es lo que me quiere mi *aita*: diez, quince, veinte bolsitas de golosinas».

Hicimos los últimos kilómetros hasta la casa oyendo únicamente el ruido del limpiaparabrisas apartar la lluvia que chocaba furiosa contra el cristal. ¿Quiso contarme algo más y no se atrevió? ¿Por qué dijo «espera» si luego no añadió nada? ¿A qué había que esperar? Solo cuando me estaba tendiendo la mochila que acababa de sacar del maletero, mi padre me miró fugazmente unos segundos e insistió:

–Sé tú también sincero, Bosco. Porque luego hay otra pregunta.

Sus palabras inusitadas aún seguían rondándome por la cabeza cuando besé a mi madre en los escalones del porche y sentí sus brazos que me rodeaban la espalda con fuerza; ella sí que abrazaba y tocaba de verdad, con energía, hasta hacerte daño, tratando de dotar de contenido a esa forma ritual del encuentro o la despedida para decirte: «Estoy aquí». Mi madre siempre estaría allí, al final del camino bordeado de hortensias, como las rocas contra las que chocaba el mar abajo, en la playa, al pie de la colina, o esa lluvia que seguía batiendo fuera y que invariablemente terminaba por regresar. Ella estaría esperando, fuerte e inquebrantable, inmune a las acometidas del tiempo, estancada siempre en una edad indefinida de matrona antigua, como cualquiera de las moradoras anteriores de la casa Arsuaga, mujeres cuya única función en la vida había sido llegar a adquirir el porte y el rostro de deidades tutelares que exhibían en los álbumes de fotos que yo había espiado tanto en busca de una respuesta al misterio original. Cuando deshizo el achuchón y me tomó del brazo para acompañarme a mi dormitorio al fondo del pasillo de la planta baja, me sorprendió sin embargo descubrir su mano ajada y llena de manchas, y pensé «se le han puesto manos de vieja, son las manos de la abuela Avelina». Aún andaba ágilmente, y era reconfortante saber que iba a estar siempre; más vencida por la edad y tal vez menos animosa, pero esperándome al final de cada viaje; eso es lo que discurrí mientras recorríamos el corredor en el que seguían colgando las mismas marinas que habría elegido don Alfonso de Arsuaga en 1898 al inaugurar la casa, y también que ella nunca iba a hacerme esa pregunta porque no necesitaba hacerla.

Caía la tarde en la azotea y empezaba a soplar una brisa muy tenue que hacía algo más soportable el bochorno de agosto. Muchos vecinos de nuestro edificio estaban de vacaciones y nosotros éramos los únicos que aprovechaban esta terraza común en el final del verano. Recostados en los sillones, John entrelazaba sus dedos con los míos, contemplando cómo se ponía el sol sobre los tejados de Nueva Jersey y el río Hudson discurría plácido, tiñéndose de los hilos de oro del atardecer. Bebíamos vino blanco en silencio, cada uno absorto en sus pensamientos.

¿Por qué me había llamado Ainhoa a mí precisamente? Allí todo se sabía, era imposible que ella no estuviera al tanto, yo siempre había imaginado que lo de los funerales debió de ser un escándalo para todos los Gondra, no creo que hubieran inventado ninguna excusa creíble, les gustaría hacer aún más sangre añadiendo detalles morbosos y explicaciones indignadas. O quizás no: quizás se hizo un silencio ominoso sobre mi ausencia en el primero, tal vez empezó a tejerse ya entonces un pacto sin palabras en el que nadie preguntaba porque todos sabían y al no verme tampoco en el segundo decidieron que esa era la forma de comenzar el olvido y la desaparición, lo que no se nombra no existe y al cabo del tiempo, al no acudir a los eventos familiares, el ausente empieza a ser solo una sombra lejana de la que cada vez menos parientes se acuerdan, hasta terminar convirtiéndose en un extraño desconocido cuando las fotos en las que sí aparecía se transmiten a la generación siguiente. No obstante, me resultaba inconcebible que Ainhoa no supiese que era a Juan Manuel a quien debía telefonear. A no ser que mi hermano... Aún dolían esas dos palabras, «mi hermano», *nire anaia*, como hubiéramos dicho entonces. ¿O tal vez me había llamado precisamente para darme esa noticia? No parecía: su tono de voz, por lo poco que había escuchado, no sonaba luctuoso, no se anuncia un fallecimiento con esa desenvoltura.

John me soltó los dedos para tomar de nuevo la botella. Apenas llevábamos media hora disfrutando de la calma del atardecer y esta era ya su tercera copa. Aunque volví a sentir una punzada amarga al darme cuenta, me dije que ahora no podía abrir ese frente. Mal que bien, después de tantísimas agrias discusiones sobre la cantidad que él debería beber al día, yo había terminado por dar por buenos los argumentos de su médico de cabecera (la ingesta máxima diaria dependía de la complexión y el peso corporal), de la terapeuta de pareja (técnicamente, no existía dependencia mientras se fuese capaz de interrumpir el consumo a voluntad), de sus compañeras de trabajo (en su profesión y en esta ciudad, si uno no quería irse derecho al paro o al budismo, no quedaba más remedio que soplarse una botella por día). Sin embargo, debió de captar que había algo de reproche mudo en la mirada con que seguí su mano hasta que vertió el vino, porque sus ojos se volvieron hacia mí con esa expresión dura y desafiante que siempre anunciaba la batalla. Era un gesto que le achinaba los ojos, dándole un aspecto aún más aindiado, y era el preludio de esa pregunta que yo temía porque nos llevaría por la pendiente de la pelea agotadora: «¿Estás contándolas otra vez?». Por eso aparté la vista hacia las torres de agua de los edificios de enfrente, que se recortaban límpidas contra el cielo, y luego hacia las copas de los árboles de Central Park apenas mecidas por la brisa en la canícula. No dijo nada. De alguna radio lejana llegaban las notas de una música latina y yo recordé los sonidos de jotas y *arin-arin* con los que terminaba siempre la verbena junto al atrio de Nuestra Señora. ¿Los habrían tocado también esta noche o sería una cosa más abolida con los nuevos tiempos? Quién sabe si seguiría reuniéndose todo el pueblo en la explanada delante de la iglesia para bailar a los acordes de una orquestina más animosa que profesional. ¿Estarían a esta hora los castaños de Indias y los plátanos de sombra engalanados de guirnaldas rojo-blanco-verde bajo las estrellas de una noche de aire suave? ¿O habría terminado por llover, como tantos años, y estarían todos refugiados bajo el pórtico de la iglesia, viendo cómo se iba embarrando la campa y las gruesas gotas comenzaban a deshacer el papel de los adornos?

John terminó por levantarse e ir a comprobar las rosas de los maceteros, que siempre acababan secándose a pesar de que él las controlaba todos los atardeceres cuando subíamos a la terraza y no dejaba en paz al jardinero del edificio, un hondureño que escuchaba paciente e impenetrable sus consejos para luego terminar haciendo lo que le parecía. Para mí que, en realidad, no entendía bien el inglés, pero nunca me inmiscuí. John se había criado en el campo, sabía lo que se hacía, era él quien se ocupaba de los huertos familiares hasta que su padre descubrió lo que descubrió y le obligó a marcharse del pueblo mientras no se arrepintiera de su abominación. Yo ni me había acercado jamás a los macizos de hortensias que poblaban el jardín de la casa Gondra: en mi adolescencia, daba por supuesto que la naturaleza crecía sola, ni siquiera hubiera sabido decir quién se ocupaba de regarlos, quién los recortaba una o dos veces al año. ¿Qué supe yo de nada si nunca quise saber?

Sonaban metálicas las tijeras de podar que John manejaba con soltura ahora que el jardinero estaba de vacaciones. Hojas y tallos descartados iban cayendo en la bolsa de plástico amarillo. Me di cuenta de que, de vez en cuando, me observaba furtivamente, de reojo, sin que sus manos diestras perdiesen el ritmo. Él sí sabía lo que hacía; él tenía el aplomo de tomar una decisión y seguir siempre adelante, sin mirar atrás, sin todas esas dudas y arrepentimientos que me corroían a mí. Era él quien había vuelto a conectar el contestador durante el día, pues me lo había encontrado instalado de nuevo en su sitio al volver de la oficina. Y por tanto, había tenido que ser él quien decidiese verificar si el mensaje de Ainhoa se había quedado grabado y qué destino darle. Borrarlo definitivamente, si es que existía, o conservarlo, habían dependido exclusivamente de su entera voluntad. Nada me había dicho todavía, aunque la pregunta nos rondaba a los dos. ¿Cuánto tiempo más iba a aguantar yo sin encender mi teléfono móvil por no ver si aparecía la llamada perdida que tanto temía? ¿Iba a salir corriendo también esta vez, en lugar de enfrentarme a todos esos fantasmas de un pasado que, por más que tratara de ignorarlo, seguía vivo y terminaba por atraparme? ¿Qué iba a hacer? ¿Dar la callada por respuesta, seguir ignorando a Ainhoa hasta que cayese en la cuenta de que yo no quería saber nada de ella? ¿Huir, como había hecho siempre?

—Voy abajo. —Me puse en pie ante la mirada interrogante de John.

—¿Ya te vas a encerrar en el apartamento? —me reprochó—. Espera por lo menos a que se pone el sol.

Agarré mi copa y la botella de vino blanco, en la que aún quedaba algo más que un fondo. No dijo nada al respecto, lo cual era un buen signo.

—¿Para qué seguir posponiéndolo?

—¿Quieres que baje contigo? —se ofreció, dejando de podar por un momento.

—No —contesté.

Las tijeras volvieron a sonar, pero cuando cerré la puerta de la terraza me pareció que trabajaban mucho más deprisa.

El ascensor se fue parando en todos y cada uno de los pisos hasta llegar al nuestro: en el octavo entró con su cesta de colada la estudiante de Juilliard, que bajaba a la lavandería del sótano; en el séptimo, la bruja dominicana de edad imposible de averiguar, arrugada cual galápago, que iría a bailar a algún antro, repulida como si fuera domingo; en el sexto, el paseador de perros, un chico polaco de aspecto atlético, que salía a trabajar con un montón de correas en las manos. A pesar de que prácticamente estábamos los unos encima de los otros, porque el ascensor era muy estrecho, nadie pronunció una palabra, ni siquiera un breve saludo, todos respetuosos del código no escrito que en Manhattan exige ignorar escrupulosamente cualquier presencia de un ser humano y fijar la vista en el vacío. La santera tarareaba para sí una guaracha y algo contagioso había en el aire de verano, en la promesa de la noche que comenzaba, porque me di cuenta de que pese a nuestros esfuerzos, los otros tres terminamos por esbozar sonrisas. E incluso llegaron a responderme cuando, al bajarme en el quinto, me despedí diciendo:

—*Have a great evening, you all.*

El apartamento estaba en penumbra.

No quise encender las luces.

Una hora más tarde, cuando oí en la cerradura las llaves de John que entraba, salté de la cama en la que había estado tumbado mirando al techo y tratando de recordar con la mayor precisión posible los rasgos exactos de aquel rostro la última vez que lo había visto, desencajado y vociferante gritándome «¡Lárgate con ella y con tus amiguitos y déjanos en paz!» y luego aquel insulto brutal que dolió como un latigazo que rajara la piel; un rostro y unas palabras y un tiempo que nunca había conseguido borrar completamente de la memoria. «Imagino que sabrás cómo vivía estos últimos años, desde que volvió, *maitxia*». Las palabras grabadas de Ainhoa seguían martilleando en mi cabeza cuando le dije a John que esa noche no quería cenar en casa, teníamos que salir y distraernos.

«Entiendo que a lo mejor no quieras venir, Borja, pero necesitamos tu permiso; los únicos Gondra que quedamos ya somos tú y yo»: otra frase a la que daba vueltas y vueltas mientras trataba de seguir la conversación que John se empeñaba en mantener viva en el *biergarten* que habían abierto aquel verano a dos manzanas de nuestra casa. Las cervezas frías me iban achispando y cada vez me resultaba más difícil argumentar por qué prefería que nuestras próximas vacaciones fueran un viaje a Maine, en lugar de volver a Miami

Beach, como él pretendía. Hasta que de pronto las palabras brotaron solas de mis labios, sin que yo me diese casi cuenta.

—Voy a volver allí. Eso es lo que voy a hacer con mis días libres este año.

—*Where?* —me preguntó él, aunque sabía perfectamente de dónde estaba hablando.

—*Where I belong* —contesté instintivamente en inglés. Quizás porque esa expresión tan ambigua tenía múltiples traducciones en español, «a donde pertenezco», «a donde me corresponde», o quizás incluso, y mejor, «donde debo estar», y yo no sabía exactamente lo que quería decir ni lo que estaba pensando, sin embargo sentía en las tripas, tal vez por el efecto del alcohol, que eso era lo que tenía que hacer. Lo que iba a hacer.

Apuré la cerveza de un trago.

—Yo no quiero pasar mis vacaciones en… —apuntó John.

—Solo. Tengo que ir solo.

Se iluminaron los farolillos que adornaban los árboles del *biergarten.* Y de repente, todo encajó. Me pareció que estaba en la verbena, como debía ser. Y el acordeón germánico que salía por los altavoces empezó a sonarme como una *trikitixa.* Pero nadie había allí que pudiera entender los términos que volvieron de golpe después de tantos años: *Neu naz neure familiaren jagolea.*

No; yo no había sido el guardián de mi familia, y ahora mi hermano estaba muerto.

Capítulo 3

Por la mañana, cuando por fin aparecí somnoliento por la cocina en busca de un café, mi madre estaba ya recogiendo los restos de los desayunos. Enseguida se puso a prepararme una nueva cafetera, mientras yo me acomodaba en la viejísima mesa de roble, la misma sobre la que habíamos pasado tantas tardes haciendo los deberes con un cacao caliente. La contemplé atarearse junto al ventanal sin visillos por el que entraba la luz apagada de un día aún invernal a pesar de que estábamos en mayo, y luego la vista se fue posando sobre la puerta desvencijada de la fresquera que nadie había reparado, las alacenas en las que quizás ya no quedase ninguna pieza de la dichosa vajilla japonesa que se había ido transmitiendo de generación en generación hasta que comenzó lo que ella y yo sabíamos, la cocina antigua de carbón que no se usaba desde hacía más de cuarenta años.

—Tu padre ha sacado a pasear a los perros —comentó, poniendo una taza frente a mí.

—¿No ha ido al despacho hoy? —me extrañé, era rarísimo que no hubiera acudido puntual a abrir el bufete, siempre se había reído de «esos abogados gandules que no aparecen hasta las nueve».

Dejó pasar un tiempo antes de responder, tal vez esperando a que empezara a brotar el café.

—De eso... —apuntó por fin, aunque luego se interrumpió.

Vi cómo pasaba un trapo húmedo por la encimera, que sin embargo estaba impoluta.

—De eso mejor que hables con él, Bosco —retomó unos segundos más tarde—. ¿Cuándo vamos a ir a que te pruebes el chaqué?

—No ha habido manera de quitárselo de la cabeza a Clara, ¿verdad?

Se encogió de hombros. Debía de ser la única idea de la novia de Juan Ignacio que le había parecido bien en años, pero no estaba dispuesta a confesarlo y llevaba semanas escudándose en «el capricho de tu cuñada» para obligarme a alquilar el dichoso traje de etiqueta.

—¿Qué está haciendo ahora? —le pregunté.

—Dando clases particulares, a falta de otra cosa. Y volviéndonos locos a todos con la dichosa boda —refunfuñó, sirviéndome de la cafetera humeante.

—¿No le salió nada de lo suyo?

—¿Y qué le va a salir, si no se saca el título de euskera?

Era nuevo el tono que había en su voz. Me pareció seguir discerniendo indignación, aunque algo delataba ya el principio de la renuncia: tal vez era que sonaba menos enérgica, como si el diapasón se hubiera templado leve, casi imperceptiblemente. O quizás no había el mismo dardo en la mirada que acompañó a sus palabras. Clara llevaba años empeñada en trabajar en la enseñanza y sin embargo se negaba a aprender euskera, razonando que su especialidad era el inglés y ella enseñaría siempre en esa lengua. Era un empeño abocado al fracaso, porque por entonces ya se había implantado el modelo educativo de inmersión lingüística y los profesores habían de impartir sus clases en una lengua que muchos apenas dominaban mejor que sus alumnos. Por primera vez me pareció que mi madre aceptaba tácitamente las nuevas reglas a las que Clara no quería plegarse.

–No me extraña que Juan Ignacio se quiera marchar –repuse, al cabo de un momento–. Aquí ella no tiene ningún futuro, si se sigue emperrando.

Dejó de pasar el recogemigas de plata.

De alpaca y gracias, Bosco. Sin iniciales: ni A de Arsuaga, ni O de Otaduy. Nada. Y no vino de Cuba en el siglo XIX. Alguien lo compró poco después de la Guerra Civil, aprovechándose de la necesidad que tenían de vender de mala manera cualquier objeto de valor unos parientes de los que es mejor no hablar. Aunque de nada les sirvió el dinero y durante años tuvieron que seguir yendo a visitar a la cárcel a ese del que tú aún no sabías casi nada.

Mi madre me miró un momento, y me pareció que estaba calibrándome antes de añadir:

–Un Arsuaga como Dios manda asume sus obligaciones y no sale corriendo. ¿Qué hubiera sido de esta familia si vuestro abuelo o vuestro bisabuelo hubieran hecho lo mismo? Motivos no les faltaron.

Levanté el platillo de mi taza para que ella pudiera recoger las migas y me callé lo que había averiguado sobre la huida de don Alfonso de Arsuaga, no era el momento. Volvió a sorprenderme que las manos de mi madre ya no fueran aquellas manos morenas que recordaba; ahora presentaban las venas abultadas y azules y la misma blancura ajada cubierta de manchas que las de la abuela Avelina cuando depositaba los bollos de mantequilla junto a nuestros cuadernos de caligrafía, aquellas manos que también habrían pasado sobre la mesa el mismo objeto de plata que yo siempre había creído llegado de La Habana un lejano día de 1898, cuando don Alfonso tuvo que regresar precipitadamente y construyó esta casa. ¿Todas las mujeres de la familia terminaban por adquirir aquellas manchas parduzcas sobre una piel blanquísima? ¿A quién recogería las migas la hija que tendrían seguramente

Clara y Juan Ignacio cuando sus manos perdiesen la tersura?

–No nos decepciones tú también; esta vez, no. –Dejó lo que estaba haciendo y se sentó a mi lado. El azabache de sus pupilas sí seguía teniendo la misma viveza–. Ya hemos tirado la toalla con Juan Ignacio, ni tratamos de convencerlo de que no se vayan. Total, para lo que nos ha servido tu hermano en el despacho... Ahora tú sí puedes ser un verdadero Arsuaga.

Sorbí el café escaldándome. ¿A qué venía esto? ¿Por qué ahora, de pronto, yo sí era digno? ¿Qué le había hecho concebir esperanzas, cambiar de opinión? Las preguntas que brotaban desbocadas me hicieron perder el hilo de lo que ya estaba explicándome:

–Con el tiempo terminarás por acostumbrarte, como nos acostumbramos todos, seguro que no es lo que tú habrías querido, y aun así...

Pero yo no la escuchaba. Sus ojos oscurísimos, clavados en los míos, abrían a un pozo: no era mi madre quien estaba en esa mirada, ni siquiera era yo quien la recibía, no éramos ya una madre y un hijo manteniendo una conversación en la que ella me pedía que cumpliera el deber de todos los primogénitos y yo podía aceptar o no; éramos dos eslabones más en la cadena atemporal de Arsuagas repitiendo aquello que ordenaba el brillo de sus pupilas, aquello que había de acatarse bajando la cabeza y contestando simplemente «sí».

Lo mismo que habían hecho, cien años atrás, en un comedor de La Habana, otro hombre... equívoco, digamos, como tú, y otra madre que trataba de convencerlo, de hacerle entrar en razón, había de ser un verdadero Arsuaga y regresar a la tierra ancestral, acompañar al padre y fundar una casa solariega con lo que lograsen salvar del desastre cubano, nada les ataba ya a aquella isla indómita y caribeña que pronto dejaría de ser española y era su deber retornar al pueblo de sus orígenes y luchar por recuperar su sitio en la historia. Y don Ignacio de Arsuaga y Otaduy, aquel joven libertino y habanero que ya no creía en nada, amargado por la traición insultante del mambí, había jugado distraídamente con su cucharilla de plata al igual que hacías tú ahora perdido en tus pensamientos sin sospechar que se trataba del mismo objeto.

Ella debía de estar esperando una respuesta, porque sus dedos envejecidos tamborileaban sobre la mesa de roble. Sin embargo lo que yo veía era la sombra decimonónica y señorial de un hombre con grandes patillones que, apoyando su mano ensortijada y caribeña en el hombro de mi madre, pronunciaba implacable el lema de los Arsuaga, «*Aurrera beti!*», y debía de ser don Alfonso, «¡Siempre adelante!». El tiempo se dislocaba, se salía de sí mismo, y en la cocina donde ella se convertía en efigie inmóvil de fotografía antigua iban apareciendo doña María Otaduy contemplándome con displicente distancia por ser tan poco dócil como su hijo, y el bisabuelo Benigno ceñudo y terrible que había terminado por asumir el mandato que estaba dirigido a su hermano, entre otras estampas olvidadas de abogados respetabilísimos o matronas de busto generoso cuyos nombres ignoraba, una reunión de Arsuagas de toda época, clase y condición posando en torno a mi madre como estampas de los álbumes familiares arrumbados en el primer piso, el abuelo Manuel y su hermano del que nunca nos hablaban animándome y confiando en mí, apoyándola en su petición que se había convertido en la orden de la estirpe, «sé un verdadero Arsuaga», imponiéndome la responsabilidad de quedarme y resistir, «*familiaren jagolea*», pero yo quería protestar, decir que no, yo no podía aceptar el mandato, no había pedido ser el primogénito y ese era un precio que no estaba dispuesto a pagar, y los rostros decepcionados, o burlones, o compungidos se iban desvaneciendo poco a poco hasta que solo quedó el bellísimo mocetón habanero, que me ofreció una mueca de amarga complicidad antes de despedirse tocándose el sombrero de jipijapa.

Oímos cómo se abría la cancela del jardín, los ladridos de Koxka y Zuri, las voces de mi padre tratando de contenerlos. Tomé precipitadamente otro sorbo del café, que para entonces ya estaba frío.

—Él te explicará lo que ha pensado. Ni una palabra de que yo te he adelantado algo. *Bai? Orain isilik!* —ordenó mi madre.

¿Cuántos años hacía que nadie me mandaba guardar silencio con aquellas palabras? ¿Cuántos, que yo no había asentido obedientemente con lo que respondí por automatismo?

—*Bai, ama.*

—La lengua no es de ellos, que no se te olvide —recalcó levantándose de la mesa, un segundo antes de que se abriera la puerta y los perros entrasen como un torbellino a lamerme, apenas contenidos por mi padre.

Pero esa frase no era de ella. Era un eco de lo que clamaba continuamente el abuelo Manuel: «*Hizkuntzak ez du jaberik*, la lengua no es de nadie». ¿No lo era? ¿Entonces, por qué empezábamos a sentirnos inferiores cuando nos íbamos dando cuenta de que el euskera se estaba convirtiendo en un vago recuerdo del pasado que no utilizábamos en las conversaciones cotidianas? ¿En qué idioma debería haber respondido lo que no respondí? ¿Y con qué lengua debería reproducir la indiferencia y la falta de atención con que acogimos las palabras que pronunció mi padre mientras daba de beber a Koxka, tratando de que no ensuciara la cocina?

—Algo ha debido de pasar en la avenida Basagoiti, junto a la plaza de San Nicolás. Había mucha policía y un par de ambulancias.

–Pues qué quieres que sea, Xabier –refunfuñó mi madre, lavando mi taza–. Lo de siempre.

Lo de siempre, sí. Algo tan cotidiano como la lluvia que empezaba a golpear los cristales.

Habían matado a uno.

—Relájate. Los Schlemovich son encantadores. *They will adore you.* —John trata de tranquilizarme mientras ambos nos arreglamos la corbata mirándonos en el espejo del ascensor—. *You don't have to pretend anything.* Sé como eres, *that's all.*

—*Easier said than done!* —respondo, golpeando los zapatos contra el suelo para despegar todo lo posible la mezcla de nieve derretida y barro, el *slush* pegajoso que se ha adherido en los cuatro pasos que hemos dado del taxi al portal—. ¿Y si no entienden mi inglés, como los Morelli?

—Los Morelli son unos snobs. Y no dijeron que no entendieron tu inglés, dijeron que tu acento era *funny.*

Funny. Seguro que no pretendían indicar que yo les resultaba gracioso o divertido. ¡Por eso no quiero acompañarlo nunca a estos compromisos con sus clientes! Venir a cenar hoy es el precio que me ha arrancado para mantener una tregua, no entiende por qué desde que volví del viaje a Algorta tengo que pasarme las noches frente al ordenador, protesta que lo desvela la luz en el salón y murmura reproches cuando termino por acurrucarme junto a su cuerpo en la cama. ¿Qué pinto yo en estos convites que no son sino un pretexto para seguir haciendo negocios, saber quién ha comprado qué apartamento, averiguar cuánto le ha costado, qué comisión se ha llevado su agente inmobiliario, es o no mejor que el de los vecinos?

El ascensor se detiene en el piso cuarenta y ocho. John me toma de la mano y susurra apresuradamente:

—Ruth, la hija, habla español perfecto, creo que la han invitado también. Siéntate a su lado, *just in case.*

La puerta se abre y entramos directamente en el salón,

donde hay otra pareja de mediana edad con copas en la mano. El enorme ventanal de suelo a techo deja ver una panorámica espectacular de la ciudad barrida por la ventisca de nieve, pero antes de que podamos acercarnos a él aparece por el corredor Idina Schlemovich. Es una mujer alta, caballuna, con unas enormes gafas de miope y una simpatía arrolladora, que abraza efusivamente a John, a pesar de que él no ha soltado todavía mi mano. Luego se vuelve a mí, me observa durante unos segundos y emite rápidamente el veredicto («*Cute!*») antes de reñir a John por haber tardado tanto en traerme a esta casa, estamparme un sonoro beso, algo inaudito en esta ciudad y este país, tomar nuestros abrigos y bufandas y proponernos que nos quitemos los zapatos si nos sentimos más cómodos. John declina educadamente el ofrecimiento y yo respiro aliviado. Se acerca entonces la otra pareja a saludarnos y me doy cuenta de que el marido lleva los pies descalzos enfundados en unos calcetines color púrpura a juego con la corbata. Esther y Joshua Perlmutter son también clientes de John, también le riñen por no haberme presentado antes («*It seems he hides you!*») y también me abrazan con fuerza. Me envalentono y me atrevo entonces a elogiar las vistas, tratando de que mi acento suene lo más nasal y neoyorquino posible:

–*The views are amazing here! Pity it's such a dreadful night.*

Idina responde, guiñando un ojo a John, que todo hay que agradecérselo a él, es el mejor agente inmobiliario de la ciudad y les avisó en cuanto apareció este apartamento en el mercado, quinientos mil dólares más de lo que tenían previsto gastarse, pero ¿quién podía resistirse a esta panorámica que abarca desde el río Hudson hasta el East River? Luego le anima a que me enseñe todo el piso mientras ella va a traernos unas copas de champán, al fin y al cabo lo conoce perfectamente de haberlo enseñado tanto a posibles clientes.

La ventisca que arrecia hace que tiemblen ligeramente los vidrios, y el vértigo me impide acercarme hasta el borde del ventanal. Las luces entrevistas a ráfagas y la oscuridad de las aguas a ambos lados de la isla dan la sensación de que estuviéramos en un faro, aislados por la niebla, emitiendo constantes sonidos amortiguados que en realidad llegan, apagadísimos, de las calderas del edificio. Hay un tenue ulular y una atmósfera extraña a esta altura, algo que me remite a las madrugadas de niebla y sirenas en la casa añorada sobre la playa, no puedo abandonarme a ese recuerdo porque enseguida John me toma de la mano para que continuemos la visita y, de todos modos, esta es una noche perdida para la escritura.

Al llegar al comedor miro fugazmente la tela impresionante que cubre prácticamente una pared completa. John me lo ha advertido en casa («Sí, aunque es espectacular, no haces ni un comentario, a ellos no les gusta que lo menciones»); aun así, no estaba preparado para el impacto de ver un Pollock, cuyos trazos laberínticos de pintura negra, ocre, roja y blanca hacen eco a los dibujos caprichosos de la nieve sobre los cristales, y me cuesta desviar la vista y estrechar la mano de la joven que me saluda afectuosa con un ligero acento centroamericano.

—¿Cómo le va? Soy Ruth, la hija de Idina y Jeffrey. —Las múltiples pulseras étnicas de plata que le cubren la muñeca tintinean entrechocándose.

—¿Habla español? —finjo sorprenderme.

—Siete años en Nicaragua, El Salvador y Guatemala arreglando los desastres de nuestro pinche Gobierno —responde riendo francamente—. ¡La yanqui renegada!

Llega Idina con nuestras copas y John, hábilmente, entabla una conversación aparte con ella y los Perlmutter para dejarme a solas con Ruth. La hija de los Schlemovich me pregunta por mi trabajo y yo explico por enésima vez la diferencia entre los intérpretes de cabina y los traductores de documentos, en qué consiste la redacción de actas literales de las Comisiones y cómo lo que hacemos tiene poco de político y mucho de rutinario.

—Pero el lenguaje crea realidad, bien lo sabemos en mi organización —discrepa ella—. Nosotros nos negamos sistemáticamente a reproducir los eufemismos de la Administración americana: una persona muerta es una persona muerta y una familia destrozada, y eso no se visualiza si decimos como ellos «baja colateral». Ustedes nombran la realidad en sus idiomas.

—Lo que decidimos los traductores no cambia la percepción sobre lo que nombramos.

—¿Nunca?

—Bueno, solo recuerdo una ocasión, cuando nos tocó traducir *wall* en la opinión consultiva de la Corte Internacional de Justicia sobre lo que había construido Israel en el territorio palestino ocupado: optar por «muro», «muralla», «cerca» o «tapia» sí que podía designar la realidad o enmascararla —concedo, al tiempo que me doy cuenta, apenas han salido las palabras de mi boca, de que me estoy aventurando en terreno peligroso, en contra de lo que me había advertido John.

—Nada es inocente donde trabaja usted. —Ruth lanza una ojeada furtiva a sus padres antes de bajar la voz—. Aunque no sirva de mucho. Lo importante sería saber cómo se tradujo en árabe.

Por un momento, ninguno de los dos sabemos qué decir. No tengo ni idea de lo que hizo la Sección de Traducción al Árabe con esa opinión consultiva. Debería preguntárselo a Khaled.

—¿En qué organización trabaja? —le pregunto.

—En la última que se imaginaría usted en esta casa: Human Rights Watch —responde señalando la vajilla sobre la mesa, en un gesto que me desconcierta.

No podemos seguir conversando porque entra en el comedor su padre con una sopera humeante y todos se acercan a tomar asiento. Jeffrey Schlemovich es un hombre que llama la atención por su altura y su aspecto de antiguo galán, de pelo cano peinado con brillantina y dentadura perfecta. Es campechano, y me palmea el hombro con efusión («*Great to meet you, finally!*»). Contesto a sus preguntas de cortesía sin perder de vista a Ruth por el rabillo del ojo, atento a sentarme a su lado. Cuando por fin retiro la silla para colocarme a su derecha, noto la mirada alarmada de varios comensales.

—*Not there, dear* —me indica rápidamente con una sonrisa Idina.

—Venga aquí, a mi izquierda —puntualiza Ruth ofreciéndome asiento mientras me doy cuenta de que en el lugar que iba a ocupar los platos y vasos son diferentes al resto de la mesa—; sería mucha casualidad que apareciera hoy, pero nunca se sabe, *one never knows*...

—*One never knows* —responden al unísono los Schlemovich y los Perlmutter, y esas palabras en sus labios suenan como una invocación o una salmodia. Hay un breve silencio en el que los ojos de John se clavan en los míos.

Pero el momento de incomodidad pasa enseguida, y pronto Jeffrey está explicando que la crema de calabaza la ha hecho con las que compró el fin de semana anterior en una granja ecológica que hay junto a la casa que tienen en el campo, en Putnam County; desde que se jubiló, por fin puede dedicarse a cocinar; en realidad, ha perdido toda su vida en ese estúpido negocio de pieles, lo que tenía que haber hecho era abrir un restaurante, aunque Idina no se hubiera querido casar con él; uno siempre se da cuenta tarde de lo que verdaderamente importa; se va a apuntar al French Culinary Institute diga lo que diga su esposa (que aprovecha para arquear las cejas en un gesto de cómica exasperación) y Joshua y John deberían hacer lo mismo que él, dejar sus aburridas ocupaciones y dedicarse a lo que siempre han deseado, no puede ser que el sueño de John al venir a Nueva York fuese vender pisos, seguro que tenía otro objetivo que se quedó por el camino, ¿no es así?

Frente a la silla sin ocupar, la crema de calabaza se enfría en el plato distinto, que luego volverá intacto a la cocina mientras la conversación que han comenzado Ruth y su padre acerca de las políticas para el fin de la violencia en Guatemala va haciéndose cada vez menos amable. Y a medida que ellos eleven el tono y crucen reproches y opiniones airadas bajo la mirada reprobadora de Idina, se irá enfriando, también intacto en un plato diferente, el rosbif con verduras y puré de manzanas.

«Quizás, después de todo, no sea una noche totalmente perdida para la escritura», me digo.

Capítulo 4

Las luces acababan de apagarse en la sala opulenta del teatro Arriaga, pero aún no se había impuesto la quietud entre el público: últimas toses, butacas que crujían, espectadores que llegaban con retraso. Una frase leída en la ojeada rápida que había dado al programa de mano seguía danzando en mi cabeza, misteriosa y obsesiva: «Tengo un cuchillo ardiente». Apareció el director de orquesta, atravesó las filas de músicos entre una salva de aplausos y alcanzó su podio. Ahora sí, ahora callaron los carraspeos y los últimos crujidos, se hizo ese silencio reverencial e intransigente de los aficionados a la música clásica. «Tengo un cuchillo ardiente» era la traducción de un verso alemán. La imagen de la hoja al rojo vivo que quemaba en la mano seguía persiguiéndome cuando arrancaron los acordes iniciales del primer movimiento. Pensé que era raro que mi madre nos hubiera propuesto asistir a un concierto de Mahler. No le gustaba la música sinfónica, la encontraba aburrida. «No hay nada que mirar,» había criticado siempre, «no es como la zarzuela.» El melómano era mi padre, aunque nunca había tratado de inculcarnos su entusiasmo: cuando éramos pequeños solía encerrarse con el abuelo Manuel en un salón del primer piso a escuchar la colección de discos de Deutsche Gramophon de su suegro, era lo único en lo que coincidían y seguramente por eso a los dos hermanos nos estaba estrictamente prohibido entrar allí mientras la puerta permaneciera cerrada.

En la penumbra, mientras las maderas y las cuerdas iban ganando en amenaza y dramatismo, dejé vagar la vista por la abundancia de molduras doradas y terciopelos grana recordando los tiempos en que este coliseo decimonónico había languidecido como cine de programa doble, mucho antes de que se restaurase con tanto boato. Durante mi infancia era un sitio triste, lleno de desconchones y humedades, al que algunas veces nos traían a ver las películas italianas de romanos o del oeste que proyectaban en sesión de tarde. Caí en la cuenta de que en aquel mismo patio de butacas había experimentado por vez primera la sensación extraña de la que no hablé a mi hermano, en una ocasión que aún recordaba nítidamente: tendría unos trece años, y había sido viendo a un forzudo que hacía de Sansón en una fantasía bíblica que me sumió en el gozo para luego dejarme en el desconcierto. ¿Qué relación había ya entre aquel crío inquieto y desalentado que nada comprendía de lo que estaba sintiendo y el adulto de casi treinta años que escuchaba ahora los «Ritos fúnebres» junto a sus padres envejecidos? El pensamiento se perdía siguiendo a los clarinetes sombríos en el *allegro maestoso*.

Sin embargo, lo que escuché entonces en el teatro no fueron las notas agitadas del primer movimiento, sino un piano melancólico en el que sonaba una romanza cubana, una música tristísima y decimonónica de atardeceres perdidos en una espera inútil, y me pareció distinguir a don Ignacio de Arsuaga que reclinaba su cabeza contra el acolchado de uno de los palcos meciéndose ligeramente al son de los compases que le transportaban al caserón isleño donde habían quedado enterradas tantas esperanzas y rencores, evocando el salón de muebles cubiertos con fundas listos para la mudanza final mientras contemplaba por la balconada el cielo cárdeno y anaranjado de La Habana aguardando a un hombre bellísimo que ya no vendría. Fue una visión fugaz que huyó pronto, dejándome con el contrapunto de los violonchelos de Mahler, tan intrigado y perplejo como la primera vez que tuve noticia de su existencia y su secreto al descubrir el diario en la habitación clausurada del primer piso, y también hoy me pregunté cómo pudo pasar de ser el gallardo mocetón de la fotografía rasgada a convertirse en la calavera patética que se arrastraba por los tugurios de Bilbao «pintarrajeándose como una mona» (según me desveló escandalizado el abuelo la única vez que accedió a hablarme de él), al parecer arrancando favores de pago a muchachos equívocos.

¿Contarás también eso? ¿Traerás a este relato la sordidez de aquel viejo invertido, el único Arsuaga que tampoco cumplió con su deber de heredero?

Pero su voz que yo tanto habría necesitado seguir oyendo desapareció ahogada por la historia oficial del linaje y no podría decirme ya lo que pasó entre él y ese otro hombre del que nada se sabía, ni siquiera su nombre, porque el velo del silencio cayó rapidísimo en la familia, en cuanto don Alfonso de Arsuaga y doña María Otaduy regresaron finalmente a la península en 1898 con los dos hijos, cuatro doncellas y los restos que pudieron salvar del lujoso mobiliario del palacete habanero de la calle de la Lamparilla. Entre las páginas abarquilladas de los álbumes de fotografías antiguas arrumbados en los armarios cubanos del primer piso, rodeado de retratos de infantes con chorreras y capotitas, mujeronas enlutadas y dignos patricios de cadena de oro, Ignacio de Arsuaga y Otaduy me había llamado inmediatamente la atención por su belleza de majo de zarzuela: el mechón rebelde sobre la frente, la mirada desafiante, unos labios carnosos que traicionaban sensualidad, las patillas espesas que llegaban hasta al mostacho, los hombros robustos que se adivinaban bajo el traje de lino. Al pie de la imagen no figuraban fecha ni nombre, a diferencia de lo que ocurría en todas las demás páginas del álbum, y una de las esquinas inferiores del retrato estaba rasgada. ¿Por qué volvía a aparecer ahora, cuando yo ya había renunciado a reconstruir la novela amarga de la que hablaba una y otra vez en su diario? Hacía años que no oía su voz extraña en mis noches de insomnio en la *chambre de bonne* repitiéndome aquellas palabras obsesivas («¿Serás tú el guardián de tu familia?»), aquella voz que luego me susurraba retazos inconexos de guerras carlistas en el caserío original que yo no lograba descifrar, historias que debían de ser de su propio padre o de sus tíos, amenazas, tributos impagados, incendios en un cementerio, pelotaris ensangrentados; piezas de un rompecabezas con las que yo había ido emborronando cuadernos que acumulaban polvo abandonados en cajas entre los apuntes del doctorado.

Perdido en esas ensoñaciones, apenas prestaba atención al concierto, y cuando por fin traté de consultar el programa de mano en la oscuridad, vi cómo mi padre deslizaba su mano lentamente, con delicadeza, sobre la de mi madre y escuchaban así juntos, los dedos enlazados, muy quietos, no acariciándose ni siguiendo la música, simplemente unos posados sobre otros, el *crescendo* progresivo de la «Resurrección». Descubrir ese gesto me desconcertó. No fue alegría lo que sentí al advertirlo, sino una furia repentina. ¿Desde cuándo hacía algo así mi padre? ¿Qué era aquella secreta ternura entre ellos que nunca habíamos visto? Y si me apresuré a aplaudir, quizás demasiado pronto, en cuanto sonó la última nota, fue solo por ocupar mis manos solas, mientras ellos se demoraban en deshacer el enlace, aún embargados por la música, reacios a volver a la realidad, donde se escuchaban los primeros bravos.

Ordenadamente, la soprano, la *mezzo* y el director de orquesta abandonaron el escenario. Los espectadores seguían aplaudiendo a rabiar con la esperanza de que regresaran para ofrecer un bis cuando uno de los percusionistas, un chico joven de pelo pajizo y delgadez extrema vestido con una chaqueta demasiado grande, se adelantó hasta el proscenio pidiendo ostensiblemente con las manos al público que hiciera el silencio, y una vez que lo hubo conseguido más o menos, trató de hacerse oír alzando una voz potente pero nerviosa con la que pretendía llegar hasta las filas más altas del paraíso:

–Señoras y señores... la Coral y la Orquesta Sinfónica... algunos miembros de la Orquesta Sinfónica... queremos guardar un minuto de silencio por la víctima del atentado de esta mañana.

Se alzó un murmullo de desaprobación en la sala. Pese a que el percusionista intentaba seguir, se hacía difícil escuchar sus palabras:

–... de la familia de un miembro de la Coral... y por eso queremos guardar...

Se oyó un grito estentóreo desde el fondo de la platea:

–¿Y las víctimas del Estado, qué?

Algunas personas abuchearon al que acababa de hablar, sin embargo un cincuentón bien trajeado que estaba delante de nosotros terminó por imponerse bramando una pregunta llena de rabia:

–¿Y los familiares de los presos, de esos no se acuerda nadie? *Presoak etxera!*

El chico, en medio de la barahúnda que se iba formando en el teatro, elevaba aún más la voz tratando de hacerse oír:

–... quien no quiera solidarizarse, puede abandonar la sala... luego haremos un minuto de...

Varios espectadores hacían sonar ruidosamente sus butacas golpeando el asiento contra el respaldo o pateaban enérgicamente, al tiempo que otros trataban de hacerles callar. Algunos miembros del coro empezaron a bajar del estrado en que se hallaban y también dos o tres instrumentistas de la orquesta abandonaron el escenario. Se oyó entonces un anuncio por megafonía:

–La Dirección del Teatro Arriaga les comunica que esta intervención no está autorizada. Les rogamos que vayan abandonando sus localidades...

–¡Quédense, quédense, por favor, no sigan callándose más! –imploraba desesperado el percusionista desde el escenario. Mientras, los acomodadores nos requerían nerviosos para que nos dirigiésemos a la salida.

–¡Fuera, españolazos, fuera! –berreaban algunos melómanos desde el anfiteatro, tratando de imponerse a todas las demás voces.

–¡Fuera, españoles, fuera! –les habrían gritado también a los Arsuaga cien años antes en el Teatro Tacón de La Habana, a pesar de que ya eran más isleños que peninsulares, unos colonos que no habían regresado nunca al solar de los ancestros desde que abandonasen precipitadamente Algorta en 1874. Y cuando finalmente terminaron por volver con conciencia de derrota, añoraban la isla conflictiva y enardecida, aunque en su fuero interno admitiesen que el viaje era un retorno al origen, el curso natural de la Historia, pues todos los Arsuaga terminaban por regresar al mismo cementerio junto al acantilado en el que don Alfonso adquirió inmediatamente en 1898 un panteón para todos sus descendientes. Lo que nos dolía a nosotros al abandonar aquella noche el concierto abatidos, cabizbajos, sin poder guardar ese minuto de silencio que tanto necesitábamos, era comprender que ahora nos iban a expulsar de nuestra propia tierra vasca; que ante la marea del odio que iba arreciando, de nada nos serviría haber mantenido durante casi un siglo aquel panteón y aquella casa a los que mi madre se aferraba desesperadamente.

Hacía frío afuera, y el viento barría la plazuela frente al teatro. Atravesamos el puente hacia la parte alta de la ciudad, donde habíamos aparcado el coche, sin que ninguno de los tres dijera nada. Tuve ganas de tomar a mi madre del brazo, pero no lo hice. En mi cabeza seguían resonando aún las notas estremecedoras del último movimiento de la sinfonía y aquellas palabras alemanas, «moriré para seguir viviendo». Al pasar junto al edificio del Gobierno Civil, un perro meaba con la pata alzada contra el mástil en el que ondeaba la única bandera española que debía de quedar en toda la ciudad.

¿Qué podía querer decir Ainhoa con aquello de que había tratado a Juan Manuel «estos últimos tiempos»? ¿Y qué tenía que darme? En el mensaje grabado no había rencor, ni veladuras, ni una sombra de duda o zozobra. Lo había vuelto a escuchar una y otra vez al regresar del *biergarten*, escudriñando la inflexión de cada frase, y todo lo que lograba descifrar era franqueza, una afabilidad que me extrañaba, como si no hubiera ocurrido nada hacía tantos años en el frontón y en el restaurante. Acostumbrado como estaba a desentrañar los dobles sentidos y las puñaladas encubiertas bajo el lenguaje viscoso que era de rigor en el mundo de la diplomacia internacional, me sorprendía no descubrir ningún tono impostado en mi prima, constatar que sonaba perfectamente sincera. Sus términos decían lo que significaban («Juan Manuel murió ayer, quiso que te avisáramos»), no había nada que buscar detrás de ellos, en una entonación o un silencio, y eso me resultaba inconcebible.

Luego me había pasado la noche dando vueltas en la cama, en un insomnio avivado por el bochorno que se filtraba por las ventanas entreabiertas. Algo me empujaba a pensar que ahora sí, ahora había que volver, esta muerte era la última oportunidad. Sin embargo, ¿qué herida creía que aún podía cerrarse? Mi vida se había hecho aquí, en Nueva York, por más que me resistiese obstinadamente a casarme con John. ¿No había tomado una decisión irrevocable cuando le contesté «no» a mi padre y me negué a plegarme al mandato de mi madre? ¿Acaso imaginaba que había todavía lugar para mí en aquel mundo abandonado de Algorta? ¿Que una visita de cortesía y un par de conversaciones educadas con parientes que ya no me reconocerían iban a corregir algo que no tenía arreglo, aquello que me había jurado en la estación de autobuses después de la huida? No, yo nunca sería un verdadero Gondra, y estaba bien así.

—*Are you in slow motion, dude?*

El exabrupto provenía del final de la fila de clientes, a mis espaldas, aunque no quise volverme a mirar: seguramente pretendía ser una ironía, pero había algo veladamente amenazador en él, como ocurre siempre que en esta ciudad atropellada, de prisas y malhumor cotidianos, alguien se demora más de la cuenta en lo que sea, en pedir o en pagar o en pasar el torniquete del metro o en subir al autobús. No me volví y tampoco contesté, porque de nada servía enzarzarse en una discusión en la que a la tercera réplica quedaría patente que no era capaz de insultar o despreciar o amenazar con soltura y rapidez en el inglés neoyorquino, plagado de un yidis callejero, con el que hay que sobrevivir en la pelea cotidiana. El vendedor que atendía el carrito estival de comidas también se impacientaba con mi lentitud y seguramente tenía razón. No había mucho donde escoger, ofrecía iguales desayunos que todas las mañanas en la misma esquina, dos tipos de café y tres variedades de bagels, con cuatro posibilidades distintas para untar, eso era todo, ¿qué tenía que andar pensando yo antes de pedir lo mismo que cualquier otro día, pagar y largarme calle abajo, caminando apresurado hasta la entrada del metro haciendo malabares para comer y beber al tiempo que daba grandes zancadas?

—*Black coffee, pumpernickel bagel, cream cheese* —le solté lo más velozmente que pude. Busqué un billete de diez dólares en la cartera diciéndome que tenía que aparcar de una vez todas esas preguntas que seguían embotándome a plena luz del día.

Llevaba pidiendo invariablemente lo mismo casi tres meses, desde que habían empezado los calores a principios de junio y las calles volvieron a llenarse de vendedores ambulantes que ahumaban el Upper West Side con sus carritos de comida callejera en los que siempre parecía estar quemándose algo, unas estructuras metálicas cubiertas con fotografías chillonas que hacían que la ciudad se asemejara aún más a Bombay o Calcuta, con sus olores acres y sus sombrillas multicolores; tres meses de desayunos comprados apresuradamente en esta misma calle Ochenta y uno y en este mismo puesto y a este mismo rostro inescrutable, y sin embargo, ni una sola mañana había tenido él un gesto de reconocimiento, de bienvenida, un mínimo signo que me hiciera sentir cliente habitual. Tres meses venía haciéndome la misma reflexión mientras engullía la masa indigesta del bagel en el andén, esperando el metro y contemplando cómo correteaban las ratas por los rieles de las vías, en verano aparecían muchas más y más agitadas, a ellas no les afectaban el calor sofocante, la humedad pegajosa que te empapaba a los diez minutos de pisar la calle, el ruido ensordecedor de las líneas exprés que circulaban por el carril central. Había que ser rápido y terminar la rosca de pan antes de introducirse a duras penas entre los cuerpos apretujados en el vagón que luchaban por el más mínimo espacio a lo largo de las cinco paradas hasta llegar a la estación de la calle Cuarenta y dos.

—Tampoco tú te aventuras a darle los buenos días o decirle que el bagel de la víspera estaba delicioso —apuntó aquella mañana Enric, cuando lo mencioné en una pausa del Grupo de Reflexión sobre los Métodos de Trabajo y las Actividades de las Empresas Transnacionales.

—¿Delicioso, un bagel? —ironizó Esteban Alechinsky.

—En Buenos Aires, entraste dos veces en una confitería y pediste lo mismo y a la tercera ya te lo sirven sin preguntarte —comentó Martina recogiendo las carpetas cuando sonaron los timbres—. Eso sí: en una semana te confías y el chorro del panadero ya te da mal el vuelto.

Mientras apretábamos el paso por el corredor para no llegar tarde a la segunda parte de la sesión, recordé de golpe la última visita con Juan Manuel a la churrería de Algorta, la discusión y las monedas que quedaron sobre el mostrador.

Aquellos billetes que ya no se usaban debían de andar olvidados por algún cajón o tal vez se perdieron definitivamente cuando me mudé a casa de John, inservibles hoy como tantas otras cosas que se quedaron atrás en el tiempo. ¿Habría aún alguien que recordara cuánto costaba una docena de churros en pesetas?

—Mañana sale la convocatoria de la vacante de P-5 —cuchicheó de pasada Enric, antes de sentarnos a la mesa de los redactores de actas.

—¿Piensan presentarse, ustedes? —preguntó Esteban, que había alcanzado a oírlo. La delegada de Kazajistán ya había comenzado su intervención, era mi turno de tomar apuntes, ninguno respondimos. Y sin embargo, en ese «ustedes» colocado estratégicamente al final de la frase y remarcado con el agudo paraguayo, yo interpreté sin duda alguna desprecio y amenaza y comprendí que le habían prometido el puesto: el proceso de selección sería una pura fórmula, la gorda Ábalo iba a salirse con la suya.

—Yo sí, por supuesto —respondí en cuanto terminó su discurso la oradora.

—Quieren hacer las entrevistas enseguida, a mediados de septiembre —apuntó Enric, que siempre era el primero en enterarse de todo, mientras subía a la tribuna la delegada de Saint Kitts y Nevis—. Arriba tienen miedo de que, si no se cubre el puesto rápidamente, Recursos Humanos suprima la plaza para darle una a la Sección de Edición.

«El 15 de septiembre es la fecha límite», había insistido Ainhoa en el mensaje. «El 15, *maitxia*, que no se te pase.»

—Adiós vacaciones, entonces —me susurró Martina.

Esteban Alechinsky siguió trazando círculos en su bloc de notas.

—Adiós vacaciones, sí —exclamé lo más alto que pude.

Pero él no levantó la vista y sus garabatos se volvieron más intrincados.

Capítulo 5

El taxi atravesaba la plaza de Arriquíbar con sus cuatro castaños de Indias moribundos y la herboristería adonde nos solía traer de niños la abuela Avelina a por caramelos de malvavisco. Más tarde, Ana Larrauri y yo habíamos frecuentado mucho el pub de jazz de la esquina cuyo nombre ya no recordaba, en el que cada sábado de aquel año absurdo había tratado de toquetearla torpemente. El hollín que cubría ahora los edificios les daba un aire fatigado y se iban repitiendo por la ventanilla uno tras otro, todos ellos ennegrecidos y tristones, empapelados de carteles políticos deslavados por la llovizna constante en los que se reclamaba la independencia o la amnistía total. Decían que con el nuevo museo las cosas seguramente mejorasen, aunque ¿quién podría creerlo? En las aceras barridas por la lluvia, los transeúntes empuñaban ferozmente los paraguas contra el viento que les doblaba las varillas.

—¡No sé qué tiene tu padre en la cabeza! —refunfuñaba mi madre—. Mira que esta misma mañana se lo he vuelto a repetir: «De hoy no pasa, habla con Bosco de una vez». Pero en esta familia nadie me hace ni caso.

—¿Tú recuerdas cómo se llamaba aquel sitio de jazz que había aquí? —Señalé por la ventanilla, decidido a cambiar de conversación–. Yo solía venir bastante. ¿No era Dumbarton, o algo parecido?

–¿De jazz, en esta plaza? Yo no recuerdo que hubiera ninguno.

–Sí, señora –le contradijo el taxista, un cincuentón barrigudo, por encima de la tertulia de la radio, que llevaba a todo volumen–. El Dumbarton, no; ese estaba en la plaza de Indautxu. El que había aquí, el Bourbon, hace lo menos seis o siete años que cerró.

Pensé que quedarían ya pocos locales en Bilbao de los que había frecuentado también con mis compañeros de primero de Derecho en aquel curso perdido y, sin embargo, nada parecía haber cambiado. Y nada iba a cambiar por más que nos empeñásemos, nuestro tiempo había pasado y Juan Ignacio tenía razón, solo cabía poner kilómetros de por medio, olvidarse de una vez por todas de la tierra y de la lengua.

–... *los periodistas hipócritas, que desde hace tiempo les vienen llamando cobardes por realizar las acciones encapuchados...* –vomitaba la radio, a la que no prestábamos atención.

Pasamos por delante del edificio fantasmal de la Alhóndiga abandonada, con sus feos desconchones y sus cúpulas que cualquier día terminarían por venirse abajo, cubierto de jirones de propaganda y pintadas amenazadoras («ETA mátalos», «Cipayo, *entzun*: pim pam pum»).

–¿Qué van a hacer aquí? –pregunté al ver las entradas tapiadas.

–Torres de pisos, imagino. Ese es el negocio ahora. –Mi madre meneó la cabeza con tanta desaprobación como incredulidad–. ¿Puedes creerte que a tu hermano le pagan por el suyo exactamente el doble de lo que le costó? ¡En cinco años, y con una hipoteca por más de la mitad del precio! ¿Qué inversión te da ese interés?

–Yo creía que en estos momentos no se vendía nada.

–No se venden las mansiones abandonadas de todos los banqueros de Neguri que han tenido que salir corriendo –bajó instintivamente la voz–. En cambio, los apartamentos de uno o dos dormitorios te los quitan de las manos. ¿No te estoy diciendo que se lo compra la segunda persona que fue a ver el piso?

–¿Y qué va a hacer?

–... *ha costado mucho conseguirla, para que un atontado como tú ponga en duda lo que...* –La radio seguía como un oleaje lejano apenas percibido.

–Pues coger el dinero y salir corriendo. –Encendió un cigarrillo y luego siguió dando vueltas nerviosamente al mechero al tiempo que exhalaba la primera calada–. Y se gastará hasta la última peseta en comprarse un chalet con piscina, estoy segura. Allí, a más de mil kilómetros de nosotros. ¡En el sur! Ya sabes lo idiota que es tu hermano. *Kokolo halakoa!*

¿Era tonto por irse, por salvarse antes de que llegara la ola que los barrería a todos? ¿Por no guardar parte de ese dineral «para tiempos peores» y vivir modestamente en otro piso? ¿O por casarse con una «maestra en paro» y largarse «al sur», ese lugar remoto del que el acento desdeñoso y condescendiente en la voz de mi madre lo decía todo?

–... *lo suelte completamente convencido, cuando en realidad está repitiendo como un loro la versión de los cipayos...*

–*¡No te autorizo a que uses esa palabra! Los* ertzainas *son unos...*

–*¿Qué pasa? ¿Que jode? ¿No somos tan demócratas?*

–*Democracia es respeto, chaval.*

–*¡Pues respétame mi...*

–Sin agencia ni nada, ¿te lo puedes creer, hijo? –Mi madre aplastó irritada el cigarrillo en el cenicero de la portezuela–. De particular a particular, ni siquiera tiene que pagar comisiones.

–Perdona un momento, mamá.

Me incliné hacia el asiento del taxista para que me escuchase mejor.

–¿Podría quitar la radio, si no le importa?

–¿Es de cobardes empuñar las armas en la sociedad consumista en la que vivimos, en la que podrían estar tranquilamente sin...?

–¡Claro que es cobarde lo que...!

–¿Te parece cobarde jugarse el pescuezo enfrentándose a la autoridad en esta Euskadi ocupada por txakurras *y cipayos para...?*

Con mucha cachaza, el taxista acercó la mano al botón del volumen y lo bajó un poco.

–¿Es de cobardes vivir tu juventud en la clandestinidad, siempre huyendo, o que te cojan, te torturen, te entaleguen el resto de tu vida, eh?

–Perdone, ¿le importaría quitarla, por favor? –repetí, inclinándome más y posando la mano en el respaldo del asiento delantero.

–Ya se la he bajado, ¿no le basta, o qué? –rezongó el taxista de malos modos.

–Es que no le he dicho que la bajara, lo que le he pedido es que la quitase.

–Se la bajo, ¡y gracias! –exclamó, dando un volantazo que me hizo caer contra el fondo del automóvil.

–No, perdone; lo que le estoy diciendo es que la quite. Que la apague del todo.

–Déjalo, Bosco, ¡qué más da! –Con su mano ensortijada, mi madre me hizo el mismo gesto seco que cuando nos mandaba callar en la mesa de los mayores.

–¿Cobardes porque dan tiros por la espalda, porque no disparan a la cara? ¿Qué coño significa esa mierda? ¿Estamos tontos o qué?

El taxista se volvió colérico hacia nosotros:

–¡Pues no me da a mí la gana de quitarla, mira tú por dónde!

–¡Bosco, cállate, tengamos la fiesta en paz! –Mi madre me dio golpes repetidos sobre el muslo siseando–. Y usted, mire al frente, no vayamos a tener un disgusto.

Sin embargo, yo ya no atendía a razones:

–¡Si le digo que la quite, la quita y punto! ¡Es el derecho del pasajero!

–¡Por mis cojones! El taxi es mío y el derecho lo tengo yo a escuchar la radio todo el rato, que para eso pago mis impuestos, ¡joder! Y la licencia municipal y todo.

–Aquí lo pone bien clarito. –Tamborileé con los nudillos sobre la pegatina de la ventanilla–. El pasajero puede decidir a qué volumen quiere la radio.

–¡Me toca los cojones lo que ponga en ese papelito del puto Ayuntamiento! Lo único que puede decidir es si la quiere más alta o más baja, porque si a mí me sale de los huevos escuchar la radio en mi coche, la escuchamos, ¡qué hostias! Y si le jode, pues se jode –bramó, esquivando por poco una furgoneta que nos salió de una bocacalle.

–¡No sea soez y haga el favor de conducir con cuidado, que para eso le pagamos! ¿Me ha oído? –Mi madre aporreaba el reposacabezas derecho tratando de imponerse.

–... *me gustaría ver a mí a esos que tanto dicen, que tanto presumen del...*

–¡Qué animales sois, pero qué animales!

–... *dentro de unos años, cuando el...*

–¡Si puedo decidir el volumen, puedo decidir que lo quiero a cero, o sea que apáguela de una vez! –Me desabroché como pude el cinturón de seguridad para impulsarme hacia él aferrándome a su respaldo.

–¡Yo aquí no apago nada porque no me sale de los cojones! ¡A ver si todavía les voy a bajar de mi coche!

–Hombre, que si nos va a bajar. ¡Ahora mismito! –ordenó tajante mi madre–. Pare aquí, que nos vamos.

—¡Pues ea, lárguense antes de que saque el bate del maletero y nos liemos a hostias!

El energúmeno pegó un frenazo y caí contra mi madre.

—¡Conque ya se están bajando!

Pagué a toda prisa y salí del automóvil dando un portazo, aunque aún alcancé a oír cómo me gritaba «¡Maricón de señorito!». Me volví de inmediato y traté de arrear un patadón a la carrocería; el taxi había arrancado ya y la pierna se balanceó sola y estúpida en el aire.

—¡A este había que haberle dado una buena tunda, para que aprendiese! —me jaleó mi madre.

Entonces la emprendí a puntapiés con una papelera y me sentí mejor.

No te fijaste en la mirada de tu madre ni viste a qué hubiera estado dispuesta en aquel momento, lo que refulgía en sus ojos que también se iban dejando contagiar. No te fijaste como no nos fijamos tampoco ninguno de nosotros en 1935 cuando se oyeron las primeras consignas en el Casino de Algorta, y luego comenzaron las primeras palizas. ¡Si pudieras contemplar ahora aquellos ojos y los tuyos, si pudieras percibir el odio!

Estábamos ya cerca de la sastrería y nos pusimos a caminar bajo la lluvia, yo cojeando ligeramente.

—Este es el que vive en París —le indicó ella al sastre que, nada más vernos entrar empapados, nos había ofrecido solícito un par de toallas para que nos secásemos—. Ya le dije que era de la misma altura que el novio, pero más corpulento.

—Yo creo que sí le valdrá el que le hemos apartado, ahora se lo traigo.

Mientras el hombre entraba en la trastienda, vi la tabla de precios anunciados sobre el mostrador y me giré asombrado a mi madre. ¿Íbamos a pagar ese dineral por alquilar un chaqué que apenas me pondría unas horas? ¿Cuánto habría costado entonces el que le habían encargado a medida a Juan Ignacio? ¿Quién corría con todos esos gastos, si ahora las cosas les iban tan mal? Antes de que pudiera abrir la boca, ella me indicó silencio con un gesto y sacó otro cigarrillo.

–Pase ahí dentro y pruébese primero los pantalones. –El sastre me tendió una funda con todas las prendas–. ¿Necesitará zapatos también?

–No –contesté introduciéndome en el probador.

–Claro que sí. Por una vez, que vaya perfectamente conjuntado. –Mi madre apuntó con un gesto de exasperación hacia mis botines arruinados por las lluvias y los inviernos de París.

Subido al podio, frente al espejo de tres cuerpos, al tiempo que el hombre iba cogiendo los dobladillos arrodillado a mis pies, pensé que sería la primera y la única ocasión en que me pondría algo así. A mí no me iban a pagar nunca un traje a medida para una boda que no tendría lugar. ¿Por qué me había prestado a disfrazarme como ellos deseaban y pronunciar en la iglesia de Nuestra Señora unas palabras en las que ya no creía?

–¿Hacia dónde carga usted? –El sastre mantenía los alfileres entre los labios esperando para marcar el arreglo de la cintura.

–No le entiendo.

–Ya sabe: que hacia dónde se le inclina.

Mis ojos coincidieron en el espejo con los de mi madre. Exhaló el humo, haciéndome un ademán. Me vi ponerme colorado. Hubo un silencio hasta que por fin balbucí:

–Depende...

–¿Pero principalmente? –se apresuró a insistir el hombre, manteniendo una impasibilidad profesional exquisita en el rostro.

–Depende... de quién tenga al lado.

Apenas esbozó una sonrisa discreta. No obstante, capté su mirada y comprendí inmediatamente en qué bar podría encontrármelo los sábados por la noche. Sería otro parroquiano que iría al Flamingo a darse raciones de vista y nada más: era un viejo de unos cuarenta años, no tendría ningún éxito.

—A la izquierda, entonces, como la mayoría —resolvió, mientras marcaba con los alfileres—. Ya puede ponerse el chaleco y la levita.

Desde el probador, escuché la conversación que mantenían. Mi madre le explicaba que, en cuanto se fijó la fecha de la boda, había sometido a dieta a su marido para que le entrara el chaqué con el que se casó y que le había hecho en esta misma sastrería, hacía treinta y cinco años, el padre del dueño actual, a lo que el sastre respondía que debió de ser su abuelo quien lo confeccionó, «Y está como nuevo, antes estas cosas se hacían para durar», alababa ella, «Hoy también, no se preocupe, ya verá cómo el novio se lo sigue poniendo dentro de otros treinta y cinco años para la boda de su propio hijo», auguraba él, y yo no pude dejar de pensar que para entonces, si es que alguien se seguía aún vistiendo de chaqué, nadie vendría a encargarse nada aquí. Juan Ignacio y Clara serían los últimos en casarse en la iglesia de Nuestra Señora y después, quién sabía lo que ocurriría. La levita olía a alcanfor y me sentí completamente ridículo en cuanto introduje los brazos en las mangas. ¡Qué no se hubieran reído Caroline, Juliette, Sylvie o Pierre si me hubieran visto disfrazado de esta guisa! Y qué me importaba ya a mí, si seguramente yo también iba a desaparecer de sus vidas como lo había hecho Vicente. La única salida parecían ser esas oposiciones de traductor que había visto, largarme a Nueva York si conseguía aprobarlas y dejar de seguir engañándome, no tenía sentido continuar mintiéndonos, ninguno de nosotros iba a conseguir nunca vivir de la literatura. Ajusté la corbata. Intenté aplastar el escaso pelo que me quedaba sobre la frente. Me abroché los botones. ¿A quién pretendían engañar vistiéndose como si aún fuéramos una de las familias que importaban? ¿A qué venían estos fastos absurdos cuando todo el mundo en Algorta sabría la verdad? Ahora que Juan Ignacio abandonaba, el despacho de los Arsuaga tenía los días contados.

–¿Sombrero de copa también voy a llevar? –Descorrí abruptamente la cortina del probador con demasiada fuerza, porque a punto estuvo de rasgarse, y se volvieron hacia mí–. ¿La paloma de mago la ponen o la tengo que buscar yo?

Por un momento, no respondieron.

–Mejor un mono amaestrado. –El sastre me guiñó un ojo, y no me pareció que fuese por el motivo que entendería mi madre, quien apagó el cigarrillo de un gesto brusco contra el cenicero del mostrador.

Después, ya en la calle, abriendo el paraguas que nos habían prestado en la tienda, ella me reprendió agriamente:

–Una gracia totalmente fuera de sitio, hijo.

No comprendí a cuál se refería y eché a andar empapándome bajo la lluvia.

Pero ¿cómo armar una novela con esos recuerdos dispersos que pasé años tratando de silenciar? ¿Cómo encontrar el hilo que desenmarañe lo que nos dijimos y lo que nos ocultamos, lo que nadie supo y lo que todos creyeron? ¿Cómo hacer un todo coherente, con principio, nudo y desenlace, que logre explicar el vínculo que lleva desde aquella huida furiosa entre insultos y acusaciones en 1998 hasta la conversación entrecortada y llena de sobreentendidos con Ainhoa en el cementerio hace unos meses, como si todo respondiera a un designio, al plan consciente de un hacedor que supiera de antemano dónde encajarán las piezas y dosificara la información y los golpes de efecto?

Y de nuevo me vence la desesperación en esta noche insomne en la que intento la tarea imposible de una escritura exacta y veraz que dé respuesta a los reproches de mi hermano («Tú que eres cómplice con tu silencio»), una labor titánica después de nueve horas de trabajo embrutecedor en el edificio babélico enfangado en las palabras abstrusas de la neolengua internacional, «implementación», y «empoderamiento», y «monitoreo». ¿Cómo encontrar entonces en las madrugadas el matiz que describa con absoluta fidelidad el color de la pintura nueva en la pared del frontón que yo no había vuelto a ver en veinte años y que tanto me dolió descubrir, un tono oliváceo que enmascaraba lo que sin duda pintarrajearon la víspera de la boda, una coloración insultante y mentirosa ante la que me desplomé hasta que ellas dos me llevaron al servicio de Urgencias? Pasan las horas sin que consiga hallar el término preciso y me angustia saber que volverá a sonar el despertador a las siete obligándome a saltar de la cama y tomar el metro para llegar puntual a otra reunión interminable e inservible del Grupo de Trabajo Intergubernamental sobre Fiscalización de Precursores de Tipo Anfetamínico o del Comité Técnico Internacional de Prevención y Extinción del Fuego, otra noche perdida, otro silencio y otra sombra que van ganando la batalla, porque ¿cómo puedo dilucidar hoy todo lo que denunciabas en las páginas y páginas de letra apretada que leí dejándome la vista en la casa que se venía abajo y que llevo meses tratando de reconstruir línea por línea? ¿Qué sé yo de lo que ocurrió entre vosotros la noche anterior si Ainhoa nunca accedió a hablar de esos «tiempos que ya pasaron»?

Ahora que ha parado la ventisca de nieve y el aguacero se estrella contra los cristales, miro las gotas furiosas en la madrugada neoyorquina como tantas veces las miraba de adolescente en la casa junto al mar: ensimismándome en los caminos caprichosos que forman sobre el vidrio frío y preguntándome qué tengo que ver yo con lo que pensaron y desearon y sufrieron todos esos Gondra que fueron necesarios para que tú y yo llegáramos a ser, el abuelo Martín de Gondra decidiendo quedarse tras la Guerra Civil y no reclamar el frontón para poder seguir viviendo en Algorta y que hizo venir a su hermano en un episodio trágico del que yo no sabía nada hasta que Ainhoa me lo reprochó airadamente, o don Alberto de Gondra regresando de Cuba antes de la entrega de la isla a los rebeldes y levantando la casona junto al acantilado convencido de que nadie recordaría en la tierra originaria lo que había ocurrido en una noche terrible de guerra carlista en 1874, ese tortuoso árbol familiar en cuyos secretos debe de encerrarse una clave que no hallo para explicar cómo llegamos a lo que llegamos, al odio en los ojos de unos primos segundos que de niños habían bailado juntos y felices en la romería delante de la iglesia.

Yo nunca puse un plato vacío en mi mesa y quizás el contacto con esos antepasados se haya perdido para siempre por más que me empeñe en dar vueltas y vueltas entre mis manos a la pella de tierra centenaria que me traje en septiembre de aquel mundo y que ahora descansa sobre el escritorio. No:

ninguna amalgama de barro reseco podrá darme las respuestas que no encontré allí, y sigo sin saber cómo se podría quebrar por fin la cadena de los reproches y cerrar para siempre la herida. ¿Quién tendría que pedir perdón a quién? Cuando la otra noche Ruth Schlemovich se enzarzó con su padre acerca de las comisiones de la verdad en Guatemala y el deber de memoria, yo habría deseado preguntarle si era cierto que esos encuentros hubieran sanado algo, sin embargo no me atreví a intervenir, Idina trataba claramente de cambiar de conversación, todos se habían puesto muy nerviosos, Jeffrey insistía en que la justicia exige castigo y no olvido, «El olvido de todos vosotros, de los jóvenes, es lo que está haciendo que vuelvan a quemar sinagogas», abroncaba a su hija, «¿Quemadura por quemadura, herida por herida, golpe por golpe, esa es tu solución?», replicaba ella, y entonces pensé en el daño que me habían causado en Algorta las palabras que yo no esperaba dichas por un hombre que no había cambiado un ápice y hubiera querido que Ruth me explicara dónde termina la justicia vengativa y dónde comienza el olvido justo que calma los odios enquistados, no obstante no pregunté nada, no era el momento, ya había metido bastante la pata.

Siento los pasos de John que se acercan por el pasillo y antes de que entre en el salón respondo malhumorado: «Todavía no, vuélvete a dormir, no me interrumpas», y pese a que me enfurece que me apague la luz que lo mantiene desvelado no me levanto, porque me niego a dar por perdida la batalla de hoy en el combate feroz con las sombras del pasado, no quiero acostarme, aún no, y aparto violentamente sus manos que se aferran a mis hombros para hacerme abandonar el ordenador y nos gritamos cosas de las que mañana los dos nos arrepentiremos y todo termina con un portazo en el dormitorio y el silencio.

«No pienso pedir perdón», me digo, y esas palabras son el eco exacto de las que escuché en Algorta.

Pero esa sería otra novela, y no el libro que necesitabas que escribiese.

En cuanto tomé asiento en el despacho de la jefa de la Sección tuve el cuidado de montar una pierna sobre la otra y balancear el pie derecho frente a la mesa que nos separaba. Ahora hacía ya varios minutos que concentraba la vista en la puntera de mi mocasín de ante para evitar a toda costa elevar los ojos y mirar a Silvia Ábalo y que la ira o la angustia se me subiesen a la cabeza y pudieran hacerme decir algo de lo que después me arrepintiese. Esta vez no iba a darle el gusto de tener una discusión abierta que luego ella pudiera calificar de «resistencia a la orientación profesional», así lo había escrito en el informe anterior y eso no iba a volver a ocurrir. Solo hacía dos años que se había implantado en la Organización el nuevo sistema de evaluación del desempeño de los funcionarios y la entrevista con el superior directo era ahora un elemento decisivo para los ascensos.

La gorda Ábalo seguía desgranando los objetivos y las metas del plan de trabajo anual y me iba detallando, con respecto a cada punto, cuál había sido mi desempeño. Sentí frío, el aire acondicionado estaba al máximo, pedirle que lo bajara sería interrumpirla, no era buena idea. Que yo pudiese optar con alguna probabilidad de éxito a la vacante de P-5 cuyo concurso ya se había abierto dependía de que al final de esta entrevista absurda ella escribiera o no «satisfactorio» en la última casilla del formulario que ambos debíamos firmar. Por eso yo fijaba la vista en mi zapato y me esforzaba en respirar conforme a las instrucciones que tanto había practicado con el psicólogo para evitar los ataques de ansiedad, intentando que la voz falsamente amiga, escudada en una camaradería profesional, me llegase como un ruido de fondo cuyas palabras concretas trataba de no escuchar.

¿Cuántos lustros hacía que no habían limpiado esta moqueta desvaída que ocupaba casi todo mi campo visual? ¿Cuántos jefes habían pasado en tantas décadas por esta mesa, una de cuyas patas metálicas estaba ligeramente abollada? Se decía que todo el mobiliario había sido cedido por el Gobierno de los Estados Unidos al abrirse el edificio en el año 1952 y desde entonces, nadie se había atrevido a pedir a los Estados Miembros partidas en el presupuesto para renovarlo, por lo que habíamos terminado por trabajar en muebles desvencijados que no desentonarían en cualquier anticuario de Brooklyn, escritorios y sillas y archivadores metálicos más propios de una película de época que de una oficina moderna.

—Estoy contenta por ti, no creas, me alegro de que este año no haya habido ningún incidente ni queja, eso es que tu inglés mejora, ese era el objetivo que nos marcamos en la evaluación pasada, ¿ya?

Apreté fuerte los puños hasta clavarme las uñas en las palmas de las manos y respiré hondo. Había confundido *police* con *policy* en un acta del Comité para la Eliminación de la Discriminación contra la Mujer, un descuido menor, le podía pasar a cualquiera, teníamos que traducir una media de 5,5 páginas al día, unas 1.810 palabras diarias, 9.050 palabras a la semana, alrededor de 36.200 palabras al mes, una única equivocación en todo un año de traducciones hechas a contrarreloj, ¿a quién no le había ocurrido alguna vez?, en nuestros trabajos aparecían errores continuamente, el documento se corregía y listo, no pasaba nada, no había generado ninguna protesta diplomática ni nada parecido, era Silvia quien se había molestado en señalarlo y pedir excusas a la delegación de Bolivia por «tamaño error» y seguramente ella misma le había pedido al representante del Paraguay que lo hiciera constar en el informe final sobre el período de sesiones, se había aferrado a ese mínimo tropiezo para insistir en que mi inglés todavía era «indeciso» y no completamente «fiable» y exigir que mis traducciones volvieran a ser revisadas a pesar de la categoría de autorrevisor que me correspondía por antigüedad en la Organización, y con el nuevo sistema, todo ello había quedado registrado por escrito en mi expediente profesional.

—¿Ya? —volvió a repetir, y no tuve más remedio que alzar la vista y mirarla.

—Sí —contesté al cabo de un momento.

—Vivir en Nueva York le hace bien a tu inglés, no me cabe duda, pero tienes que leer todas las mañanas el *New York Times*, eso es lo que te va a dar el vocabulario que necesitas aquí, ¿lo estás haciendo?

Noté que los calores empezaban a subirme al rostro. Pronto empezaría a sudar, eso era seguro. Yo había pasado unas oposiciones con candidatos de todo el mundo, me había ganado mi plaza demostrando que era capaz de traducir enrevesados textos diplomáticos en inglés y francés, nadie me había regalado mi puesto y durante años, hasta que llegó ella, ningún jefe había pensado que yo tuviera problemas con mis conocimientos lingüísticos y me habían ido ascendiendo en el escalafón sin problemas; si a veces no comprendía sus estúpidos chistes neoyorquinos plagados de yidis, eso no significaba que no pudiera hacer perfectamente mi trabajo. Ninguno de los cientos de funcionarios que redactaban textos en la bizantina jerga de la diplomacia internacional iba a utilizar jamás esos modismos que no se entendían más allá del Lower East Side. Y yo era un traductor de textos escritos, no un intérprete, siempre tendría el tiempo de consultar todos los diccionarios que necesitara antes de verter al español cualquier expresión que no comprendiese perfectamente.

—Esa relación que tienes —continuó ella, y creí apreciar un deje de ligera desaprobación en su voz— también puede ayudar. Habla inglés con él todos los días, te dará fluidez con la lengua, que es lo que más necesitas, ¿ya?

Sentí el sudor en la frente a pesar del aire acondicionado. Traté de concentrar la mirada en la estantería que estaba detrás del rostro que me hablaba: viejos glosarios en papel que ya nadie debía de utilizar, anuarios de la Comisión de

Derecho Internacional, la colección completa del *Recueil de Traités*.

—Tu francés, en cambio, tal vez habría que destacarlo este año, ¿no?

Aparté la vista de las baldas y mis ojos se encontraron con los suyos.

—No me mires así. Es de justicia, Borja. Si el Grupo de Expertos sobre Côte d'Ivoire nos felicitó, fue gracias a tu trabajo.

¿Por qué me reconocía de pronto ese mérito? Era cierto que durante semanas, cada vez que nos llegaba para traducir uno de los informes en los que el Grupo de Expertos recogía todos los recortes de prensa en francés que podrían considerarse una incitación al odio, alguno de los traductores terminaba viniendo a mi despacho a pedirme que le echara una mano con aquellas caricaturas incomprensibles llenas de mala baba y dobles sentidos y yo trataba de resolverle las dudas echando mano de la lengua barriobajera que había aprendido en mis años parisinos rodeado de *griots* africanos en las callejuelas cercanas a la Gare du Nord en las que viví.

—Yo siempre lo he dicho: en toda la Sección, el único fiable en francés eres tú. —Se inclinó para escribir algo en el expediente—. Precisamente, hace poco hablaba sobre ti con el jefe de la Sección de Ginebra, Fernando Matamoros. En su sede te recibirían de mil amores si quisieras pedir el traslado, ¿ya? Y como ellos traducen mucho más de francés que de inglés...

Silvia jugueteaba con el capuchón de su estilográfica, varias veces nos había mostrado orgullosa la serpiente labrada en plata que servía de clip, era un objeto de coleccionista, la había conseguido tras meses en lista de espera en Saks Fifth Avenue y a un precio escandaloso («Pero bueno, para eso nos matamos a trabajar en esta Organización, ¿no?»), me di cuenta de que hacía chocar una de sus sortijas contra la cabeza del animal, debía de ser un gesto mecánico al que no prestaba atención mientras las palabras seguían brotando de su boca que yo ya no miraba:

—Piénsatelo, él me dijo que saldrá una vacante en Ginebra el año próximo, es un puesto de P-5, yo por supuesto apoyaría tu candidatura, no hay nadie tan cualificado como tú para pedir esa plaza, es un traslado fácil de conseguir.

Sus dedos abandonaron el capuchón y empujaron suavemente hacia mí el informe de mi desempeño profesional. Me tendió la pluma para firmar. Apreté aún más los puños y creo que esta vez me hice algo de sangre con las uñas. Sus ojos buscaban los míos mientras yo trataba de inspirar y espirar profundamente. Me pareció que el silencio se hacía demasiado largo.

—Es lo mejor para tu carrera, allí tienes muchas más posibilidades de prosperar —insistió, con la estilográfica aún tendida hacia mí—. Y en cualquier caso, ustedes los europeos siempre terminan por volver, nunca se acostumbran a América, ¿no?

Bastaba con no escuchar. Con firmar. Si en el expediente ponía «satisfactorio», nada podía impedir que me presentase a la vacante de Nueva York. Pero ¿por qué continuaba ese silencio en el que solo sonaba el aire acondicionado? ¿Por qué no respondían mis dedos? Sentí que el sudor me chorreaba por la espalda.

—Yo nunca voy a regresar a Europa —oí decir por fin a una voz que debía de ser la mía—. Mi sitio está aquí.

Mientras la pluma resbalaba sobre el papel, la sangre me golpeaba brutalmente las sienes. Solo recuerdo que no escuché nada más hasta que me encontré fuera, en el pasillo, temblando y empapado, sin saber muy bien cómo había llegado allí.

NUNCA SERÁS UN VERDADERO ARSUAGA

Capítulo 6

–Esto se acaba, Bosco –vaticinaba Ana Larrauri resignada, sin alzar la voz: más una constatación que una queja–. Nadie se engaña ya, salvo tu madre y algunos pocos que no quieren ver las cosas.

Estábamos sentados frente al mar, sobre los acantilados de La Galea, en uno de los bancos del paseo que llevaba ahora desde el antiguo molino de Aixerrota hasta el Faro Viejo, mientras los perros retozaban sueltos a nuestro alrededor. Ella me hablaba sin mirarme, con la espalda reclinada contra la piedra y su pelo negrísimo revuelto por el viento. Abajo las olas batían contra las rocas y ese rumor se mezclaba con sus palabras. Estudiando el perfil de su rostro, me dije que nunca había sido una mujer excesivamente guapa: las facciones se le habían endurecido demasiado pronto. Solía encoger los hombros y hundir la cabeza a cada momento, casi como excusando su presencia, y ese gesto mecánico que le arrugaba el cuello le daba un aire vulnerable que sin embargo se había demostrado falso. Al verla, nadie hubiera podido imaginar su reacción cuando ocurrió lo de Eneko.

–¿Qué se puede hacer aquí ya? –insistía ella, con la mirada fija en las aguas–. No me extraña nada lo que me cuentas de tu hermano: ha de mirar por los hijos que tenga, no querrá que crezcan con el miedo siempre en el cuerpo.

Tantas cosas se podían haber hecho que no hicisteis, por miedo, por cansancio, por exceso de prudencia. Si tú no hubieras sido cobarde, y tu hermano, egoísta. Confiar en vosotros fue una quimera: no estabais dispuestos a defender lo nuestro con vuestra propia sangre, como hicieron otros Arsuaga tiempo atrás en el frontón con quien había prendido fuego al cementerio... Pero de eso tú prefieres no saber nada.

El oleaje, agitado y lleno de espumas breves, presagiaba la tormenta. Me sorprendió que, si bien las palabras de Ana eran duras, no había en ellas ningún acento de acritud ni amargura: expresaban una simple afirmación, como si estuviera exponiendo una verdad evidente. Y mientras acariciaba con la yema del dedo el banco de piedra, no pude dejar de recordar que mucho tiempo antes, sentados sobre la hierba cuando esto era aún una campa llena de matojos y zarzas y nosotros teníamos apenas dieciocho, esta mujer me había anunciado con la misma voz calma y la misma mirada apartada que no íbamos a seguir saliendo porque ella quería otra cosa «Y tú, Bosco, también, aunque no te atrevas a decirlo» y yo había pensado que nunca iba a recuperarme de ese golpe y sin embargo aquí estábamos, doce años después, confiándonos cosas que ninguno de los dos contaría a otras personas.

–Yo también me quiero largar. –Se giró para mirarme a los ojos–. ¿Qué me espera a mí aquí? ¿Seguir teniendo novios a los que les pase lo mismo que a Eneko? Estoy harta, la verdad. He hecho todo cuanto se podía hacer: las manifestaciones, los minutos de silencio... En vano: pasan los años y nada cambia y a mí se me van acabando las oportunidades.

–No digas eso –protesté.

–Nuestros antepasados eran tan vascos como los suyos y tendremos tanto derecho como ellos a vivir aquí, pero no van a parar hasta que desaparezcamos y puedan levantarles monumentos a los que nos pegaron el tiro. ¿Voy a seguir perdiendo el tiempo luchando contra eso? No merece la pena tanto sufrimiento por un trozo de tierra. Que se lo queden y le pongan la bandera que les dé la gana.

Permanecimos un momento en silencio, contemplando el movimiento repetitivo de las olas embravecidas, las luces que empezaban a encenderse en la orilla opuesta de la ría, los nubarrones que se iban acumulando.

–Ahora ya lo sabes, Bosco: no te va a quedar un hombro donde llorar la próxima vez que vengas a Algorta. –Se alzó del banco–. ¿Continuamos caminando hasta el Faro Viejo?

Até las correas a Koxka y Zuri y echamos a andar. Sobre lo que yo recordaba como campas agrestes habían abierto un camino asfaltado y la maleza de nuestra infancia había perecido bajo una capa de hormigón; nadie podría imaginar ya que por aquí hubieran atravesado veinte años antes carros de bueyes o aldeanas con grandes lecheras y cestos en la cabeza camino del mercado.

El cielo amenazaba lluvia y apenas había nadie paseando a esta hora del atardecer. Por eso reconocí enseguida la figura solitaria que se acercaba en sentido contrario tirando de sus propios perros. Miré alarmado a Ana.

–¿Quieres que nos demos la vuelta? –le propuse rápidamente.

–Yo no tengo nada que ocultar, Bosco. Y no soy yo quien les ha retirado la palabra.

La mujer ya estaba llegando a nuestra altura y Ana se adelantó para saludarla.

–Hola, Nerea –le dijo aproximándose a ella.

La hermana de Eneko volvió ostensiblemente la cabeza, dejando claro que la estaba ignorando, y pasó de largo.

–Nerea... –insistió Ana, hablándole ya a sus espaldas.

–Yo no trato con traidoras –masculló la otra sin volverse.

Ana me miró, encogiéndose de hombros. Luego me detuvo con un gesto en cuanto quise adelantarme a interpelar a Nerea, que se alejaba a buen paso.

–Déjalo, Bosco. No merece la pena. Nunca lo van a entender.

–¡Qué querían que hubieras hecho! –exclamé indignado, tratando de sujetar a Zuri, que pugnaba por echar a correr entre ladridos.

–Que me hubiera comportado como la viuda oficial, supongo. Pero yo todavía no era nada de Eneko, apenas nos estábamos conociendo, no se podía decir que saliéramos juntos, ¿qué hubiera pintado en aquel funeral, con toda la prensa? ¿Qué declaraciones podría haber hecho? Da igual; sus hermanas nunca me lo van a perdonar. Enseguida pregonaron que no quise dar la cara, que me avergonzaba de él, que fui una cobarde. ¡Como si no supiera todo el pueblo que fui yo la que se puso a borrar las pintadas!

–¡Hasta mi madre me lo contó! Me llama a París todos los domingos por teléfono y me comenta las cosas de aquí. Me soltó: «Esa chica, tu ex, ya sabes, es la única valiente en este pueblo de cobardes, se ha plantado en el frontón con un bote de aguarrás y se ha atrevido a despintar las amenazas, y hasta la diana con el nombre. Ojalá hubiera muchas más como ella».

–Mira de qué me sirve ser valiente, querido. Anda, vamos hasta el Faro antes de que rompa a llover.

Seguimos caminando en silencio un largo rato, cada uno perdido en sus pensamientos. Yo no podía dejar de darle vueltas a las palabras que le había dicho unos años antes, cuando conoció a Eneko. ¿Cómo era posible que por entonces aún creyésemos que podíamos reírnos de todo?

–En la fiesta, era el graciosillo que iba de corro en corro tratando de caerle bien a todo el mundo –me había confiado ella en este mismo lugar–. En cuanto lo vimos acercarse a nosotras, todas pensamos: «Aquí viene el pelmazo de turno». A pesar de que no le dimos mucha cancha, él se incrustó en mi grupo de amigas. El caso es que se encaprichó conmigo y no me dejó en paz. Se tiró la noche persiguiéndome. Y no creas, Bosco: pasado el primer momento en que te entraban ganas de abrirle la cabeza con cualquier cenicero que encontrases a mano, te dabas cuenta de que en realidad era un tío interesante, con más luces de las que aparentaba, y de que ese derroche de simpatía no debía de ser otra cosa que el recurso de alguien acostumbrado a sentir constantemente el rechazo. Al final acabamos por mantener una verdadera conversación en la cocina de la casa, los dos a solas, mientras mis amigas, que se turnaban para aparecer cada cinco minutos, me lanzaban miradas atónitas al ver que yo no aprovechaba los intentos que hacía cada una de ellas por salvarme del supuesto pelmazo: allí seguían viéndome, hablando con él (se llama Eneko, ¿sabes?), terminándonos mano a mano una botella de Lambrusco. Hasta que se empeñó en besarme. Y claro, cuando he visto la foto del atentado, pues entenderás que me he sentido fatal, ¿no?

–¿Ves lo que pasa por ser una estrecha, Ana? Si te hubieras dejado meter mano el sábado por la noche, o al menos si le hubieses dejado besarte, esa alegría que se habría llevado el pobre chico al hospital –le había reprochado entre risas–. En este caso, ser un poco golfa es caridad cristiana.

Esas habían sido mis palabras, aunque doliera recordarlo ahora junto a esta mujer vencida a punto de irse que paseaba calladamente a mi lado. Y ella había añadido entonces, haciendo caso omiso de mis chanzas:

—Al parecer, tiene quemaduras por todo el cuerpo. Como usaron jabón en el cóctel molotov, se le pegó a la piel.

—¿Vas a ir a verlo al hospital? —le había preguntado.

—¡Ni loca! Estarán allí todos los demás parlamentarios socialistas, ¿qué pinto yo, si apenas lo conozco?

Pero sí que había ido, en contra de los consejos de su padre y de sus amigas. Y no solo había ido a verlo: había terminado quedando con él varias veces en cuanto le dieron el alta, y ahí empezaron los rumores. Por eso, apenas aparecieron las primeras dianas pintadas en el frontón con nombre y apellido («Eneko Aldazabal, enemigo de Euskal Herria», «ETA, mátalo»), a nadie le había extrañado que ella fuera a borrarlas a la vista de todo el pueblo. De modo que cuando el segundo atentado sí lo mató y Ana no apareció en el funeral, nadie entendió que no fuese. Hasta mi madre me lo había contado extrañada, con todas las explicaciones que circularon.

De pronto, antes de que llegásemos al Faro Viejo, rompió a llover. La tomé cariñosamente por el talle para guarecerme bajo su paraguas y caminamos de vuelta entrelazados, como dos novios, despertando ojeadas sorprendidas en quienes nos cruzábamos en cuanto entramos por las primeras calles de Algorta. Descubrían a Ana Larrauri agarrada con un hombre y eso les causaba sorpresa, allí la conocía todo el mundo y se sabía de su situación, de manera que la vista se desviaba rápidamente hacia su acompañante. Entonces algunos descubrían que era uno de los Arsuaga, el que se había ido, y eso les parecía aún peor: ¿no sabían todos que habíamos roto años atrás, después de un breve noviazgo de juventud? Me pareció que Ana se apretaba cada vez más contra mí a cada mirada desaprobadora, sintiéndose orgullosa de desafiar las convenciones, o tal vez ya indiferente a todo, segura de que pronto se largaría, inmune por fin a las habladurías. Cuando me dejó ante la cancela de la entrada, bajo las hortensias que goteaban por encima del muro, se burló guiñándome un ojo:

—¡A ver lo que te dicen en la boda!

No sé muy bien qué es lo que quiero preguntarle realmente. A Ruth Schlemovich no han parecido extrañarle la hora, ni el sitio, ni que la excusa sea tan tenue como traerle una copia en árabe de la opinión consultiva de la Corte Internacional de Justicia sobre el muro en el territorio palestino ocupado, algo que se puede conseguir fácilmente con tres golpes de ratón en cualquier buscador. «Encantada de encontrarme con usted», decía su mensaje escueto. Supongo que reunirse con gente «de la Organización», aunque sean funcionarios tan anodinos como yo, forma parte de las rutinas de las ONG, siempre es bueno establecer contactos, ninguno de los dos infringimos ningún código deontológico por tomarnos un cóctel un lunes a las seis de la tarde en el Campbell Apartment. Hasta el último momento he dudado en invitar también a Khaled, él podría explicar mejor las razones de la palabra que escogieron en árabe para traducir *wall*, pero inevitablemente su presencia habría hecho que el encuentro se escorara en una dirección que no sé si deseo.

Remuevo el grog humeante que acaba de depositar el camarero en mi mesa. Apenas somos cuatro personas en todo el bar, que sigue siendo uno de los lugares menos conocidos dentro de la Grand Central Station, aunque tal vez la escasa presencia de clientes se deba a la tormenta de nieve que anuncian para esta noche. Las grandes vidrieras detrás de la barra, los altos techos de falso artesonado y la gigantesca chimenea tienen un aire vagamente gótico e italianizante, una fantasía de «viejo mundo» a la medida de los nuevos ricos de los años veinte. Uno se siente tentado de hablar en susurros, como en una catedral, y acentúa esa sensación el hecho de que aquí no haya ninguna música de fondo y aún se puedan mantener conversaciones civilizadas, a diferencia de lo que ocurre en casi todos los *cocktail lounges* de esta isla vociferante en perpetua agitación. Cualquier cosa que digamos será oída por una mujer pelirroja que se sienta dos mesas más allá, arrellanada con *The New Yorker* en el sofá de cuero verde. Aprieto los dedos, aún ateridos, contra el cristal de la copa caliente.

Tardo algo en reconocerla cuando por fin hace su aparición en la puerta, bajo un gorro de piel y un abrigo hasta los pies, envuelto el cuello en una larga bufanda de cachemira que le tapa parte del rostro. Sin embargo, la seguridad de Ruth Schlemovich al avanzar decidida hacia mí y su efusión al estrecharme la mano son inconfundibles, como lo es la franqueza directa que le descubrí la noche en que cenamos en casa de sus padres, que le permite confesar que viene helada de frío, pero que a ella lo que le hace entrar en calor es un cosmopolitan y no esos brebajes calientes propios de sus abuelas centroeuropeas; esa franqueza con la que espero que responda a unas dudas que no sé si sabré expresar.

La conversación se instala con facilidad: es obvio que lleva años practicando cómo hacer sentir bien a su interlocutor con una jovialidad y una camaradería que aparentan una confianza que en realidad aún no tenemos. Comprendo pronto que ha decidido no abordar todavía el tema que supuestamente nos ha convocado, a pesar de que la carpeta azul con el emblema oficial de la Organización salta a la vista encima de la mesa. Hablamos sobre el maldito invierno que parece no pasar nunca, sobre los pocos lugares como este que quedan en todo Manhattan, visto que la ciudad se está convirtiendo en una sucesión interminable de franquicias y sucursales, sobre por qué sigue atrayendo a miles de gentes a pesar de que su realidad nada tenga ya que ver con la imagen que proyecta en el mundo.

—¿Usted por qué vino a Nueva York? —termina por preguntarme.

Tardo unos segundos en responder. Los suficientes, me parece, para que ella perciba que es una contestación prefabricada que deja en la sombra los verdaderos motivos:

—Como traductor no podía aspirar a nada más alto.

Da un sorbo a su cóctel y creo detectar ironía en sus ojos.

—Mi padre dijo la otra noche que todo el mundo viene a Nueva York en busca de algo y termina conformándose con lo que puede. Yo creo otra cosa.

Me aferro a la copa de grog y doy un trago largo. Por primera vez, hay un hueco en la conversación. Tintinean sus pulseras de plata.

—A mí me parece que vienen huyendo de algo y que esta ciudad siempre es mejor que lo que dejaron atrás —añade al cabo de un momento—. Así es desde el siglo diecinueve, ¿no cree?

—Imagino… Imagino que sí… —titubeo.

—Ya sabe de lo que huyó mi abuela. Y mi padre sigue huyendo de esa sombra, aunque apenas tenía tres años al llegar. —Hace un pequeño gesto con la mano parecido al de la cena, que hoy tampoco comprendo—. En cambio, a los que nacimos aquí nos es difícil no querer empezar de cero *somewhere else*.

—¿Usted cree que podría vivir para siempre en otro lugar?

—¡Menos en Polonia, en cualquier sitio del mundo! —afirma con una carcajada.

—¿Por qué Polonia? —Sé que estoy arriesgando, y una punta de incredulidad asoma en su mirada inteligente.

—*Seriously?* ¿No le ha contado su pareja?

No me atrevo a confesarle que John me dijo saber tan poco como yo, y que él ignora esta cita que tal vez pudiera poner en riesgo una parte importante de su clientela. Le explico que tenemos por costumbre no hablar de temas de nuestros trabajos respectivos, ambos hemos de guardar el secreto profesional, yo raras veces llego a conocer a clientes como los Schlemovich o los Perlmutter.

—Durante toda mi infancia, solo oír el nombre de Częstochowa despertaba mis pesadillas. Imagínese las historias que contaban en mi casa, el terror con que pronunciaba el nombre de esa ciudad mi padre. —Se recoloca nerviosamente las pulseras sobre la muñeca—. Así que cuando por fin me llevaron a Polonia a visitarla, yo tendría unos diez o doce años, pero recuerdo perfectamente que al poner el plato vacío del abuelo en la mesa pensaba: «¡Que no aparezca esta noche, *for heaven's sake*, que no aparezca, o me voy a morir del susto!». Y sin embargo, si en algún lugar podía regresar y sentarse a la mesa era precisamente allí, donde había desaparecido en 1939, y no en Nueva York, *don't you think?* Pese a que del gueto ya no quedaba ni rastro.

—Yo nunca viviría en el lugar en que nací —explico de pronto, sin saber muy bien por qué—. No obstante, no puedo dejar de añorarlo y de desear volver. Aunque nada me ata ya a todo aquello.

—¿No tiene familia? *Lucky you!*

¿No tengo familia? Esa es precisamente la pregunta que llevo evitando meses, la que me asalta desde septiembre, desde que regresé del viaje, y me sigue manteniendo desvelado todas las noches, tecleando enfebrecido o taciturno, en un retorno imposible a la semilla para averiguar quién soy, quién fui, quién quiero ser; para tratar de dar respuesta a la nota estrujada tantas veces que terminó por llegarme aunque no me estuviera dirigida y a la petición que me hizo Ainhoa. El interrogante queda en el aire y ella continúa sus reflexiones:

—Yo pienso que tengo demasiada familia —se lamenta con absoluta seriedad, y luego añade algo en yidis que no comprendo.

—¿Cree que dejarán de poner ese plato en la mesa alguna vez?

El silencio es palpable. Imagino que la aprensión en mis ojos también. Sin embargo, Ruth Schlemovich no baja la voz cuando termina por contestar con un deje en el que parece haber al mismo tiempo orgullo y cansancio.

—Mi padre, no. Nunca.

Es mi mano torpe la que, en un ademán descuidado, vuelca el vaso de grog al depositarlo en la mesa y el líquido se esparce sobre la carpeta de cartulina azul. Ella aparta rápidamente sus piernas para que no le salpique y empapa servilletas con destreza mientras el camarero acude corriendo con una bayeta en la mano. Nos pregunta si alguno nos hemos manchado y se ofrece a traernos un trapo limpio. Ruth niega sonriente («*Not a single drop!*») y pide otras dos consumiciones de lo mismo; luego se vuelve hacia mí con los documentos chorreantes en las manos y su ironía neoyorquina es más burlona que nunca, a pesar de utilizar una lengua que no es la suya:

—¡Alcohol y traición, dos pecados horribles! Los fantasmas no se andan con sutilidades…

—Entonces habrá que mantener este encuentro en secreto. —Trato de sonar igualmente burlón al tiempo que seco con la bayeta los folios que me tiende.

Ella espera a que el camarero se retire.

—*Secret it will be, then* —conviene por fin cuando se marcha. Y luego, tras un momento de duda, continúa en castellano—: Yo soy americana, eso es lo que siento. A veces no es fácil.

—El otro día, en la cena, cuando habló usted de su trabajo… del fin de la violencia en Centroamérica… Aquí nadie sabe nada de eso. Yo sí. Y creo que entiendo lo que pretenden en Human Rights Watch. Alguien tiene que romper la cadena.

Ruth juega con un anillo antiguo de plata que lleva en el anular y titubea por primera vez, aunque no es vocabulario lo que le falta:

—Yo… En mi casa, yo… Yo no pongo ningún servicio extra en la mesa… Si no, la herida no se cerrará nunca, *that's how I feel.* ¡Han pasado ochenta años desde que el abuelo Schlemovich desapareció en Częstochowa! Pero cuando voy a casa de mis padres… —se interrumpe, y las palabras quedan flotando en el aire amortiguado del inmenso espacio en el que apenas suena un chocar de copas.

Ninguno añadimos nada más durante algún tiempo. Me entretengo en dibujar surcos sobre la mesa arrastrando restos del grog con la yema del índice.

—He leído algo sobre los encuentros que propiciaron en Guatemala —aventuro por fin.

Ruth no contesta. He bajado tanto la voz que me pregunto si me habrá oído.

—*Restorative justice encounters between offenders and victims, I mean* —insisto, buscando su mirada.

Se gira hacia mí y de pronto es la profesional de derechos humanos quien me contesta:

—¿Qué es lo que querría saber?

—No entiendo qué sentido tiene encontrarse con el agresor. Las palabras también pueden hacer mucho daño, ¿para qué añadir más sufrimiento, entonces? ¿No es mejor dejar que el olvido haga su tarea?

Toma aire y percibo que se esfuerza en pronunciar con la mayor corrección posible, como si quisiera que yo entendiese perfectamente todas las sílabas en la cadencia de su español centroamericano:

—El derecho impone una pena, no se preocupa en absoluto de sentimientos. Y los sentimientos de las víctimas no se curan con la condena del ofensor. Puede dar tranquilidad saber que está en la cárcel, pero hay algo aquí —se toca ligeramente el pecho— que solo cura en un encuentro personal, mirándose en los ojos.

—Yo a veces pienso que el perdón no es posible —respondo, y es la primera vez que me atrevo a decirlo—. No si uno no tiene ideas religiosas.

Me doy cuenta de que los folios arruinados por el líquido empiezan a abarquillarse. En mi cabeza creo comenzar a escuchar palabras que teclearé esta noche en cuanto llegue al apartamento.

—El perdón no es necesario —aclara Ruth con una seguridad que es plenamente norteamericana—, en Guatemala lo entendimos muy pronto. El objetivo es otro: *peace of mind*, descansar por fin. Encontrarse cara a cara, aunque haga daño, ayuda a poner fin a la cadena. Mirarse en los ojos y reconocer, ¿cómo se dice, *the humanity*?

—La humanidad —traduzco inmediatamente.

—Eso: la humanidad del otro. Solo así cerrará la herida.

Vemos al camarero acercarse discretamente con la cuenta a cada una de las tres mesas ocupadas de todo el bar. Al llegar a la nuestra nos indica que les han ordenado cerrar, parece ser que la tormenta de nieve va a adelantarse, tendríamos que ir saliendo antes de que no podamos regresar a nuestros hogares.

—*Yes, we should go back home*, tendríamos que volver a casa.

—Ruth saca su billetera de cuero.

«Volver a casa», repito para mis adentros, y la imagen que acude a mi mente me sorprende a mí mismo. Es el caserón Gondra en ruinas, el dormitorio en el que Juan Manuel había malvivido los últimos tiempos, las goteras en mi habitación, la escalera con los peldaños rotos y el cuarto por donde corrían las ratas: todo aquello que ya no existe. Pero rápidamente se impone la urgencia de protestar que he de ser yo quien la invite. Lo contrario podría ser interpretado como un *lobbying* ilegal, yo no dejo de ser un funcionario de la Organización.

—*Let's share, then* —resuelve Ruth tendiendo su tarjeta de crédito al mismo tiempo que yo la mía. El camarero se aleja a por el datáfono.

Unos minutos después, sobre la nieve dura y resbaladiza de la calle Cuarenta y dos, enfundados en abrigos, gorros, guantes y bufandas que apenas nos permiten oírnos cuando ella va a introducirse en su taxi, con la ventisca azotándonos la escasa piel del rostro que mantenemos al descubierto, Ruth se inclina torpemente, tratando de guardar el equilibrio, para decirme al oído:

—Si es usted el último que queda, dé testimonio. Una sola vez. Cumpla su deber de memoria. Y después, el olvido.

Arrecia la nieve que me picotea las mejillas mientras veo alejarse el taxi. Danzan en mi cabeza vocablos antiguos que tal vez solo yo siga recordando.

Neu naz neure familiaren jagolea.

Sí, ahora he de ser yo el guardián de mi familia.

NUNCA SERÁS UN VERDADERO ARSUAGA

Capítulo 7

En la cocina, recién duchado, Juan Ignacio estaba preparándose un café; al verme entrar, enseguida se ofreció a hacerme otro a mí. Desde que había firmado la venta, cada vez más noches venía a dormir a la casa, a uno de los dormitorios cerrados de la planta superior, ya estaba recogiendo todos los muebles de su apartamento («Mejor aquí, entre los fantasmas del primer piso, que rodeado de maletas», había dicho al parecer). Viéndolo con los mechones revueltos de pelo rubio escaso y un pijama de abuelo que era un remedio contra la lujuria, como habría dicho con sorna mi padre si mi padre hubiese opinado sobre el vestuario masculino, pensé que mi hermano se había ajado bastante en el tiempo que no lo había visto. Las líneas de expresión se le habían acentuado y el cabello era aún más ralo, con dos entradas tan profundas que le dejaban una frente casi completamente despejada; era enjuto y nervioso, un abogado calvito de veintiocho años que ningún éxito habría tenido en los bares de ambiente que yo frecuentaba, pero de cuyo rostro empezaba a desprenderse una serena madurez que me sorprendió: algo había en aquellas facciones, en la mirada de miope, en las pequeñas arrugas que empezaban a surcarle el contorno de los ojos, que le daba un respetable aire del padre de familia en que pronto se iba a convertir. Sentí una punzada de envidia ante estos hombres que no necesitaban utilizar las cremas de retinol con las que yo trataba de negarme que la edad iba avanzando.

–¿En qué piensas? –Me tendió una taza humeante de café negrísimo.

–En desayunar unos buenos churros –respondí absurdamente–. A veces, en París, me dan antojos así: cosas que nunca podré encontrar en Francia.

–¿Quieres que vayamos a donde Egurbide? Aún me da tiempo, antes de abrir el despacho, hoy no tenemos ninguna cita.

–¿A la churrería de doña Manuela? No debe de existir ya.

–Las cosas no desaparecen porque tú te vayas, Bosco. No aquí. Aunque ya no tengo babero que prestarte.

Quince minutos más tarde estábamos caminando ilusionados por la avenida Basagoiti hacia la churrería de nuestra infancia, en una mañana de mayo que empezaba a insinuar la primavera, riéndonos aún con la leyenda familiar según la cual yo era incapaz de comer churros sin mancharme de grasa y recibir una reprimenda de mi madre. Los dos queríamos creer, sin atrevernos a confesarlo, que doña Manuela seguiría también hoy encerrada en aquel sótano minúsculo, sudorosa y desbordada, con su bata a rayas y su cofia; que saldríamos como entonces con los conos de papel de estraza llenos de churros e iríamos a tomarlos con un chocolate caliente y bien espeso, un chocolate en el que se podría plantar una cucharilla y no se caería, a la española, como había aprendido yo muchos años más tarde cuando tuve que conformarme con el chocolate a la francesa, tan ligero y espumoso que a mí me resultaba insípido.

Pero no encontramos a doña Manuela en la covacha, lo contrario hubiera sido un milagro, era ya una mujer muy mayor cuando nosotros veníamos con nuestros pantaloncitos cortos de niños pulcros hacía veinte años. Sí que seguía el cartel sobre la puerta, el mismo que en nuestra infancia, «Churrería Egurbide e Hijos», en letras rojas sobre fondo blanco, y también los tres escalones que bajamos igual de excitados que entonces. Para descubrir que la doña Manuela de hoy era una chica de una gordura desmedida, empapada en sudor, que se soplaba el mechón de pelo que le caía sobre los ojos mientras despachaba expeditiva. Se dirigió a nosotros en euskera:

–*Egun on. Zer nahi duzue?*

–*Dozena bat txurro* –contesté, después de dudar unos segundos si *txurro* debería llevar la marca de plural.

–Una docena de churros –pidió Juan Ignacio casi al mismo tiempo.

–*Normalak ala* light? –preguntó la gorda mirándome a mí.

–*Txurrok* light *dauzkazue? Zelan dira?* –acerté a decir; me sorprendió que pudieran quitarles la grasa.

–*Koiperik gabekoak. Probatu nahi dituzu?*

–*Bai, eskerrik asko* –le agradecí.

Mientras la chica se volvía a por el churro light que me había ofrecido, Juan Ignacio me hizo un gesto que no entendí, señalando el mostrador. Parecía incómodo. Al ver lo que me tendía la churrera, se apresuró a decirle:

–De esos no, de los normales, de los de toda la vida. Una docena, por favor.

La gorda permaneció callada esperando mi reacción. Probé el churro light y luego le indiqué, aunque tuve que pensarme cada una de las palabras:

–*Bai, normalak, mesedez. Hauek ez dute zapore bera.*

Ella pareció entender perfectamente mi euskera dubitativo, porque asintió enseguida:

–*Konforme.*

Luego, al tiempo que sus manos regordetas y sudorosas envolvían con destreza los churros grasientos, pasé al castellano para comentarle algo que no hubiera sabido decir, los pasados sintéticos nunca había conseguido aprenderlos:

–¿Eres familia de doña Manuela Egurbide? Nosotros veníamos mucho a comprarle de pequeños.

–*Bai, nire amona zen* –confirmó ella.

En ese momento Juan Ignacio me soltó a bocajarro, dándose la vuelta:

–Te espero en la calle.

Salió precipitadamente, mientras yo trataba de finalizar la conversación en euskera, aun sabiendo que cometería múltiples faltas.

–*Hil da? Asko duela?* –me interesé educadamente, recordando que *hil* era «morir» y por tanto, intransitivo, conjugado con *izan*.

–*Bai, duela bost urte.*

–Lo siento, *sentitzen dut.*

Entraron en la tienda dos mujeres que venían parloteando y pregunté cuánto debía.

–*Ehun eta laurogei pezeta* –me indicó la churrera.

–Perdona, con las cifras me hago un lío, hace mucho que no lo hablo.

La nieta de la difunta Manuela Egurbide tomó el lápiz que llevaba sobre la oreja y escribió la cifra en el papel de estraza. Una de las dos clientas se apresuró a traducirme:

–Ciento ochenta pesetas, *maitxia.*

Deposité las monedas exactas sobre el mostrador blanco de mármol, junto a unas huchas que llevaban pegadas fotografías en blanco y negro con una leyenda en euskera.

Afuera, mi hermano me aguardaba fumando nerviosamente. Me recibió de muy malos modos:

—¡No sé por qué te dejas insultar de esa manera!

—¿De qué estás hablando? —me sorprendí.

Echó a andar por la avenida sin esperarme.

—¿Quieres decirme qué te pasa? —exclamé, tratando de alcanzarlo.

—Pasa que tú no entiendes nada.

—No, no entiendo a qué viene esto.

Se detuvo para encararse conmigo, furibundo:

—¿No te has dado cuenta de cómo me ignoraba solo porque yo le hablaba en castellano? ¡Ni me ha dirigido la palabra!

—Estará más cómoda hablando en euskera, no hay que darle tantas vueltas.

—Ya se nota cuánto tiempo llevas fuera —bramó, pisando con rabia la colilla que acababa de tirar—. No sabes cómo funcionan las cosas aquí. ¡A mí no me tratan como a un ciudadano de segunda solo porque no hable la lengua!

—Tampoco yo la domino bien, se me ha olvidado casi todo, pero ya has visto, haces un esfuerzo y te entienden.

—Esa hija de puta habla perfecto castellano. Solo quería hacerme sentir que no era bienvenido. Aquí todos sabemos quién es quién. Y que yo no iba a tragar con el donativo obligatorio. No les habrás dejado nada, ¿verdad?

De golpe, caí en la cuenta:

—No me digas que las huchas esas del mostrador son para los presos de ETA.

—¿Para qué te creías que eran, Bosco? ¿Para el Domund y los negritos de África?

Me dio la impresión de que la luz de la mañana había cambiado, y el aire también. Las hileras de plátanos de sombra de la avenida parecían haber recuperado los colores oscuros del invierno, ya no queríamos tomarnos de la mano y echar a correr por un chocolate caliente. Me abroché el chaquetón. Ahora flotaba algo invernal y desapacible en la mañana de mayo.

–Todos hijos del pueblo –remachó Juan Ignacio, seguro del efecto que me había producido su sarcasmo–. Hijos del pueblo que habían matado o extorsionado a otros hijos de este pueblo, que es el motivo por el que están en la cárcel. Da igual: ellos son los patriotas. Y cada vez que vas a comprar, tú también tienes que «hacer patria» contribuyendo a esas huchas con las vueltas. Por eso me voy. No pienso dejar que me maten por no saber usar el caso ergativo.

– *Hizkuntzak ez du jaberik*, la lengua no es de nadie –le recordé las palabras que tanto nos había repetido nuestro abuelo, siempre empeñado en inculcarnos el idioma de los antepasados.

–¡Ahora es suya! Y si quieres que te diga la verdad, que se la queden. Con todo lo demás.

–¡El abuelo Manuel hablaba mejor en euskera que en castellano! ¡Y su madre, la bisabuela Victoria, la mujer de don Benigno, no aprendió bien español hasta que fue a la ciudad!

Juan Ignacio tomó un churro del cucurucho y lo engulló a toda prisa. Yo también cogí uno.

–Nosotros aquí ya no podemos vivir, Bosco. Por eso me voy. La razón no es que nos vaya mal en el despacho porque todos los asuntos importantes se los dan a los del Partido, ni que Clara y yo cada vez tengamos menos amigos porque ya no te puedes fiar de nadie, ni que no pueda salir a la calle sin estomagarme al ver esos carteles donde a los asesinos se les organizan homenajes nombrándolos hijos predilectos. ¿Quieres que te diga cuál es el verdadero motivo?

Encendió otro cigarrillo. Me pareció que las manos le temblaban levemente. Luego fue detallando, entre caladas cortas:

–Hace un par de meses acompañé a mi amigo Roberto con su hija al parque que hay debajo de su casa. Desde que su mujer le dejó, lo está pasando mal. Era sábado por la mañana, la niña le tocaba a él, la dejamos jugando mientras la vigilábamos a distancia, tomándonos una cerveza. Mónica se llama, una criatura rubia preciosa, igual que su madre. Se columpiaba con otro crío, al parecer uno que conocía del barrio, de vista. Estábamos enfrascados en nuestra conversación y los mirábamos de vez en cuando, distraídamente. Competían por ver quién llegaba más alto. Les oíamos reír mientras Roberto me contaba la pelea que estaba teniendo por la custodia. Apenas nos fijamos en que el padre del otro niño se acercó a los columpios y se puso a impulsar a su hijo. Mónica gritó a mi amigo: «¡Papá, papá, ven tú también!». Roberto empezó a decirle, desde lejos: «Ahora voy, hija, ahora voy», cuando el otro padre paró en seco el columpio de su hijo, tomó al niño en brazos, le indicó algo que no oímos por la distancia y se marcharon. Mónica trataba de hablarles, pero ellos no se volvían. Nos pusimos en pie, extrañados. La cría dejó de impulsarse, intentaba bajar del columpio. «Espera, hija, que te vas a caer», procuraba tranquilizarla Roberto acercándose. «¿Qué ha pasado?», le preguntó mientras la ayudaba a descender. «Que el padre de ese niño le ha dicho que no juegue conmigo porque soy española», contestó entre pucheros. «¿Cómo que eres española?» «Me ha dicho que no se dice "papá", que se dice *aita* y que soy una española y su hijo no tiene que jugar conmigo.» Ahora lloraba ya desconsolada. «Papá, ¿nosotros somos españoles?» Por eso me voy, Bosco.

No encontré nada que decirle. El aire era realmente frío y agitaba las ramas de los plátanos de sombra.

—Te has manchado de grasa —me advirtió con una media sonrisa irónica antes de tirar la colilla—. Eso sí que no cambia.

En efecto, un lamparón grasiento me ensuciaba el chaquetón.

—¿Crees que nuestra madre me zurrará la badana hoy también?

—Yo me voy al despacho. ¡Tú verás cómo te las arreglas!

Lo vi alejarse por la avenida para tomar el autobús a Bilbao en el quiosco de la plaza y pensé que yo nunca tendría hijos. Pero me gustaría que los suyos sí aprendieran la lengua de nuestros antepasados. Aunque de nada les iba a servir el euskera allá lejos, en el sur, ese lugar remoto en el que no llovía ni explotaban bombas.

—Hablar no siempre es la mejor opción, a veces más vale callarse, pero claro, tú nunca has podido guardar silencio, siempre se te va el alma por la boca, ¿cuándo aprenderás? —me iba reprendiendo Enric.

Yo me abanicaba torpemente con un proyecto de resolución que habíamos traducido esa tarde, mientras los edificios de la Segunda Avenida discurrían veloces por las ventanillas del taxi. En cuanto nos habíamos subido le había dicho que esperásemos a otro, ese tenía el aire acondicionado estropeado, él había resuelto que no nos quedaba tiempo, ya llegábamos tarde, y había negociado una rebaja con el conductor paquistaní. Llevaba razón en lo que me iba recriminando mientras atravesábamos esa zona incierta y sin personalidad de Midtown entre las calles Cuarenta y dos y Veintitrés, con enormes edificios monolíticos que abandonaban a toda prisa a esta hora de la tarde hordas de empleados con prisas como nosotros; él llevaba razón, sin embargo yo ya no tenía ganas de discutir, continuaba la ola de calor y simplemente estaba harto.

—¿Qué te costaba seguirle la corriente a la gorda Ábalo? —insistió al ver que yo permanecía mudo.

—No quiero hablar de eso. —Mantuve la vista puesta en el tráfico a mi derecha para no mirarle.

—Solo tenías que decirle que sí, que te parecía una idea estupenda lo del traslado a Ginebra. Y luego…

—¿Me has escuchado? —lo interrumpí con exasperación.

—No; escúchame tú a mí, Borja. Te cierras las puertas tú solo. Si te hubieras callado la boca, Silvia habría puesto en tu expediente «muy satisfactorio», como se lo puso ayer a

Esteban Alechinsky, y ahora los dos tendríais las mismas posibilidades de conseguir el puesto.

—¡Era un chantaje descarado! Solo quería quitarme de en medio.

—¿Y qué has ganado con decirle eso? Tener menos puntos que Esteban porque a ti solo te ha puesto «satisfactorio».

—Esta vez no se ha atrevido a escribir nada negativo —alardeé, aunque yo mismo advertí la amargura que había en mi voz.

—¡Menuda victoria! Si se hubiera creído que te largabas a Ginebra el año próximo, te habría puesto puente de plata… Ahora tú tendrías una evaluación sobresaliente y ella empezaría de inmediato a decir maravillas de ti en las reuniones donde importan esos comentarios. Y si en septiembre finalmente tú te presentabas a la vacante de Nueva York, ya sería demasiado tarde para que pudiera desdecirse. Por lo menos, estarías en igualdad de condiciones con el lameculos ese del Alechinsky.

Fui a argumentar algo cansinamente, pero Enric adelantó el cuerpo de manera brusca y posó su manaza en el hombro del conductor.

—*Stop right here!* —gritó fuera de sí—. *Didn't I tell you Second and Fifteenth? This is already Thirteenth! Can't you read the signs?*

El taxista dio un volantazo para alcanzar la acera y frenó con violencia. Poco faltó para que la camioneta que nos venía pisando los talones colisionara contra nosotros. Sentí la correa del cinturón de seguridad quemarme el cuello como un cintarazo.

—*Are you out of your mind?* —bramó mi compañero.

Cada coche que pasaba a nuestro lado nos pegaba un bocinazo y algunos conductores nos increpaban o hacían gestos obscenos. Me palpé el cuello: no parecía que tuviera nada.

El paquistaní farfullaba algo que no entendíamos y le tendí rápidamente un billete de diez dólares, sin embargo Enric no abrió la puerta.

—¿Quieres bajarte de una vez? —le ordené, empujándolo.

—Espera a que te dé el cambio.

—No hace falta, está justo, con el *tip*. Ocho con cincuenta es lo que habías negociado, ¿no?

—¡A este hijo de puta que casi nos mata no le vas a dejar propina, encima! —me abroncó enfurecido mientras se volvía al conductor—. *One fifty back, please!*

—¡Déjalo, por Dios, Enric!

—¡Ni hablar!

Se enzarzó en una discusión encarnizada por recuperar ese dólar con cincuenta céntimos que el taxista no quería devolvernos; había sido error nuestro no indicarle la dirección exacta, decía, la propina era lo mínimo que podía cobrarnos por haberle obligado a parar de esa manera. Mi amigo no se dejaba amilanar, llevaba demasiado tiempo en Nueva York y peleaba con saña, exigía el dinero, él había explicado claramente la intersección que quería, no tenía la culpa de que el conductor se hubiese pasado dos calles, encima nos estaba haciendo perder aún más tiempo y ya llegábamos tarde. Yo tenía la camisa empapada y completamente pegada al cuerpo. No lo pensé más: abrí la puerta de mi lado. Arreciaron los bocinazos mientras me bajaba y rodeaba el taxi hasta alcanzar la acera. Eché a andar sin esperar a ver si Enric me seguía. Al poco, me alcanzó:

—Ese es tu problema, Borja: nunca peleas por las cosas que quieres —exclamó, jadeando—. Esa carrera tenía que habernos costado ocho con cincuenta y el tío se ha ido con diez dólares.

Apreté el paso sin pronunciar una palabra. El sudor me resbalaba por las sienes. Solo quería llegar de una vez al dichoso evento, dejar mi tarjeta a la entrada, entregar el cheque de rigor y marcharme a casa enseguida. Y quizás ponerme a beber con John en la terraza de la azotea y sí, ¿por qué no?, tomarme yo también tres o incluso cuatro copas de blanco como él y emborracharme y que todo se fuera al carajo.

—Tus amigos no podemos ayudarte si tú no quieres. —Enric me agarró del codo y tuve que detenerme entre el gentío que caminaba a toda prisa.

—No nos retrasemos más —le rogué—. Quiero llegar a casa cuanto antes.

Me miró con una dureza que raras veces le había visto.

—Deja ya de huir. No se trata de que les entregues un cheque, se trata de que te conozcan y sepan quién eres. Así que te vas a quedar conmigo hasta que termine la conferencia.

Los transeúntes nos empujaban intentando hacerse paso. Ninguno de los dos abría la boca, zarandeados por los viandantes, y así pasamos algún tiempo hasta que terminó por aflojar la presión mientras me reprendía:

—¡Y arréglate esa corbata, que pareces la delegada de Bulgaria!

Ambos nos echamos a reír, algo que parecía enfurecer aún más a quienes trataban de avanzar por la acera y nos lanzaban miradas coléricas por dificultar el tráfico.

Llegamos finalmente al modesto edificio que había alquilado para el acto la American Association of Friends of the Spanish Language in New York: una escuela pública en la calle Quince que seguramente estaba libre en esas fechas de agosto por las vacaciones escolares. En el vestíbulo, sobre la mesa petitoria donde debíamos depositar los cheques, algunos carteles anunciaban «Bienvenidos a nuestro *fundraising*» y capté la sonrisa malévola de Enric en cuanto lo advirtió. Detrás de las mujeres con altos cardados, varias cartulinas con letra infantil mostraban hitos de la Hispanidad y lemas entre grandes signos de exclamación: «¡Orgullosos de nuestra identidad latina!», «¡Herencia hispana!», «¡Hablamos español por derecho!».

—Ustedes vienen bien tarde, pero no hay problema porque yo los voy a pasar para la sala por la puertica lateral —nos reconvino sin acritud una de las encargadas de la recaudación de fondos, después de tomar los sobres que le tendíamos—. ¿Ya ustedes pusieron sus tarjetas adentro?

A mí aún me seguía resultando increíble que en este país los donativos nunca fueran anónimos, y que todas las organizaciones benéficas a las que uno tenía que pertenecer siguieran enviando agradecimientos personalizados por las cantidades donadas cuya efusividad era directamente proporcional al importe que apareciera escrito en el cheque entregado.

Una vez dentro, en lo que debía de ser el salón de actos, la voluntaria nos acomodó discretamente en la última fila, ante las miradas desaprobatorias de los asistentes que se dieron vuelta para ver a quienes llegábamos tarde. Enric saludó con un breve gesto de la mano a varias personas y en especial a una señora rubia con un escote oceánico sentada en las primeras butacas. Sentí de inmediato la temperatura gélida por el aire acondicionado que habrían puesto al máximo y me abroché la chaqueta de lino. Tocaba aburrirse durante unos cincuenta minutos con el enésimo discurso triunfalista sobre la pujanza del español en los Estados Unidos y el carrusel de cifras que demostraría que en veinte o treinta años nuestra lengua podría competir de tú a tú con el inglés en un país que, no lo olvidemos, no tiene ningún idioma oficial reconocido y por ello podría adoptar cualquiera que fuese el más hablado entre sus habitantes; el empuje hispano y la demografía obrarían la gran hazaña y de hecho la Administración americana ya tenía muchos organismos que habían establecido el español como segunda lengua de correspondencia con los administrados, por delante incluso del mandarín. Lo habíamos escuchado tantas veces en reuniones de trabajo sectoriales que podríamos haber dado la charla cualquiera de nosotros dos en lugar del orador. Me arrellané en el asiento y pronto empecé a darle vueltas a las palabras de Silvia Ábalo, que aún seguían escociendo: «"Nunca" es una palabra que no deberíamos pronunciar jamás, no en esta Organización, ¿ya, Borja?». ¿Estaba realmente seguro de que no tuviese razón ella? ¿Era cierto que no iba a regresar nunca a Europa? ¿Qué es lo que quería entonces: convertirme definitivamente en uno de esos hispanounidenses sobre los que con tanto orgullo peroraba ahora el conferenciante? «Hispanounidenses»: la propia palabra me resultaba chocante. A lo largo de estos diecinueve años en Nueva York, todas las etiquetas que me habían colgado me incomodaban: era «latino», sí, aunque no en el sentido que ellos le otorgaban, como también era seguramente «hispano», si bien tampoco como ellos lo entendían. Lo que no llegaría a ser nunca era «estadounidense» ni «americano», no mientras siguiera empeñado en no casarme con John, ahora que por fin era posible legalmente, y en conservar el pasaporte de una nacionalidad europea a la que me aferraba ya más por inercia sentimental que por ningún lazo efectivo. ¿No era tiempo de reconocer que me había convertido a mi pesar en un verdadero «hispanounidense», uno de esos híbridos que viven escindidos entre los dos idiomas y termina varado en un país que no es el suyo pero que tampoco puede ni quiere abandonar? ¿Qué pensaba hacer, «abrazar mi identidad latina», como rezaba el cartel que presidía el estrado? ¿Presentarme en septiembre a las entrevistas para el ascenso en Nueva York o viajar a la tierra vasca de la que provenía para cumplir con mi deber como último miembro de la estirpe de los Gondra?

Los aplausos interrumpieron mis pensamientos. Enric se puso en pie enseguida y me arrastró para que fuéramos a saludar antes que nadie a la dama rubia de las primeras filas. Hizo las presentaciones mientras yo luchaba por fijar la vista en el rostro de la mujer y no en el escote de su ceñido vestido de flores, el cual apenas lograba contener unos pechos generosos que pugnaban por liberarse; las arrugas del cuello delataban que el bisturí había operado maravillas en un cuerpo cuya lozanía era desmentida por una cierta lentitud de movimientos.

—¡Qué bueno tenerlos aquí! —Se emocionaba la voz que sí transparentaba su edad, mientras ella me tendía lánguidamente la mano para que se la estrechara—. Hispanos importantes como ustedes son los que nos hacen falta en la Asociación.

—Ya sabe su marido, Susana, que nos tendrá siempre en la defensa de nuestra lengua —aseguró mi amigo sin un ápice de ironía—. Los latinos somos una gran familia.

—¿Conoce usted al profesor Riquelme? —se interesó la mujer dirigiéndose a mí.

—¿Quién no conoce al marido de usted? —se adelantó a contestar Enric rápidamente—. Borja ha venido a escucharlo en persona porque lo admira mucho. Y va a entrar en la Asociación. Siempre que usted le dé el visto bueno, claro está.

—¿Habrá leído *Sociolectos del español neoyorquino*, verdad? —insistió la esposa clavando su vista en mí.

Me percaté de que Enric contenía el aliento, porque conocía la respuesta.

—Sí, por supuesto —mentí al cabo de unos segundos.

—No se puede comprender el idioma que hablamos en esta ciudad sin ese estudio —se jactó ella dándome toquecitos en el hombro con dos dedos cubiertos de sortijas—. Silvia Ábalo, la jefa de ustedes, lo repite siempre en nuestras reuniones: el Riquelme debería estar en todos los hogares hispanos de Queens.

El marido tomó un bastón que descansaba junto al atril y bajó trabajosamente los escalones hasta llegar a nuestro corro. Enric volvió a hacer las presentaciones y le indicó que yo tenía la intención de solicitar la membresía en la Asociación Americana de Amigos del Idioma Español en Nueva York. Mi compañero, que era de Badalona, utilizaba sin recato expresiones como «membresía», «implementar» y «aplicar para un trabajo».

El profesor Riquelme me estrechó fuertemente la mano y por un momento dudé si en realidad no estaba apoyándose en mí para no caer. Después se acercó la palma al oído a fin de escucharme mejor y su mirada incisiva buscó mis ojos mientras me preguntaba:

—¿Cómo es su apellido?

—Ortiz de Gondra —respondí.

Me contempló un tiempo en silencio, no sé si porque no me había entendido bien o porque me estaba valorando. Luego dijo:

—¿Cuál es su identidad?

Tuve unos segundos de desconcierto, hasta que logré concretar:

–Vasco.

Advertí la mirada de pánico de Enric.

–Hispano de origen vasco –me corregí.

–Hispanounidense del Upper West Side, basta con escucharle hablar cinco minutos –se apresuró a puntualizar mi amigo. Y remató, tratando de sonar jocoso–: Alguien que nunca dirá que «llama pa' atrás» porque es un purista.

Los Riquelme sonrieron apenas.

–Pero tendrían que ver la labor que hace en los comités de redacción –añadió–. Borja es uno de los que más lucha por que utilicemos un español cada vez menos peninsular y más panhispánico. Él fue quien defendió «empoderamiento» cuando muchos lo tachaban de angloamericanismo. ¡Y consiguió que lo aceptaran las delegaciones antes que la Academia! En fin, mejor cuéntaselo tú mismo.

Yo no tenía ni idea de qué estaba hablando Enric. No obstante, me di cuenta de que el matrimonio volvía a mirarme con interés. El profesor me asió enérgicamente del codo y propuso que saliéramos al vestíbulo a tomar un vino. Tratamos de avanzar por el pasillo abarrotado de gente que pretendía felicitarlo, aunque él no se detenía.

–¡«Empoderar» no era ningún barbarismo, usted tenía razón! –A mis espaldas, la Riquelme me festejaba dándome nuevos golpecitos sobre el hombro con sus dedos imperiosos.

–Documentado como sinónimo de «apoderar» –corroboró mi amigo, que debía de llevarla del brazo.

Me pareció que el erudito golpeaba impaciente con su bastón a cuantos nos impedían llegar hasta la puerta del auditorio, y no por descuido. «Luego, luego», repetía a quienes lo abordaban efusivamente, y no se detuvo hasta que los cuatro nos encontramos fuera, junto a la mesa petitoria, con un vino en la mano.

–Hispano de origen vasco. –Chocó su copa con la mía guiñándome un ojo–. ¡Nadie es perfecto!

–Lo importante es sentirse siempre latino –enfatizó su esposa, y las flores estampadas sobre el escote de su vestido parecieron abrirse.

—En el siglo diecinueve, algunos Gondra vivieron en La Habana, desde el final de las guerras carlistas hasta 1898. Por eso yo no me he sentido nunca un extraño en América —acerté a improvisar, con la mirada gacha—. Esta es mi casa, mi identidad. Soy vasco de origen, aunque también americano y latino. E hispano, por supuesto. La patria es la lengua, ¿no?

Pero al advertir la sonrisa satisfecha en el rostro de los Riquelme ante mis palabras mentirosas comprendí con toda certeza que la decisión estaba tomada: regresaría a la tierra de mis antepasados y el 15 de septiembre estaría en el cementerio junto al mar, frente a la tumba de los Gondra. No iba a seguir huyendo. Si Ainhoa y yo éramos los únicos que quedábamos de todo aquel pasado, no iba a permitir que los restos de mi hermano se quedaran fuera y nuestra rama desapareciese del panteón centenario. Tendría que volver: a la casa, y al frontón, y a la iglesia de Nuestra Señora.

Y puede que mi lengua no fuera mi patria.

NUNCA SERÁS UN VERDADERO ARSUAGA

Capítulo 8

Regresé demorándome por la avenida Basagoiti mientras mordisqueaba distraídamente otro churro más. Me pareció que el paseo estaba bastante abandonado: las luminarias en forma de doncellas egipcias que lo jalonaban habían perdido en su mayoría brazos y antorchas y los muros que rodeaban las numerosas mansiones en venta aparecían llenos de pintadas desvaídas por la lluvia y el salitre o cubiertos por carteles en los que una cara se repetía constantemente bajo la leyenda *Kepa askatu*. Ni siquiera figuraba su apellido, porque todos debían de conocerlo: ese Kepa sería seguramente otro «hijo del pueblo» para quien pedían la libertad sin señalar que habría asesinado a empresarios desafectos o guardias civiles.

Al llegar a la casa, mi madre no me zurró la badana. Ni siquiera advirtió el lamparón de grasa. Me recibió inquieta porque se había levantado y, al ver que ninguno de los dos hijos estábamos allí, se preguntaba dónde podríamos haber ido. Por toda explicación, le tendí los churros que quedaban y ella recogió el cucurucho con enorme delicadeza, como si recibiera un ramo de flores.

–¿Qué tal ha ido la cosa con tu hermano? –me sondeó, depositando el paquete grasiento sobre la mesa de la cocina después de besarme sonoramente en la mejilla–. ¿Te ha dicho algo?

–Sí, me ha contado por qué se va. No pensé que las cosas estuvieran tan mal.

–¿Te ha comentado lo de tu padre, lo que han pensado?

–¿A qué te refieres?

Esperé su respuesta mientras se atareaba en buscar por las alacenas de la cocina el chocolate para desleír: registraba insistente, abriendo y cerrando puertas y cajones, segura de que en algún fondo debía de estar el saquito de papel azul con el cacao que se venía utilizando durante generaciones.

–*Hemen dago!* –exclamó por fin triunfante, extrayendo un bote metálico de un altillo–. Chocolate Zahor, el de toda la vida.

–Creí que ya ni lo fabricarían.

–Las cosas no desaparecen porque tú desaparezcas, *maitxia.*

Era la segunda vez que me echaban en cara algo similar en la misma mañana. Todos parecían tener claro que determinadas cosas eran para siempre.

Pero no lo fueron. Nunca lo habían sido. Solo tratabais de engañaros, como trata de engañarse cada generación de Arsuagas, creyendo que lo que ella ha conocido durará eternamente. Igual que en 1936 tu abuelo pensaba que el frontón perduraría siempre en manos de la familia, o que en 1874 don Alfonso creía hallar la paz definitiva en una Habana en la que podría dejar de seguir huyendo.

–¿Qué estáis haciendo, Nuria? –Mi padre apareció en la cocina en pijama, algo insólito teniendo en cuenta que eran ya más de las nueve de la mañana–. ¿Celebramos algo hoy?

–A tus hijos se les ha ocurrido traer churros para desayunar y estoy preparando el chocolate –anunció ella,

sirviendo leche en un cazo para hervirla–. Así que víste-
te rápido mientras Bosco pone la mesa y yo termino con
esto.

Mi padre salió sin decir una palabra y me pareció
que arrastraba el pie que le habían operado, aunque tal
vez fuera porque hacía siglos que no lo había visto andar en zapatillas. ¿Por qué no estaba yendo al despacho
esta semana?

–Saca el mantel azul del aparador del comedor, con
las servilletas de hilo que están al lado –me ordenó mi
madre en cuanto nos quedamos a solas–. Usaremos la
cubertería de plata de los abuelos y el servicio de porcelana de Bidasoa.

No quise preguntarle por qué no me mandaba poner
la vajilla japonesa Noritake; me imaginaba demasiado
bien cuál era la respuesta. Estaba ya sacando las tazas
del antiguo aparador de caoba cuando ella me advirtió,
asomándose a la puerta de la cocina:

–Bosco, no la pongas a la francesa, ¿eh?

No pude por menos de sonreír, recordando cuántos
disgustos me había acarreado ese detalle que parecía
intranscendente. Había empezado con el exabrupto de
Élisabeth la noche en que me encargué de poner la
mesa, mientras ella se afanaba con la ensalada, para
la primera cena que organizamos todos los amigos del
doctorado en su apartamento de París. Al ver que había
colocado los tenedores y las cucharas boca arriba, aulló
como una furia y los volvió airadamente boca abajo
farfullando que nada sabíamos de la etiqueta del Fau-
bourg Saint-Germain («*Pour dîner deux feuilles de sa-
lade qui se courent après!*», había ironizado entre dientes Caroline). Tiempo después había sido mi madre
quien me pegó un bufido al ver que había puesto la
mesa para la cena de Navidad con los tenedores y las
cucharas boca abajo («¡Pero qué hacen los cubiertos
así!»), a lo cual intenté argumentar que conforme a la

etiqueta francesa esa era la forma correcta, para escuchar inmediatamente: «¿Ahora vas a venir tú a darnos lecciones de urbanidad?». Me había costado años asumir que hiciera lo que hiciera, en todas partes pondría mal la mesa.

—¿En qué estás pensando, hijo? —Mi padre entró en el comedor vestido con una chaqueta informal y sin corbata.

—Si vamos a desayunar chocolate, habrá que poner también una jarra de agua. ¿Tú sabes dónde guarda mamá aquella de cristal de Baccarat, la de la bisabuela Victoria?

—¡Otra cosa que se rompió o desapareció!

Llegó mi madre con la chocolatera de plata en la mano. Controló en un momento que todo estuviera perfectamente en su sitio, la depositó sobre el centro de mesa y regresó a la cocina. Nos sentamos en silencio a esperarla. Ninguno de los dos trató de iniciar una conversación.

Al cabo de un rato me di cuenta de que mi padre contemplaba el horizonte por el ventanal a mis espaldas.

—Hoy también va a llover —comentó por fin, desdoblando su servilleta.

Era una predicción infalible, algo tan objetivo como «hace frío» o «tienes fiebre», una amenaza que se cumplirá inexorablemente y que el ojo de un marino percibe con claridad meridiana.

—La pregunta que te hice el otro día, en el coche... —empezó a explicar, hasta que se interrumpió bruscamente, con la mirada fija en los nubarrones que estaría viendo detrás de mí.

Esperé un poco a que terminara su frase. No lo hizo.

—Todavía no tengo una respuesta —acerté a decir.

Sonaron las nueve y media en el carillón del pasillo. Ninguno añadíamos nada.

—Quiero que trabajes conmigo —arrancó finalmente.

No supe qué contestar. Desdoblé mecánicamente la servilleta yo también.

–Un par de años juntos, hasta que estés preparado para llevar tú solo el despacho. Luego yo me retiro y te lo quedas para ti. La cuarta generación de abogados Arsuaga. Te lo cedo entero. No tendrías que pagar nada. No puedo ser más generoso. –Hizo una pausa, pero no me atreví a levantar la vista–. Es de justicia. Tu hermano se ha estado beneficiando todos estos años y a ti no te ha tocado nada.

En el silencio que se impuso de nuevo percibí claramente cómo los pasos de mi madre se daban la vuelta en el pasillo y regresaban a la cocina. Mi mano seguía doblando y desdoblando la punta de la servilleta.

–Juan Ignacio está de acuerdo –insistió él, al cabo de un momento.

–¿Clara también? –pregunté, para su sorpresa.

–¿Qué tiene que ver Clara en todo esto? El despacho es un negocio de los Arsuaga.

–Si tienen hijos, los niños también tendrían derecho a heredarlo, sería parte del patrimonio.

Me sorprendió oírle reír brevemente y alcé la mirada hacia él.

–¡Llevas el abogado Arsuaga en las venas, no puedes negarlo! –Me pareció que avanzaba su mano para palmear la mía y la retiré a tiempo–. Tu madre siempre lo ha repetido y lleva razón.

–¡Si ni siquiera terminé el segundo año! –protesté.

–Te sacas las asignaturas que te quedan mientras empiezas a trabajar conmigo; de momento, yo continúo firmando todos los asuntos. Tu abuelo habría estado orgulloso de ti. ¡La de veces que me reprochó que te dejase marchar! ¿Qué pintabas tú en París con esa maricónada de la filología?

¿Dónde estaba realmente mi lugar? ¿En esta casa que llevaban ocupando cinco generaciones de Arsuagas y que seguramente no podíamos seguir manteniendo? ¿En un París en el que mis intentos literarios no habían servido absolutamente para nada después de casi diez años? ¿En ese Nueva York incierto adonde podría trasladarme si aprobaba las oposiciones para traductores?

Mi padre se puso en pie y rodeó la mesa para situarse detrás de mí. Apoyó las manos en mis hombros, un gesto inaudito en nuestra familia.

–Eres el primogénito de tu generación, Bosco. Deja de dar tumbos por el mundo.

Quisiera escribir que posé mis dedos sobre los suyos, que respondí de alguna manera a su contacto, que me volví a mirarlo. No lo hice. Me quedé quieto, paralizado, con las dos manos sobre la mesa hasta que él retiró las suyas y sentenció:

–Tu sitio está aquí, entre nosotros.

Y luego, en el silencio del comedor, añadió:

–Seas como seas.

¿Cuántas veces les he dado vueltas y más vueltas a esas tres palabras que se quedaron grabadas a fuego, volviéndolas del derecho y del revés, tratando de rememorar hasta el último matiz de la entonación que les confirió, en un intento vano e imposible de extraer el significado exacto que quiso darles? Palabras que para mi asombro en aquel momento parecían aceptar oscura y veladamente la diferencia; palabras que aparentemente decían sin decir, que abrían una puerta para un posible futuro, palabras de bienvenida y tregua; palabras que cerraban el daño que nos habíamos hecho en el pasado; palabras que yo no aguardaba y abrían un resquicio a la duda, a la esperanza; palabras que hubiera debido aclarar inmediatamente cuando lo tenía allí, a mi espalda, esperando una respuesta a lo que acababa de decirme, «seas como seas». Pero dejé pasar la oportunidad y ya es vano que me siga arrepintiendo, que fantasee con lo que habría ocurrido si hubiera trabado la conversación que no trabé; solo me queda consignar que esperó un tiempo que nunca he llegado a precisar a que yo dijera algo o me volviera hacia él, un tiempo que entonces me resultó larguísimo aunque seguramente duró poco, apenas nada, hasta que oí sus pasos salir del comedor mientras repetía alejándose hacia su dormitorio:

–Piénsatelo, hijo. Piénsatelo.

Me pareció que la puerta de la cocina se cerraba discretamente. Al cabo de un rato, me di cuenta de que había deshilachado la servilleta de tanto doblarla.

Caminaba por la calle Quince con las palabras del profesor Riquelme todavía resonando en mi cabeza. Era esa hora del atardecer de agosto en Manhattan en que las aceras, prematuramente oscurecidas por las sombras que proyectan los rascacielos, se invaden de una tristeza apagada entre moles mesopotámicas que impiden ver el sol que todavía debe de continuar brillando allá arriba, en alguna parte no visible; la humedad casi tropical sigue haciendo que la ropa se pegue al cuerpo, aunque en esa zona de nadie entre Midtown y Downtown, en el centro de la ciudad, rodeado de edificios de oficinas ya vacíos, uno no tiene la sensación de estar en una isla y la mirada busca en vano posarse en algún plano de agua. Iba caminando entre socavones de obras y olores nauseabundos de comida podrida por el calor y pensaba que la capital del mundo occidental cada vez se iba pareciendo más a un suburbio cualquiera de la India. Sentía que al cruzar los pasos de cebra, las suelas de los zapatos se pegaban al alquitrán reblandecido. Me crucé con un chico que llevaba la cara pintarrajeada de blanco, con los labios embardunados de rojo y el pelo teñido de un verde amarillento; apenas lo miré de refilón, porque quizás fuera un actor que salía de hacer alguna prueba, pero también podría ser un loco que sacase un cuchillo o una pistola ante cualquiera que tuviese la mala fortuna de mirarlo un segundo de más. El profesor Riquelme tenía razón: «Somos nuestra identidad, no lo olvide nunca». ¿Qué creerían de mí quienes me cruzaba a esas horas? ¿Habían conseguido los pantalones baratos de Banana Republic y la camisa de Macy's mimetizarme con uno de tantos oficinistas genuinamente americanos que regresaban a sus casas después de una cerveza con los compañeros de trabajo? ¿O algo indefinible seguía delatando en mí al extranjero que un Joker como el que acababa de pasar a mi lado detectaría inmediatamente, ese aire que no conseguiría borrar nunca y que podría convertirme en blanco instantáneo de sus iras y sus balas, si iba armado?

Casi sin darme cuenta había cruzado la Quinta Avenida y caminaba ahora por una manzana más amable, de casas no muy altas y escaleras con porches, de las que de aquí y allá salían vecinos a pasear perros o sacar la basura. No, yo nunca me parecería a ellos; jamás tendría el acento correcto, ni lograría ingerir bagels pantagruélicos en tres bocados, ni gesticularía expresando una sorpresa desmesurada ante algo que me pareciese simplemente curioso. De pronto, en el bochorno de la caída de la tarde, una música me distrajo de mis pensamientos: en la acera de enfrente, las puertas abiertas de una iglesia dejaban escapar los sonidos de un órgano. Al girar la cabeza me di cuenta instantáneamente de que la fachada neobarroca era de clara arquitectura jesuita. Me extrañó no haber visto nunca este templo, si bien era cierto que raras veces pasaba por aquí. Crucé la calle para acercarme: una gorda que venía en bicicleta y casi me atropella me gritó «*Jerk!*», y luego una limusina me pegó un bocinazo al pasarme apenas a un palmo. Yo no me fijaba más que en la escultura en lo alto de las columnatas: tenía que ser san Ignacio de Loyola, lo hubiera reconocido en cualquier sitio, tantas veces lo había visto representado en estampitas, y romerías, y ejercicios espirituales, y años de colegio. En la verja de entrada, antes de la escalinata, una placa decía, por el contrario: «The Church of Saint Francis Xavier». No era el que yo pensaba, aunque era jesuita, y vasco. Consulté el reloj: casi las ocho de la tarde, John estaría esperándome, seguramente habría empezado ya a beber. Sería mejor que acelerase el paso hacia el metro y llegara a casa cuanto antes. Sin embargo, aquella música reconocible invitaba a entrar y dentro seguramente se estaría fresco. Había algo de romano, de europeo, de familiar y acogedor en la piedra labrada, en el pórtico con la doble columnata, en la cruz que remataba el frontón, algo que me empujaba irresistiblemente a subir las escaleras y penetrar en el templo. ¿Cuántos años hacía que no había pisado una iglesia? Y aun así, los gestos volvían solos: me persigné con el agua bendita de una pila a la entrada, hice una pequeña genuflexión antes de avanzar por el pasillo de la nave central, admirado ante la opulencia de frescos y esculturas, terminé por arrodillarme en uno de los bancos. Pero no podía rezar. Eso ya no. El órgano seguía sonando imponente y las armonías colmaban todo el espacio, rebotando contra las columnas graníticas. Comenzó a brotar el llanto poco a poco, quedamente, desde muy dentro, hasta que se me desató la congoja: los hipidos se hacían cada vez más fuertes, las lágrimas corrían ya libres por todo el rostro, el pecho se me agitaba arriba y abajo. A duras penas conseguí sentarme. Lloraba y lloraba y no me importaba nada. Ni siquiera trataba de hundir el rostro entre las manos. Lloraba a cara descubierta, sin coartada y sin contención, casi a gritos, cubriendo las notas de la música en la iglesia vacía.

Apenas advertí que alguien me golpeaba suavemente en el hombro. Debió de hacerlo varias veces, porque solo me percaté cuando ejerció presión con la mano para llamar mi atención y puso algo frente a mi vista nublada. Me giré: era un chico muy joven, rubísimo, que me tendía pañuelos de papel. Los tomé en silencio, incapaz de susurrar nada, y él se dio la vuelta sin decir una palabra. Lo vi alejarse hacia el coro y entonces comprendí que sería el organista, porque la música había cesado.

Sí, había abandonado a mi padre cuando más me necesitaba. Y la rabia ciega por las últimas palabras que me había escupido mi madre en el restaurante me había empujado a no aparecer siquiera en ninguno de sus funerales. ¿Había creído de verdad que cortando toda relación con Juan Manuel me iba a librar de aquel pasado? Tal vez había conseguido engañarme durante todos estos años, pero había llegado el momento definitivo: no volver sería dejar esa herida sin cerrar ya para siempre. Ahora bien, si regresaba, tenía que ser para averiguar la verdad de lo que ocurrió cuando huí precipitadamente: habría de esclarecer de una vez por todas si era cierto aquello de lo que no quise enterarme y sin embargo llegó hasta mí en la distancia, los rumores de lo que hizo Ainhoa y lo que sufrió Juan Manuel, si hubo o no una diana en el frontón o en el muro de la casa y quién la borró, si le dijeron «*Alde hemendik*» o «Serás el siguiente» o «Traidor»; habría de acudir a la iglesia de Nuestra Señora y sonsacarle a don Julen (¿fue él quien llevaba y traía los recados y recogía sobres en el confesionario?) y luego tendría que investigar si Ander terminó en la cárcel o estaba tal vez en la calle, en el mismo pueblo. San Francisco Javier y san Estanislao de Kostka me miraban desde los lienzos de sus capillas y recordé el antro inconfesable donde había visto sus imágenes por última vez aquella noche de equivocaciones. No, no había sido un buen hijo. Ni un buen hermano mayor.

Se fueron apagando una tras otra las luces de las naves. Me santigüé automáticamente y avancé hacia la salida. El organista de pelo pajizo me esperaba al final de la hilera de bancos, listo para cerrar la iglesia. Me acerqué sonriendo y le devolví el paquete con los pañuelos que no había usado, musitando: «*Thanks, really*». Lo tomó sin decir nada y me hizo un gesto con la mano que me pareció de despedida. Abrí la puerta y empecé a descender hacia la calle. El aire tórrido y la humedad me golpearon brutalmente el rostro. No, yo nunca había sufrido un tiempo como este en Algorta. Los pasos precipitados de alguien que salía corriendo tras de mí me hicieron girarme: el organista gesticulaba mucho indicándome alguna cosa en lo alto de las escaleras, pero yo no entendía sus palabras. Seguí la dirección de sus brazos y la vi: «Donations box», ponía. Nada era gratis en este país. Volví a subir los peldaños calculando mentalmente cuánto podrían costar esos clínex en cualquier deli y al depositar dos dólares en la ranura para los donativos, busqué por el rabillo del ojo la expresión del músico: no debió de parecerle mucho la contribución, porque me miró con la misma displicencia que las camareras de los bares del Upper West Side cuando dejas la propina mínima.

Al entrar en el apartamento, me sorprendió que John no estuviera en casa. Se habían hecho ya más de las nueve de la noche, ¿dónde podía andar a estas horas? No me había avisado, y era extraño. Tiré los zapatos de cualquier manera en el dormitorio y me precipité sobre el ordenador que por entonces todavía teníamos junto a la cama. Tecleé el nombre de Ainhoa. No aparecía ninguna información sobre ella y respiré. Escribí y borré varias veces el nombre de Ander y luego sus apellidos, que no había olvidado nunca. No terminaba de decidirme. ¿De verdad quería saberlo? Me distraje buscando fotografías del frontón. Todas eran de ahora: niños que sonreían jugando a pelota mano con cascos protectores contra unas paredes sorprendentes porque estaban limpias, perfectamente pintadas de color aceituna, sin grafitis ni restos de carteles. Tecleé de nuevo «Ander». Tecleé aquel primer apellido. Tecleé el segundo. Me quedé sin aliento al ver la noticia que surgió. En ese momento, se oyeron ruidos y golpes en la puerta de entrada. Cerré bruscamente el ordenador, anonadado ante lo que acababa de descubrir. Aún tardé un tiempo en llegarme al recibidor, a pesar de que alguien parecía arañar cada vez con más fuerza desde fuera.

Abrí y me encontré a John tambaleándose con la llave en la mano, incapaz de atinar con la cerradura. Me hice a un lado, sintiendo un asco y un cansancio infinitos, para que él pudiese entrar en casa.

—No dices que estoy borracho. Porque no lo estoy. *I'm not!* —vociferó apoyándose en la cómoda de la entrada.

Lo observé sin fuerzas para decirle ni una palabra. Trató de sostenerme la mirada, pese a que no lograba mantener la cabeza firme. Con decisión, le aparté las manos del mueble al que se aferraban y esperé a ver cuánto tardaba en caerse, mientras él intentaba fijar en mí sus ojos desafiantes. Al poco, tanteó la pared para tratar de avanzar por el pasillo, pero de nuevo le impedí encontrar apoyo.

—*Three martinis, that's all. With clients!* —se justificaba con voz aguardentosa.

Ni me molesté en replicar que no me interesaba saber cuántos martinis después del trabajo, ni cuántas cervezas de media tarde, ni cuántos vinos blancos en la comida. Solo esperaba a que se derrumbase definitivamente para dejarlo allí, tirado, hasta que fuera consciente, una vez más, de lo que había ocurrido, cuando se despertase entre el vómito. Pero él seguía avanzando. Incomprensiblemente, andaba por el largo corredor hacia el dormitorio, oscilando, sin llegar nunca a caer. Murmujeaba entre dientes algo sobre los meses que hacía que no… Trataba de volverse para hablarme, lo pensaba mejor y daba otro paso. Habían sido unos clientes, una ocasión social, un par de colegas de la agencia lo habían invitado… No terminaba de desplomarse, y eso me enervaba aún más.

Le di un empellón por la espalda.

Salté por encima de él cuando por fin lo vi en el suelo.

Desde el dormitorio, sentado ante la pantalla, podía oír sus quejidos mientras yo hacía la reserva del vuelo a Bilbao.

Más tarde, a solas en la enorme cama vacía, tuve que tomar un segundo somnífero para poder conciliar el sueño.

NUNCA SERÁS UN VERDADERO ARSUAGA

Capítulo 9

«Seas como seas», había dicho mi padre por la mañana, y yo aún seguía dándoles vueltas a esas palabras cuando al atardecer atravesé las puertas de cristal de la galería de arte en la que me había citado Ana. ¿Qué estaba cambiando para que mi padre dijera cosas como esa y en el barrio de San Francisco, una zona que poco antes ningún bilbaíno «decente» se atrevía a pisar, ahora montaran exposiciones de nuevo arte africano? Hacía casi diez años me había largado a París asfixiado por la vida provinciana que no iba a cambiar nunca, y me dolía ir descubriendo en este viaje que el mundo inmutable al que había creído escapar en realidad desaparecía a ojos vistas ante lo que se iba abriendo paso. Nunca hubiera imaginado que a los pudientes locales les diera actualmente por aquellas cabezas de madera atravesadas por clavos, las pinturas coloristas y falsamente ingenuas sobre cristal o los juegos posmodernos con la imagen del salacot del colonizador que colgaban por los amplios espacios de un antiguo almacén industrial. Avancé entre gafas de último grito, mucho traje negro y chaquetas de diseñadores japoneses, sintiéndome como si estuviera en cualquiera de los *vernissages* a los que me arrastraba Élisabeth por el Marais. ¿Qué revolución del gusto artístico se había producido en mi ausencia? ¿De dónde habían salido todos estos modernos con dinero y osadía suficientes para adquirir la «escultura» que admiraba Ana, una montaña inmensa de botellas de plástico que desbordaban un contenedor de basura pintarrajeado? Al verme, me hizo señas con la mano para que me acercase yo también a contemplarla. Ella desentonaba un poco en aquel ambiente, con su impermeable verde oliva y su pañuelo al cuello. Las vigas herrumbrosas, las paredes de ladrillo visto y los ventanales abiertos sobre el paisaje industrial casaban mucho mejor con los vestidos desestructurados y los escotes de cóctel de las nuevas ricas. Antes de besarla en la mejilla, pensé de nuevo que siempre querría a Ana por estar en el lugar equivocado.

En el lugar equivocado o en cualquier otro. Por estar siempre para ti. Eso es lo que creías entonces, que esa chica estaría siempre. Y no lo estuvo. Ella, no. Eso te sorprendió. Aunque tal vez tampoco quieras contarlo.

Fuimos recorriendo toda la antigua fábrica, cruzándonos por igual con mujeres de banqueros que con estudiantes de Bellas Artes o críticos de periódicos regionales. Cuando le comuniqué mi sorpresa, Ana me fue revelando las claves de aquella súbita popularidad del arte contemporáneo, a medida que contemplábamos sucesivamente una videoinstalación con el desollamiento de una gallina en primer plano, una escultura de un enorme falo en madera negra, acrílicos de colores chillones con mensajes sobre el sida y fotografías de niños mutilados por guerras.

—Ahora se dejan el dinero en esto porque es el único signo de riqueza que no se ve en la calle. Piénsalo un poco, Bosco: ¿cómo te vas a comprar un Mercedes o un BMW si en cuanto lo saques del garaje todo el mundo va a saber lo que te has gastado? —Bajó la voz y se pegó más a mí–. Y luego, desde lo del hijo del concesionario de Deusto...

—No sé de qué me estás hablando, Ana.

–Nada, que pasó información sobre los clientes de su padre. Debió de meterse en su ordenador, consiguió el listado y todos los que habían comprado coches de lujo recibieron la carta. –Hizo una pausa hasta que se alejaron de nosotros un par de ejecutivos capitaneados por un entendido que les iba dando explicaciones con mucho revolotear de manos. Después añadió con rechifla–: Pero fíjate si serán burros los que las redactan que las encabezaron diciendo algo así como: «Conocemos tu magnífica situación económica que te permite adquirir el automóvil marca tal en tal sitio».

–Pues no me imagino yo a las mujeres de los consejeros del BBV gastándose los cuartos en el falo gigantesco ese de madera para ponerlo en el salón, junto a las pinturitas de paisajes y romerías –le rebatí, y a los dos nos dio por reírnos, ante algunas miradas desaprobadoras.

–¿Qué otra cosa van a hacer, las pobres? Todo el mundo sabe que en cada sucursal bancaria hay un informador. ¡En la dichosa carta no es que vengan los números de tu cuenta corriente, es que te mandan casi el extracto, y la cantidad que te exigen está en función de lo que aparezca! Por eso nadie quiere ya tener los millones en el banco. ¿Tú sabes cuál es el negocio que más dinero mueve ahora en Bilbao?

–¿El arte conceptual africano?

–Las peleterías. Aquí se venden abrigos de piel de millón y pico de pesetas como rosquillas. –Bajó de nuevo la voz al observar que un matrimonio se giraba hacia nosotros–. Para ponérselos fuera, cuando van de viaje, eso sí.

Vi de lejos a Nerea Aldazabal, la hermana de Eneko que la víspera nos había negado el saludo en el paseo sobre los acantilados de La Galea. Vestida elegantemente de negro, conversaba con otra mujer altísima cuyo color de pelo, de un rojo subido, llamaba la atención por entre las cabezas. Ana debió de verla al mismo tiempo, porque se volvió hacia mí para cuchichearme:

–Esa con la que está hablando Nerea es la dueña de la galería. Eneko era un buen cliente suyo.

En su tono de voz noté que aún le dolía pronunciar aquel nombre y creí entender por qué me había traído a esta inauguración.

–¿Eneko compraba esto? –Señalé un *collage* hecho con etiquetas de bebidas y trozos viejos de chancletas.

–No. Eneko le compraba Chillidas. Pero vámonos antes de que nos vea su hermana. Hoy no tengo el cuerpo para más tristezas.

Echó a andar resuelta hacia la salida sin esperarme y no pude aclarar a qué tristezas se refería. Comprobé de reojo que Nerea no hubiera reparado en nosotros y me sorprendió percibir que discutía acaloradamente con la galerista. No tuve tiempo de mirar más, porque ya Ana se abría paso entre el gentío que llenaba la exposición. En la entrada, una belleza de piel lechosa y labios rojísimos nos tendió bolígrafos detrás de un mostrador en el que había dos pilas de folios.

–Si queréis darnos vuestras direcciones, os mandamos información sobre los próximos *vernissages* –nos ofreció la boquirroja, pronunciando en francés la última palabra con un acento tan cuidado que me llamó la atención.

–De acuerdo. –Ana se detuvo a rellenar el formulario con sus datos.

–¿A ti no te interesa? –me preguntó entonces a mí la chica.

–No, gracias, es que vivo fuera. En París.

Sus manos de manicura perfecta tomaron un papel del otro montón y me lo tendieron con una sonrisa de exquisita amabilidad. Esta mujer sabía cómo vender la mercancía.

–Entonces puedes firmarnos esta petición, si quieres –me propuso.

–¿Para qué es?

–Por el acercamiento de los presos.

El bolígrafo de Ana se detuvo en el aire antes de que terminase de escribir el código postal en su hojita. Sin mirarnos, fui yo el que hice la pregunta.

–¿Y adónde hay que acercarlos?

El rostro de porcelana no dejó traslucir ni un ápice de sorpresa y con la misma cortesía elegante contestó de inmediato:

–Pues hombre, aquí. Cumplir la condena cerca de los tuyos es un derecho humano. ¿No has oído hablar de lo que sufren los familiares de los presos políticos vascos yendo a esas cárceles de Zamora, de Málaga, de Canarias?

Ana rompió en dos el formulario que había estado rellenando.

–¿Te has confundido? ¿Quieres otro? –le ofreció la bellísima blancurria.

–No, déjalo. No me interesa.

–¿No quieres que te avisemos cuando haya ventas promocionales? –insistió la otra sin asomo de ironía, parapetada tras su hermosura de alcurnia: talle esbelto, frondosa cabellera pelirroja que enmarcaba su cutis albo, cuello larguísimo y hombros delicados que apuntaban por entre el jersey de angora negro. No llevaba joyas y olía a perfume antiguo, a tienda de lujo, a infancia con aña y jardinero–. ¿No vais a firmar nada, entonces?

–No, no te vamos a firmar absolutamente nada –se adelantó a responder Ana antes de que yo pudiera apuntar algo.

–Como queráis. Yo estoy por la libertad de expresión. –El odio brilló solo un segundo en sus ojos de aguamarina, mientras nos calibraba–. El mes próximo tenemos una exposición de nueva escultura vasca. A lo mejor eso tampoco os interesa.

–¿Nos dejas el boli? –le pidieron dos lesbianas vestidas exactamente iguales–. Nosotras sí que firmamos. Y a la que le moleste, que se vaya a Burgos.

De camino hacia el aparcamiento, Ana iba indignada despotricando contra la galerista que había sido amiga personal de Eneko mientras pudo venderle obras y al parecer ahora no quería recomprarlas a su familia, cuando más lo necesitaba:

–¡Se veían muchísimo! ¡La de veces que lo invitó a cenar a su casa! Pero ahora no le interesa decirlo, por supuesto... Prefiere callarse y hacerles el juego a los mismos que... ¡Y que encima tenga a la niña de Urquizu ahí metida, jugando a *borrokalari*!

–¿La pelirroja de la entrada es hija de Urquizu, el de la Caja de Ahorros?

–Sí, Bosco, la pequeña. Y claro, a la galería le viene fenomenal tenerla empleada para que la Caja le siga comprando obra.

–No me digas que la Caja de Ahorros compra arte contemporáneo...

Algo estaba cambiando, ciertamente.

–¡Y no sabes cómo, querido! Cuando colocaron a Urquizu en la Fundación Cultural, se acabó lo de subvencionar belenes vivientes y patrocinar concursitos de pintura. Antxon Urquizu, ese sí que sabe. La Fundación tenía que servir para hacer dinero, que para fines sociales ya está el Gobierno Vasco. Así que de la noche a la mañana se pusieron a comprar obra contemporánea en Art Basel o en Arco y en poco tiempo se hicieron con una colección de primera. El listo de Urquizu enseguida empezó a exponerla y prestarla, con lo que le está sacando un dineral que tiene más contento que unas castañuelas a todo el Patronato. ¡No te digo más que le invitaron a la inauguración del Guggenheim!

Cruzamos uno de los puentes sobre las aguas de la ría, que seguían fluyendo mansas, oscuras, contaminadas, indiferentes a lo que pudiera ocurrir en la ciudad. Ana, en cambio, era un torrente de palabras atropelladas que no dejaban de brotar incontenibles.

–¡Del Guggenheim! A ese idiota que hasta hace dos días era un meapilas de misa diaria. Y se llevó al cóctel a la lerda de su hija, que pretendía entrar con una pegatina a favor de los presos pegada sobre el Christian Dior. ¡Cuando no había pasado ni una semana desde que habían matado a ese pobre *ertzaina* en la puerta del Museo! Me han contado que le hicieron quitársela a la entrada y montó en cólera.

Más tarde, en el viaje en coche hacia Algorta, yo iba distraído mirando por la ventanilla cómo desfilaba el paisaje desolador de la ría moribunda, las grúas fantasmales y abandonadas de astilleros y altos hornos, los cascos de buques que habían quedado a medio terminar por la reconversión naval: un universo arruinado a punto de desaparecer. «Seas como seas». ¿Habría una oportunidad para mí en el mundo incipiente que parecía estar despuntando entre toda esta devastación?

–No me estás escuchando, Bosco –me reprendió Ana, sacándome de mi ensimismamiento.

–Perdona, no me quito de la cabeza lo que me ha dicho mi padre esta mañana.

–Lo importante no es lo que quieran ellos. Es cómo vivirías tú aquí. ¿Eres capaz de mirar para otro lado y no salir de tu burbuja?

Dudé un tiempo largo.

–No lo sé, Ana. De verdad que no lo sé.

–Ven conmigo a la concentración del viernes. Es la última a la que voy a ir. Y luego decides.

Cuando me dejó delante de la casa y nos despedimos, pensé que no les diría nada a mis padres. «Seas como seas» probablemente no incluía significarme en un pueblo tan pequeño. Sonreí para mí al caer en la cuenta de que de nuevo volvía a hacer cosas a escondidas de ellos, cosas inconfesables de las que sin duda terminarían por enterarse.

«Cumpla su deber de memoria. Y después, el olvido.» Pienso todas las noches en esas palabras que me dijo la semana pasada Ruth Schlemovich con su ligero acento de estadounidense aplicada; las invoco como un mantra antes de sentarme al ordenador en este invierno que no termina, queriendo encontrarles un sentido, comprender yo mismo por qué sigo haciendo esto, por qué me empeño en reconstruir aquellos días aciagos en torno a la boda de Juan Manuel y convertirlos en una novela que no tendrá editor ni lectores ni habitará nunca en biblioteca alguna, porque no hay destinatario posible, porque en realidad la escribo para explicarme y explicarle a mi hermano que ya no está lo que hice y cómo me equivoqué, y solo podrían leerla y quizás entenderla y agradecérmela mi prima segunda y esa adolescente que no debe de saber nada de nada. A veces me tienta la idea de agarrar el teléfono, llamar a Ainhoa y decirle que por fin he recibido el paquete que me prometió. Pero ¿cómo confesarle después que no tengo el valor de abrirlo, que sigue aquí, a unos centímetros escasos, sobre el escritorio, junto a la nota arrugada y al barro centenario que escarbó en torno a la tumba, ya reseco? Dejo de teclear y paso los dedos por el papel de estraza con los sellos y sé que no estoy preparado para rasgarlo y mirar dentro. Aún no. Creo adivinar lo que puede contener y sé que me dolerá. Ainhoa no habló mucho. Musitó «Ya te lo imaginas, ¿no?»; y yo asentí sin saber muy bien a qué se refería, era el último momento y parecía que nos habíamos dicho ya todo y sin embargo poco habíamos hablado de eso que los dos estábamos evitando conscientemente, yo por pudor o por miedo y ella tal vez por una lealtad a su rama de la familia que se iba resquebrajando. Es extraño, porque ahora que las yemas de los dedos acarician la letra picuda con mi nombre, ese tacto me calma y esta noche tal vez no tome la pastilla. No soy capaz de despegar las tiras de cinta adhesiva; aun así, ser consciente de que puedo hacerlo en cualquier momento, en cuanto me sienta fuerte, tal vez cuando reciba la respuesta del notario, disipa la ansiedad al concederme el poder de decidir cuándo y cómo y quizás dónde quiero enterarme de cosas que no supe y lo cambiarían todo y ahora aguardan al alcance de mi mano.

En el apartamento silencioso a estas horas de la madrugada, termino por apartar el paquete y vuelvo al ordenador. En vano: hoy que ha sido un día especialmente extenuante en la Comisión de Derecho Internacional, soy incapaz de escribir una sola línea de ficción. Pierdo el tiempo releyendo una y otra vez el mensaje que me ha enviado Ruth esta mañana, su invitación cuidada y profesional, la explicación meticulosa sobre el contenido del acto, quiénes participaríamos, la remuneración que me pagaría Human Rights Watch («¿Compatible con su visado G-4 de funcionario internacional? No estoy segura; si no, le compensaríamos de otra manera»), por qué motivo piensa que yo sería una de las personas adecuadas. «Verdad, memoria y reparación: la justicia restaurativa en tres estudios de casos», traduzco mecánicamente cuando paso la vista sobre las grandes letras del título en negrita. ¿Qué sé yo de todo eso? Me reuní con quien quiso escucharme y con quien no quería oír nada, y en los dos casos la herida volvió a abrirse, sí, pero yo no era una víctima. Y esa palabra que ahora usaban todos, «victimario», yo no la había oído jamás. «Terrorista», «asesino», «abertzale», «borroka»... esas sí, esas formaban parte de nuestro vocabulario de entonces; incluso «petardista», como decía con una sorna pasmosa la abuela Angelita de quienes colocaban bombas, y que hoy recuerdo casi con nostalgia. ¿«Proceso de paz»? Lo que está pasando ahora, según escribo, en ese pueblo al que debería regresar con la resolución definitiva antes de que venza el nuevo plazo, antes de ese 15 de marzo inapelable, ¿es lo mismo que traduzco un día y otro sobre Sierra Leona y sobre Colombia y sobre Sri Lanka y sobre Mali y sobre la República Centroafricana? Puede que los políticos lo repitan con insistencia, sin embargo no es lo que me encontré en septiembre, cuando lo que de verdad me desconcertó fue la indiferencia de mis antiguos convecinos por un pasado que para ellos nunca había ocurrido y que solo sigue viviendo en el recuerdo de quienes tuvimos que marcharnos.

Vete y di nuestra verdad. Porque todo dolor es valioso, y no debería perderse en el olvido como se perdieron mantones de Manila y letras del Banco de Inglaterra y la dignidad y hasta el apellido, que por vuestra culpa ya solo llevará alguien que no tiene la sangre ni la piel correctas. No dejes que sea la palabra mentirosa de los otros la que triunfe y la que nos cuente. Recuerda el cementerio incendiado, y quién lo hizo. No dejes que nadie crea otra cosa. Nunca.

En la calma nocturna del salón percibo claramente ese acento que reconozco sin duda alguna: es del abuelo Martín, con los sonidos roncos que le provocaban los cigarrillos que fumaba sin parar hasta que murió de un cáncer de pulmón. Y sé que mi obligación es prestarle oído y transcribir lo que me dicte mientras siga percibiendo su voz, sea la hora que sea, por más que John no pueda entenderlo y se queje en la terapia de pareja de que ahora somos demasiados en el apartamento (él, yo y los fantasmas «*of that damn family!*»), y proteste que este empeño imposible que me roba las noches es como un amante que me aleja de él y yo me tenga que encoger de hombros porque lo único que me importa hoy es estar alerta ante estas señales que recibo y dejarme guiar; ahora que todo se ha hundido y nada me importa ya mi carrera, ni mi pareja, ni siquiera mi salud, estoy convencido de que las voces han de tener alguna respuesta, la luz con la que me aguardan al final del túnel aunque yo todavía no pueda vislumbrarla. Esa colección de Gondras que espera entre las sombras tutelares sabrá hacia dónde me conduce y bastará con confiar en ellos, ciegamente, en un acto de fe como cuando era un niño que se aferraba a la mano del abuelo para saltar las hogueras de San Juan frente a la iglesia de Nuestra Señora sabiendo que nunca nos quemaríamos.

Termino por responder que sí a la invitación de Ruth Schlemovich. Y siento que, a mi alrededor, algunos Gondra antiguos y muertos y oscurecidos sonríen con aprobación. Solo algunos.

En el vuelo nocturno de Nueva York a Madrid no había conseguido pegar ojo. Antes de entrar en el avión, en el último momento, mientras tendía el pasaporte en el control de entrada, había tenido un momento de pánico y pensé rápidamente que aún estaba a tiempo de echarme atrás, pero a mis espaldas una familia exasperada con cuatro niños no dejaba de empujar y vociferar y la madre arreó un sopapo a uno de los críos y por no seguir sufriéndolos avancé y terminé por encontrarme sentado en mitad de la fila 22 y luego ya me dio vergüenza levantarme. Habían seguido entrando pasajeros y bloqueando el pasillo de salida, opté por hacer los ejercicios de respiración al notar los primeros síntomas del ataque de ansiedad, una vez que conseguí que pasara ya habían dado la orden de abrocharse los cinturones. Para evitar pensar en el despegue, había comenzado a repasar obsesivamente la breve conversación que había mantenido con Ainhoa cuando al fin tuve el valor de contestar a su llamada: aún estaba a tiempo de llegar al funeral, sí; no, no había habido entierro, es obligatorio que sea antes de las cuarenta y ocho horas y, como yo no había respondido, sin mi permiso no les habían dejado; habían tenido que incinerarlo, claro, las cenizas se habían quedado en la funeraria, a la espera de lo que decidiésemos; podía quedarme en la casa, sí, probablemente, aunque no era un sitio demasiado seguro, «Ya lo verás al llegar, a qué me refiero».

Cuando horas después la azafata anunció que iban a servir el desayuno porque solo faltaban cincuenta minutos para el aterrizaje, yo seguía tratando de recordar el rostro de Ainhoa, que había visto por última vez lustros atrás, en la boda. ¿Cómo iba a reconocerla entre tantos parientes hostiles y olvidados que acudirían? Le había pedido que no dijera nada a nadie de mi presencia, a lo cual ella me había contestado algo enigmático, «De eso precisamente no vas a tener que preocuparte, *maitxia*». En el nuevo aeropuerto de Madrid, que ahora se llamaba de otra manera y era gigantesco e incomprensible y agotador de recorrer, me había perdido varias veces buscando la conexión y llegué por los pelos cuando ya estaban a punto de cerrar las puertas del avión a Bilbao. Me había dejado caer en el asiento de cualquier manera y en el vuelo, de apenas una hora, había dormitado entrecortadamente, con una duermevela agitada y confusa que me había agotado aún más: soñaba que la maleta se había extraviado y no tenía zapatos con los que ir al funeral y me presentaba con unas chancletas rojas de mujer que alguien me había prestado y todos me señalaban.

Ahora esa maleta estaba frente a mí, en tierra, en Bilbao, dando vueltas en la cinta de la nueva terminal del aeropuerto que también había cambiado de nombre y se llamaba, de manera desconcertante, Loiu, y a pesar del sueño y el cansancio y el desfase horario me di cuenta de que la última vez que había estado allí todo estaba en obras y se llamaba Sondica, mientras que hoy, veinte años después, aquella novedad tenía ya el aire de lo muy usado. No había carteles como los que yo recordaba («País Vasco: ven y cuéntalo»), sino imágenes triunfantes de la nueva ciudad que había logrado reinventarse, según decían. Uno me llamó especialmente la atención, sobre la puerta de salida: «Euskadi: tu destino». Agarré como pude mi equipaje y pasé por debajo de esas letras en rojo, blanco y verde que me sonaron a maldición bíblica más que a reclamo turístico.

Pese a que era todavía el 1 de septiembre, yo no estaba preparado para el calor y la luminosidad de un espléndido día de verano que me golpearon en cuanto me vi caminando hacia la fila de los taxis. ¿También eso había cambiado y habían logrado deshacerse de la lluvia como se habían deshecho de los avisos de bomba?

Pero estabas siendo injusto, pues buenos calores habíais pasado Juan Manuel y tú y todos los chiquillos en la romería de Nuestra Señora por la Virgen del 15 de agosto, aunque eso no querías recordarlo ahora, y protestabais porque os llevábamos a aquella fiesta vestidos de punta en blanco en lugar de dejaros corretear por la playa en traje de baño, y tú te negabas a tomarme de la mano para bailar jota y arin-arin y en cuanto un adulto se descuidaba, ya estabas metiéndote en la fuente del abrevadero a refrescarte; nada que ver con tu hermano, ese sí que bailaba bien, sobre todo con ella, con la primita, quién lo iba a decir. ¡Y los pisotones que me dabas cuando te iba marcando el ritmo, bat... bi... bat, bi, hiru!

Al montarme en el taxi, pedí que me llevasen a Algorta por la carretera que bordea la ría. Tenía necesidad de comprobar qué quedaba del paisaje industrial desolador de astilleros abandonados que había sido lo último que vi cuando me marché y que, según los suplementos de viajes de los periódicos que había leído, se estaba reconvirtiendo en una franja de parques urbanos y viviendas de parejas jóvenes. La taxista, una chica mulata muy simpática, no entendió mi petición: me explicó amablemente que eso suponía dar un rodeo muy grande, era mucho más rápido tomar la autovía directa por el interior. Insistí, sin dar explicaciones, y ella me previno:

—Por ahí no hay nada que ver, de verdad, es una pérdida de tiempo para usted y le va a costar bastante más. ¿Lo ha leído en alguna guía? No hay que fiarse mucho, dicen cualquier cosa.

—Si no le importa, prefiero ir por allí. Es que quiero verlo.

—¡Qué me va a importar, hombre! —descartó dicharachera mientras arrancaba—. Para mí, el turista siempre tiene razón. Y le llevo por donde él quiera, que no se diga. *Goazen ba!*

No dijo «el pasajero»; dijo «el turista», y pensé en la ironía de la situación: con mis quince apellidos vascos y mi tortuoso árbol genealógico de carlistas y *baserritarras*, de euskalerríacos y foralistas y cuatro generaciones de abogados bilbaínos liberales, sabía yo ya menos de aquí que esta mujer que habría llegado hacía pocos años y manejaba desenvuelta ese euskera coloquial. Era un turista, no cabía negarlo. Me arrellané en el asiento dispuesto a mirarlo todo con los ojos de quien lo ve por primera vez.

Pero quien ha conocido la herida reconoce la cicatriz, y en todo el trayecto iba detectando, bajo las construcciones de arquitectura moderna y los muelles cubiertos de césped y columpios, dónde habían estado las grúas ahora desaparecidas o las verjas de entrada a los astilleros o las naves industriales; mi ojo se negaba a ver lo que aparecía a la vista y se empeñaba en superponer el recuerdo que yo asociaba a este paisaje. Por más que lo intentaba, algo se revolvía en mí ante esta versión amable e higienizada de aquellos cochambrosos edificios industriales de cristales rotos y paredes ennegrecidas de pintadas que me habían despedido la última vez que crucé por aquí en sentido inverso. Estos bloques modernos de formas rotundamente contemporáneas y fachadas de espejo que me iban saliendo al paso confirmaban que la página se había pasado con éxito y la región era ya otra, que la contaminación y la fealdad iban quedando atrás; parecía como si en el aire de la mañana soleada de finales del verano flotara una confianza en el futuro que yo no esperaba percibir y que iba generándome un malestar difuso, una irritación creciente a medida que el taxi atravesaba barriadas nuevas y rotondas recién inauguradas.

Cuando abandonamos la carretera que discurre junto a la ría para enfilar el último tramo hacia Algorta, donde empiezan ya las mansiones nobles y los palacetes de alcurnia y los jardines privados, me di cuenta de que ahora la ruptura ya no resultaba tan abrupta entre las casas de los obreros de Lamiako y las residencias de los señoritos de Las Arenas y pensé en mi padre y supe exactamente las palabras que hubiera dicho, «Todo se pierde y ya no se sabe quién es quién, hijo, ni dónde estamos cada uno» y sentí una punzada de dolor, porque me di cuenta al mismo tiempo de que debió de ser precisamente a esta altura, frente al palacio de los Lezama Leguizamón, en otro viaje desde el aeropuerto, donde me reprochó, sincera y descarnadamente, aquello que tanto me dolió y aún seguía doliendo, «No has sido un buen hijo», y luego me hizo la pregunta fatídica que nunca le respondí. Me mordí los labios con rabia para reprimir tajantemente el llanto que a punto estuvo de escapárseme.

—¿Está seguro de la dirección que me ha dado? —La taxista señaló el navegador por el que iba guiándose—. Esa plaza no existe. Con ese nombre hay una calle. Plazoleta o plazuela o eso que me ha dicho, ninguna.

No supe qué responder. Habíamos penetrado en el casco urbano de Algorta, y sin embargo no reconocía nada. No existía la gasolinera a la entrada, ni estaba el edificio de la estación ni las barreras del tren, que habían sido siempre el centro del pueblo, y la zona por la que avanzábamos estaba llena de casas altas que no me sonaban y además circulábamos en el sentido contrario al que solía tener esta calle.

Hasta el nombre le habían quitado para borrar su huella.

—La recuerdo de memoria… no estoy muy seguro —titubeé, pensando en todas aquellas cartas que escribí a esa dirección los primeros meses, pero que luego nunca eché al correo; en realidad, la recordaba muy bien, demasiado bien—. No sé qué hacer.

Todo aquel viaje era absurdo: ¿qué pintaba allí buscando una casa que no existía con unas llaves en mi maleta que no debían de abrir ya ninguna puerta?

—No puedo más. De verdad que no puedo más —reconocí, como si ella pudiera entenderme—. Y ahora, ¿qué hago?

Me ojeó por el retrovisor y resolvió decididamente:

—Pues vamos a la calle esa y allí preguntamos. La gente siempre sabe más que los cacharros estos. ¿Qué es: algún hostal?

—No. Es mi casa.

Me sonó rarísimo incluso a mí. Ella no contestó nada y siguió conduciendo en silencio, aunque mucho más despacio. Supuse que quería darme la posibilidad de que terminara por ubicarme o reconocer algo.

Avanzábamos por calles desconocidas con edificios irreconocibles que ya no dejaban ver el mar como yo recordaba y cuando llegamos a una cuesta empinada con un cartel de sin salida, de golpe la vi. Allí seguía, en lo alto, cubierta en parte por una estructura de andamios y tablones que tapaba casi toda la fachada trasera.

—Ahí no se puede ir —me hizo notar la taxista cuando se la indiqué—. Mire lo que pone en ese cartel.

«Prohibido el paso - Zona de obras / *Ez sartu - Lanak*.»

Noté que me miraba con pena, más que con duda, cuando sacó mi equipaje del maletero y me dejó allí mismo, al principio de la cuesta, para que subiera andando. No dijo nada. Sin embargo luego, antes de arrancar, bajó la ventanilla y me lanzó:

—Lo siento, espero que le vaya bien. Ánimo, hombre.

No contesté y eché a andar arrastrando mi maletón.

Apenas quedaban restos del muro que rodeaba el jardín, de los maceteros de hortensias, del antiguo cenador: todo convertido en una explanada llena de escombros con varios contenedores.

En el calor del mediodía, las lonas que tapaban de cualquier manera los andamios reverberaban. Una de ellas estaba rajada por la parte donde yo recordaba la puerta trasera. Me introduje por entre la tela plástica y la encontré. Abrí la maleta para sacar las llaves, agachándome. Sabía que esa constituía la esperanza más absurda de todas, era imposible que no hubieran cambiado la cerradura en estos veinte años; no obstante, me había aferrado a esa ilusión como si algo dependiera de ella: si podía abrir, no todo estaba perdido. Tomé el llavero que aún conservaba el escudo Gondra y me incorporé.

En ese momento, oí a un hombre a mis espaldas:

—¿Dónde vas? Ahí no se puede entrar.

—Es mi casa —afirmé por segunda vez aquella mañana, como en una pesadilla que se repitiera en bucle, sin volverme.

Introduje la llave en la cerradura.

—Tío, te he dicho que ahí no se puede entrar, ¿no me oyes? —repitió la voz.

No conseguí que girara la llave.

—¿Quién cojones eres? —gritó aquella voz masculina, y sentí que me ponían la mano en el hombro.

Me volví. Era un tipo alto, delgadísimo, con la cara llena de marcas de viruela y el pelo grasiento. Se sobresaltó al verme el rostro:

—¡Hostia!

Aparecieron entonces dos chicas y se me quedaron mirando también.

—¿Quiénes sois vosotros? —acerté a preguntar finalmente.

Los tres empezaron a responder a la vez, quitándose la palabra:

—Nosotros vivimos aquí.

—¿Quién es este?

—Dice que la casa es suya.

—El dueño nos deja… Nos dejaba, quiero decir.

—Hemos arreglado un par de habitaciones, no nos vais a echar.

—Joder, qué susto, es que sois iguales, tío.

—¿No es del Ayuntamiento?

—¿Qué eres, de la familia?

No tenía fuerzas para responder. Ni para explicar nada. Había dormido apenas una hora y la cabeza me iba a estallar. Me dolían las mandíbulas. Solo quería entrar y ver mi antiguo dormitorio. No conseguía encontrar las frases para decirlo: los miraba estúpidamente en el sol cegador de la mañana y no lograba articular palabra. Me senté sobre la maleta, sin decir nada. Luego balbuceé:

—¿Tenéis café dentro? Necesito un café. Eso es lo único que quiero, de verdad.

Se miraron entre sí. Una de las chicas, con el pelo cortado a hachazos y varios piercings en la cara, se lanzó a aclararme:

—Oye, que fui yo la que llamó cuando nos lo encontramos, que si hubiera sido por vuestra familia…

La otra le hizo señas para que lo dejara y le indicó algo en euskera que no entendí. El hombre seguía estudiándome con expresión de incredulidad.

—La llave no abre, no sé por qué —me puse a explicar absurdamente.

—Ahí ya no se puede entrar. Está tapiada por dentro.

—¡Es la entrada de la cocina! —protesté.

—Esa zona está toda apuntalada. Se está cayendo una parte del techo.

—No se está cayendo. Han dicho que se podría caer —puntualizó la de los piercings—. Y todavía no ha pasado nada, Ekaitz.

La otra chica, que casi no había abierto la boca, se agachó a mi altura. Me fijé en sus brazos tatuados que una camisa oscura remangada dejaba al descubierto.

—¿Has venido a echarnos?

En un primer momento no entendí lo que quería decirme. Pero el sol reverberó en algo metálico frente a mí y contesté con la verdad:

—No sé a qué he venido. Quiero… Quiero un café y ver una de las habitaciones, eso es todo. En serio.

Entonces se incorporó, comentó algo en euskera a los otros dos («Mala idea», me pareció entender que refunfuñaba él) y sacó del escote una llave que llevaba colgando al cuello, en un gesto que hizo bambolearse sus pechos, un gesto que yo había visto muchas veces de crío cuando llegábamos a la casa y la niñera de turno nos abría esta misma puerta con su propia llave, sacada de entre su uniforme de rayas azules. Me ayudó a levantarme de la maleta tendiéndome la mano.

Echamos a andar. Rodeamos la casa hasta la entrada principal, que en mis tiempos usábamos menos porque en esa parte delantera, donde estaba el saloncito de los abuelos, algunas habitaciones permanecían cerradas. Ella abrió resueltamente la puerta y se hizo a un lado para dejarme pasar. Los tres se quedaron fuera, esperando, en una muestra de respeto que me chocó.

Dilo, no seas hipócrita: como cuando la servidumbre esperaba a que nos sentáramos a la mesa. Eso es exactamente lo que pen-

saste, no digas que no, al ver a aquellos tres lerdos parados en el porche.

Crucé sin más ceremonia aquella entrada que no había usado en años y, a la luz radiante de la mañana de septiembre, no reconocí nada en el recibidor. No había ya ningún retrato, tampoco colgaban los diplomas y títulos de los sucesivos abogados Gondra, ni estaba el papel pintado con las flores de loto; en lugar de todo ello, las paredes lucían pintadas de colores vivos y algo chillones: amarillo, verde, anaranjado. La puerta del saloncito de los abuelos estaba abierta y el ventanal, que mi madre siempre mantenía oculto bajo gruesos cortinones de cretona, dejaba ahora pasar el sol que inundaba toda la estancia; en vez de los sofás de caoba oscura y apolillada que yo recordaba, con su tapicería de relieve en pesados tonos marrones, y las mesitas y bargueños y lámparas de latón, pude entrever un dormitorio con cojines de telas indias y muebles de pino claro. Reparé en un póster sobre la cama con letras en euskera, aunque no comprendí lo que decían.

La puerta de madera maciza que comunicaba el recibidor con el resto de la casa estaba cerrada y sobre ella sí seguía clavada la lámina metálica del Sagrado Corazón con las espinas, las llamas y la cruz. Me santigüé absurdamente al verlo. Luego me volví hacia los tres antes de empujarla.

—A partir de ahí, *kontuz!* —me indicó la que me había abierto.

—Sería mejor no entrar —añadió Ekaitz, de mala gana.

—Es que está todo apuntalado, ¿sabes? —me explicó la otra chica—. Al piso de arriba no subimos. Por si acaso.

—Solo tengo que ir a una de las habitaciones del fondo —dije, antes de girar el picaporte.

Abrí con cuidado. Lo que apareció ante mí fue un bosque de tubos metálicos amarillos que poblaban todo el corredor. En el suelo había escombros y cascotes y cristales. En las paredes, algunos desconchones dejaban ver los ladrillos de los muros, si bien aún colgaban tres o cuatro de los cuadros de marinas, cubiertos de polvo y suciedad.

—La de él, donde vivía, si quieres verla, si has venido por eso, está al principio, la primera a la izquierda —me informó la más amable—. Puedo ir haciéndote el café mientras tanto.

—¡Encima, Maite! —le recriminó la otra.

Pero su amiga le ordenó muy seca algo que sí entendí:

—*Isilik, Olatz!*

—Vete con cuidado —me reiteró Ekaitz.

Se metieron los tres en el saloncito que ahora era un dormitorio y me dejaron a solas. Atravesé el umbral, mirando bien dónde ponía los pies. «La primera habitación a la izquierda», había dicho. Ese había sido siempre el dormitorio de mis padres.

No: la habitación principal, que ocuparon sucesivamente los primeros dueños, y luego tus bisabuelos y después tus abuelos y finalmente tus padres. Las cosas existían mucho antes de que tú las conocieras y de maneras muy distintas a como tú las recuerdas. No lo olvides. Nada era de nadie: se entregaba en custodia para conservarlo hasta la generación siguiente.

La primera puerta a la izquierda. Estaba cerrada. Recordé en una ráfaga la última mañana que estuve dentro y la mirada furiosa de mi madre reflejada en el espejo del tocador y cómo me sorprendió verme de pronto a mí mismo en las lunas del enorme armario de caoba, desencajado y vociferante gritando lo que grité.

Abrí.

No quedaba nada de todo aquello.

O no podía verse, bajo una espesura de periódicos viejos que se apilaban por toda la estancia formando torres de suelo a techo que abrían un camino hacia la enorme cama de matrimonio, desvencijada y caída hacia un lado porque le faltaba una pata, y otro sendero hacia la ventana, donde un cristal roto estaba tapado con papeles y cinta aislante. Olía a humedad, a orines, a viejo. Había suciedad, aunque también un extraño orden: las pilas eran exactamente iguales, del mismo tamaño y la misma altura, y parecían todas levantadas metódicamente con ejemplares de idéntico periódico. En el alféizar de la ventana había un hornillo y un orinal; al pie, unas zapatillas viejas de fieltro deshilachadas y de un color indefinible.

Me fijé en que una de las pantuflas tenía un agujero a la altura del meñique y me pareció raro.

Pasé un dedo por el hornillo y me lo manché de grasa.

Me limpié en uno de los periódicos. El crucigrama estaba a medio terminar. «Contrario de todo.» «Antiguo grado académico.» «Útil de labranza.» «Equivale a 24 horas.»

Me senté en la cama.

Vi unas gafas con una patilla rota sobresaliendo de debajo de una de las montañas de papel.

No podía apartar la mirada de ellas.

Luego me fijé en que a su lado estaban las tapas azules de un libro desencuadernado, también casi sepultadas por completo.

Recordé perfectamente las letras doradas sobre el cartón entelado de ese volumen: Sagrada Biblia.

Y recordé perfectamente también las palabras que vociferé en esta misma habitación, citando de memoria, tomadas de las primeras páginas.

Génesis 4, 9.

La respuesta a esa pregunta bíblica es: no.

No fui el guardián de mi hermano.

Pasó un tiempo.

Me levanté.

Estiré la sábana, que hedía a sudor y a viejo, para que cubriera bien todo el colchón y tapé la almohada con ella.

Coloqué las pantuflas ordenadamente bajo la cama.

Saqué las gafas sin patilla y las tapas de la Biblia de debajo de la torre de papelerío y las deposité delicadamente sobre el alféizar.

Abrí la ventana. El mar deslumbraba como una plancha de acero bajo un sol implacable. Cerré la contraventana.

Miré una última vez el extraño orden, a la escasa luz que se filtraba ahora.

El silencio.

Atranqué definitivamente la ventana. Un fragmento de cinta aislante se despegó y volví a colocarlo con todo el cuidado que pude.

Luego recorrí a tientas el camino hasta la puerta, entre las cordilleras de periódicos.

Salí del dormitorio y cerré por fuera.

Me recosté un momento contra la pared del corredor, habituándome a la penumbra.

Tenía que ser capaz.

Había que hacerlo.

Respiré. No lo pensé más. Eché a andar hacia el fondo del pasillo, hacia el interior de la casa.

Avanzar no era fácil, porque tenía que ir pasando por entre los puntales, mirando con muchísimo cuidado dónde pisaba, había cascotes sueltos y cristales rotos, y apenas se filtraba por algunas grietas del techo un poco de claridad.

Nire aitaren etxea
defendituko dut.
Otsoen kontra,
sikatearen kontra.

Los versos volvían solos, como una música antigua y muy lejana, con cada paso.

Contra los lobos,
contra la usura,
contra la justicia,
defenderé
la casa de mi padre.

La habitación del fondo. La última. La que había heredado de la tía abuela Isabel. «El dormitorio de las solteronas de la familia», decía la abuela Angelita con recochineo. Cuando yo me mudé allí, lo siguió diciendo. Yo lo repetí mucho. Con una ironía que ella no entendió nunca.

En el tramo final había vigas atravesadas que se habían caído. Tropecé y perdí el equilibrio; fui a aferrarme a un travesaño y me hice un corte en el brazo con un clavo, o un cristal, no pude verlo.

Avancé más rápido, con furia y con cólera frías y crecientes.

Tenía que verla. Antes de que se hundiera todo. Antes de que desapareciera.

Aunque me cortase entero.

Di un manotazo a otro madero para apartarlo y sentí inmediatamente la punzada del hematoma. Chocó contra uno de los puntales.

Grité «¡Mierda!» y «¡Joder!».

Pero seguí hasta llegar a la puerta.

No cedió al girar el picaporte.

La abrí de un patadón y el mocasín de ante que llevaba se desgarró con las astillas que saltaron.

Desde el otro extremo, oí que me gritaban:

—¿Estás bien?

—¿Te ha pasado algo?

No sé de dónde saqué fuerzas para rugir de vuelta:

—¡Sí, dejadme en paz!

Tardé un tiempo en acostumbrarme a la penumbra hasta que comencé a distinguir en la media luz: no había nada.

Literalmente.

Nada de todo aquello. *Ezer ez.* Nada de nada.

Las paredes estaban desnudas, desconchadas, con los ladrillos al descubierto en algunas partes. Habían tapiado la ventana con tablones de madera cubiertos de grafitis y muescas o quemaduras. El techo se había desplomado en varios lugares y se veían las vigas del piso de arriba. Por uno de esos huecos caía una gotera escasa. Pensé: «Hoy es verano y no está lloviendo. ¿De dónde viene esa filtración?». Me apoyé en uno de los tabiques y sentí en los dedos su tacto frío y áspero. Las manos empezaron a moverse solas, y los pies también: cerré los ojos y fui tentando los muros poco a poco, reconociendo palmo a palmo el lugar donde estaba la cómoda en la que guardé los anillos, o la hendidura que hizo el cabecero de la cama que había sido de la tía abuela Magdalena y luego de su hermana Isabel y finalmente mía y detrás del cual oculté tantos años las revistas compradas a escondidas y con vergüenza; las palmas se movían diestras en la semioscuridad y tocaban lo que fue y ya no estaba, avanzando cada vez más veloces y más sabias hasta llegar a la pared contra la cual había permanecido desde 1898 el armario ropero que vino de Cuba en el viaje inaugural, en el que la última tarde aparecieron fotografías que confirmaban otra traición; mis manos palpaban los desconchones del enlucido y creían acariciar la biblioteca que yo había ido llenando de novelas en francés o en inglés y toda la nueva literatura latinoamericana, y evocaban las dedicatorias que me habían estampado apresuradamente en las presentaciones de los grandes almacenes escritores consagrados. Pero las yemas chocaron de golpe contra el marco de la ventana y abrí los ojos un segundo, el tiempo suficiente para entrever el rastro que había dejado sobre el muro el antebrazo que sangraba y recordar en un instante otra cita del Antiguo Testamento: Daniel 5, 25-28.

Pesado. Contado. Dividido.

No había dónde volver.

Busqué la puerta a tientas, no queriendo ver con los ojos. Me pareció que el cuarto empezaba a llenarse de voces antiguas; me negué a escucharlas. Veinte años después, tenía que huir de allí de nuevo, cuanto antes, no dejar que me atraparan, hoy tampoco. Había saltado un tornillo del picaporte y casi me quedo con este en la mano. Entorné como pude la hoja, que ya no encajaba en el marco. Entreví en el suelo un jirón de papel pintado y me agaché a recogerlo. Al incorporarme, me mareé ligeramente. Desde este extremo, el pasillo parecía ahora un largo túnel hacia la luz del fondo. No iba a mirar atrás ni una vez. Ni una sola. No iba a dejar que nadie me convirtiera en estatua de sal. Llegaría al recibidor y eso sería todo. Un café y habría terminado. Apreté con fuerza el jirón en la mano y di el primer paso.

Los tres se callaron en cuanto entré en el antiguo saloncito. La que se llamaba Maite se volvió inmediatamente al hornillo que tenían en un rincón y vi que sobre él humeaba una cafetera. Tomó una taza sucia y me sirvió.

—¿Tenéis leche? —De golpe, recordé la palabra—: *Esnea.*

—¡Te hemos entendido! —se irritó Olatz, sorprendida.

—No, no tenemos —respondió simplemente el hombre, Ekaitz.

Me recosté en la única cama que había para sorber de la taza y ellos se quedaron en pie, observándome, como si esperaran algo.

Me sentí igual que cuando de pequeño, en esta misma casa, los adultos se nos quedaban mirando hasta que terminásemos el desayuno y me tenía que tragar el membrillo que odiaba.

—¿Unas galletas? —Hubiera dado cualquier cosa por mojar el café en algo.

—¡Y un bollo de mantequilla de Zuricalday, no te jode! —estalló la antipática.

¡Zuricalday! Esa confitería seguía existiendo, entonces.

Terminé como pude el café hirviente, escaldándome.

—¿Podéis dejarme un momento a solas? —Era extraño pedirles permiso, pero lo hice.

—¿Aquí?

—*Bai, hementxe bertan* —contesté, sorprendiéndome yo mismo de que volvieran esas palabras en euskera, «aquí mismo».

—*Zertarako?* —protestó Ekaitz.

—Tengo que hacer una llamada. Y luego me voy. De verdad —prometí mirándolos uno a uno—. Me gustaría hacerla a solas. Y tranquilo.

Antes de que ninguno de los otros dos pudiera decir nada, Maite me retiró con cuidado la taza de los dedos y me presionó ligeramente el hombro en un gesto que no terminé de entender; después les indicó con la cabeza que salieran. Le obedecieron sin rechistar. Ella dejó la taza junto al hornillo, en un balde de plástico grande. Luego abrió un cajón de la cómoda, sacó algo que no vi y se volvió.

—Toma. Por si necesitas. —Me tendió una caja blanca.

La tomé. «Valium Diazepam», ponía en letras azules.

Cerró la puerta despacio, con mucho cuidado.

Me quedé observando la habitación. Los muebles baratos de pino. El rincón con el hornillo, algunos platos sucios y el balde. Las telas indias sobre las paredes. Libros amontonados por el suelo. *Agur eta ohore*, ponía en el póster sobre la cama. *Ohore* no sabía lo que significaba. El mar que se veía por el ventanal. No sé cuánto tiempo estuve así, sin pensar en nada, mirando las olas y las velas de algunos barcos. De pronto, me di cuenta de que tenía la caja entre mis manos. La abrí. Extraje una pastilla y me la puse en la boca. No sé por qué, la escupí violentamente contra la pared. Me agaché a sacar el móvil de la maleta, que habían trasladado aquí.

Recordaba el número perfectamente: lo había memorizado de tanto escuchar una y otra vez el mensaje que me dejó, y que finalmente no se había borrado del contestador.

Lo marqué, sabiendo que esa voz enemiga era la única que me podía ayudar hoy.

NUNCA SERÁS UN VERDADERO ARSUAGA

Capítulo 10

Juan Ignacio llevaba a Zuri y yo a Koxka. Clara caminaba un par de pasos por delante. Los perros, excitados, ansiosos tras pasar todo el día encerrados en la casa, trataban continuamente de echar a correr y nosotros habíamos de sujetarlos con firmeza de la correa, al menos hasta que saliésemos de la zona de casas bajas de la avenida del Ángel y alcanzáramos el paseo sobre los acantilados de La Galea. Los tirones que nos daban hacían entrecortada nuestra conversación. Koxka era la madre y estaba ya vieja, pero seguía conservando el mismo carácter agitado que cuando era una cachorra, y todavía salía en persecución de cualquier cosa que atrajera su vista. Mi hermano tenía aún más dificultades en sujetar al hijo, Zuri, que no paraba de echar a correr, ladrando a los coches que pasaban.

–¡Qué poco lo habéis educado! –acusó Clara siseando al perro, que se metía entre sus piernas.

–Es mi padre –se defendió Juan Ignacio–. Los acostumbra mal: ahora le ha dado por bajarlos por las mañanas a la playa sin correa y luego no hay quien se la ponga. ¡Zuri! ¡Quieto, Zuri!

Pasamos por delante de las casitas de los Basterreche, tres hermanos solterones y excéntricos, amigos de mis abuelos, que de pequeños solían darnos de merendar y siempre habían sido la comidilla de Algorta porque en su vejez decidieron separarse y se construyeron tres chalecitos en la parcela familiar en los que cada uno tocaba un instrumento musical a horas distintas por fastidiar al que residía al lado. Me chocó que las fachadas que yo había conocido siempre coquetas, pespunteadas de macetas de geranios, estuvieran ahora cubiertas de pintadas y carteles políticos. Pregunté a mi hermano qué era aquello.

—Nada, que llevaban unos años vacíos, desde que murió Isidoro, el último de los hermanos, y ahora se han metido ahí unos okupas.

—El Ayuntamiento los quería expropiar para hacer un *euskaltegi* —precisó Clara—. ¡Tócate las narices!

Salía una música atronadora por uno de los balcones, que tenía las puertas entreabiertas. Recordé vagamente el interior de aquel salón panelado de madera oscura, repleto de libros y partituras, donde Timoteo, el hermano mayor, reía a carcajadas con mi abuela recordando anécdotas de los maquetos que venían a veranear desde Madrid en los años treinta y no sabían nadar. Con esas memorias regresaron sabores a chocolate espeso y bollos de mantequilla en meriendas en las que siempre terminaba por surgir la anécdota del liberal que le puso de nombre a su perro «Gula» para poder chillar a voces ese pecado cada vez que pasaba un cura cerca.

Me pregunté qué habría sido de toda aquella biblioteca, de las cartas de navegación que enmarcaba Adalberto en el chalet de la derecha y de las revistas de heráldica que coleccionaba Isidoro en el de la izquierda.

—Como los Basterreche no tenían herederos —me explicó Juan Ignacio, arrancándome de mis remembranzas—, al morir el último de los tres hermanos pasaron varios años sin estar demasiado claro a quién pertenecían.

—Eran las únicas mansiones que no había comprado una empresa para poner la sede social —bufó Clara, y no comprendí por qué le indignaba tanto, su familia siempre había vivido en un piso–. ¿Has pasado por la avenida Basagoiti, Bosco? Todos los palacetes tienen ahora el rótulo de alguna sociedad anónima, o están en venta.

–Qué pena que nuestra casa no sea lo bastante grande –me atreví a pensar en voz alta.

Juan Ignacio saltó inmediatamente, con un reproche acre en la voz:

–¡Ni se te ocurra decir eso delante de mamá!

Clara se detuvo para encararse con su novio.

–¡Es que tu hermano tiene razón, Juan! Sois vosotros los únicos que no queréis verlo. Vuestra madre se aferra a algo que ya no...

–¡Tú no puedes entender nada! –le espetó él secamente, con una vehemencia que me sorprendió: un tono hosco y cortante que no admitía réplica.

Ella fue a objetar algo, pero Juan Ignacio se adelantó a abortar cualquier respuesta.

–No, Clara, no. ¡No tienes nada que decir sobre eso!

Me sentí incómodo presenciando esa escena entre ellos, hasta que la novia de mi hermano se echó a reír, y con un golpe de su melena rubia y un guiño dirigido a mí, exclamó:

–¡Y sin embargo, me caso con él la semana que viene! Lo que no pueda el amor...

«Y las ganas de entrar en una familia con quince apellidos», habría dicho con retranca tu bisabuela Victoria, y no le hubiera faltado razón.

–Podemos soltarlos ahora. –Juan Ignacio aprovechó que le quitaba la correa a Zuri para cambiar de conversación–. Aquí no importa que corran solos.

Habíamos abandonado la avenida del Ángel y nos adentrábamos por el sendero que atravesaba las pocas campas que quedaban por urbanizar, antes del paseo nuevo. El perro escapó rápido, ladrando desaforadamente entre los matojos. Desaté a la madre, que salió en su persecución.

Clara me tomó del brazo para seguir caminando a mi altura, atentos los dos a no resbalar en la hierba húmeda, mientras Juan Ignacio se adelantaba lanzando un palo a los perros.

—Estoy muy contenta de que hayas aceptado, sé que para tu hermano era importante, no creas que no le costó convencer a vuestra madre de que los anillos los llevases tú. ¿Qué te voy a contar? ¡Ya sabes cómo es la doña!

No respondí. No quería entrar en esa batalla. No era asunto mío. Ella se apretó más contra mí.

—Ayer estuvimos en la iglesia, organizando lo de las flores y el coro. Un dineral. Qué se le va a hacer, solo te casas una vez en la vida. Y tiene que salir perfecto. Por eso quería pedirte algo, tú tienes más cabeza que ninguno de ellos. Dime que te encargarás tú, que puedo confiar. Nadie piensa en los detalles, y sin embargo en ellos está toda la diferencia. Como lo del fotógrafo: mira que querer encargárselo a ese pariente vuestro... Que no te digo yo que no haga buenas fotos, como dice tu madre, pero en eso precisamente no hay que ahorrar: contratas a un profesional y ya está, no te arriesgas a que salgan como un churro... Dime que sí, anda.

—No sé qué me estás pidiendo.

—Pues, ¿qué va a ser, hombre? —Clara levantó las cejas con cómica sorpresa ante mi ignorancia—. ¡Que te ocupes del arroz!

Me eché a reír. Juan Ignacio debió de sorprenderse al oírme, porque volvió la cabeza hacia nosotros antes de arrojar de nuevo el palo, que cayó entre unas zarzas. Ella continuó rogándome, con palabras atropelladas.

—No te rías, que no es tan sencillo. Hay que preparar los saquitos, repartirlos antes de la ceremonia y dar la señal para que lo lancen en el momento justo. Y antes, haberse puesto de acuerdo con el fotógrafo para que nos capte exactamente cuando empiecen a caer los primeros granos. Si los puñados son demasiado grandes, a lo mejor me estropean el moño y la mantilla, me van a hacer un recogido muy complicado. ¡Y no querría salir en las fotos con el pelo de cualquier manera!

Sentí que sus dedos sobre mi impermeable eran como garras que no soltaban la presa, buscando una complicidad que realmente no existía entre nosotros. Yo tenía la impresión de que iba arrastrando a esta mujer pequeñita y vivaracha, que trataba de acompasar sus pasitos a mis zancadas, colgada de mi codo. Me molestaba que tratase de implicarme en esa boda de la que había querido siempre mantenerme al margen. Mi madre tenía razón: esta chica era una osada que no paraba hasta conseguir lo que se proponía; ya había logrado que me vistiese de chaqué, y por lo visto también me había endosado la responsabilidad de hacerme cargo de los anillos (algo de lo que nadie me había dicho nada todavía), pero resultaba incansable y ahora además me pedía esto, a sabiendas de que no me atrevería a decir que no delante de Juan Ignacio.

–Lo dejo entonces en tus manos. –Me estampó un beso breve e inesperado que me pilló por sorpresa y casi nos hace perder el equilibrio.

–Aún no he dicho que sí. –Trastabillé y metí el pie en un charco.

–¿Has oído a tu hermano? –Alzó la voz, dirigiéndose a su novio–. Otro que se lo tiene que pensar. ¿Qué os pasa en vuestra familia con esta boda? Parece que os cuesta un mundo hacer lo que hay que hacer. Y no es tan difícil, ¡por Dios!

Vi un segundo la incomodidad en los ojos del futuro marido, que se agachó apresuradamente a recoger el palo para arrojarlo otra vez lo más lejos que pudo. Los perros salieron ladrando a la carrera y eso nos dio un momento de respiro a los dos.

–Si yo tuviera hermanas... –insistió Clara soltándome del brazo.

Había bastantes charcos en el sendero, por las lluvias de los días anteriores, y me concentré en evitar cuidadosamente embarrarme de nuevo los zapatos. Dimos algunos pasos en silencio.

–Juan, dile tú algo. No puedo ser siempre yo la que se ocupe de todo.

Mi hermano siguió caminando delante de nosotros y, sin volver la cabeza, habló con una voz en la que había súplica, aunque también duda.

–Si no te cuesta mucho, Bosco, nos harías un favor. A nuestros amigos ya les hemos pedido otras cosas. No te sería muy complicado. Solo tendrías que hablar con algunas de las primas para que se organicen, son cosas de mujeres.

–No sé ni a quiénes habéis invitado, Juan Ignacio –me defendí–. ¿Qué primas vienen?

Vi encogerse sus hombros frente a mí, sin que él se girara.

–Todas, Bosco. Las han invitado a todas.

Hubo otro silencio mientras seguíamos esquivando charcos. Luego hice la pregunta que él esperaba.

–¿A Ainara también?

–También –respondió rápido, todavía sin mirarme–. Ideas de mamá. Es una Arsuaga, al fin y al cabo.

Entonces no sería verdad lo que andaban diciendo de ella. Si fuera cierto, no se arriesgaría a cruzar la frontera solo para asistir a una boda.

–No entiendo por qué tiene que invitarla –se apresuró a protestar Clara, colgándose ahora del brazo de su novio–. A fin de cuentas, esa no es prima carnal vuestra, solo es hija de una prima de vuestra madre, una rama secundaria de los Arsuaga, ¿no?

Surgió al fondo del paisaje la figura desmochada del Faro Viejo y Juan Ignacio ató de nuevo las correas a los perros. Nos adentramos por el paseo moderno que bordeaba los acantilados, con sus bancos de piedra y sus jardineras. Abajo, en la playa de Arrigunaga, el mar parecía hoy mucho más calmado. Me extrañó que hubiera un par de fogatas sobre la arena, porque no se veía a nadie.

–¿Has visto en qué se ha convertido todo esto, Bosco? –Juan Ignacio me tendió la correa de Koxka.

–Sí, estuve por aquí el martes, paseando con Ana Larrauri.

Capté una mirada momentánea de sorpresa entre ellos dos. Pero tampoco tenía yo que andar dando explicaciones de con quién me veía.

–¡A ver cuánto tardan en llenarlo todo de pintadas! Ya sabes que en este pueblo no les gusta que nada dure limpio –comentó Clara con sorna.

Antes de llegar al Faro, apenas a quinientos metros, ya vimos la primera: *Amnistia osoa!* pintarrajeado en letras rojas sobre la piedra de uno de los bancos nuevos. Zuri se paró precisamente allí. Olisqueó un poco y luego alzó la pata y comenzó a mear, con puntería excelente, sobre el anagrama que firmaba la pintada.

Los tres rompimos a reír al unísono, sin decirnos una palabra, al darnos cuenta de que el símbolo odioso iba quedando cubierto con la mancha oscura del orín.

–Al final, no estaba tan mal educado –se choteó Clara.

Continuamos hasta llegar a la entrada del Faro Viejo, con su portalón en ruinas y sus cristales rotos por donde se colaban el viento, la lluvia, las gaviotas. Llevaba años abandonado, viniéndose abajo de a poco: había perdido la parte superior de la torre y cualquier día se desmoronaría alguno de los tramos de las escaleras de madera que aún debían de subsistir en su interior. La maleza había crecido salvaje en torno al edificio, e iba cubriendo los cascotes que se habían desprendido. «Nada es para siempre», pensé al ver entre las zarzas que lo invadían todo plumas quebradas y un cadáver de pájaro que los perros se disputaron sañudamente. Emprendimos el camino de regreso.

Nada es para siempre y bajo la torre de ese mismo faro, al abrigo de la oscuridad, vivieron sus amores clandestinos ese jugador de cesta punta cuyo nombre no quiero ni pronunciar y aquella aldeana que lo engatusó para irse con los otros, con el enemigo, en las primeras semanas de la Guerra Civil, y allí lo dejaron también a él, años después, luego de la paliza en el frontón el 31 de julio. Nada es para siempre, esa es la única verdad de tu cuento, y nadie se acuerda ya de todos los que fusilaron contra esas paredes los unos y los otros. Tampoco lo será esta ficción mentirosa tuya que ahora fabulas: también a ti te olvidarán y nadie leerá tus páginas fantasiosas.

Fue Clara la que al entrar de vuelta en las primeras calles de Algorta propuso que fuéramos a tomar algo antes de regresar a casa. Había una zona de nuevos bares que quería enseñarme. A Juan Ignacio, que ya no salía de vinos casi nunca, le gustó la idea. Estuve de acuerdo, pero les propuse que fuésemos a las tabernas del Puerto Viejo; me hacía ilusión regresar a aquellos barzuchos en los que tantas horas muertas habíamos pasado de adolescentes bebiendo cervezas baratas. Clara protestó: no le gustaba aquel ambiente, nosotros no sabíamos en qué se había convertido; a mi hermano le hizo gracia mi ocurrencia, hacía siglos que no volvía por allí, y terminamos por convencerla.

Cuando llegamos, el barrio del puerto me resultó irreconocible. Aquellas casuchas que yo recordaba, las callejas oscuras malolientes de pescado, el empedrado irregular, el balcón sobre la plaza siempre a punto de venirse abajo y la destartalada capilla marinera se habían convertido en una zona aseadísima, llena de paredes blancas, barandas y ventanas pintadas en azules vivos, rojos furiosos o verdes subidos, tiestos de geranios, piedra pulida y maceteros con arbolillos. Podía palparse el dinero invertido por los nuevos pudientes para hacer habitables y aun lujosos los viejos tugurios donde en tiempos se habían hacinado pescadores y marineros con sus familias, y no parecía ya verse a ninguno de los eternos borrachos que solían mear por las esquinas sin recato.

En cambio, el bar favorito de nuestra adolescencia había subsistido con su entrada cavernosa y los tres peldaños que había que descender: allí continuaban sus barriles y sillas de madera, inasequibles a los embates del tiempo. Y allí seguían también sirviendo los hijos de Martintxu, doce o quince años más viejos aunque igual de corpulentos y vociferantes, con aquellos brazos de pelotaris y los cuellos de toro que tanto me habían excitado en su condición de fruta prohibida. Mi hermano me encargó que fuera yo a la barra, que estaba al fondo, y, por supuesto, volví a pedir *zuritos* y cacahuetes, una combinación con la que habíamos llenado tantísimas tardes antaño instalados durante horas interminables en las mesas de la entrada. ¡Cuánto no hacíamos durar aquellos vasos de cerveza por no pedir otra consumición que no podíamos pagar! Las conversaciones se estiraban mientras las cáscaras de los cacahuetes iban acumulándose por el suelo en una marea creciente y luego terminaban por crujir bajo nuestras pisadas como cucarachas despanzurradas. Nada de eso había cambiado: continuaba siendo el mismo local oscuro de maderas envejecidas y espejos sucios donde cada cierto tiempo uno de los camareros barría enérgicamente las colillas, las servilletas grasientas y arrugadas, los palillos rotos, los huesos de aceituna.

También seguía habiendo detrás de la barra, pegadas junto a los precios de las rabas, el caldo y los bocadillos de jamón, fotos de presos etarras, convocatorias de manifestaciones, peticiones de fondos para las gestoras proamnistía: lo cotidiano con lo que habíamos coexistido siempre. Un póster nuevo me chocó inmediatamente, como una pedrada súbita en el pecho: sobre un rostro vagamente conocido aparecían las palabras *Herriaren etsaia*. Me pareció una condena a muerte a la vista de todos: «Enemigo del pueblo». A su lado, los otros carteles casi parecían aceptables: «*Alde hemendik*», «*Txakurrak kanpora*», «*Zipaiorik ez*». El hijo mayor, el que más me había atraído, se dio cuenta de que miraba fascinado por encima de su cabeza aquellos lemas: «Fuera de aquí», «Largo, perros», «No a los cipayos». ¿Cómo habíamos podido convivir tantos años sin mayor problema con esas consignas? ¿Cómo pudieron parecernos tan autóctonas y entrañables como la lista de los pinchos? ¿Tan ciego estaba cuando a los diecisiete años no buscaba en este lugar más que la mirada furtiva de otro que fuera como yo, que pude acostumbrarme a mirar sin verlas? ¿Nunca me dolió que los mismos rostros que habían aparecido una semana antes en los telediarios como detenidos o muertos en un tiroteo surgieran luego en estas paredes bajo la leyenda «hijo del pueblo» o «patriota de la libertad»?

Deposité las monedas sobre el mostrador sin esperar al cambio y tomé las correas de los perros, que se habían tumbado al pie de la barra. Aquel rostro en el centro del cartel me sonaba demasiado, estaba seguro de haberlo conocido, aunque no recordase quién era.

–Vámonos –les dije, acercándome a mi hermano y su novia, y me pareció ver alivio en el rostro de él. Luego agregué, señalando el póster con la cabeza, aunque yo mismo noté que alzaba demasiado la voz para este sitio–: No tengo estómago para ver eso hoy. No hace ni tres días que mataron a uno aquí al lado, el lunes mismo, junto a la plaza de San Nicolás y esto, ahora...

–¡Qué delicadito te has vuelto en París, Bosco! –ironizó Clara, aunque un mal gesto de mi hermano le hizo callar inmediatamente.

Eché a andar. En la puerta de salida tuve que pedir permiso a un grupo que la bloqueaba. El chico que estaba de espaldas a mí se volvió para dejarme paso y hubo un momento de incomodidad al reconocernos.

–*Kaixo*, Bosco! –me saludó finalmente.

Aquellos ojos y aquellos labios y el pelo negrísimo revuelto: nada había cambiado. La misma belleza masculina en su rostro esculpido con dureza y el mismo cuerpo musculado en gimnasios y frontones, todo estaba de nuevo frente a mí.

–Hola –contesté secamente, haciéndome paso. Me pareció que él iba a decirme algo; no me detuve. Percibí alguna mirada sorprendida entre sus amigos.

Una vez fuera, me paré un momento a cerrarme el impermeable mientras Clara me sujetaba la correa de los perros. Apenas dimos unos pasos, cuando me hizo la pregunta:

–¿De qué conoces tú al etarra ese?

–¡Clara! –le amonestó mi hermano.

–Estaba en mi clase, en los jesuitas. De eso –expliqué precipitadamente, y luego añadí, con demasiada vehemencia–: De nada más.

–¡Menudo bestia! Aquí todo el mundo sabe lo de cuando… –No terminó la frase, porque debió de darse cuenta de dónde estábamos todavía, había algunos parroquianos con las consumiciones en la calle. Bajó la voz para aclararme–: Y los carteles no son lo peor, Bosco. Ya te puedes imaginar dónde estaba ese el lunes.

–Déjalo, Clara –le cortó tajante Juan Ignacio–. Aquí, no.

Seguimos subiendo en silencio la cuesta de Aretxondo, desde el Puerto Viejo hasta la plaza de San Nicolás. Fue en esta, al llegar a la parada del antiguo bus escolar, cuando recordé el nombre: Jaime Ortúzar Aristondo. Pese a que en la fotografía se había quedado calvo, me vinieron de golpe a la memoria el rostro que tenía de adolescente, su voz herida y el día en que ninguno de la clase fuimos a su cumpleaños. Se sentaba dos pupitres detrás del mío, pero yo nunca hablaba con él. Yo nunca miraba hacia atrás. Por entonces, solo quería ver una espalda ancha y unos hombros robustos en la primera fila, estudiar aquella nuca hasta sabérmela de memoria, pasar imaginariamente mis dedos por entre los cabellos negrísimos de Andoni sin atreverme a fantasear siquiera con lo que llegaría a ocurrir años más tarde. Andoni Olasolo Mendieta. Los nombres nunca se olvidan. A veces, lo que hicimos, sí.

—El miedo a estar solo de nuevo.

Las palabras han brotado inconscientemente en español, después de un silencio larguísimo, y la terapeuta me mira interrogante. Espera que yo me traduzca a mí mismo, pactamos desde un principio que las sesiones serían en inglés y ahora, pacientemente, me da el tiempo de encontrar «*the exact words you want to use to put a name on your feelings*», como nos indicó el primer día, pero hoy no quiero, no me da la gana, estoy cansado de batallar con una lengua que no es la mía y que le concede ventaja a John, él sí puede expresarse con matices y precisión, mientras que yo estaré siempre en inferioridad de condiciones en esta terapia que tal vez nos salve definitivamente o, por el contrario, termine por dejarnos a cada uno en una orilla del océano que nos viene distanciando cada día más.

Transcurren los segundos en un mutismo que nadie rompe y advierto el rictus de fastidio en el rostro de ese hombre al que quise tanto y puedo adivinar exactamente el pensamiento que cruza por su cabeza y que terminará por soltarme esta noche, o a más tardar mañana en el desayuno, a pesar de que la regla básica que nos impuso Deborah desde el principio es que no debemos tratar en privado nada de lo que nos hayamos dicho aquí delante de ella; esas palabras que están formándose en la mente de John yo no necesito escucharlas para descifrar que protestan: «¿De verdad es eso lo único que te une a mí, la única cosa por la que no te vas de mi lado?». Sin embargo, él las pensará en inglés, y en su idioma esas expresiones no sonarán a bolero y a melodrama, como lo hacen en mi cabeza cuando las imagino, y por eso no tiene sentido este empeño en hurgar en lo que nos separa hasta encontrar el camino de vuelta, porque lo que digo en voz alta cuando trato de explicarle mis sentimientos a esta mujer pasa por el tamiz de una lengua que no es la mía y no consigue conectar con lo que yo siento en algún lugar muy dentro de mí, donde todo se ha roto y no hay compostura posible, y en estas horas de los jueves por la tarde en una consulta del Upper West Side de sillones de cuero blanco y láminas de constructivistas rusos, siempre me siento actuando lo que digo experimentar.

Los dedos de la terapeuta garabatean con un bolígrafo en el bloc que sostiene sobre las rodillas, mientras continúo obstinándome en mi mudez. Sé que Deborah esperará cuanto haga falta y, como el niño cabezota que fui, me pregunto cuánto tiempo puedo alargar esta actitud, cuántos minutos de la sesión podemos consumir sin palabras, ellos dos teniendo que aguantar pacientemente hasta que me decida a hablar, porque esa es la regla inflexible que hemos acordado. Me regodeo en alargar la tensión, calculando el dinero desperdiciado por cada segundo en que no abra la boca durante estas consultas que no nos reembolsa ningún seguro médico. A un precio de cuatrocientos dólares la hora, cada minuto que me obstine en no decir nada nos costará seis dólares y sesenta y siete centavos, pagados religiosamente a medias. Y pienso en el dineral que tiró mi madre en costearme los estudios de derecho que abandoné, y que tanto me echó en cara. En esta ciudad en la que el culto al dólar es la fe única y verdadera que mueve a todos los habitantes de cualquier credo; en esta ciudad en la que por fin conquisté la independencia económica que tanto me eludía en París; en esta ciudad en la que cada mes ingresan en mi banco 7.198 dólares por aburrirme mortalmente de nueve a cinco de lunes a viernes haciendo un trabajo que me embota el cerebro obligándome a encontrar equivalentes aceptables de expresiones abstrusas; en esta ciudad, finalmente puedo tirar el dinero porque sé lo que cuesta cada cosa y todo tiene un precio exacto, los objetos y también las personas, y John nunca me habría llamado después de aquel primer encuentro furtivo y salvaje en un muelle del río Hudson si, al darle mi número de teléfono cuando nos despedimos en la oscuridad, yo no hubiera deslizado que no me llamara en el horario de oficina de la torre babélica donde trabajo, dándole a entender con esa información, nada casual, cuales serían mis ingresos de clase media, un dato que le atraería indefectiblemente a mí tanto o más que los abdominales pétreos en los que se fijó admirativo cuando me quité la camiseta, y también yo terminé por contestar a sus recados cuando averigüé en el listín telefónico la empresa inmobiliaria a la que pertenecía y el puesto que ocupaba; puedo tirar el dinero porque es mío, porque no lo he heredado de esa familia a la que abandoné, ni un centavo de mi cuenta corriente en el Chase Bank procede de la fortuna dudosa que don Alberto de Gondra y Basaguren amasó en Cuba y se fue transmitiendo y mermando de generación en generación, y porque con mis dólares ganados con esfuerzo puedo comprar ahora esta venganza pueril, este efímero consuelo de obligar a John a pagar por soportar mi silencio mientras calculo mentalmente cuántas copas de Chardonnay podría costearse él con el precio de esos tres, cuatro, cinco minutos de terapia malgastados en el mutismo.

—*Can you reformulate your words in English?* —Perdido en mis pensamientos, he debido realmente de alargarme demasiado para que Deborah se haya decidido a romper la norma de esperar a que las palabras surjan por sí solas, sin exigirlas ni obligarnos a nada.

—No, no puedo y no quiero reformularlas en inglés, porque para explicarte por qué continúo con él, tendría que hablar del terror que me ha acompañado siempre a acabar solo, me lo dijo mi padre, «La gente como tú termina siempre sola, loca, perdida y sin techo», y eso yo no lo siento en inglés, *I'm sorry*. Y John me comprende perfectamente porque él también lo vivió; por eso empezó conmigo, él tampoco tenía familia desde que su padre lo expulsó de casa. Por eso acabamos juntos, Deborah, únicamente por eso. Y ahora… ahora yo ya no sé si tengo familia, si mi lugar está aquí con él o allí con lo que queda de los míos. A lo mejor es precisamente ese miedo lo que tengo que superar, ¿no? Quedarme solo, completamente solo, para saber qué quiero. A John no se le mete en la cabeza que necesito pasarme las noches escribiendo para averiguarlo y viene a cada rato a apagarme la luz y a pedirme que vaya de una vez a la cama. ¿Para qué cojones pactamos entonces que trasladase el ordenador del dormitorio al salón? Y vale, ya no le huele el aliento, eso es cierto, y a lo mejor está bebiendo menos, y ya no me da asco el sexo juntos, pero no puedo pasarme los sábados haciendo planes con él porque necesito cada minuto de mis días libres para mí, ¿tan difícil es que lo entienda? ¡Es que yo ya soy otro, por Dios!

Las palabras han escapado a borbotones, furiosas y rotundas, y siento que estallan contra las paredes enteladas en color crema, contra los diplomas y los jarrones y las cortinas de seda salvaje, rompiendo la calma y el consenso de las formas convenidas, y rebotan contra los libros de psicología de la biblioteca y contra el pisapapeles y el abrecartas y vuelven a mí como el eco de una pelota al chocar contra el frontón, y entonces capto una animadversión en la mirada de la terapeuta que no había visto nunca, un reproche que es también amenaza por haber desafiado su autoridad y le tensa el rostro, resquebrajando su maquillaje impecable mientras golpea repetidamente la punta del bolígrafo contra el bloc.

—*You know you are breaking the rules, don't you, Borja?*

Advierto el esbozo de sonrisa en la comisura de los labios de John y sé perfectamente la pequeña y ridícula victoria que está saboreando en estos momentos, si la terapia fracasa no habrá sido porque él tenga ningún problema con el alcohol, sino porque yo lo he tirado todo por la borda con estas exigencias nuevas que he impuesto desde que volví «*of that damn shithole of yours*» y mi incapacidad para transigir y aceptar que a veces en la vida hay que conformarse con lo que hay y lo que hay es esto, una psicóloga de parejas que no habla español pero nos cobra menos que cualquier terapeuta hispano del New York Presbiterian y a la que nada le importa ni sorprende que seamos dos hombres, Deborah Wasserstein, «Si logró que pudieran vivir finalmente en paz Carl y Derek, esas dos maricas *bodybuilders* que no dejaban de pegarse hasta que algún vecino llamaba a la policía, seguro que consigue arreglar lo nuestro», y mis ojos se enfrentan directamente a los de ese hombre al que me aferré como a una tabla de salvación cuando todo se había hundido y al que ya no sé si sigo queriendo y percibo en ellos el brillo que presagia el estallido de la inquina brutal heredada del padre que lo puso de patitas en la calle con apenas veinte años.

—*I know, and I am sorry* —concedo por fin, sabiendo de antemano que la sorpresa borrará el triunfo de su rostro, no se esperaba este movimiento estratégico de retirada, nunca ha sido tan fino en la esgrima verbal como yo, que he aprendido las mil escaramuzas para evitar que el otro se apunte el tanto ante la opinión pública; en este pequeño teatro que hacemos para Deborah, ¿qué me importa fingir como fingía la contrición y el espíritu de enmienda en las confesiones de mis catorce años? No hay demasiada diferencia entre detallar mis pecados veniales a un jesuita aburrido en su confesonario y desnudarme emocionalmente ante esta mujer que me obliga a definir mis sentimientos con igual precisión y que también tasará los errores cometidos e impondrá unos deberes al final de la consulta que serán como la antigua penitencia, solo que en este caso no bastará con cumplir rutinariamente en el último banco de la iglesia bajo la efigie barroca de san Ignacio de Loyola.

La expresión acogedora de Deborah tan pronto como vuelvo al redil de los buenos pacientes es la misma mueca meliflua que te ofrecía el padre Olascoaga al darte el cachetazo afectuoso cuando por fin te mandaba ir en paz. Y trato de sentir la misma calma y la misma tranquilidad de entonces cuando explico, esforzándome por encontrar la palabra inglesa precisa y la pronunciación americana más clara, por qué creo que ya no amo a John, por qué el pánico a volver a la soledad y a tener que buscar un apartamento que se llevaría más de la mitad de mi sueldo me empuja a seguir con él en nuestro piso, no son los sentimientos lo que me ata, sino una cuestión práctica, no quiero volver a la tristeza de los *one bedroom* que huelen a pis de gato y periódicos viejos en que acaban todos esos ancianos que viven solos en Manhattan y que cada año tienen más dificultades en pagar una renta que no deja de dispararse.

—*I know, baby* —apunta John antes de que le concedan la palabra, y no sé si se refiere a que entiende lo que siento o a que bien sabe él a qué velocidad de vértigo suben los alquileres en esta ciudad de especulación salvaje.

Tras consultar rápidamente el reloj, Deborah anuncia que nos quedan apenas cinco minutos, aunque no importa, hoy hemos avanzado muchísimo en la concreción de nuestros sentimientos y antes de terminar, como siempre, nos pide que reflexionemos un momento sobre lo que hemos aprendido en esta sesión respecto al otro y lo que deberíamos tratar de ofrecerle esta semana. John no espera ni un segundo para verbalizar con calma y con frialdad que si esa es mi postura definitiva hacia él, puede empezar a ayudarme ya mismo a encontrar apartamento, es su trabajo, lo está ofreciendo sin rencor, él sí me quiere pero entiende que quizás yo tenga que ser feliz de otra manera, lejos de él, y por más que le duela, está dispuesto a apoyarme en lo que sea mejor para mí, no me cobraría sus honorarios, solo la comisión de la agencia.

—*Is that what you want, Borja?* —plantea la terapeuta, volviendo hacia mí sus ojos implacables y azules que no admiten rodeos—. *Is that acceptable for you?*

No, no es lo que quiero ni es aceptable para mí, no tan rápido, no esta misma semana, siento el vértigo y el frío de una decisión que no he tomado todavía, y ya no vale el silencio enfurruñado ante estos dos adultos que me miran expectantes, el tiempo de la sesión se agota y tengo que responderles, alto y claro, si comienzo o no comienzo a buscar un nuevo piso, me escuece que la última finta de John haya derribado mi torre y él se lleve hoy también la partida, trato de pensar apresuradamente y recurro a la argucia dialéctica jesuítica, aunque tenga que practicarla en su idioma: no he dicho que no le quiera, he dicho que no sé si le quiero. Deborah reproduce entonces mis palabras exactas, que ha anotado en el bloc: *I believe I don't love him*; eso en inglés indica claramente que no le quiero ya. Entonces amago con que es un malentendido por mi torpe manejo de la lengua; sin embargo, a la esfinge inclemente se le ha acabado la paciencia con el crío caprichoso y ya no sonríe, sino que sentencia sin piedad:

—*What do you want, then?*

Lo que yo quiero y no digo nada tiene que ver con lo que estamos discutiendo: lo que deseo de verdad es desandar el camino y volver a encontrar el lugar donde tomé la decisión equivocada y no este estar perdido, no sentir esta soledad terrible, no tener que decidir si regresaré o no regresaré para marzo, si daré o no daré el permiso dichoso, si abro o no abro el paquete cuyo contenido intuyo y temo, y en todas esas decisiones de poco puede servirme este hombre que lo ignora todo de nosotros y se rebela contra mi teclear obstinado, rabioso, incansable, en las tardes de los sábados que antes empleábamos en comernos la boca y los sexos y sudar y montarnos mutuamente en el dormitorio que he abandonado por una esquina del salón, y ahora que empiezo a sospechar que quizás Ainhoa no sea hoy el monstruo que creí, ahora tal vez deba aceptar que lo auténtico es lo que quise dejar atrás y no esto, y que yo nunca amé a John sino la idea de tener un lugar y una persona y un cuerpo a los que volver todas las tardes después del trabajo y que el jueves próximo debería acudir al acto sobre justicia restaurativa que me propuso Ruth Schlemovich y no a otra de estas terapias inútiles, agotadoras, odiosas.

—*What I want...* —arranco finalmente sin saber cómo terminaré esa frase fatídica—. *What I want is... I don't want to start looking for an apartment, not now, not yet. That much I know.*

Recibo de Deborah la mueca satisfecha con la que certifica siempre que todo está en orden y conozco de sobra los términos predecibles y rutinarios que vendrán a continuación, me agradecerá sinceramente la valentía de haber expresado en voz alta mi deseo, por ahora dejaremos entonces en suspenso la búsqueda de un apartamento para mí, si bien tengo que proponer algo a cambio, una actividad que desee hacer juntos, y cuando efectivamente ha pronunciado esas frases con su acento nasal, formulo la sugerencia que a mí mismo me sorprende y que ellos dos no entienden al principio: propongo que vayamos juntos el sábado a un taller de *euskal dantzas* («*Basque traditional dances*», traduzco rápidamente) que he visto anunciado en un pequeño estudio de danza de Midtown.

—*Can you do that, John?* —le consulta ante la mirada atónita de quien por hoy continuará siendo mi pareja.

Hay unos segundos de duda en los que todo podría arruinarse.

Luego él termina aceptando.

Y unos minutos más tarde extiende el cheque con cargo a los fondos de esa cuenta que sigue siendo común.

En la calle, mientras nos arrollamos las bufandas al cuello para protegernos de la ventisca, me pregunta cómo demonios me he enterado de ese *workshop* y qué pintamos ahí nosotros, que no hemos bailado nunca ni sabemos hacerlo, y cómo explicarle que me he suscrito al boletín del Centro Vasco de Nueva York, y que tal vez comience también las clases de euskera que ofrecen, y que no tengo idea de qué resultará de todo esto que tan necesario me parece, es lo único que me ata ahora a la vida y evita esos pensamientos que tanto le asustaron cuando se los confesé, las ganas de enterrarme en la nieve y acabar, explicárselo sería añadir más palabras a la confusión y opto por decirle algo que es un reconocimiento de mi derrota en la batalla de hoy, aunque también una mano tendida para comenzar con buen pie una nueva semana, los siete días que se abren hasta la siguiente sesión:

—Gracias por aceptar. *Thank you. Truly.*

Me mira un segundo.

—¿Hace falta que llevamos zapatos especiales? —Se cuelga de mi brazo para echar a andar—. Ya sabes, con clavos, de esos de *tap dance.*

Y me da por reírme imaginándome a los *dantzaris* de mi infancia bailando claqué con sus abarcas gastadas, pero eso no lo sé explicar en ninguna lengua, y me carcajeo solo ante un americano perplejo que nunca ha escuchado palabras como *arin-arin* o *kalejira* o *biribilketa.*

—No te muevas de ahí, *maitxia*, ya imagino la impresión, voy por ti, te recojo en quince minutos, no te preocupes, quédate donde estás, en la casa misma, *hortxe bertan*.

Era desconcertante que la voz que tanto había temido hubiera pronunciado ahora al teléfono esas palabras que habían logrado tranquilizarme. «Pero ya no hay nada que pensar ni entender», me dije cuando colgué. Miré por última vez el mar a través del ventanal. Una calma sorda. Abrí la puerta del antiguo saloncito y me sorprendió que ninguno de los tres estuviese aguardando en el recibidor. No se oía ningún ruido. Me fijé en el desgarrón que me había hecho en el mocasín de ante. No, esta ya no era mi casa. No era nuestra casa. Tomé la maleta y salí, decidido a no volver la vista atrás, a marcharme igual que la última vez, sin despedirme de nadie, mirando hacia delante, solo hacia delante, hacia lo que me trajera el futuro, porque no quedaba ya ningún pasado, este era hoy el sitio y el hogar de otra gente, quién sabe dónde andaban y lo que estarían haciendo.

Sentado en los escalones de la entrada principal, a la sombra del porche en el bochorno asfixiante de la mañana, me quité el zapato desgarrado. Aunque el pie me escocía, las astillas no habían penetrado la piel, solo tenía un rasguño longilíneo que recorría el empeine. ¿Cómo la recordaba? Delgadísima, eso nos había llamado la atención a todos cuando apareció, todavía coleaban los estragos de los años ochenta, alguno seguro que pensó mal, pese a que el vestido («Barato, seguro que no es de Biarritz Bonheur, fijo», especularon inmediatamente las tías) le dejaba al descubierto los brazos y no parecía haber en ellos ninguna marca. Me acaricié suavemente el arañazo recorriendo la zona adolorida. «El mocasín no tendrá arreglo», pensé mientras introducía el pulgar por la raja que se había hecho. Y frágil, en apariencia; eso es lo que destacaba de ella en cuanto se la veía, una chica que parecía vulnerable, nadie hubiera dicho que fuese capaz de hacer lo que hizo. Si es que lo hizo. El zapato giraba en mis dedos. Tendría que tirarlo. Solo me había traído otro par, negros, de cuero, para el funeral. «Barneys New York», estaba grabado sobre la suela. Y con acento, eso también nos sorprendió; un deje que no era fácil de descifrar, no estaba claro si se debía a que hablase mejor euskera o francés que castellano, y podía detectarse en su manera pausada de pronunciar, en algunas terminaciones que no eran iguales a las nuestras, el suyo no era el español cotidiano que empleábamos los Gondra.

Los verdaderos Gondra. Los que no habíamos debido huir a ninguna parte ni teníamos de qué refugiarnos. Los únicos que tienen derecho a ese panteón. No lo olvides. No lo olvides nunca.

Abajo, en la playa de Arrigunaga, me había parecido ver bañistas entre las olas de un mar que reverberaba en el calor del primer sábado de septiembre. Ahora me llegaban, amortiguados, los gritos de niños que estarían jugando en la orilla. ¿Desde cuándo se había vuelto a permitir el baño en estas aguas que yo recordaba hediondas y contaminadas en la desembocadura de la ría?

Sonaron pasos a mi izquierda y escuché aquella voz.

–Borja.

Me volví. Pero era una adolescente negra.

–¿Eres Borja? –insistió.

Desconcertado, contesté que sí.

–*Ama autoan dago…* Mi madre está con el coche esperando al principio de la cuesta, no se puede subir hasta aquí. Ven conmigo.

Dilo. Dilo de verdad. Lo que pensaste. No seas gazmoño. Lo mismo que hubiéramos pensado cualquiera de nosotras: negra. Una hija negra. La chica había dicho «ama». ¿Qué mundo nuevo era este? Escribe que no supiste ni cómo reaccionar. Que deseaste que fuera un malentendido. Que quisiste creer que sería la hija de la taxista mulata. Que agarraste la maleta y la seguiste cuesta abajo por el jardín arruinado.

Incapaz de pensar en nada más, mientras descendíamos observaba ensimismado delante de mí las largas trenzas chocando contra la espalda que dejaba al descubierto el vestido veraniego. Negra. De vez en cuando, las ruedas de la maleta encallaban en la grava y los escombros y tenía que tirar fuerte del asa para hacer que rodaran y no quedarme atrás. Cuando llegamos a la carretera asfaltada, justo en el mismo lugar donde estuvo el muro sobre el que aparecieron por la tarde el círculo y los chorretones de pintura roja y del que solo quedaban algunos tramos, vi en el recodo de la calle el coche estacionado en doble fila. Se abrió la portezuela y una mujer regordeta salió corriendo hacia nosotros. Me quedé paralizado.

—Edurne, hija, ¿cómo no le has cogido el equipaje? —le regañó al llegar a nuestra altura. Después se volvió a mí—. Perdona, es que tiene una edad que…

Fue a abrazarme y no supe qué hacer. Quise tenderle la mano; antes de iniciar el gesto, sentí cómo me estaba ya besando en las mejillas. No pude corresponder. Todavía no. No era esto lo que había imaginado.

—¿Eres Ainhoa? —terminé por preguntar. Pareció desconcertada.

—Sí, claro. Soy yo.

Me quedé mirándola. No había nada en ella que reconociera. Ni siquiera los ojos eran los mismos. Nada de la furia y el desprecio aterrador que volvían siempre en mis pesadillas. Nada. Un rostro vulgar de señora de cuarenta. Una madre exasperada con la adolescente rebelde. Otra persona.

—¿Ainhoa Ibarzabal de Gondra? —insistí.

—Borja: soy tu prima. La que te llamó.

«La que hizo aquello», pensé al escucharla, «la que destrozó a mi hermano».

—Anda, dame tus cosas y vamos a mi casa —continuó resuelta.

—No sé… —Aferré la maleta instintivamente—. No sé yo si puedo ir a tu casa.

Se tomó un tiempo en contestarme. Edurne nos contemplaba impaciente, batiendo contra la acera su sandalia de plataforma.

—Pensé que… No importa, lo entiendo —concedió por fin—. Pero ahí, en esa casa, no te puedes quedar.

—No. Ese ya no es mi sitio.

Quise pedirle que me llevara de vuelta al aeropuerto. Nada tenía sentido. Nada era como debía ser.

—Hay un hostal en la avenida Basagoiti, por hoy te instalas allí. Ahora te pegas una ducha, descansas y luego ya vamos hablando —resolvió ella de modo expeditivo—. En la avenida, cerca de la plaza de San Nicolás. ¿Te acuerdas de dónde estaba?

¿Cómo no iba a acordarme? En su voz, eran únicamente lugares en el pueblo. ¿Solo yo recordaba lo que significaron? ¿Quién era esta mujer entrada en carnes que me hablaba con familiaridad y decisión mientras acariciaba con un gesto mecánico el *lauburu* que llevaba al cuello? Me fijé entonces en que Edurne también llevaba el mismo colgante y me resultó incongruente ese símbolo sobre la piel negra de su escote.

—Claro que me acuerdo. Yo no he olvidado —contesté.

Su mirada se clavó en la mía y vi finalmente lo que esperaba ver. Apenas duró un momento, porque enseguida se recompuso. No obstante, había nerviosismo cuando ordenó:

—Edurne, haz el favor de cogerle esa maleta y meterla en el coche, *oraintxe bertan!*

La chica obedeció a regañadientes y se alejó hacia el automóvil. Su madre y yo nos quedamos en el sitio, un tiempo, sin decirnos nada, hasta que ella rompió el silencio.

—Ya hablaremos. Pero, por favor, delante de ella, no.

Algo duro se revolvió en mi interior. Algo que quería golpear ciegamente, acabar con el sudor que me empapaba la camisa, gritar palabras que nos harían daño. Sin embargo no hice nada.

No basta con decir que estabas exhausto. No tuviste valor, esa es la verdad. Y ese fue el primer paso en falso que te condujo hasta donde estás ahora, hacia la claudicación y la duda. Todo acto tiene consecuencias, aunque ni tú ni ella quisierais aceptarlo. Así se arruinó la vida de quien de nada tenía culpa, y nadie pagará por ello.

—Solo te pido eso —insistió Ainhoa.

No quise, o no pude, o no supe responder. Eché a andar hacia el coche. El ante rasgado del zapato me arreaba aguijonazos al frotarse contra la piel arañada del pie. Darme una ducha, cambiarme, no pensar. En la avenida Basagoiti, junto a la iglesia de San Nicolás, precisamente. ¿Seguiría existiendo esa esquina donde la vi por primera vez?

Dudé un segundo antes de abrir la portezuela. Una camioneta que no podía pasar a causa de la doble fila comenzó a dar bocinazos y Ainhoa se introdujo rápidamente por su lado. Entré en el automóvil y mientras me abrochaba el cinturón de seguridad en el asiento del copiloto tuve un escalofrío al caer en la cuenta de que quizás este mismo coche… No, no era posible: pese a que parecía muy viejo solo tendría unos diez o doce años, no podía ser el que estaba estacionado aquella tarde delante de la entrada. Cuando arrancó y nos pusimos en marcha, pensé que ahora ella podría llevarme donde quisiera; no era un pensamiento siniestro, esta vez no: estaba en sus manos y, extrañamente, no tenía miedo.

En cuanto nos introdujimos por el centro de Algorta, comencé a reconocer algunos sitios: me pareció distinguir la ferretería de los Richter en Cuatro Caminos y el local donde estuvo una churrería a la que íbamos siempre de críos; luego giramos y giramos por callejuelas que subían y bajaban al Puerto Viejo («Es casi todo peatonal, llegar hasta allí va a ser un lío») y acabé por desorientarme. «Eso también era una técnica», me dije.

Una pintada que se repetía en muchas paredes me llamó la atención: *Agur eta ohore.* En letras rojas, o negras, o azules, parecía un grafiti hecho cuidadosamente con plantilla. No decía nada más. El mismo mensaje que en el póster que había visto sobre la cama mientras hacía la llamada. *Ohore* no conseguía recordar lo que significaba. El resto sí: «Adiós y…». ¿Y qué? ¿Adiós a qué? ¿A quién?

—¿Qué significa *ohore*? —pregunté, rompiendo el silencio que se había instalado en el coche.

—«Honor» —contestó de inmediato Edurne. Me pareció que Ainhoa la atisbaba brevemente por el retrovisor. Su hija no añadió nada más.

¿«Adiós y honor»? No parecía tener mucho sentido.

El automóvil se detuvo en una callecita estrecha que no me sonaba, aunque todos los edificios parecían antiguos. Ainhoa paró el motor y ordenó, volviéndose a Edurne:

—*Itxaron hemen. Norbaitek sartu nahi baldin badu, esaiozu minutu baten barru natorrela. Oraintxe nator.* Vamos, Borja.

Quiso llevarme el equipaje hasta la puerta del hostal; no le dejé. Cuando lo sacó del maletero, me fijé en su mano: no llevaba anillo. Me sonreí al caer en la cuenta de que ese reflejo era propio de mis tías abuelas, de Magdalena o Isabel: gente de otra época. Y sin embargo, perduraba en mí. A lo mejor entonces la hija no era biológica. La sangre no se habría mezclado. Todavía había esperanza. Me avergoncé de pensarlo. Pero lo había pensado. «Razas inferiores», decían que justificaba don Alberto cuando alguien mentaba el tema de la mano de obra en los ingenios azucareros. Los dieciséis apellidos. Quince, en mi caso, con el desdoro que eso supuso. ¿Y ahora, esto?

Desembocamos en la avenida Basagoiti y de golpe supe exactamente dónde estaba. Vislumbré la piedra ocre y la cruz oxidada del campanario de San Nicolás al pie de la cuesta y reconocí de inmediato las casitas bajas, los jardincillos detrás de los muretes, las bocacalles que solía atravesar de adolescente para ir a tomar el autobús escolar en la plaza. Mientras esperábamos ante el hostal, después de llamar al telefonillo, el aroma de las hortensias en los maceteros de las ventanas me trajo a las mientes las últimas tardes de los veranos en el jardín, las risas y las carreras mojándonos con la manguera de riego.

—¿Quieres que suba contigo? —Hubo un momento de embarazo y de torpeza mientras ella sostenía la puerta para que yo pudiera entrar con la maleta, cuando por fin respondieron al portero automático.

—No hace falta.

Se quedó esperando algo, pero yo no sabía qué decir.

Su mano sin anillo en el picaporte.

—Si necesitas cualquier cosa… —comenzó al cabo. Esperé unos segundos. No terminó la frase.

—Gracias.

La sobrepasé, dispuesto a ascender ya las escaleras empinadas que parecían conducir a la recepción.

—El funeral es el lunes. A las siete. En Nuestra Señora. A las siete —recalcó sin soltar el picaporte—. No te vayas a olvidar.

No se iba. No cerraba la puerta. Me giré hacia ella, interrogativo.

—Me dejó algo para ti —dijo por último.

No supe qué hacer. Oímos una voz en el piso de arriba:

—Suban, es aquí. Las maletas, que se queden abajo.

—Te lo doy en cuanto quieras. Vengo y te lo traigo —se ofreció, insistente—. Sería mejor antes del funeral, imagino. Esta misma tarde me puedo pasar. O mañana almorzamos juntos.

Nos miramos un buen rato.

—Necesito estar solo —repliqué.

Pareció herida, y esa emoción me resultaba chocante en su rostro.

—Como prefieras —terminó por decir—. Ya tienes mi teléfono.

—Sí.

Una cabellera pelirroja de mujer asomó en lo alto del rellano:

—¿Hay algún problema?

—No, ahora mismo voy —respondí.

Ainhoa apartó la mano que sostenía la puerta y se volvió. Pensé en decirle «*Eskerrik asko, benetan*», aunque no lo hice. Me giré y comencé a subir las escaleras.

La habitación era muy modesta, apenas una cama y una mesilla de noche, pero con vistas a la avenida («No se preocupe, es una calle muy tranquila, no va a oír nada, se lo aseguro»). Sobre el cabecero, me llamó inmediatamente la atención una lámina barata del molino de Aixerrota, con su forma trípuda y las aspas en cruz dominando los acantilados de La Galea. Sería la reproducción de un dibujo antiguo, porque no aparecía el edificio que le habían anexado para hacer el restaurante maldito que aún me atormentaba recordar; un carboncillo modesto en el que podían apreciarse las campas todavía sin cercas y al fondo, la silueta del Faro Viejo. En cuanto me dejó a solas la dueña del hostal, lo descolgué y lo apoyé en el suelo, vuelto contra la pared.

Me descalcé y me tumbé sobre la cama. Podía cambiar el billete. Podía regresar mañana mismo, si quería. Volar el domingo por la tarde y llegar a la oficina, muerto de sueño y exhausto, el lunes por la mañana, de vuelta en mi mundo anestesiado, sin filos ni aristas, sin sorpresas ni sobresaltos. Podía hacerlo si llamaba inmediatamente a Iberia y ponía en marcha la maquinaria que me alejase de esto que dolía y a lo que no lograba darle nombre. Aún podía pelear por el puesto de P-5, no estaba todo perdido, Esteban Alechinsky era un bocazas y quizás metiese la pata en la entrevista con el tribunal para los ascensos, algunos le tenían ganas. El aumento de sueldo sería notable, a lo mejor podríamos cambiarnos de piso, encontrar por fin uno con dos baños.

Me levanté a cerrar la ventana por la que llegaba, muy atenuada, una música de *trikitixa* y pandero. Vendría de la plaza de San Nicolás, seguro, allí desembocaba la avenida, quizás tocase una banda los sábados por la noche y estarían ensayando. Giré la manilla de la falleba y después apoyé la frente contra el cristal. Me quedé así un tiempo, sintiendo el frescor del vidrio contra la piel. Luego metí la mano en el bolsillo para sacar el teléfono y hacer la llamada a Iberia, pero los dedos tropezaron con algo que, al tocarlo, me pareció una cartulina dura.

Era el jirón de papel pintado. Aunque estaba amarillento y tenía manchas de humedad, todavía podía distinguirse una flor de loto y los arabescos que hacían juegos geométricos. Cuando yo me mudé al dormitorio no quisieron cambiarlo, a pesar de que la calefacción lo había oscurecido en torno a los radiadores, donde se había levantado. Al parecer, lo había elegido la propia tía abuela Magdalena, que había sido modelo de Balenciaga, «La única con gusto en esta familia». Alisé el retazo sobre la palma de la mano, recorriendo con la yema de los dedos el patrón intrincado de ondas y palmas doradas y azul regio. No podía dejar de repetir ese gesto una y otra vez, como si en ese laberinto de trazos se escondiera alguna respuesta, algún mensaje que la piel cansada pudiera descifrar. Resultaba hipnótico seguir el dibujo antiguo, que giraba y se revolvía sobre sí mismo y terminaba por devolverte siempre al punto del que habías partido. «Persa», solía repetirme siempre la abuela Angelita tamborileando sobre las paredes que yo iba cubriendo de láminas ambiguas, «Creo que es un motivo persa; elegantísimo, ¿no te gusta?».

Minutos después, bajo la ducha, con los ojos cerrados, aún seguía rememorando cómo se enroscaban las líneas por entre el estampado de los lotos y me vinieron a la memoria los pavos reales que aparecían en otros puntos. Me dije que finalmente había hecho bien, así podría regresar a por otro jirón en el que se vieran.

Sí, había hecho bien en no hacer esa llamada, decidí bajo el chorro de agua fría.

NUNCA SERÁS UN VERDADERO ARSUAGA

Capítulo 11

El viento racheado nos azotaba la cara. En la playa desierta, crujían las suelas de goma sobre las arenas bastas, negruzcas, apelmazadas. Era un paraje desolado y en abandono, en el que de vez en cuando venían olores fétidos de la desembocadura de la ría; incluso se habían formado algunas costras duras de tierra, sobre las que crecían matojos. Antes nunca solíamos bajar a los perros a pasear por esta parte, por eso me había chocado que mi padre, al dejar la casa, hubiese tomado el camino que descendía hacia el arenal. Todo en él era extraño esta semana: que no estuviese en el despacho a las ocho en punto, como había cumplido toda su vida; que desayunara descorbatado en el comedor familiar; que se encargase de sacar a Koxka y Zuri para el paseo matinal. Me había sorprendido que me invitara a ir con él: desde nuestra última conversación, dos días antes, cuando me había hecho aquella propuesta insólita, había parecido evitarme. Sin embargo, esta mañana había dicho «Te vienes conmigo; total, tampoco tú tienes nada que hacer, ¿no?», mientras mi madre me animaba con un gesto de la barbilla. Luego, en cambio, desde que habíamos salido por la puerta del jardín trasero y tomó a la izquierda, no había abierto la boca. Ahora caminábamos callados entre el ruido monótono que emitía el pedriscal húmedo al ser hollado por nuestras pisadas. Unos minutos antes, incómodo por el silencio que se había instalado entre nosotros, me había agachado a recoger una piedra fría y la había lanzado al mar con todas mis fuerzas. Los perros habían alzado las orejas y habían seguido la trayectoria del canto rodado, aunque se habían detenido antes de introducirse entre las olas. Mi padre había continuado adelante sin volverse siquiera. Caminando alejado de él, mientras trataba de acelerar el paso para ponerme a su altura, había tenido la sensación de contemplar la espalda de un anciano que no conocía: ligeramente encorvado, embutido en un chaquetón que le deformaba la figura, cojeaba arrastrando el pie derecho que le habían operado. En el paisaje inhóspito de la playa en un día casi invernal de principios de mayo, me parecía ver derrota en aquella figura que no tendría más de sesenta y cinco años pero había envejecido rápidamente en el tiempo que yo llevaba en París, como si la edad le hubiera vencido de golpe. En realidad, todo lo que abarcaba la mirada en aquella mañana nublada y ventosa tenía un aire de huida y abandono: los paneles que prohibían el baño por contaminación de las aguas, en los que la pintura se había levantado por los ventarrones y la humedad; el antiguo mástil de la bandera, corroído por la herrumbre desde que había dejado de usarse porque ya nadie se molestaba en izar la de color rojo; las matas de hierbajos altos zarandeados por el viento que siseaban quejumbrosos. ¿Había sido un buen padre? No me había parado a pensarlo desde que me formuló la pregunta viniendo del aeropuerto. Podría contarle la estúpida anécdota de las bolsas de golosinas, nunca se lo había dicho. ¿No era demasiado tarde ya? ¿Por qué confiarle la verdad hoy, qué iba a cambiar entre nosotros? Crujía la arena, la espuma sucia del mar mordía la orilla y ninguno decíamos nada. No obstante, esa oferta que me había hecho... ¿acaso no era una muestra de generosidad? Habría intuido que mi vida en París no iba a ninguna parte, no hacía falta ser muy perspicaz para sospecharlo, yo solo les contaba de clases particulares de español y alguna traducción esporádica en revistas literarias.

—De lo que me preguntaste el otro día... —Alcé la voz en su dirección. No se giró—. Si quieres que hablemos...

Parecía no oírme. Al fondo de la playa, donde comenzaban las rocas de un color ferruginoso, se divisaba una pequeña fogata a la que se encaminaba decididamente, acelerando el paso sin responder palabra. Eso era lo que nunca había podido aceptar de mi padre: que nada le detuviese. Si se marcaba un objetivo, no paraba hasta alcanzarlo, sin importarle el precio que hubiera que pagar. Y si la meta era lo que había decidido para sus hijos, cualquier obstáculo se suprimía de un manotazo. Daba igual que fuese obligarme a estudiar Derecho y no Filología, o impedir que me marchara a París «a hacer el tonto». No, no había sido un buen padre y decirle ahora lo contrario sería simple caridad.

Solo se detuvo al llegar junto a la hoguera, una modesta pira en la que ardían con un humo grisáceo y una llama tímida que parecía apagarse a cada ráfaga de viento algunos palos, restos de maderas arrastrados por la marea y ramas de helecho. Cuando lo alcancé, la estaba contemplando fijamente, sin moverse apenas, como si temiera apagarla si hacía demasiados movimientos a su alrededor. Al cabo de un rato de mirar el fuego en silencio, recogió una astilla y la depositó delicadamente en un flanco. Los perros agitaban las colas, nerviosos, acercándose y alejándose de la fogata.

—Yo ya he hecho lo que tenía que hacer. —No apartó la vista de la lumbre para dirigirse a mí—. Ahora os toca a vosotros, a la generación siguiente.

Tomó uno de los palos que no ardían y señaló la casa, en lo alto del promontorio.

–Tu hermano y tú tenéis que decidir si queréis que lo que levantó don Alfonso de Arsuaga en 1898 siga en pie o no. Él ya ha decidido. Tú todavía estás a tiempo.

–No puedes pedirme eso –protesté.

Sacó del bolsillo del chaquetón el periódico que llevaba doblado y separó la hoja de la portada. Después de arrugarla cuidadosamente, se agachó para introducirla en la base de la hoguera, acomodándola con el palo.

–¿Cuántos años llevas en París? –preguntó, con la atención concentrada en lograr que ardiera bien la primera página de *El Correo*.

–Lo sabes perfectamente. Casi diez.

–¿Cuántos más necesitas para darte cuenta? Lo has intentado y eso te honra, Bosco, pero ya está. No te ha salido. No sigas perdiendo el tiempo, porque no eres un crío.

–Tengo otros planes –le anuncié a aquella nuca que no se giraba hacia mí por no apartar la vista de la llamita que flaqueaba.

–No tires tu vida por la borda. Aquí tienes un futuro. Y te necesitamos.

Las ráfagas de viento se llevaban el final de sus palabras. Sentí un par de gotas sobre el rostro. Él protegió instintivamente el fuego con las palmas de las manos y observó el cielo.

–¿Qué pinto yo aquí? –refunfuñé–. Eso de que trabaje en el despacho es absurdo. No tengo edad para empezar otros estudios.

–No tan absurdo. Mira lo de Vicente, el pequeño de los Aranduy. –Aventó la hoguera con el periódico–. ¿No anduvo también en París, sin oficio ni beneficio? Pues ahí lo tienes: regresó, se lió con la hija de Urquizu, la que anda metida en cosas de arte contemporáneo, y ya le han colocado. En algo de la Diputación, según me han dicho. Con un buen sueldo, seguro. Y ese no era más espabilado que tú.

Le beau Vincent. Sí que había sido espabilado, sí. Por eso estaba en la foto del Guggenheim. Con la belleza *borrokalari*.

—Estoy pensando en irme a Nueva York —repliqué mientras acariciaba el lomo de Koxka, que jadeaba sin entender qué hacíamos allí parados—. Si me sale una cosa.

Súbitamente, ese rostro que no me miraba se encaró conmigo:

—Tu sitio está aquí, Bosco. Eres un Arsuaga.

—No, en realidad no lo soy, *aita*. Y tú tampoco. Todo eso son cosas de la familia de mamá. ¿Por qué te sigues empeñando? Eso del apellido compuesto fue un invento del abuelo, no tenemos por qué creérnoslo.

Zuri echó a correr en dirección a una figura que apareció a lo lejos, al pie del promontorio. Koxka se quedó a mi lado, como pidiéndome permiso.

—Cuando me casé con tu madre, se lo prometí a don Manuel. Y nadie puede decir que no haya cumplido la palabra que le di. Me porté siempre como el hijo que él no tuvo.

Dejé de escucharle: ahora vendría lo del despacho Arsuaga, las cuatro generaciones de abogados, el reparto equitativo del negocio a pesar de que él solo fuera el yerno; retahílas que me había repetido hasta la saciedad en tantas conversaciones antiguas. Sin embargo, lo que apuntó esta vez era nuevo, y me sorprendió.

—Hoy no se trata de eso. ¿Tú qué quieres para vuestra madre?

No entendí la pregunta. ¿A qué venía? Advertí que la figura del fondo, un hombre con un abrigo muy largo, se arrodillaba junto a Zuri.

—Gracias a ella hemos vivido en los últimos tiempos. No creo que ni tú ni tu hermano podáis quejaros.

¿Adónde quería llegar a parar? Me pareció que Zuri olisqueaba algo en la mano del individuo. Koxka dejó de prestarme atención y salió disparada a reunirse con ellos. Mi padre seguía tratando de sostenerme la mirada.

—Sí, Bosco, sí. Ella ha sido la que ha puesto su dinero todos estos años para que no notásemos nada. Y ahora se acabó. No te va a seguir mandando giros a París.

Entonces, él lo sabía. Pero yo había prometido devolverlo. O que me lo apuntara como un adelanto de la herencia. Pensaba que no se lo habría dicho. Que era otro de los secretos entre ella y yo.

—Esto es lo que hay, hijo. —Me puso las manos sobre los hombros para colocarnos frente a frente—. Tu madre necesita que reflotes el despacho, porque apenas le queda ya nada. Se lo debes.

Ladraron los perros a lo lejos.

—¿Y tú? —pregunté sin moverme.

—Yo no he sabido manejarme bien. Me he ido apartando para que Juan Ignacio fuera cogiendo las riendas, y ya ves. Tu hermano ha terminado de hundirnos. Si no fuera tan bocazas… ¿Cómo pretende que le encarguen asuntos si no para de despotricar contra el Partido? Y no lleva el abogado en las venas, no tiene ningún instinto para pelear. No como tú.

—¿Qué vas a hacer entonces a partir de ahora?

Koxka y Zuri empezaron a correr de vuelta hacia nosotros. El hombre echó a andar tras de ellos. Mi padre se tomó un tiempo en responder, mientras se acercaba la figura.

—Jubilarme en cuanto tú me digas.

Me quitó las palmas de los hombros para volverse al individuo que llegaba a nuestra altura: un cincuentón de pelo grasiento y mejillas enrojecidas, envuelto en un abrigo raído lleno de lamparones, que no obstante mantenía una cierta dignidad en el vestir, con un traje y una camisa no demasiado sucios.

—No se ha apagado, Ramón —le indicó mi padre, señalando la hoguera—. Hoy hemos tenido suerte.

¿Desde cuándo llamaba por su nombre a los pordioseros mi padre?

El tal Ramón asintió con la cabeza y me llamaron la atención sus ojos, de un azul clarísimo, aunque la mirada parecía perdida y él, absorto en algo ajeno. Rebuscó en sus bolsillos de plastrón que parecían a punto de reventar de cachivaches y sacó un cigarrillo y un mechero. Se los tendió a mi padre. Noté que le temblaban los dedos ligeramente.

Los perros olisqueaban las piernas de Ramón, que parecía no sentir los empujones de sus hocicos. Los llamé junto a mí con un silbido, palmeándome la pantorrilla.

Mi padre tomó el mechero y el cigarrillo de aquellas manos que sin embargo parecían bien cuidadas, con las uñas limpias. Encendió el pitillo, le dio una calada y se los devolvió.

El indigente, o loco, o lo que fuera aquel tipo, perdió interés en nosotros; se puso de rodillas junto a la pira y con sus dedos temblorosos, empezó a introducir en la base un par de fotografías que sacó de su chaqueta. Al ver que no prendían, acercó mucho los labios y comenzó a soplar.

–Cuidado, Ramón –le previno mi padre, sujetándolo por la espalda para que el peso no le venciese sobre la hoguera. Él no pareció advertirlo, se dejó hacer.

La llama terminó por cobrar vigor. Las fotografías empezaron a ennegrecerse, doblándose sobre sí mismas. Ramón se echó atrás para mirar cómo ardían, y mi padre casi pierde el equilibrio. Fui a ayudarlo: rechazó mi brazo airadamente, como si estuviera molestándolo en un ritual que solo les concernía a ellos dos. Retrocedí un paso y tropecé con Koxka, que pegó un ladrido.

Me quedé observándolos a escasa distancia. Cada uno a un lado del fuego, controlaban que no se apagara, acomodando ramas y palos, o empujando los restos de papel hacia el interior de la pira. De vez en cuando mi padre alzaba la vista hacia el cielo, por si volvían a caer gotas. Más tarde sacó una cámara de fotos pequeña del chaquetón. No quise seguir mirando.

Me aparté de ellos, hacia la orilla del mar. ¿Qué hacía mi padre, que siempre había tenido un horror invencible al contacto físico, tocando a aquel desconocido? ¿Para qué narices me había traído a restregarme aquella complicidad absurda? Si quería empezar a hacer cosas raras, estaba en su derecho, pero que no tratase de largarme preguntas impertinentes y menos aún de buscar una relación que nunca habíamos tenido y que no iba a comenzar cuando estaba a punto de irme a miles de kilómetros. Sin volverme por no ver lo que estaban haciendo, arrojé una piedra contra las olas. Y otra. Y otra más. Cada vez a mayor distancia, con más rabia. Buscaba cantos pequeños, tratando de lanzarlos lo más lejos posible. Oí de pronto los «clic, clic» de una cámara de fotos a mis espaldas.

No. No era un buen padre. Nunca lo había sido.

Supe perfectamente la imagen que él estaba buscando: un brazo movido, una cara vuelta, el pelo escaso alborotado por el viento, una mancha borrosa que seguramente fuese una piedra en el aire, el mar al fondo.

Arrojé un último guijarro. Me volví y miré al aparato, posando incómodo. Mi padre dejó inmediatamente de disparar. Se quitó la cámara del rostro, la guardó en el chaquetón.

–Nunca te gustó que te las hiciera –me recordó, y había reproche en su voz.

–No soy un mono de feria.

Se echó a reír, meneando la cabeza. Luego, sin más palabras, silbó a los perros y emprendió el camino de regreso hacia el sendero que subía por la colina hasta la casa.

Eché un último vistazo en dirección al fondo de la playa. La hoguera humeaba y me pareció ver que Ramón sostenía algo sobre ella, quizás una lata. Me descuidé, y una ola que había roto con más fuerza me empapó los zapatos.

¿Hacerme abogado aquí? ¿Para qué? ¿Para acabar como Jaime Ortúzar Aristondo, señalado en una fotografía pegada en una taberna, o con mi nombre en una diana en el frontón? Decían que ahora le llegaban las cartas a cualquiera, no hacía falta tener una fortuna para que te exigieran el impuesto revolucionario, ¿qué iban a saber aquellos animales que de la fortuna de don Alfonso de Arsuaga ya no había ni un duro? Porque, si me quedaba, tendría que ir a las manifestaciones, tendría que llamar a Jaime Ortúzar y pedirle perdón por todo lo que le hicimos durante años de bachillerato y brindarle la solidaridad y el cariño que nunca se me hubieran ocurrido mostrarle en el colegio de los jesuitas, cuando nos reíamos de él meando sobre las piruletas que nos había traído por su cumpleaños; y no, no estaba dispuesto a que todo ese mundo me arrastrase de nuevo, no quería volver y no iba a hacerlo. Mi padre tenía razón: seguir en París era una pérdida de tiempo. Pero regresar sería un error del que me arrepentiría siempre.

Lo alcancé al pie del promontorio, donde se había detenido a aguardarme con los perros antes de ascender por el sendero.

–Tu madre está esperando la respuesta. Le he dicho que esta misma tarde te vienes a Bilbao con tu hermano y conmigo a conocer el despacho nuevo. Dale esa alegría antes de esta maldita boda que le está amargando la vida.

Puse la correa a Zuri.

–Hasta el 30 de junio tienes de plazo para matricularte en la universidad. Ya lo ha comprobado ella. Todavía guarda tus notas de primero. –Ató la correa a Koxka antes de proseguir con orgullo–: Matrícula de

Honor en Derecho Romano. Eso no lo saca cualquiera, hijo. Cuando quieres, sabes hacer las cosas como nadie.

Las tardes en la biblioteca memorizando párrafos y más párrafos sobre el censo enfitéutico. Las fotocopias de apuntes y los subrayados en tres colores. Los exámenes orales en el calor de junio. Los madrugones para llegar pronto a clase y pillar un buen sitio. Los fines de semana encerrado estudiando diez y doce horas al día. El dinero ahorrado al año siguiente por cada Matrícula de Honor obtenida el curso previo.

—Esta tarde no puedo. Ya he quedado. —Ante su ceño fruncido, me apresuré a añadir—: Con Ana Larrauri. Una antigua novia.

No sé qué pudo imaginarse, porque no protestó. Quizás se dijo que era buen signo que volviera a ver a aquella chica, sabría lo que había pasado entre nosotros años atrás, aunque nunca se la había presentado a mi familia. Recordé sus palabras enigmáticas el miércoles en el desayuno, «seas como seas». Quise buscar los términos adecuados que nos permitieran reabrir esa conversación antes de subir a la casa, pero rápidamente me palmeó la espalda, con lo que me pareció precipitación y quizás nerviosismo.

—Entonces, la semana que viene sin falta. Mira, mejor: el martes por la tarde tenemos una cita con el padre de los Aranduy, tal vez nos encargue un asunto, así te vas enterando. A las cinco viene al despacho. Y el lunes te pasas por la universidad a ver qué necesitas para la matrícula.

¿«Seas como seas» incluía no indagar, como tampoco yo indagaba quién era Ramón y qué se traían entre manos con aquellas hogueras?

Ya nunca te enterarás. Pudiste responder y preguntar. No lo hiciste. No eras tú el único que tenía secretos, ya ves. Y ahora es tarde. Creías saberlo todo, nada te iba a sorprender. Y si hablamos de pudor mal entendi-

do, ahí estaba el tuyo. Nunca te interesaste por las fotografías que eran de verdad importantes para mí, las viste sobre la mesilla y no quisiste saber, solo te preocupaban esas antiguallas que te convenían, y no lo que nos dolía hoy a nosotros. ¡Qué sabías tú de responsabilidades y vidas rotas!

Empezaron a caer gruesos goterones y los perros quisieron echar a correr. Sujeté fuerte de la correa a Zuri.

–Vámonos ya –ordenó mi padre. Y luego, después de echar una ojeada breve a la playa, musitó–: Pobre Ramón.

No volví la vista atrás. Arreció la lluvia. Eché a correr monte arriba con todas mis fuerzas. Abrí la puerta del jardín trasero de un empellón. Me refugié, empapado, bajo el balcón de la entrada de la cocina y me volví hacia el camino por ver dónde andaba él: intentaba apresurarse con muchísima dificultad, arrastrando el pie derecho. Pensé que debería entrar en la casa y traerle una toalla. O bajar por él con un paraguas. No lo hice. No me moví. Continué allí, mientras las rachas que se iban enfureciendo me calaban más y más, contemplando fascinado cómo mi padre estaba siempre a punto de tropezar y caerse, tironeado por la perra que no lograba sujetar y cegado por las ráfagas de agua que le azotaban el rostro.

Nunca sería un buen hijo.

Nunca sería un verdadero Arsuaga.

A pesar del desfase horario y del agotamiento, después de la ducha apenas logré dormitar unas tres horas: me desvelaba cada poco tiempo, obsesionado por imágenes que me atormentaban una y otra vez. Las habitaciones apuntaladas y el charco de agua en el dormitorio. El *lauburu* sobre la piel negra. El rostro mofletudo de Ainhoa, que se mezclaba y se confundía inexplicablemente con el de la chica que me había ofrecido un café y una caja de Valium. En la duermevela las épocas se trastocaban, y en un momento dado me pareció que estaba en mi antigua cama, oyendo el mar no muy lejos y a alguna de las criadas que tarareaba ocupándose de la limpieza. De vez en cuando sentía punzadas de hambre, no había comido nada desde el breve desayuno en el avión, antes de aterrizar en Madrid. Terminé por rendirme: era inútil pretender descansar si el cuerpo no quería. Me levanté malhumorado, con la mandíbula dolorida porque no me había puesto la férula. Aunque entraba claridad a través de la persiana, tropecé con el cuadro que había apoyado en el suelo contra la pared. Me dije que quizás debería ir precisamente a almorzar al restaurante maldito que no aparecía en esa lámina: si estaba aquí para ajustar cuentas con el pasado, mejor comenzar cuanto antes, nada podía hacerme ya más daño que lo que había descubierto en la casa.

—Son las cuatro y media —me indicó la recepcionista del hostal unos minutos más tarde, señalando el reloj que colgaba en la pared: una silueta de Euskadi con fondo de ikurriña sobre la que giraban las agujas—. A estas horas en ese ya no le darán de comer. Puedo reservarle para la noche, si quiere. O para mañana al mediodía.

—¿Dónde podría encontrar algo abierto ahora?

Desplegó uno de los planos que había sobre el mostrador y se quitó el bolígrafo con el que se sujetaba en un moño la melena pelirroja.

—Aquí, en la plaza de San Nicolás —rodeó con un circulito una zona sobre el mapa—, hay muchos bares y terrazas; esos no cierran, todavía le darán pinchos y cosas de picar. Al salir, tome a la izquierda, siga bajando esta avenida en la que estamos, se llama Basagoiti, y en unos minutos llega, no tiene pérdida, desemboca en la plaza.

Estudié el plano unos segundos, tratando de ubicarme, como un turista. Pero ¿acaso no lo era? Un turista a mi propio pasado. A un lugar y un tiempo que tal vez habían dejado de existir. Estuve a punto de pedirle que me mostrara en el mapa la plazuela de la Trinidad. No lo hice. Recorrí con el dedo índice el camino que según mi recuerdo debería llevar del Hostal Basagoiti a la casa de los Gondra.

—¿Por esta otra zona no habrá nada abierto? —le consulté.

—No le recomiendo ir por ahí.

«El mejor barrio de Algorta.» «El único sitio donde unas chicas decentes pueden salir a jugar al tenis.» «Aquí nos conocemos todos, aquí no hay coreanitos ni belarrimotzas.»

—¿Por qué no? —pregunté con aprensión, temiendo que me hablara de jeringuillas y navajeos.

—Con este día de playa, estará todo lleno. Abrieron muchos chiringuitos por allí cuando echaron la arena nueva. En cuanto hace un poco de calor y de sol, aquello se pone imposible de gente.

Chiringuitos. En la playa de Arrigunaga.

Doblé el plano que me tendía la dueña del hostal para acomodarlo en el bolsillo, como si estas fueran unas vacaciones en cualquiera de los pueblitos de Maine o de Florida a los que finalmente no había ido este año con John. Pensé que tendría que llamarlo, a esta hora ya estaría levantado e inquieto por no haber tenido noticias de mí.

—¿Le hago una reserva entonces en el restaurante del molino? —se apresuró a ofrecerme la mujer al ver que me volvía para salir–. No es barato, pero es el mejor que tenemos por aquí. Dicen que a lo mejor le dan una estrella Michelin.

–Lo conozco –le interrumpí. Y luego puntualicé, casi sin pensarlo–: Demasiado bien lo conozco.

–Entonces, no tengo que explicarle nada. ¿Reservo para esta noche?

–No –repliqué precipitadamente–. Esta noche, no. Para mañana. Dos personas. A las dos y media.

Era arriesgado. Precisamente allí. No sé por qué lo dije. Ese día las cosas no seguían lógica alguna. Ahora ya estaba hecho, había indicado «dos personas» y habría de seguir la rueda inexorable que había puesto en marcha. Si allí había sido el último lugar donde nos vimos, allí deberíamos habernos encontrado. Quizás empezar exactamente donde lo dejamos. Con volovanes rellenos de faisán.

Eché a andar por la avenida en dirección a San Nicolás. Algo menos aturdido que por la mañana, iba reconociendo más y más rincones por los que pasaba: un entrante que conducía a la antigua carbonería de Manolo, la taberna Gorrondatxe que regentaron un tiempo las primas de unos amigos nuestros, aquel chalecito de estilo inglés donde había una escuela de música y danza a la que llevaban a mi hermano. En la tarde soleada y adormecida de un sábado de septiembre parecía de nuevo el pueblo apacible y coqueto de mi infancia. Sin embargo, al llegar a la iglesia descubrí que unas escaleras modernas de feísimo hormigón habían suplantado a las antiguas de piedra, eternamente desgastadas y traicioneras, que servían para salvar el desnivel de la calle al templo. Doblé la esquina y desemboqué en la plaza.

Había desaparecido todo: ya no existía el quiosco de la música, ni la parada de autobuses, ni los puestos de golosinas, ni siquiera los plátanos de sombra con sus alcorques rodeados de rejas entrelazadas. Se había convertido en una plaza dura, peatonalizada, cuadrangular; una explanada de cemento que habían colonizado los bares extendiendo sus terrazas con mesas y sombrillas. En el centro habían instalado una estructura desmontable que parecía un escenario provisional, y una torre de luces. En la fachada del edificio decimonónico que había sido casa consistorial y que yo recordaba como juzgado, hoy podía leerse «Udal Liburutegia - Biblioteca Municipal»; me llamó la atención que las arcadas de la planta baja, que solían estar perpetuamente empapeladas de carteles de propaganda política, ahora se mostrasen prácticamente limpias, salvo una de aquellas pintadas enigmáticas, *Agur eta ohore*, bajo la cual, en este caso, alguien había escrito con otro color un nombre: Kerman. Caminé por entre las mesas, buscando un lugar desde el que pudiera reconocer alguna vista. Al llegar al extremo descubrí la entrada a una calle, «la de los Ingleses» me pareció recordar que le decíamos: era un tramo peatonal de casitas bajas con jardincillos delanteros, verjas de madera blanca y macetas de petunias que hacían pensar en los *cottages* de Inglaterra. Escogí un sitio frente a ella y me senté.

Tampoco había venido a hacer de detective, no era mi misión. Solo tenía que hablar con Ainhoa, resolver lo del cementerio, firmar lo que hubiese que firmar, qué me importaba ya a mí aquella tumba. Y en cuanto a la casa, bastaría con renunciar a la herencia, nunca había querido saber nada de eso, siempre imaginé que a la muerte de nuestra madre Juan Manuel no hizo nada, no hubo reparto, yo nunca había recibido ninguna notificación en Nueva York. Almorzaría con Ainhoa en el restaurante infausto únicamente para arreglar con ella los detalles del funeral del lunes, probablemente lo que le había dejado mi hermano fuesen sus instrucciones. No era asunto mío averiguar lo que había ocurrido entre ellos veinte años atrás, para qué andar removiendo lo que no tenía remedio, nadie querría saber nada hoy, era mejor así, «silencio y secreto, hasta que las cosas dejen de doler», como repetía invariablemente al parecer el abuelo Martín al terminar la Guerra Civil hablando del frontón expropiado por culpa del hermano que había escogido el bando erróneo.

—*Hello!* —me espetó el camarero, un joven cubierto de tatuajes y con piercings por toda la cara, tendiéndome un menú en inglés.

Me reí, y no pareció entenderlo.

—*Kaixo!* —saludé—. ¿Lo tienes en castellano?

Se sorprendió y aclaró enseguida:

—¡Hostia! Perdona, es que había pensado…

—Que con esta gorra de béisbol y estas gafas parezco un yanqui, ¿verdad?

Mientras barajaba los menús que traía en las manos buscando uno en español, añadió muy convencido:

—Hombre, ya se ve que de aquí no eres. Aunque no sabría decir de dónde. Vienen muchos extranjeros, ahora.

«De aquí no eres.» Me entraron ganas de recitarle la ristra de mis quince apellidos vascos. De restregarle que un antepasado mío había edificado en 1898 una de las casas más antiguas de Algorta, en la que habían vivido cinco generaciones de Gondras. De preguntarle si sabía quién había construido en 1901 el frontón junto a la iglesia de Nuestra Señora, que no fue municipal hasta 1940, cuando nos lo requisaron. Lo que hice fue pedir una copa de rioja, dos pinchos de changurro, unas tartaletas de hongos y una ración de queso Idiazábal.

Lo miré alejarse con la comanda. Estampado sobre la espalda de su camiseta, podía leerse *Welcome to the Basque Country*. La trencita rala y los mechones largos mal cortados que le tapaban la nuca no dejaban lugar a dudas sobre su adscripción política *abertzale*. Me hizo gracia que ciertos códigos estéticos no hubiesen cambiado.

No podía seguir posponiendo la llamada a John. Decirle por lo menos que había llegado bien. No entrar en reproches ni explicaciones de lo que había pasado los últimos días. Ser escueto, dar noticias, nada más. Encendí el teléfono. Tenía un mensaje suyo: «No vienes hasta que resuelves tu asunto y tu familia. *I'M SERIOUS.* No continúas así conmigo». Lo imaginé escribiéndolo sobre la mesa de la cocina mientras descorchaba una botella como acto de venganza, regodeándose en esas mayúsculas contundentes. Tenía que haberlo enviado en un acceso de rabia, porque no usaba el subjuntivo; solo cometía errores gramaticales cuando estaba ofuscado y no ponía atención. «No vienes», «no continúas». Absurdamente, lo que sentí fue ternura por aquel hombre que nada podía entender. Y al que tampoco podía explicarle nada de lo que me estaba ocurriendo.

Tecleé la única cosa que podía contestar: «OK».

Pasaron unos críos junto a mi mesa, vestidos con los trajes tradicionales de *dantzaris*. Uno de ellos, que apenas tendría ocho o nueve años, llevaba además un chistu. Me pareció que era mulato.

Sí, había hecho bien en no regresar hoy mismo. Tenía exactamente quince días para solucionar de una vez lo que tuviera que resolver aquí. Y a la vuelta tomaría una decisión con respecto a John. Pese a que tal vez fuera lo único que me quedara en el mundo, no podíamos continuar así. ¿No era mejor estar solo que seguir soportando sus mañanas de resaca, el puño amenazador cada vez que le tiraba las latas de cerveza a la basura, la perspectiva de arrastrar a mi lado a un alcohólico avergonzante en los cócteles a los que tenía que acudir en la Organización?

La plaza se iba llenando de niños y niñas, todos endomingados con los vestidos tradicionales que yo también había llevado los días de romería: los chicos, pantalón y camisa blancos, *gerriko* y boina rojos, alpargatas de cintas; las chicas, blusa blanca y falda roja, con delantal y corpiño negros, pañoleta al hombro, *zapi* recogiendo el cabello y abarcas con medias blancas. Demasiada coincidencia. «Como si el Ayuntamiento quisiera ofrecerme el recibimiento completo», me dije con sorna. «Si esto fuera una película o una novela, nadie se creería este cliché de vasquitos y nesquitas de postal precisamente ahora.»

Pero es que es una novela, y tú fabulas e inventas y ya no se puede saber lo que ocurrió y lo que tú quieres recordar. Porque te viene bien contar que nada era lo que parecía y que esa estampa tal vez no fuese tan inocente. Y mientras tanto, la verdad que deberías establecer si fueras fiel a los tuyos va quedando siempre relegada, y eso es traición y connivencia. Tú también.

Los camareros se pusieron a retirar algunas mesas que estaban frente al escenario provisional erigido con una estructura metálica y dejaron un espacio libre, que los críos se apresuraron a ocupar desordenadamente. Algunas chiquillas ensayaban por parejas los pasos endiablados en los que los pies se cruzan y entrecruzan cada vez a mayor velocidad; una de ellas, de espaldas a mí, se confundía continuamente y su compañera parecía reñirle, marcando en voz alta los tiempos: «Bat... bi... bat, bi, hiru... bat... bi... bat, bi, hiru». Me quedé observando aquella figura torpe que, al igual que yo en mi niñez, nunca conseguía encajar el triple cruce con los tres tiempos de la música; cuando se giró para la vuelta final y descubrí su rostro, reparé en que era china. Busqué entonces con la vista al chistulari: efectivamente, era mulato. Seguí escrutando aquellas caritas infantiles: había varios latinos, una negra y un par de asiáticas. Y por los retazos de conversaciones que me llegaban, todos parecían hablar euskera.

No, este no era ya tu mundo. Ni el nuestro.

Al poco regresó con la comanda el camarero de los tatuajes.

—¿Qué hacen esos niños? —le pregunté, sintiéndome más turista que nunca, mientras me servía la copa de rioja.

—Ensayan, creo. Para lo del homenaje, me imagino. Porque las fiestas ya pasaron.

—¿Qué homenaje?

—A uno de aquí, que ha muerto —explicó, posando el platillo con la cuenta.

Sonó mi teléfono. Era Enric. Dudé un tiempo. Al final, terminé por descolgar.

—¿Cómo va todo por ahí, Borja?

—Bien... Bueno, complicado... Ya te contaré.

No quería entrar en explicaciones, no delante del tatuado, que parecía estar esperando a que pagara, porque no se movía.

Tres de los críos se arrancaron a tocar el chistu y el tamboril.

—¿Qué es esa música? —se sorprendió Enric al teléfono—. ¿Dónde estás?

—En una terraza. —Elevé la voz mientras hacía malabares para sacar un billete de la cartera con una sola mano y tendérselo al de los piercings—. Ahora no es buen momento para hablar.

—Escúchame un segundo, esto es importante: Silvia no estará en el tribunal de los ascensos.

—¡Cómo no va a estar la jefa de la Sección!

Los chiquillos comenzaron su danza entrechocando los espadines con golpes secos, y al saltar hacían sonar también los cascabeles que llevaban atados en las espinillas. Tapé el auricular. Apenas podía oír a Enric.

—Publicaron el anuncio oficial ayer a las seis, cuando tú ya te habías ido. Nadie lo entiende. Es rarísimo. Martina lo vio y quiso avisarte para que no te tomaras el avión. Porque no te imaginas quién es el presidente del tribunal, Borja.

Luego pronunció un nombre que no descifré, no había manera de oír nada entre los chistus, los tamboriles, los espadines y los cascabeles.

—¿Quién, dices?

—¡Matamoros! El jefe de Ginebra.

No entendía nada. ¿Qué me estaba contando?

—¿Qué pinta el jefe de la Sección de Ginebra en un tribunal para ascensos en Nueva York? —demandé extrañado.

—Ni idea, pensamos que será eso de las nuevas políticas transversales. En cualquier caso, tienes que volver para la entrevista, Borja. Es tu oportunidad. Martina no para de decirlo: «La gorda Ábalo, que lo ensalzaba con Matamoros para sacárselo de encima acá, y mirá vos, no sabía que le estaba preparando la promoción».

En la iglesia de San Nicolás sonaron cinco campanadas

que me impidieron entender ni la mitad de lo que me estaba tratando de explicar mi compañero. Me levanté de la mesa y me adentré en la calle de los Ingleses, alejándome del ruido.

—¿De qué me estás hablando, Enric?

—¡Matamoros piensa que tú eres el mejor traductor de toda la Sección! La gorda no paraba de hablarle maravillas de ti cuando quería que pidieras el traslado.

Me apoyé en una de las verjas blancas. Ladró un perro.

—¿Quién más está en el tribunal?

—Doisneau, el jefe de la Sección Francesa; a ese lo tienes en el bote, basta con que escojas hacer la entrevista en francés. Kao Vu, una tailandesa de Recursos Humanos que es un cero a la izquierda y firmará lo que le digan. Y la guinda del pastel, alguien que no te vas a creer: Miguel Sánchez, el que fue tu *training officer*, aquel que repetía siempre que solo tú podías traducir con algún sentido los informes de la Comisión de Derecho Internacional.

Desde la ventana de un primer piso, una mujer desgreñada me interrogó con un gesto. Agité la mano para indicarle que no, que no quería nada, y me aparté de su verja.

—Borja: parece un tribunal diseñado *ex profeso* para ti. ¡Martina jura que si te presentas tú, ella ni se molesta en hacer la entrevista! Tienes que volver. Tienes que estar aquí el viernes próximo. El día siete. Prométemelo.

Me aparté para dejar pasar a dos hombres que se dirigían hacia la plaza con una *trikitixa* y un pandero. El sueldo subiría a 9.429 dólares, a lo mejor entonces sí podría alquilarme un buen apartamento para mí solo, sin salir de Manhattan. Empezar de nuevo.

—¿Me estás escuchando? ¡Dime que regresarás para la entrevista!

Miré hacia la plaza de San Nicolás. Los músicos habían subido al escenario y probaban los instrumentos.

—Volveré, Enric. Mañana mismo cambio el billete.

—*Good boy!* —exclamó jubiloso mi amigo al otro lado de la

línea, y visualicé perfectamente la cara de triunfo que estaría poniendo–. Se lo voy avisando a Martina. ¡Y con tu primera nómina, nos invitas a cenar en Eleven Madison Park!

Me eché a reír.

–*Eleven Madison Park is so last year, darling!* –chillé, imitando el agudo gangoso y esnob de la gorda Ábalo impartiéndonos lecciones de estilo.

Cuando me acomodé de nuevo en mi mesa, la pareja se había arrancado a tocar. En el centro de la plaza, los niños habían formado un círculo, al que se habían sumado algunos adultos. No reconocí la melodía ni la *dantza*. Avanzaban un par de pasos en un sentido cruzando los pies, luego giraban sobre sí mismos y avanzaban del mismo modo otro par de pasos en dirección contraria, volvían a girar y así sucesivamente. Una mujer iba dando instrucciones en euskera y me pareció que explicaba los pasos, o tal vez marcaba los ritmos, no entendí lo que decía.

No tendría por qué seguir con John. Ni aguantar más impertinencias de la gorda Ábalo. Pasaría a ser revisor, por fin me dedicaría a encontrar los errores en los trabajos de los demás, de esos novatos que salían de las escuelas oficiales y se creían algo solo porque manejaban los programas de traducción automatizada con más soltura que nosotros, los que habíamos aprendido cómo de verdad se traduce: consultando diccionarios. En el nuevo puesto podría seguir ascendiendo escalón tras escalón cada año hasta conseguir los ansiados 11.895 dólares que cobraban los P-5 del nivel XIII.

Los *dantzaris* rompieron la formación y se acercaron a las escasas mesas que estaban ocupadas. Imaginé que irían a pedirme unas monedas y rebusqué en el bolsillo. Sin embargo, lo que pretendían era sacar a bailar a la gente de la mano, y antes de que llegara hasta mí una chinita con el *zapi* ladeado, le tendí la mía.

Me integré en el círculo. Tal vez no bailara bien, pero qué más daba. *Agur eta ohore.* «Adiós y honor.» Esta era mi despedida. No, yo ya no era el crío asustado que tropezaba continuamente porque confundía los pasos, ni el joven que abandonó el banquete nupcial entre los gritos de la madre y las acusaciones del hermano; no, ahora era un adulto de cincuenta años que había encontrado por fin su lugar en una brillante carrera profesional. Adelante. Atrás. Izquierda. Derecha. Vuelta. La música se aceleraba y yo me dejaba arrastrar, sintiendo que volvían a mí aquellas palabras de antaño, *gora, behera, eskuinera, ezkerrera, buelta*, el cuerpo recordaba los pasos y se fundía con el grupo, avanzaba y retrocedía y giraba y saltaba y no había que pensar en nada, solo sentir la melodía y dejarse ir, adelante, atrás, izquierda, derecha, vuelta, pisé sin querer a la niña china que brincaba delante de mí y me dijo «*Kontuz!*» y me dio la risa, y luego me volví girando demasiado rápido y casi tropiezo con el adolescente muy serio que tenía al otro lado, que me indicaba «*Itxaron, itxaron… Orain!*», avancé los tres pasos y salté en la vuelta en el acorde justo, y entonces lo vi. Acababa de sumarse al corro en el punto exactamente opuesto al mío, y no era fácil distinguirlos bien con tanto giro y paso adelante y paso atrás, y sin embargo allí estaban, inconfundibles, los mismos labios finos, igual nariz recta, la frente ahora despejada porque llevaba el pelo muy corto, los hombros que seguían siendo musculados, el cuerpo atlético a pesar de que había echado tripa y se movía con dificultad. No cabía duda: era el mismo rostro que había surgido en el ordenador al teclear su nombre, era Ander y estaba aquí de regreso como yo, y de pronto caí en la cuenta de para quién podía ser el homenaje y qué podía significar *Agur eta ohore* y quién era ese Kerman escrito en la pintada. Se percató de que lo observaba, aunque no pareció reconocerme. «Otro turista torpe con buenas intenciones», debió de pensar, porque, como en un espejo, desde el otro lado del círculo me indicó cuándo había que dar la vuelta.

Salí del corro.

Qué me importaba ya a mí este mundo.

Habían ganado ellos: Ander bailaba feliz y libre en la plaza del pueblo y Ainhoa criaba una hija.

Eché a andar, alejándome por la avenida.

No, no iba a renovar la concesión de la tumba. Mejor que nuestras cenizas no terminaran aquí, en este lugar maldito al que ya no nos ataba nada.

«Silencio y secreto», sí.

Y algún día, quizás, el olvido.

Capítulo 12

Tiré del llavín hacia mí, pero no había manera: la cerradura se había vuelto a atascar y por más que trataba de girarlo a derecha y a izquierda, no conseguía abrir la puerta del dichoso armario. Ya cuando vivía aquí se atrancaba continuamente, cómo se me podía haber olvidado, qué idea absurda la de guardar el chaquetón dentro de este mamotreto decimonónico. Iba a llegar tarde, la cita con Ana era en quince minutos, habíamos quedado en encontrarnos en la taberna Barinatxe para ir juntos a la concentración en la plaza de San Nicolás. Aporreé la bocallave de latón antiguo, cada vez con más fuerza, por ver si cedía el mecanismo.

–¡Bosco, por Dios, que lo vas a romper, quita de ahí! –me reprendió mi madre entrando en mi dormitorio.

–¿No se os ha ocurrido arreglarlo en todos estos años?

–¿Para qué, si desde que te fuiste tú esta habitación no la usa nadie? Déjame a mí. –Me tendió un estuche de terciopelo que traía en la mano–. Toma, sostén esto un momento.

–Son las alianzas, ¿verdad? –supuse, mientras ella intentaba maniobrar el llavín tanteando con suavidad.

–Sí, ábrelo si quieres verlas. Yo nunca hubiera encargado oro rosa, vaya vulgaridad –refunfuñó, forcejeando con pequeños giros de la muñeca–. Ocurrencias de tu cuñada, no había quién le quitara semejante ideíta de la cabeza.

–No tengo tiempo de entretenerme, ya voy con retraso.

–A partir de hoy, son responsabilidad tuya. Te encargarás tú de entregárselas en la iglesia. ¡No me mires con esa cara, hijo! –exclamó irritada–. Son ocurrencias de Clara, no mías.

Abrí el primer cajón de la cómoda de caoba y deposité el estuche junto a mi pasaporte y el billete de vuelta a París.

–Pretende que esta noche las lleves a la cena para enseñárselas a sus padres. ¡Dónde se habrá visto eso! –añadió de mal humor, abandonando lo que estaba haciendo–. No hay manera de abrir esto ahora.

–¿Qué cena?

–¡Por Dios! ¿Es que no te lo ha dicho tu hermano? A las nueve y media, en el restaurante del molino, las dos familias.

–No sé si voy a poder ir. –Tomé el paraguas que colgaba sobre los barrotes de la cama y me dispuse a marcharme.

Mi madre dejó el armario y se encaró conmigo.

–No te he pagado este viaje para que hagas lo que te dé la gana. Estás aquí para la boda de tu hermano. ¿No te gusta? Pues a mí tampoco y me aguanto. ¡No me saques tú también de quicio!

Fui a replicar, pero me di cuenta de que nos enzarzaríamos y no había tiempo, así que me apresuré a pedirle:

–¿Puedo tomar prestado uno de los impermeables de papá?

–¿Dónde vas con tanta prisa?

Dudé un segundo antes de responder. Cuando pronuncié el nombre de Ana Larrauri, sin mencionar para qué habíamos quedado, percibí el gesto de desaprobación que se pintó brevísimamente en sus cejas arqueadas antes de retomar la cerradura del armario.

–Tú sabrás lo que haces –me espetó, dándome la espalda.

Recorrí el largo pasillo hasta el dormitorio de mis padres preguntándome por qué podría parecerle mal que me encontrase con mi antigua novia. ¿Sabía tal vez lo de las concentraciones de los viernes y le disgustaba que me significase precisamente cuando esperaba de mí un perfil bajo para reflotar el despacho con los clientes que había ahuyentado mi hermano aireando sus afinidades políticas? En cuanto entré en su habitación, sentí la misma pesantez de siempre: todo aquel universo sobrecargado de muebles decimonónicos que habían venido de Cuba, los juegos de tocador de plata sobre las cómodas y los cuadritos de paisajes que cubrían las paredes por encima del entelado representaban exactamente aquello de lo que había huido largándome a estudiar fuera. Vi mi reflejo en las tres grandes lunas del armario vestidor antes de abrirlo y aparté el pensamiento negativo que me vino a la cabeza. Tomé rápidamente un gabán de mi padre y el tacto encerado me hizo pensar en los pantalones de cuero de Antoine, el chico que había conocido justo la noche antes del viaje. Llamar a Francia salía carísimo, resultaba muy complicado desde una cabina, no era tan importante. Ya nos veríamos cuando regresase; total, tampoco iba a ser un amante que me durara mucho, siempre desaparecían al cabo de cuatro o cinco encuentros. En un bolsillo del impermeable me encontré una cuartilla doblada en dos en la que reconocí la letra de mi padre: «Porque a todo el que tiene se le dará y le sobrará, mas al que no tiene, se le quitará hasta lo que tiene (Mateo 25, 29)». La volví a plegar cuidadosamente y la dejé sobre la Biblia de tapas azules con letras doradas que él conservaba siempre a mano sobre su mesilla de noche.

Ana me recibió malhumorada delante de la taberna en la que nos habíamos citado: cómo se me ocurría aparecer con tantísimo retraso, para llegar hasta el centro de la plaza ahora tendríamos que atravesar el grupo de los que venían a reventar la concentración, ¿es que no sabía cómo funcionaban las cosas aquí?

Recordarás aquella viñeta que tanta gracia os hizo años antes, cuando aún os permitíais la guasa, en la que una señora con dos inmensas bolsas de supermercado preguntaba a otra que arrastraba un carrito de la compra: «Oye, Mari, ¿vas a la manifestación a favor de eso?». Y la otra le contestaba: «No, chica, voy a la manifestación en contra, que me deja más cerca de casa». La recordarás y no la incluirás en tu relato mentiroso.

Echó a andar impartiéndome instrucciones precisas:

—No mires a nadie a los ojos, no respondas si te gritan algo y no hagas caso de ninguna provocación. Solo nuestra repulsa en silencio, eso es todo lo que hacemos. Quince minutos, nada más. Pero hay que aguantar los quince enteros.

—¿No coreáis nada?

—Nunca. La pancarta que ponemos ya lo dice todo.

Estaban dando justo las campanadas de las siete de la tarde en la iglesia de San Nicolás cuando llegamos a la plaza, totalmente ocupada por un gentío abigarrado. En el quiosco de la música colgaban dos enormes cartelones: *Zuek, faxistak, zarete terroristak* – Vosotros, fascistas, sois los terroristas y *Presoak kalera, amnistia osoa.* Entendí inmediatamente lo que había querido decirme Ana: la masa compacta que portaba grandes fotos de etarras encarcelados era casi impenetrable, ¿cómo íbamos a llegar hasta el pequeño grupito, no más de treinta personas, que se manifestaba en silencio protegido por un cordón policial de *ertzainas*?

—Empuja y no te detengas —me ordenó, tendiéndome la mano para avanzar decididamente entre los cuerpos.

Aunque era extraño sentir de nuevo su piel contra la mía, no tuve tiempo de pensarlo demasiado, porque pronto hube de emplear todas mis fuerzas en apartar espaldas y brazos empuñando el paraguas para hacernos un hueco por el que seguir avanzando, y fijaba la vista al frente como me había advertido ella para no encontrarme con los ojos de quienes ya nos abucheaban y hacían más denso el bosque de retratos de activistas presos o carteles con ese lema que se repetía, *Kepa askatu*; yo empujaba y empujaba y cada pequeño paso ganado era una mínima victoria, y sabía que si dejaba de mirar hacia delante terminaría por reconocer algún rostro y por eso hacía esfuerzos cada vez más titánicos, dando empellones y manotazos sin escuchar a los que nos increpaban y presionaba, seguía presionando, y presionaba aún más, arrastrando a mi exnovia como podía tras de mí, me sonó conocida la voz que me chilló casi al oído «¡Fascista!», aun así no me giré cuando respondí «¿Fascista por manifestarme contra la muerte de un ser humano?», pero Ana rugió enseguida «Cállate» mientras se levantaban voces airadas a nuestro lado, «¡Un opresor!», «¡ETA, mátalos!», «Pim pam pum», nada tenía ninguna lógica, el hombre que habían asesinado el lunes era un pobre repartidor que iba con su camioneta, sentí que casi perdía la mano de la que tiraba y la estreché con mayor fuerza, pegué un par de empellones más y nos topamos cara a cara con los escudos de los antidisturbios. Bajo el casco que solo dejaba ver sus ojos, la mirada del agente frente al que me encontré entendió que pretendíamos unirnos a las escasas personas a las que protegían y nos abrió un mínimo resquicio para que pasáramos.

En el centro de la plaza, de espaldas a nosotros, encabezaban la concentración tres señoras mayores que sostenían en alto una pancarta muy rudimentaria de la que podía ver el revés. Detrás de ellas permanecían en silencio unos veinticinco o treinta hombres y mujeres haciendo filas, y al colocarnos en la última descubrí a Juan Ignacio en las delanteras. Me sorprendió encontrarme a mi hermano aquí, no sabía que también se manifestase, apenas me hizo una seña rápida cuando se volvió a ver quiénes se habían incorporado al grupo. Fui a soltar la mano de Ana ahora que ya habíamos logrado llegar, sin embargo ella me la apretó más fuerte. El señor que estaba a mi izquierda enlazó su codo con el mío sin volverse a mirarme ni decirme una palabra. Me di cuenta de que casi todo el mundo hacía el mismo gesto, como formando una cadena de resistencia. Flotaba en el ambiente una calma tensa, la sensación amenazadora de que algo iba a comenzar, como si estuviéramos esperando la señal de un árbitro para lanzarnos al partido. Andoni estaría probablemente del otro lado de la barrera policial y pensé que si yo volvía la cabeza, nuestras miradas tal vez se cruzasen en algún momento. En cierto sentido, resultaría mejor así: entonces podría dejar de fantasear con que nos viéramos los dos a solas para hacer el amor pausadamente, como había ocurrido tantas veces en los asientos imposibles de su coche; esa idea me venía rondando desde que nos saludamos apenas en el bar del Puerto Viejo.

Se oyó un grito aislado, «¡Fascistas!», como el primer trueno de la tormenta que se va acercando. No quise girarme por no tener que poner rostro a esa voz que, gracias a Dios, no se parecía a la de Andoni. Poco a poco fueron arreciando los insultos, cada vez más seguidos: «¡Vendidos!», «*Txakurrak!*». Busqué la mirada de Ana: tenía la vista clavada al frente, ignorando los alaridos que iban subiendo de intensidad detrás de nosotros. De pronto, percibí nítidamente la voz de Andoni, «¡Asesinos!», y sentí que el mástil me había golpeado en la nuca. El barco naufragaba definitivamente y la mar enfurecida escupía sus olas. Esa voz que me había susurrado palabras de cariño y terneza, ¿cómo podía sonar ahora tan escabrosa y cargada de desprecio? ¿Y qué quería decir con «asesinos»? Las palabras son solo fonemas asociados a un sentido, pero en los sonidos secos y contundentes que salían de esa boca que me había besado un día no encontraba ninguno. ¿Qué lógica tenía llamar asesinos a quienes protestaban por el asesinato y no a quienes apretaban el gatillo? ¿Qué mundo al revés creaba ese bramido que no hubiera debido estar ahí, a mis espaldas, en un bando contrario corroído por el rencor? No pude pensar mucho más, porque enseguida sentí el empellón y tuve que hacer fuerza para no soltarme de quien tenía a mi izquierda. Desde el otro lado de la barrera de escudos, como si fuera una *sokatira* al revés, los reventadores hacían presión, empujaban para echarnos de la plaza aullando «*Alde hemendik!*» y los *ertzainas*, tomados por sorpresa, habían cedido en parte. Ana me enlazó firmemente del codo y me aferré con más fuerza aún a su brazo, soldándonos para formar un eslabón de la frágil cadena humana que oponía su resistencia a los elementos desatados. Aunque cada vez recibíamos más embestidas, tratábamos de mantenernos en el sitio, pues como en un deporte rural arcaico, todo lo que cediésemos nosotros avanzarían ellos. No habrían transcurrido más de un par de minutos. ¿Cómo íbamos a poder resistir empujones, manotadas, tantarantanes durante quince?

Estalló algo que me pareció un huevo junto a nuestra pancarta. Me volví interrogante hacia Ana, que me indicó con un gesto que tornara a mirar al frente. Cayó otro huevo junto al anterior. Luego otro. Y otro. Otro más. Los *abertzales* los hacían volar como pequeños proyectiles por encima de nuestras cabezas. Vi cómo uno de los huevos fue a dar entre las primeras filas, si bien quien lo recibió no se giró, no reaccionó, siguió aguantando firme. La clara le chorreó por la boina y se desparramó por la nuca. Vi una mano que limpiaba con un pañuelo la lana azul, el cuello, la espalda del abrigo; no vi la cara de quien se dejaba enjugar sin volverse. Vi de reojo en mi reloj que eran las siete y cinco. Vi la primera moneda impactar a mis pies. Esta vez no me volví hacia Ana y traté de mantener la mirada fija en un punto delante de mí, en el revés de nuestra pancarta. Arreció la lluvia de monedas que golpeaban el suelo con metálico tintineo. Comprendí que las arrojaban contra los *ertzainas* que estaban justo a nuestras espaldas por lo que vociferaban ahora: «*Zuek ere txakurrak zarete!*». Me dije que esos dedos que estampaban monedas al grito de «¡Perros!» en un tiempo se habían demorado sobre los míos. En un gesto involuntario, mi cabeza se giró, rebelde, en busca de sus ojos.

Como yo me volví también buscando sus ojos verdes y rencorosos de guajiro, la mirada fiera y despreciativa del mambí en que se había convertido, quemándome todavía sus últimas palabras, grabadas a fuego: «¡Ya lárgate, ya tú no eres nadie en este ingenio, cundango!».

Sin embargo, no fue a Andoni a quien descubrí entre los que abrían las bocas como fauces, sino al fantasma decimonónico de un bellísimo mulato que me aullaba como ellos «¡Vosotros también sois perros!», igual que habría bramado en los callejones convulsos de La Habana insurrecta a don Ignacio de Arsuaga y Otaduy. Me quedé observándolo paralizado por la sorpresa, mientras él me dirigía un exabrupto crispado que helaba: «¡Escucha: pim pam pum!». Se encontraron nuestras miradas y acompañó su amenaza con el gesto de dispararme con el índice y el pulgar. De pronto quedaron suspendidos el clamor de la plaza, la agitación de la turbamulta. En un silencio pesante, solo habitábamos el momento aquel desconocido del que tenía vaga noticia y yo; sus ojos eran de un verde aguamarina inflamado por el odio. Quise responder algo, preguntarle, no conseguía que de mi boca salieran sonidos. Agitó un objeto blanco en su mano, una carta o pañuelo, y una sonrisa ambigua se pintó en sus labios, antes de que silabearan claramente: «Vete tú también de aquí». Me pareció que tampoco hubo ningún sonido cuando su semblante se tiñó de sangre, pero dejé de verlo porque algo me estalló en la cara y chorreó por la mejilla y hubo un segundo en que pensé que era el globo ocular que me había explotado y volví el rostro hacia delante y Ana me miró aterrorizada, humana de nuevo, perdido el hieratismo, y chilló por encima de la algarabía «¡Bosco, Bosco, Bosco!», y me soltó inmediatamente del brazo y se desligó también de la señora que agarraba con el otro y tomó mi cabeza entre sus manos clamando «¡No es nada, no es nada! ¿Te duele?», y yo veía borroso y me pegaron otro empellón y me caí, arrastrando a quien tenía delante, y varias personas fuimos a dar en el suelo y la gente de alrededor se apartaba para que no la derribaran y todos vociferábamos y alguien trataba de alzarme tirando de mí y Ana no paraba de preguntarme «¿Estás bien? ¿Estás bien?», y yo intentaba quitarme la yema y las cáscaras pegajosas que se me adherían al pómulo y una mujer sacó de no sé dónde un pañuelo y se puso a limpiarme torpemente y percibí que los reventadores aplaudían y quise consultar mi reloj que no lograba ver, unas filas más allá mi hermano se desgañitaba, «¡Levántate, Bosco, levántate!», una moneda aterrizó a mi lado sin alcanzarme, me incliné furioso a recogerla y la lancé con todas mis fuerzas contra aquellos energúmenos, alguien me agarró de la muñeca con una fuerza sorprendente ordenándome «¡No, no!», si bien yo ya la había arrojado y estaba rugiendo a voz en cuello «¡Asesinos, los asesinos sois vosotros!» mientras a mi alrededor todo el mundo me decía «¡Cállese!», «¡No responda a la provocación!», «¡Déjelo, déjelo!» y yo trataba inútilmente de distinguir a Andoni sin conseguir verlo, y me di cuenta de que se habían roto varias varillas del paraguas al chocar contra el suelo, entre dos hombres me alzaron en pie y recompusimos la cadena, «Tres minutos más», pregonó Ana, y me prometí que iba a defender cada milímetro de mi posición sin ceder ni un palmo, esta plaza era tan mía como suya, yo también había nacido allí, qué culpa tenía aquel pobre repartidor que ni era concejal ni nada, aunque el ojo me escocía horriblemente era cuestión de resistir, de no pensar, apenas unos minutos y todo habría pasado, el griterío era cada vez más confuso y no se distinguían las voces ni las consignas, los troncos de los cuerpos se movían hacia atrás y hacia delante como empujados por un oleaje tratando de que los pies permanecieran clavados, hasta que sonó en la iglesia la campanada que señalaba las siete y cuarto y comenzó a aflojar la presión y fue como si el reflujo de la marea fuera abriendo espacios entre la multitud. Se oyó un alarido unánime al otro lado de la barrera policial, una consigna cuyas palabras coreadas por gargantas enardecidas distinguí perfectamente, «*Gora Euskadi askatuta!*» y luego unos aplausos atronadores.

Sentí tristeza. Y hastío. Ana estaba en lo cierto, mi hermano también: no había ya nada que hacer. ¿Para qué seguir luchando contra la sinrazón de esta mayoría a la que le parecía bien el tiro en la nuca?

–Límpiate, hombre –me dijo Juan Ignacio, acercándose a mí tan pronto como pudo hacerse un hueco–. Y de esto en casa no quiero que se enteren, ¿vale? Ni se te ocurra contarles nada tampoco a los padres de Clara.

–¿Por qué no vamos a un bar, a ver si nos dan agua oxigenada y hielos? –propuso Ana, que examinaba mi rostro entre sus manos–. No tienes sangre, solo es un hematoma.

Aunque todavía veía borroso y sentía un escozor tremendo, alcancé a leer el lema en la pancarta que ya estaban enrollando las tres señoras, giradas ahora hacia nosotros: *Derechos humanos y paz – Giza eskubideak eta bakea.*

–Te han dejado el impermeable hecho un asco, chico –oí decir a una mujer a mis espaldas, que empezó sin más ni más a restregarme enérgicamente una toallita para sacarme la mancha.

–Esperad unos minutos a que se larguen los bestias esos y ahora nos retiramos todos –ordenaba otro hombre.

Pero yo quería ver a Andoni, que tuviera que mirarme a la cara y advertir lo que me había ocurrido, no sabía cómo pedírselo a Ana ni qué explicarle.

–Hay que ir despejando ya –nos apremió una *ertzaina* levantando la visera de su casco de protección–. Váyanse por ese lado, por la calle de los Ingleses, por ahí no hay peligro de que se los encuentren.

–¡Me iré por donde me dé la gana, bonita, faltaría más! –se soliviantó la mujer que seguía limpiándome–. Este es mi pueblo.

–No ponga las cosas más difíciles, señora –se enojó la agente indicándole con un gesto que circulara.

Se alzaron protestas indignadas a mi alrededor («¡Esto es el colmo!», «*Zer diozu!*», «¿Los que creamos problemas somos nosotros?»), mientras yo trataba de distinguir, entre las espaldas borrosas que se iban alejando con sus pancartas y retratos, aquellos hombros musculosos cuya voz había reconocido nítidamente.

–Veniros con nosotros, Ana –ofreció un chaval joven que iba acompañado de una chica–. En el Ganbara seguro que nos dan algo.

–¡Tenía que pasarte esto hoy, precisamente! –refunfuñó mi hermano–. Anda, vámonos.

Mi exnovia me tomó resueltamente del brazo y los cinco echamos a andar por donde nos había indicado la *ertzaina*, exactamente en la dirección opuesta a la que habría tomado Andoni, que estaría yendo a celebrar al Puerto Viejo. Al poco llegamos al Ganbara, un pub oscuro y vacío con sofás gastados de escay. El camarero, un muchacho desgreñado, alzó la vista del periódico deportivo que leía cuando entramos y se quedó mirándome.

–¿Nos podrías prestar un trapo con un poco de hielo y agua oxigenada? –le pidió Ana, mientras yo me dirigía al baño y los demás se sentaban en una de las mesas bajas.

–Aquí no tenemos agua oxigenada.

El tono seco y desabrido hizo que me detuviera.

–Hielo sí que tendréis, ¿no? –insistió ella.

–No. De eso tampoco.

La chica de la pareja se levantó para ir hacia la barra.

–¡El primer bar que conozco que no tiene hielo! –comentó con sorna–. ¿Qué pasa, que solo dais café?

–Déjalo, Naiara –terció su acompañante, poniéndose también en pie–. Está claro que hoy este no es un sitio para nosotros.

Se abrió la puerta batiente de la cocina y apareció un cincuentón gordísimo, que también se fijó en mi ojo. Después saludó con familiaridad al amigo de Ana:

–*Kaixo, Jacobo!*

–*Kaixo, Peru!* –le respondió el chico, estrechándole la mano. Y luego, indicando con la cabeza al camarero–: Que parece ser que no os queda hielo en el bar. O eso nos dice este.

Al gordo, que tenía pinta de ser el dueño, se le escapó un gesto de sorpresa, pero enseguida reaccionó dirigiéndose al de la barra para ordenarle:

–Tú vete para adentro. A cortar rodajas de limón, *goazen ba!*

El camarero obedeció a regañadientes y desapareció en la cocina, mientras el tal Peru sacaba un trapo limpio y una bolsa de hielos que cogió de la cámara frigorífica.

—Ahora mismo te traigo el botiquín —me dijo depositando todo sobre la barra.

En el baño, después de limpiarme cuidadosamente con agua oxigenada, descubrí que alrededor del ojo estaba formándose un moratón. Por más hielo que me aplicase, tardaría bastante en desaparecer. Y la boda era en ocho días, no habría manera de que no se notara. ¿Qué íbamos a explicar esta noche, en la cena, a la familia de Clara? ¡Allá Juan Ignacio con lo que quisiese decirles, nada de todo aquello era asunto mío, qué me importaba a mí la opinión de una gente a la que no iba a volver a ver en mi vida!

Cuando regresé a la mesa, los cuatro charlaban animadamente con unas cervezas. Mi hermano torció el gesto al verme, supongo que porque ahora se notaba claramente el hematoma.

—Mi primera medalla de guerra —ironicé, tocándome el pómulo.

—¡Bienvenido al club! —Jacobo rodeó con el brazo los hombros de su novia y sentí que ella se ponía tensa.

—No sé cómo podéis hacer esto todas las semanas. Total, ¿para qué?

Se formó un silencio incómodo ante mis últimas palabras. Al cabo de un tiempo, sin apartar su vista de la bebida que sostenía en una mano, Jacobo explicó, bajando la voz:

—No sé si tú tienes niños. Nosotros todavía no. Pero venimos todos los viernes porque no queremos que nuestros hijos tengan que hacerlo dentro de unos años.

Advertí el desánimo en la mirada de Juan Ignacio y supe exactamente lo que estaba pensando. Se me ocurrió que, al menos en eso, mi condición era una ventaja.

—¡Ojalá! —les deseé, alzando la cerveza que me habían pedido. Yo mismo me di cuenta al instante de que había sonado a capitulación, aunque chocáramos las copas con vehemencia.

Más tarde, en la calle, de camino a casa, mi hermano me reprochó que no supiera estarme calladito: ese chico estaba pensando en presentarse para concejal. Apreté el paso sin replicar, porque sentí que él llevaba razón.

—Sabes que sigue siendo bastante caro, ¿no?

De todas las posibles respuestas de Ainhoa que había barajado desde que decidí proponerle almorzar en el restaurante del molino, esa era la única que no se me había pasado por la cabeza. ¿Eso era todo lo que tenía que decir del lugar ignominioso en el que ella aparecía una y otra vez en mis pesadillas? Casi me sentí decepcionado por no haber tenido que convencerla de regresar a aquel comedor aciago. Perplejo, lo único que había acertado a contestarle fue algo bastante absurdo:

—Bueno, solo seremos dos esta vez.

Se había hecho un silencio al otro lado de la línea telefónica y supuse que mi prima estaría recordando lo mismo que yo, hasta que terminó por convenir:

—Sí, por supuesto. Tal vez sea mejor que no venga Edurne. Lo que tengo que darte…

No había concluido la frase. Durante unos segundos ninguno añadimos una palabra. Luego ella remató, precipitadamente:

—Estos chavales, los jóvenes, ya no saben nada. Y está bien así.

Iba repasando una y otra vez aquella breve conversación por teléfono de la víspera mientras trataba de seguir el itinerario que había memorizado cuidadosamente sobre el mapa del hostal. Había elegido una manera de llegar al molino que me evitase tener que pasar por delante de la cuesta que subía a la casa: dando un gran rodeo por barrios nuevos hasta llegar a la bifurcación que conducía hacia la iglesia de Nuestra Señora o hacia el paseo de La Galea. Marchaba ahora por entre bloques impersonales y construcciones recientes que en nada se parecían a las casitas bajas y caseríos antiguos y campas que yo había conocido en los mismos lugares. No, estaba claro que nadie sabía ya nada, y no parecía importarles. Quizás fue eso precisamente lo que acabó de hundir a Juan Manuel. Todo aquel sufrimiento, ¿para qué? Su error habría sido regresar, y yo no iba a repetirlo. Descendí una calle en pendiente abrupta y me desorienté: según el plano, al final debería haber una explanada de la que partiría la avenida del Ángel, por la que tendría que tomar hasta alcanzar el comienzo del paseo. En cambio, lo que me encontré fue otra plaza dura con un parque infantil en el que correteaban chillones los niños mientras sus padres se tomaban el vermú del domingo en los bares cercanos. Pensé en preguntar el camino, sin embargo me dio miedo que alguien me reconociese: algunas caras me resultaban vagamente familiares. Preferí encender el móvil para orientarme, aunque me iba a costar una fortuna. Saltó un nuevo mensaje de John: «Mejor hablamos antes que vuelves». Ya le contestaría por la noche, no tenía tiempo de ocuparme de eso ahora. Tercamente, la pantalla del móvil insistía en que la embocadura de la dichosa avenida del Ángel debía quedar a mi izquierda. Avancé como pude por entre toboganes y columpios y torrecillas de colores y críos que me apartaban sin miramientos para recuperar un balón hasta que me topé con unas vallas metálicas altas, cubiertas de paneles explicativos en las dos lenguas: el plan de reordenación urbana de toda la zona, la duración de las obras, el nombre del contratista, reproducciones de cómo quedaría el distrito. También figuraba un mapa, y al tratar de buscar el camino sobre él, me di cuenta de que una gran mancha verde cubría precisamente la ubicación de la casa. Un parque, unos jardines, una arboleda: cualquier cosa que borrara nuestra memoria. Nada había servido para nada. Daba igual: no era ya asunto mío. Mañana lunes iría al funeral y todo habría terminado, finalmente sí había cambiado el billete de avión: estaría en Nueva York el viernes, no iba a perder la oportunidad de ese ascenso, qué me importaba a mí lo que pasase en el cementerio el 15 de septiembre.

−¿Le puedo ayudar? −se ofreció una mujer que me había estado observando sentada en un banco cercano. Al volverme hacia ella, su rostro me resultó conocido.

−Estoy buscando cómo llegar al restaurante que hay en el antiguo molino.

−Uf, con estas obras, hay que dar todo un rodeo.

Se dirigió a un adolescente que hacía cabriolas con un monopatín muy cerca, llamándolo con la mano.

−¡Enrique, ven! ¿Puedes indicarle a este señor cómo vais hasta la pista de skate? −Al girarse de nuevo hacia mí tuve la certeza de quién era−. Mi hijo se lo explica, ahora los críos tienen que irse hasta allí para bajar a la playa; ya sabe, donde están los chiringuitos y eso del patinaje.

No habíamos tenido mucha relación, apenas habríamos hablado un par veces en algunas concentraciones de protesta en las que coincidí con ella y su novio. Me alegré de que no se acordase de mí.

A regañadientes, el chaval dejó de hacer trompos y me explicó el camino: había que dar una vuelta enorme, bajando hasta la nueva estación de Bidezabal para luego seguir la carretera y alcanzar el restaurante por la parte de atrás.

Apreté el paso, iba con el tiempo muy justo. Me dije que quizás debería haberme presentado: esa mujer y su marido, si por fin se casó con aquel, seguramente irían al funeral, me parecía recordar que se conocían con Juan Manuel, una vez habíamos terminado todos refugiándonos en el mismo bar. Pero pasaron unas gaviotas graznando sobre mi cabeza en dirección a la playa, alcé la mirada siguiéndolas y descubrí parte de las aspas del molino recortadas contra el cielo sin nubes. Aceleré aún más hasta alcanzar la última cuesta hacia el restaurante.

Llegué por la parte trasera, donde seguía estando el aparcamiento: una explanada tan repleta de automóviles como aquel día. Me vino a la cabeza la imagen de Blanca saliendo del coche con el vestido de novia abullonado y el recogido imposible y altísimo que se había empeñado en llevar y el velo que se enganchó y se rasgó al bajarse y su rictus de contrariedad y la sonrisa velada de venganza que descubrí en los labios de mi madre. Aparté esos recuerdos y atravesé a toda prisa el estacionamiento en dirección al edificio, que seguía siendo una construcción incongruente: un molino ventrudo de aspas alrededor de cuya base, para albergar varios comedores, habían añadido pabellones con tejados a dos aguas, muros de mampostería y grandes ventanales sobre los acantilados. Al rodearlo para llegar a la puerta principal, me di cuenta de que habían empedrado y ajardinado la entrada; sin embargo, allí continuaba el mismo letrero metálico con el nombre en letras rojas que volvía una y otra vez en mis pesadillas cuando se repetía la escena de la huida.

No reconocí el interior: ya no había guardarropa ni los corredores oscuros que conducían a los distintos salones. Ahora era todo un espacio diáfano, sin tabiques, inundado de la luz cruda que venía de las grandes cristaleras que daban al mar, y ocupado por mesas de manteles blancos y comensales de voces apagadas. Habían desaparecido las anclas y maquetas marineras y brújulas y cartas náuticas: las paredes desnudas estaban simplemente pintadas de un color crema claro. La única decoración eran unos enormes búcaros de cristal tallado sobre un mueble circular que presidía el centro del comedor, en los que unas calas de tallos alargados atraían inmediatamente la vista. Descubrí a Ainhoa al fondo, sentada leyendo el menú: llevaba un moño y un traje de chaqueta, me pareció que se había arreglado para venir aquí.

−*Welcome to our restaurant, do you have a reservation?* −me saludó la recepcionista. ¡Qué manía tenían todos con tomarme por extranjero!

La metre, una joven de minifalda escasa y escote generosísimo, alzada sobre unos tacones de vértigo, se deshizo en excusas al ver que les respondía en castellano y me condujo hasta la mesa.

−Aquí tienes a tu acompañante, Ainhoa −le anunció mientras me retiraba la silla para que me acomodase.

Sin embargo, antes de que pudiera hacerlo, mi prima se levantó a abrazarme y me dio un beso en cada mejilla. Le correspondí breve, fríamente.

Hubo un silencio incómodo mientras la chica se alejaba bamboleándose sobre sus carísimos zapatos de diseño y yo desplegaba la servilleta.

—Ha cambiado mucho esto, ¿no? —insinué al cabo, por decir algo.

—Sí. Todos hemos cambiado bastante.

—Ya me estoy dando cuenta.

Evoqué su cara chupada, el vestido de mala calidad, el pelo cardado, cómo se tuvo que sentar junto a parientes que casi no conocíamos, el aplomo y el orgullo con los que gritó lo que gritó y que tanto nos sorprendieron.

—¡Y tú te nos has vuelto un neoyorquino! Quién lo iba a pensar. —Rio forzadamente, meneando la cabeza con incredulidad.

Yo no había venido aquí a bromear y contar anécdotas. No éramos unos parientes cariñosos que se reencuentran para estrechar lazos de nuevo. Había cuentas pendientes. Demasiadas. No podía dejar que me envolviese con su camaradería.

—Así que trataste a Juan Manuel estos últimos tiempos —apunté por encima de su risa—. No termino de entenderlo, la verdad, después de aquello.

De repente me miró con dureza, rota la máscara por un segundo, y reconocí a la muchacha que yo recordaba.

—Me parece que hay muchas cosas que no entiendes, o que no quieres entender —arremetió al cabo de un momento—. A lo mejor si hubieras estado aquí estos últimos años, si hubieses llamado alguna vez a tu hermano, podrías juzgar mejor algo de lo que no sabes nada.

—¿Fuiste tú quien hizo la pintada en el muro de la casa?

Ainhoa dobló la servilleta que tenía en el regazo. Pensé que se iba a levantar para marcharse. Pero enseguida alzó la vista hacia mí para decirme:

—Deja el pasado en paz. Eso hoy no importa.

—¿Y qué es lo que os importa hoy? ¿Que derriben la casa y olvidarlo todo? ¿Que no se sepa nada de aquello? —repliqué con una vehemencia que me sorprendió a mí mismo.

—Has pasado demasiado tiempo fuera, Borja. Aquí, algunos estamos cerrando las heridas.

El pánico en los ojos de mi hermano ante las imprecaciones siniestras en este mismo comedor, su hartazgo por los carteles pegados en el portal, las miradas y comentarios que tuvo que soportar, ¿no habían servido para nada?

Los dos nos quedamos mirando las copas vacías. En la mía percibí restos de detergente. Vinieron a ofrecernos cinco clases diferentes de panes. Continuamos sin decirnos una palabra. Pensé que ni la cubertería ni los platos eran los que yo había conocido. Me puse a estudiar el menú.

—Fui yo la que se acercó a verlo —retomó Ainhoa después de un buen rato alineando maniáticamente sus cubiertos—. Me enteré de la situación en la que estaba, me lo dijeron en la iglesia… No tenía a nadie. Había vuelto y se había instalado en la casa. Malviviendo como podía. En la parroquia le ayudaban algo.

—Nunca me llamó.

—Porque hasta el último día esperaba que lo llamases tú. Fuiste tú quien se largó sin una explicación, ¿no?

No iba a llorar delante de ella. Eso, jamás. Me mordí el labio hasta casi hacerme sangre.

—En el funeral de vuestra madre, él…

—No he venido a hablar de eso —le interrumpí abruptamente—. Tenemos otras cuestiones que resolver.

Cerca de nosotros, mientras varios comensales tomaban fotos, un camarero prendió fuego sobre un carrito a una sartén para flambear el plato. Luego, diestramente, bajo la mirada expectante de todas las mesas, la agitó con unos golpes de mano hasta que se apagó la llama. El restaurante entero prorrumpió en aplausos.

—¿Sabéis ya lo que vais a pedir? —nos preguntó la metre,

dispuesta a tomar la comanda–. El mero hoy lo tenemos espectacular, Ainhoa. Fuera de carta, fresquísimo.

–Creo que necesitamos cinco minutos más, Begoña. –Mi prima recolocó sus cuchillos y tenedores al tiempo que respondía.

Miré cómo se alejaban aquellos tacones empinados.

–¿Qué era lo que tenías que explicarme del panteón?

–No me consideres una enemiga, Borja. Estoy aquí para ayudarte. De verdad. Y para mí tampoco es fácil.

¿Por qué se empeñaba en decirme cosas que no le cuadraban? ¿Y por qué había tanta claridad en el comedor? ¿A nadie se le ocurría bajar los toldos exteriores y dejarnos en una penumbra más amable? Comencé a abanicarme con el menú.

–Te llamé porque él me lo pidió. Insistió mucho, no sabes cuánto, estaba obsesionado con eso. –Ainhoa se puso a desmigar el pan con sus uñas cuidadísimas–. Sabía que no le quedaba nadie más que tú.

«Ciento y pico invitados, parientes que yo ni siquiera sé quiénes son, tu madre se ha vuelto loca, no sé cómo vamos a pagar el banquete, viene hasta el último de los Gondra», se había quejado mi padre cuando me dio la primera noticia de que Juan Manuel se casaba por fin.

–El día en que le llegó la notificación del Ayuntamiento, a tu hermano se le vino el mundo encima. Son cuarenta mil euros. Nadie sabía que esas concesiones vencían. Él no era el primogénito, y sin embargo se sentía responsable: la casa, el panteón… Suponía que tú tampoco habrías tenido hijos. Aun así, pensaba que no había que dejar que todo se perdiera. Yo le hablé de Edurne y, si te soy sincera, creo que no estaba muy convencido. ¡Claro que no tiene sangre auténtica de los Gondra, pero qué más dará, a día de hoy! Es la única que podría perpetuar el apellido y la memoria. En eso es en lo que tenemos que ponernos de acuerdo, Borja. Hay que tomar una decisión para el día quince. Antes habremos de consultar el contrato original de 1898 en el archivo de la iglesia de Nuestra Señora, nos lo enseñará don Julen, ¿te acuerdas de él? En las oficinas del cementerio me han dicho que se necesitan las firmas de todos los descendientes por línea directa, habría que averiguar quién figura en las escrituras, imagino que solo don Alberto de Gondra, eso nos contaron siempre, ¿no? En ese caso, seríamos tú y yo. Bueno, y mi hija, claro. La renovación sería por otros ciento veinte años.

Un camarero nos sirvió un agua que no habíamos pedido. Le hice un gesto para que esperase un poco. Me bebí mi copa hasta apurarla y le indiqué que me la rellenase.

—¿Y si no hacemos nada? —Me abaniqué con más ahínco. Ainhoa me miró atónita.

—¿Estás hablando en serio?

—¿Qué pasaría?

—Todos los restos que quedan irían al osario común, me imagino. —Se llevó instintivamente la mano derecha al *lauburu* que hoy también adornaba su escote por entre la camisa de seda de marca—. Y quitarían la lápida antes de revender la tumba. Hay tortas para conseguir una parcela en ese cementerio.

—Me parece que es lo mejor —afirmé depositando el menú sobre mi plato—. Que desaparezca todo.

Con un pequeño ademán, Ainhoa despachó a la metre, que se acercaba de nuevo a nuestra mesa. Su voz se endureció aún más al continuar:

—No pienso permitirlo. Si tengo que pagarlo a solas, lo pagaré. Yo sí soy una verdadera Gondra. La memoria no es solo de los que os quedasteis con la casa. Tú sabrás dónde quieres que entierren a tu hermano.

Dobló y desdobló varias veces su servilleta. Bebí más agua.

—Ayer me pareció ver a Ander Beascoa en la plaza de San Nicolás bailando con un grupo de *dantzaris*. Tan tranquilo —me lamenté con visible amargura—. ¿Vive aquí también?

Ainhoa tardó un tiempo en contestar.

—Sí. Pero ¿qué tiene que ver eso?

—¿A nadie le parece mal que se instale precisamente en este pueblo, en el mismo lugar donde…?

No pude terminar la frase. ¡Qué sabía yo realmente lo que hizo ninguno de ellos! Se habían insinuado tantas cosas.

Por un momento, ambos nos quedamos escuchando las conversaciones en voz baja y el chocar de cuchillos y tenedores en las mesas cercanas. Ainhoa siguió desmigando el pan de semillas de amapola hasta que me abroncó tajante sin mirarme:

—No tiene ninguna cuenta pendiente. Y en este pueblo, todos hemos pasado página. Eso es lo que tienes que entender.

Hice ademán de levantarme y ella se sobresaltó.

—Perdóname un segundo. Tengo que ir al baño —me excusé.

Reaccionó con un gesto vago, meneando la cabeza, no añadió nada.

Bajé las escaleras golpeado por el aturdimiento. Tampoco en esta zona era nada como lo recordaba: ahora había flores frescas y luz clara y paredes de color crema y letreros en inglés, euskera y castellano. Eché el pestillo y me inspeccioné en el espejo. No, no tenía ya nada que ver con aquel que se encerró a llorar en este mismo sitio y luego tomó la decisión. Había perdido prácticamente todo el pelo, tenía los ojos hundidos bajo unos párpados abultados, manchas en la piel que se habían acentuado con la edad, arrugas pronunciadas. Solo la nariz seguía siendo la misma protuberancia inequívoca, asertiva y aguileña, de todos los Gondra. Empapé una toalla de manos bajo el chorro de agua fría y me la puse en la nuca. No, en esta ocasión no iba a salir corriendo ni a dejar a medias el banquete: había que aguantar hasta el final. Decirle a Ainhoa que no pensaba pagar esos veinte mil euros. Que no iba a volver nunca más. Que hiciese con las cenizas de mi hermano lo que mejor le pareciese, ¿no se habían hecho tan amigos? Quizás ni siquiera debería asistir al funeral; total, ¿para qué? Saqué el móvil y le mandé un mensaje a Enric: «Billete cambiado. Llego el jueves. ¡A por todas!». Luego tecleé otro para John. Lo borré. Volví a escribir: «Esta noche te llamo. *My time*». Lo envié. Me quedé cavilando un buen rato ante la pantalla si no debería buscar información sobre «Ander Beascoa» y enterarme bien de una vez por todas. «¿Para qué hacerme más daño?», resolví al final. Tampoco aquel último día quise saber más de él y me marché sin despedirme, sin aclarar nada; todo era mejor así: silencio y secreto. Blanca nos había visto juntos, se había dado cuenta, quizás fue ella quien se lo contó a Juan Manuel. En realidad la decisión no la había tomado aquí, sentado en la taza del inodoro, deshecho en llanto; la había ido tomando mucho antes, aunque no quisiera reconocérmelo y pretendiese siempre que fue una reacción al insulto humillante e inaceptable de mi hermano y a lo que me gritó mi madre.

Golpearon discretamente con los nudillos en la puerta. Me contemplé de nuevo en el espejo. «Ni un paso atrás», me juré. Tiré la felpa empapada en el cesto.

Al salir, descubrí que el impaciente era un rubio corpulento de cabello cortado a cepillo y mandíbula cuadrada que me guiñó un ojo, excusándose por las prisas. En esto, quien había cambiado era yo: en aquella otra época no hubiera regresado a la mesa sin deslizarle discretamente mi número de teléfono.

—He pedido el mero y un vino blanco. Y una ensalada templada, de entrante —me hizo saber mi prima mientras me sentaba—. Como se iba haciendo tarde…

—Me parece bien.

Se giró hacia su bolso de lujo, que colgaba en el respaldo de la silla, y extrajo un sobre grande, muy arrugado, lleno de manchas.

—Esto es lo que tenía que darte —anunció, alisando las esquinas que se habían abarquillado.

Lo deposité junto a mi plato.

—El funeral en la iglesia de Nuestra Señora, ¿a quién se le ha ocurrido? —Tamborileé nerviosamente sobre el mantel—. Me extrañó bastante, qué quieres que te diga. Precisamente allí, y no en San Nicolás.

—Fue idea suya. Me lo dejó dicho. Los últimos días, cuando ya veía que… Cuando te escribió eso.

No, no le iba a dar el gusto de abrirlo y leerlo allí mismo, delante de ella.

—Te has ocupado tú de organizarlo, ¿verdad?

—Sí —afirmó, y no sé por qué, me pareció que había fastidio en su voz—. El más básico: sin flores, sin coro, sin concelebrantes. Aun así, la misa cuesta sesenta euros. La oficiará don Julen.

—Qué ironía. ¿A quién has avisado?

Apareció un camarero que depositó la ensalada de aguacates y gulas en nuestra mesa y ella esperó a que se hubiera alejado para responderme:

—A nadie, Borja. No hay nadie a quien avisar. —Empujó ligeramente la ensaladera hacia mí para que me sirviese—. ¿Entiendes ahora? Eso que te dejó… Tú eres el único de vuestra rama.

Comimos el entrante sin intercambiar una sola palabra. Ella esperaría algún tipo de confidencia, algo que tal vez nos acercara, la posibilidad de contarme más si yo me abría. No quise darle la oportunidad y seguí masticando en silencio.

Nos rellenaron varias veces las copas de vino blanco. Llegó el mero, preparado y sin espinas, en sendos platos. Quiso saber si me gustaba así, con cebolla glaseada y salsa de almendras, ella lo prefería a la plancha, intercambiamos algunas banalidades sobre el pescado del Cantábrico.

A los postres, la conversación languidecía cuando de pronto dejó caer:

—Por cierto, tienes que ir a recoger las cenizas a la funeraria. Dije que pasarías tú a por ellas, eres el familiar más directo.

Repliqué sin pensar:

—Preferiría no hacerlo.

No creo que captase la alusión, porque reaccionó inmediatamente con agresividad.

—¿Qué quieres entonces? ¿A qué has venido?

—Ha sido una equivocación, sí. Me voy el miércoles. No pinto nada aquí.

Sacó su cartera del bolso, la abrió y me arrojó un recibo arrugado.

—Aquí tienes. Haz lo que quieras. Yo tengo la conciencia muy tranquila. Puede que me equivocara hace veinte años, sin embargo lo he pagado. He hecho todo lo que he podido. Y no vas a ser tú, que acabas de llegar, quien me haga sentir culpable. La gente cambia, ¿sabes? Yo no soy la misma. Él tampoco era el mismo. ¿No lo quieres ver? De acuerdo; ahora bien, no pretendas darnos lecciones. Porque los que os habéis quedado enganchados en el pasado sois vosotros, los que os largasteis y no quisisteis saber nada. Es muy fácil venir hoy creyéndose con la razón moral, pero había que vivir aquí y mancharse las manos. Tu hermano tenía razón. Tú no eres un verdadero Gondra. Ya me lo dijo: «Es un cobarde, un escritor fracasado y mentiroso». No sé qué esperaba él de ti.

En las mesas cercanas, algunos comensales se volvieron hacia nosotros.

—Y mucho cuidado con lo que escribes —me conminó, bajando la voz.

—¿Te da miedo que cuente lo que hicisteis?

Descartó esa idea con un gesto despectivo e indicó por señas a un camarero que nos trajera la cuenta.

—No juegues con fuego —me previno luego apuntándome con el índice—. Yo tengo una hija.

Nos callamos un par de minutos a la espera de que viniesen a cobrarnos. Pasé y repasé nerviosamente la mano sobre el recibo de la funeraria, tratando de desarrugarlo.

—No tienes de qué preocuparte. Yo no soy escritor —confesé por fin, y había amargura en mi voz—. No volví a escribir nada.

Mentiste entonces y mientes ahora, porque en tu cabeza siempre estás fabulando y rememorando y tergiversando y escribes y reescribes las cosas no como fueron sino como te gustaría que hubieran sido y no hay manera de saber, porque a todos los que te rodearon les pres-

tas nuestros nombres aunque no somos nosotros, y no te importa atribuirnos vergüenzas y miserias que nunca nos ocurrieron con tal de que siga el relato y tú puedas continuar esta historia que te inventas sobre esa familia que es y no es la nuestra.

Ambos habíamos sacado nuestros billeteros esperando para pagar. Le tendí sesenta euros.

—El funeral de mi hermano corre por mi cuenta.

Los apartó con firmeza.

—No, Borja.

—¿Por qué no?

—Cuando leas eso, lo entenderás —pronosticó, señalando el sobre que había permanecido toda la comida junto a mi plato—. Mañana, si quieres, volvemos a hablar. Cuando salgamos de la iglesia.

Unos minutos después, despidiéndonos ya fuera, bajo el letrero metálico de la entrada, precisamente en el lugar que se repetía una y otra y otra vez en mis pesadillas, se quedó un momento contemplando los acantilados que espejeaban en la luz de la tarde; luego auguró, sin volver la vista a mí:

—Ellos lo harán mejor que nosotros, si les dejamos. Los jóvenes, quiero decir. Ahora bien, tendrán que empezar de cero. Tú y yo… ya no contamos para nada.

Mientras la veía alejarse hacia el aparcamiento, me percaté de que el sobre temblaba en mi mano. No lo pensé más. Eché a andar en dirección a la casa. Había llegado el tiempo de saber.

John lleva toda la mañana nerviosísimo. Desde que se enteró el jueves, en la terapia de pareja, he tenido que tranquilizarlo doscientas veces, ahora que hemos vuelto a hablarnos normalmente: no, no hace falta ser bailarín, ni tener experiencia previa, el taller va dirigido a cualquiera, me lo aseguraron por teléfono, está dentro de una semana de «danzas del mundo», basta con llevar ropa cómoda y calzado deportivo. Aun así, en el taxi hacia Midtown me confiesa con un pánico que resulta cómico:

—Espero que no me expulsan como en las clases de *ballroom dancing* en el *college*; ¡era demasiado torpe hasta para nivel principiantes!

Le tomo de la mano, aunque ese gesto sea ya inusual entre nosotros.

—De crío, cuando mi abuela trataba de enseñarnos esas *dantzas* en el jardín de la casa que teníamos, yo también era incapaz de distinguir el ritmo. Nos marcaba con palmadas los tiempos: *bat… bi… bat, bi, hiru*. O sea: uno… dos… un, dos, tres. Mi hermano, en cambio, era buenísimo y hacía una pareja estupenda con una prima nuestra, una niña que venía a aquella casa solo una vez al año, para la fiesta del 15 de agosto. Luego nos hacían bailar con todos los chiquillos del pueblo delante de la iglesia; yo me moría de la vergüenza cada vez que me confundía, y les miraba a ellos dos dando vuelta a un lado y al otro sin perder nunca el paso.

El taxista se detiene ante un edificio decrépito de ladrillo en la calle Veintiséis, una de esas construcciones a punto de derrumbarse encajonadas entre dos torres modernas, y ambos miramos con aprensión las grandes letras sobre los ventanales del primer piso: Manhattan Dance Studio. Cruzamos la acera hasta el portal sosteniéndonos mutuamente para no patinar en las placas de hielo que se han formado sobre la nieve a pesar de la sal, y de repente John resbala improvisando cabriolas a punto de caer y yo lo sostengo y hago también un extraño movimiento y parece que vamos a ir a dar en el suelo, si bien en el último momento recuperamos el equilibrio y una chica negra delgadísima con un café en la mano que entra detrás de nosotros nos lanza con alegría irónica «*Great move!*» y nos reímos pensando que sí, que acabamos de superar nuestra primera coreografía.

Subimos por una escalera oscura, estrecha y empinadísima, hasta la puerta metálica sobre la que hay pegados carteles coloridos con el programa de la semana: *Dances from Uzbekistan, Argentina, India, Egypt, Bali, Euskadi and Senegal, A celebration of diversity, Come join us!* Pese a que Martina, que es una fanática de los bailes de salón («¡Ah, pero a esa cosa folclórica yo no te acompaño, vas vos solo, querido!»), ya me había avisado que estos estudios de danza nunca son modernos ni limpios, nada me había preparado para lo que nos encontramos: un antiguo espacio industrial destartalado, con suelos de maderas viejísimas, cables eléctricos colgando por las paredes y conductos de climatización recubiertos de parches y remiendos que podrían desprenderse del techo en cualquier momento. Hay grandes cristaleras a la calle y una pared recubierta entera por un espejo con grietas, mientras que el color de los otros dos paños es indefinible bajo las capas sucesivas de pintura. Huele a sudor, a cerrado, a alguna lejía barata, y me fijo en que la barra de ballet está caída. Varias mujeres de diversas edades están mudándose de ropa con toda naturalidad en una esquina: alcanzamos a ver bragas y pechos desnudos y brazos que revolotean entre una profusión de mochilas y anoraks y plumíferos y bufandas y calentadores y mallas amontonados junto al aparato de música.

La chica que venía detrás de nosotros debe de intuir lo perdidos que estamos, porque enseguida nos dice que, si preferimos, podemos cambiarnos en los baños que están al fondo, y con sorna neoyorquina añade que, para dos hombres que aparecen por aquí, no quieren amedrentarlos. Imagino que le ha bastado echarnos una ojeada para decidir qué tipo de hombres somos, porque mientras empieza a desvestirse suelta entre carcajadas:

—*Women don't bite! At least not your kind, girlfriends!*

John le ríe el chiste y chocan los cinco y veo que se desabrocha el abrigo, dispuesto a unirse al grupo. Hago lo mismo, aunque decido que no voy a cambiarme a los pantalones de chándal que llevo en la mochila. No en público.

Cuando estamos desatándonos los cordones de las botas de nieve se acerca a mí una mujer altísima, musculosa, de labios finos y moño apretado; controla con una lista la gente que ya ha pagado, y al preguntarme, en un inglés atroz, cómo me llamo, me doy cuenta de que es una transexual todavía en transición. En su voz hombruna distingo un acento netamente francés. «Claude», figura en la pegatina que lleva sobre el pecho: uno de los pocos nombres indistintamente masculinos y femeninos.

Una asiática desbordante de energía, la única que permanece en ropa de calle, impone silencio con un par de palmadas. Nos da la bienvenida a la sexta sesión de la semana y anuncia que mañana domingo, al finalizar, habrá una fiesta increíble, alucinante, fuera de serie («*Amazing! Outrageous! Out-of-this-world!*») para celebrar la diversidad como mejor sabemos hacerlo: mezclando los ritmos increíbles de la gran familia humana unida por el baile, ¿verdad que sí? Todas prorrumpen en ovaciones y gritos y vítores e incluso John, contagiado, lanza uno de sus silbidos estentóreos que es acogido con júbilo y aplausos, hasta que la otra retoma: nos deja ya con nuestra monitora, que ha venido directamente desde «*Eskuadis, you know, the land of the Basques*» para enseñarnos las danzas milenarias de los vascos así que, «*Shake those booties, girls!*», y la clase entera festeja ruidosamente mientras yo me río de imaginarme «meneando el culo» al bailar una jota o un *arin-arin* como si fuesen una bachata caribeña.

Claude nos pide formar en corro y con su voz grave y ambigua y sus grandes manos nudosas que trazan remolinos en el aire comienza a explicar que viene de un lugar del mundo donde la cultura autóctona es masacrada por el Estado francés, tengámoslo siempre en cuenta, el nombre correcto es *Euskadi*, y ese sufrimiento se encarna en las danzas, no nos dejemos engañar por la cadencia falsamente alegre que les imprimen algunos instrumentos, al marcar los pasos hay que percibir ese dolor que es más profundo que el ritmo, nos hace tomarnos de las manos y cerrar los ojos y espirar e inspirar y captar la energía de todo el círculo y conectarnos con nuestro niño interior y entonces dice que no comencemos a movernos hasta que no notemos que lo hace todo el grupo, hay que escuchar con el cuerpo, no con el oído, dejar que los pies empiecen a sentir ese compás que ahora va marcando con palmadas y voces en francés, «*Un... deux... un, deux, trois... un... deux... un, deux, trois*», hasta que pone la música, todavía muy bajito, muy tenue, y sigue contando sobre ella y siento que una corriente me tira de la mano izquierda y me dejo llevar, uno... dos... un, dos, tres... uno... dos... un, dos tres... y ahora noto el tirón de la mano derecha y cambio de sentido, uno... dos... un, dos, tres... uno... dos... un, dos tres... y cambio de sentido nuevamente y reconozco el aire que tocan la *trikitixa* y el pandero y me digo que ha sido buena idea venir y experimentar de nuevo lo que me ocurrió en la plaza para poder reescribirlo con precisión y con verdad en ese capítulo y me dejo arrastrar a un lado y al otro y comienzan a acudir a mi cabeza imágenes de Juan Manuel de niño bailando con Ainhoa bajo las hortensias ante la mirada atenta del abuelo Martín mientras yo pegaba pisotones a la abuela Angelita, que con santa paciencia se prestaba a ser mi pareja, y mi padre nos filmaba con su tomavistas de Super8, y eso es lo que debería contar el jueves en el acto de justicia restaurativa al que pienso asistir porque ya se lo confirmé a

Ruth, contar que fuimos felices y luego todo se torció y que la madre de esa chiquilla que giraba y saltaba con mi hermano debió de hacer algo terrible, algo de lo que yo puedo enterarme a día de hoy si reúno el valor suficiente para abrir el paquete que descansa sobre mi escritorio, algo que entonces no podíamos saber, éramos unos críos que no imaginaban por qué esa tía lejana y nebulosa que no habíamos visto nunca vivía en Francia con aquella primita tan simpática, al otro lado de la frontera, «Y es mucho mejor así» nos había dicho con misterio mi madre al ponernos los pijamas infantiles cuando preguntábamos el motivo de que no se quedase más tiempo con nosotros, un año dejó de venir para la romería y ya no se habló nunca más de ellas en la casa, por eso me extrañó tanto que la hubieran invitado a la boda, y no sé por qué razón vuelven ahora de golpe estos recuerdos y me asaltan también las palabras que dijo ella en el cementerio al entregarme el barro que acababa de escarbar («Para no olvidar nunca de dónde venimos»).

La voz ronca y equívoca me arranca de esas remembranzas: ordena que abramos los ojos sin soltarnos y empieza a explicar el paso básico, talón contra punta, talón contra punta, giro y giro. Observo fascinado cómo se entrelazan las zapatillas de Claude hasta que ella rompe el corro tomándome de la mano y conduce una cadeneta por todo el estudio, y la seguimos, haciendo que los pies mantengan siempre el mismo dibujo y el mismo ritmo, talón contra punta, talón contra punta, al principio solo andando, aunque enseguida empezamos a coger velocidad como en las romerías que no he olvidado, talón contra punta, talón contra punta, y es divertido, y nos vamos embalando hasta echar a correr con la música que se acelera, y oigo las carcajadas de John que trastabilla y se aferra como puede a la chica negra de la que se ha hecho amigo, y tal vez no esté todo perdido, tal vez sea verdad que hay segundas y terceras oportunidades, y si él cumple la promesa de beber menos y si yo consigo saldar la deuda contraída con mi hermano que encierran esas palabras enigmáticas que releo cada noche en su nota estrujada («Habrá que empezar a contar»), entonces quizás pueda regresar tranquilamente una última vez y permitir que graben los nombres nuevos en la lápida y se mezclen las cenizas ya para siempre, víctimas y verdugos reconciliados, esos restos que tanto le importaban a Ainhoa junto a los de los «Gondra verdaderos, los auténticos», así me lo soltó, con amargura y reproche, reproduciendo las palabras que le había escupido al parecer mi padre, y veo que ha comenzado a nevar afuera y los copos se estrellan contra los cristales mientras los alumnos, cada vez más sudorosos y enfervorecidos, nos soltamos de las manos a una señal de Claude, si bien mantenemos el compás dispersándonos por toda la sala, bailando «a lo suelto» como hubieran dicho las tías solteronas que vivían en el cuarto al final del pasillo, y John me guiña un ojo cuando pasa junto a mí; sin dejar de evolucionar, algunas de las mujeres alzan los brazos y comienzan a chasquear los dedos como está haciendo ya nuestra profesora, reparo en que sus bíceps son todavía claramente de hombre, qué dirán de ella en ese pueblo vascofrancés del que vendrá, ese pueblo en el que en las fiestas también alguien le habrá gruñido en alguna ocasión «Aquí no queremos gente como tú» y «¡Lárgate!» y *Alde hemendik!*», como me gruñeron a mí hasta que Ander se encaró con ellos dispuesto a comenzar una pelea y arreó un primer puñetazo que los achantó y luego me tomó por el hombro y nos alejamos hacia su coche y pasó por primera vez lo que tenía que pasar, cuando ambos teníamos ya diecinueve años.

Cesa la música y Claude nos permite una pausa para que nos hidratemos antes de enseñarnos un nuevo movimiento. John corre apresuradamente a su bolsa de deporte, seguido de la nube de bailarinas.

—*You are doing a great job, you!* —me felicita con su acentazo francés al pasar junto a ella esa mujer que debe de reconocer en mí a un igual, y no sé por qué, le contesto automáticamente «*Eskerrik asko!*».

Se queda un segundo desconcertada y luego me palmea la espalda con vehemencia excesiva y unas palabras que no entiendo también en euskera, entre las que me parece distinguir *diaspora*.

Cuando llego junto a John está bromeando con su nueva amiga y alcanzo a escuchar que ella le pregunta si vamos a volver mañana, «*This is fun, girlfriend!*», y él contesta mirándome a mí, «*Ask my future husband, girl!*», me quedo anonadado por lo que acaba de decir, «mi futuro marido», hay una sonrisa pero también un desafío en su rostro expectante, aunque no puedo pensar en lo que significa esa declaración espontánea porque las chicas que lo han oído prorrumpen en aplausos y chillidos y una quiere saber si estamos comprometidos y otra demanda quién se lo propuso a quién mientras Claude palmea con impaciencia para que regresemos frente al espejo y arranco apresuradamente de la mano de John su botella deportiva para darle un trago rápido de agua antes de seguir. El sabor inconfundible del alcohol me golpea el paladar y todo se derrumba en un segundo. Nuestras miradas se encuentran: los dos sabemos que ya no tiene sentido seguir con la clase.

NUNCA SERÁS UN VERDADERO ARSUAGA

Capítulo 13

–Te has tropezado y te has caído. Las baldosas de la avenida Basagoiti están todas sueltas, mamá se pasa el día quejándose. Y te has golpeado con el paraguas –zanjó mi hermano cuando llegábamos a la casa.

–¡Por Dios, Juan Ignacio, eso no hay quien se lo crea! –repliqué–. Y yo no tengo nada que ocultar.

Estaba harto de mentiras y de sobreentendidos; ya no éramos unos críos para andar asustándonos por la reacción de nuestros padres. Sin embargo, él se detuvo en seco ante la entrada del jardín y se encaró conmigo. Su voz temblaba.

–Tú tal vez no; yo, sí. No quiero una sola bronca más con mamá. Ni con Clara: su familia no para de advertirle que me esté calladito hasta que nos vayamos.

–Lo siento. Sobre ti, diles lo que quieras. Yo pienso contar la verdad de por qué tengo este moratón.

–Entonces no vengas a la cena esta noche –concluyó con acritud, abriendo la cancela de un manotazo–. ¡Siempre tienes que estropearlo todo!

Nuestra madre puso el grito en el cielo en cuanto me vio entrar en el saloncito de los abuelos. Había ido a la peluquería y estaba maquillada y vestida como para la ópera.

–¡Pero cómo te has hecho eso! ¡Precisamente hoy! ¿Qué va a pensar la familia de Clara?

Mi padre interrogó con la mirada a Juan Ignacio, que reaccionó con un ademán de impotencia.

Les expliqué lo que había ocurrido, sin apartar la vista de una orquídea que reposaba sobre uno de los bargueños, con una tarjeta adherida al envoltorio de celofán aún sin deshacer. Tuvimos que aguantar un chaparrón de reproches, qué se nos había perdido a nosotros dos en esas concentraciones, iba a ser la comidilla en la boda, a ver cómo hacíamos para que no se me notase, dónde me había creído que estaba. Salí dando un portazo mientras mi hermano argumentaba acaloradamente que, en esas condiciones, era mejor que no me vieran sus futuros suegros y mi madre reponía que eso daría todavía más que hablar, menuda era Clara, no lo iba a pasar por alto. Entré en el dormitorio de mis padres y arrojé el gabán manchado sobre una butaca de cuero. ¡Qué me importaban a mí esas trifulcas estúpidas! No iba a justificarme por lo que hacía o dejaba de hacer, no era un adolescente que pudieran manejar a su antojo. Y no sentía el más mínimo interés por ir a esa cena absurda en la que había que aparentar algo que ya no éramos solo para que mamá no se sintiera inferior ante esos *parvenus* con dinero que ni siquiera tenían los apellidos correctos.

–Anda, vete a tu cuarto y cámbiate inmediatamente –ordenó con frialdad mi padre apareciendo en el marco de la puerta–. En quince minutos nos vamos.

–¿Entiendes ahora por qué no me puedo quedar?

Se encogió de hombros. Insistí:

–Yo no podría callarme. Y si voy con vosotros esta noche y me preguntan, les voy a contar cómo me he hecho esto.

Se sentó en la cama, y lo vi viejísimo, derrotado, un pobre cojo. Solo su voz seguía manteniendo la firmeza y la autoridad:

–Te vas a callar como nos callamos todos. Esto no es París: aquí, para sobrevivir, hay que guardar silencio. Más vale que lo vayas aprendiendo.

Se quitó las pantuflas y extrajo los zapatos de debajo de la mesilla; les sacó los periódicos arrugados que había metido dentro para que absorbieran la humedad y se puso a cepillarlos.

–Clara es la última oportunidad para tu hermano, no te creas que le sobran. Y tú eres el mayor, deberías protegerlo. Que no te tengas que arrepentir de esto si las cosas salen mal.

Me arrodillé, dispuesto a atarle los cordones, un rito que era habitual entre nosotros en mi infancia.

–¿Y por qué he de hacer yo el paripé con unos señores a los que no voy a volver a ver en mi vida?

–Porque el padre de Clara es el que paga toda esta boda, Bosco. Hasta tu chaqué, que lo sepas. Todo sale de su bolsillo menos las alianzas. Por eso.

Le hice el nudo sin una palabra: eran unos oxford de cordobán negro de una sola pieza, en su día habrían costado una fortuna.

–Mamá me dijo que Juan Ignacio va a ganar un dineral con la venta de su piso. ¿Por qué no la paga él?

Se alzó bruscamente, dando por finalizada la conversación. De pronto se había puesto muy nervioso y me empujaba hacia la puerta.

–Lo que haga tu hermano con su dinero es cosa suya. ¡Y cámbiate de una vez la camisa! ¡O es que no has visto esos churretones de huevo, por Dios!

Al entrar en mi cuarto me encontré a Juan Ignacio, que forcejeaba tratando de abrir el gran armario ropero, cuya cerradura continuaba atorada, mientras mi madre revolvía los cajones de la cómoda. Malhumorado, les indiqué dónde estaban las dichosas alianzas.

–¡Habrá que llamar a alguien para que descerraje esto! –bufó mi hermano–. Los álbumes antiguos los puse todos aquí dentro. ¡Y tenía que atascarse justo hoy!

–¿Qué te importan a ti esas fotografías viejas? –Me sorprendió que las hubiera cambiado de sitio, siempre habían estado en una de las habitaciones abandonadas del primer piso.

Mi madre, que había encontrado ya el estuche con los anillos, se apresuró a informarme con retintín:

–Al parecer mi futura consuegra entiende también de eso.

Juan Ignacio se giró rabioso:

–¿Qué tiene de malo que Gloria les eche un vistazo? Aquí no le importaban a nadie salvo a Bosco, y ella precisamente está estudiando la fotografía de fines del diecinueve. Si alguien nos puede explicar de una vez si las tomaron en La Habana o si son ya de Algorta, de cuando construyeron la casa y el frontón, es ella. ¡Pero claro, a ti todo lo que haga la familia de mi novia te parece fatal! ¡No la tragaste desde el primer día!

–A mí no me hace falta que nadie me certifique nada, hijo –replicó mi madre con despecho–. Yo sé muy bien de dónde vienen mi apellido y mi dinero.

Todavía se les oía discutir amargamente cuando entré en la habitación del piso de arriba a la que solía venir a dormir ahora Juan Ignacio («¡A ti te parece normal soltarle lo de los apellidos la primera vez que la viste! ¡La primera vez!»). Sus camisas blancas reposaban amontonadas sobre una silla y al desnudarme para tomar prestada una de ellas, me vi en el espejo de pie. Mi hermano le había quitado la funda que lo cubría siempre, y quién sabe si bajo las molduras del marco de caoba seguirían las cuartillas del diario que yo había encontrado ocultas. No tuve la valentía de averiguarlo, porque en el reflejo apareció una sombra apoyada contra el ventanal, una sombra desnuda y triste y huesuda que comparaba su cuerpo de viejo patético con mis pectorales musculados y mis hombros de gimnasio y no supe decir si era don Ignacio o era yo en el futuro, confundidos los dos por nuestro secreto vergonzante, y me pareció que se agachaba en una esquina del dormitorio y luego trataba de atraerme hacia él, se hacía sangre en las manos arañando algo del suelo, pero yo no distinguía nada y tuve miedo y bajé precipitadamente las escaleras abotonándome la camisa como podía.

En el coche, de camino al restaurante, aún seguían sin hablarse, cada uno de los dos emperrado en su resentimiento. Mi padre trataba de llenar el silencio tenso con una cháchara incesante, a la que solo yo correspondía con monosílabos mientras tamborileaba nerviosamente sobre la cajita de las alianzas, pensando que era una gran suerte ser «de la cáscara amarga» y no poder casarme: me ahorraba todas estas escenas. En casi diez años en París, yo no había conocido a un solo familiar de ninguno de los hombres con los que me había acostado.

Dejamos a nuestros padres en la puerta y fuimos a aparcar detrás del edificio. Antes de bajarnos del automóvil, Juan Ignacio miró una vez más de reojo mi hematoma.

—No tiene solución. ¡Clara me va a matar! —se desesperó, mientras colocaba la barra antirrobo al volante.

Recortado contra las luces del paseo de La Galea, con las grandes aspas que ya no funcionaban, el antiguo molino mantenía su figura deformada por los pabellones achatados que le habían añadido en torno a la base para hacer un restaurante con varios comedores. El conjunto resultaba extraño sobre los acantilados, como una nave varada a la que le hubiera crecido desmesuradamente una chimenea central con cuatro brazos alambicados. Lo rodeamos hasta llegar a la entrada, y mientras empujaba la pesada puerta bajo el rótulo metálico, Juan Ignacio repitió «¡Me va a matar!». No tuve tiempo de contestarle nada, porque allí mismo, junto al guarda-rropa, en el recibidor recargado de marinas, barómetros e instrumentos náuticos, nos estaban esperando su novia y las dos parejas de consuegros. Mi padre se adelantó a presentarme e inmediatamente me di cuenta del *faux pas* de mi madre: Clara y Gloria habían optado por trajes de chaqueta sencillos, sin joyas, y no llevaban apenas maquillaje; por contraste, ella parecía disfrazada y fuera de lugar. Germán, el padre de la novia, un hombre altísimo de manazas grandes, estrechó con efusión las mías («¡Ya teníamos ganas de verte, ya!») mientras yo anotaba mentalmente preguntarle a Élisabeth cuando regresara a París cuál de las mujeres tenía razón: no era una pedida de mano, sino una simple cena informal a una semana de la boda, ya se habían encontrado antes. Gloria, en un gesto antiguo que yo no había visto desde los tiempos de mis abuelos, me tendió lánguidamente la mano para que posase los labios sobre ella y se limitó a decirme «Encantada». Clara me plantó dos besos rápidos en las mejillas.

—Así que tú eres el hijo pródigo —se chanceó Germán, dándome un manotazo más que afectuoso en la espalda, mientras mi madre me miraba aterrada—. ¡Pues nos alegramos mucho de conocerte y de que vuelvas a casa!

¿Qué habían contado mis padres mientras nos esperaban? ¿Y por qué todos ignoraban lo que saltaba a la vista en mi rostro?

Por uno de los corredores oscuros que desembocaban en el recibidor apareció el metre, un hombre calvo de cejas pobladísimas y andar desgarbado, seguido del cocinero, un gordito que se secaba teatralmente las palmas en su mandil. Germán se precipitó a saludarlos y bromear con familiaridad («¡No me hagáis quedar mal esta noche, a ver si todavía este chico se va a arrepentir!»). Luego hizo las presentaciones («Joseba Arriortua, el mejor restaurador de por aquí, os lo digo yo»), y noté que la irritación de mi madre iba en aumento, porque encendió un cigarrillo a pesar de que Juan Ignacio le había prevenido que no fumara delante de Gloria, cuya atención mi padre trató de distraer con un comentario absurdo sobre unos patos que no terminé de entender. Se me ocurrió que esta situación era un buen arranque para un cuento ligeramente humorístico. Lástima que ya hubiera dejado de llevar conmigo a todas partes las libretitas en las que anotaba ideas dispersas.

El cocinero se deshizo en amabilidades y zalamerías y supe exactamente lo que estaría pasando por la cabeza de mi madre: «Menudas cuentas le debe de pagar este lerdo para que ese guisandero le haga tanta genuflexión».

—Les hemos reservado uno de los comedores privados, don Germán. —El metre señaló una puerta cerrada sobre la que lucía una gran brújula náutica.

Gloria apartaba nada discretamente el humo del cigarrillo de mi madre mientras mi padre le insistía en que los patos habían aparecido ¡en el jardín! ¡en invierno! ¡pero eran dos hembras! Juan Ignacio y Clara, tomados de la mano, iban a echar a andar cuando Joseba Arriortua, el mejor restaurador de por allí, les hizo saber que había preparado un menú especial «con algunos de los acentos y temas de la boda, para entrar en boca». Capté las cejas que se arqueaban en el rostro de mi madre: ¡«acentos» y «temas» para hablar de la carta de un banquete que no llegaba a los ocho platos! ¡Qué sabría este pinche que no habría oído hablar en su vida del *trou normand*! Al notar que Germán se acercaba peligrosamente de nuevo a mí para comentarme algo, ella se colgó enseguida de su brazo y lo encaminó al comedor. Me quedé un poco rezagado de todo el grupo y el cocinero, que seguía secándose nerviosamente en el mandil unas palmas que ya estaban más que secas, me tomó un momento aparte.

–Ya me han contado lo de esta tarde en la plaza. ¡Hay que ver, eh! Usted no se preocupe: ahí, en ese salón privado, estará tranquilo. Así nos evitamos problemas todos, ¿verdad?

Tomé asiento entre Germán y Gloria, todavía perplejo por lo que acababa de escuchar. ¿El problema era que me vieran en su restaurante? Mi padre había dejado en paz de una vez a los patos y ahora peroraba sobre las maquetas de barcos repartidas profusamente por el comedor: él había asistido a la botadura de algunos de ellos, durante muchos años el despacho Arsuaga había trabajado para las grandes navieras de la ría, ¿sabíamos que era uno de los pocos lugares del mundo donde los buques, una vez terminados en el astillero, se dejaban caer lateralmente en el agua, deslizándose por una rampa? ¡Ah, ese momento de incertidumbre y emoción cuando el casco parecía que iba a quedar sumergido, hasta que se enderezaba como un tentetieso! Mi madre contó orgullosa que una vez le hicieron madrina y cómo se emocionó al cortar la cinta y lanzar la botella. Empecé a sentir la sensación de ahogo de los viejos tiempos; los manteles y servilletas de hilo, la cubertería de plata, las copas de cristal tallado, la vajilla de Limoges con filo dorado, las sillas de madera labrada con motivos vascos, la lámpara decimonónica de cerámica y tulipas rosadas, los pesados aparadores y las cartas náuticas sobre paredes paneladas de castaño sin ventanas, las conversaciones archimanidas: todo inmutable e idéntico a sí mismo generación tras generación hasta el fin de los tiempos. Espié furtivamente a Clara y Juan Ignacio, que estaban rígidos, envarados, mudos. ¿Por qué iban a celebrar el banquete en este lugar en el que no hubiera desentonado una boda de sus tatarabuelos? O en el que podrían hacerlo sus hijos, porque en treinta años seguiría absolutamente igual. Hundí la vista en el menú que habían impreso especialmente para nosotros, algo que Gloria no dejó de poner de relieve, como de pasada, pero con un orgullo que no lograba disimular: ensalada tibia de tuétanos de verdura con marisco y jugo yodado; bocadillo de vieira y hierbas en infusión de centolla ahumada; pichón asado con penca, queso Idiazábal, cerezas y manzanas; panchineta con suspiros de café y cacao.

Entraron dos camareros jovencísimos con chaquetilla y pajarita: uno traía una botella de champán en una cubitera y el otro una bandeja de plata con copas de flauta.

–Una pequeña sorpresa, antes de que veáis lo que os tenemos que mostrar –proclamó satisfecha mi madre con gran aspaviento.

Mientras brindábamos, me di cuenta de que giraba disimuladamente la botella en la cubitera para que quedara bien visible la etiqueta: Krug, *Grande Cuvée*. ¿A qué venía tanto bombo y platillo cuando los otros iban a pagar la cena entera? ¡Y por Dios, solo había pedido una botella para siete personas!

Percibí que Juan Ignacio tomaba de la mano a su novia y ella se encogía con aprensión. La miró brevemente un segundo, como pidiéndole permiso, y luego se dirigió a mí.

–Bosco, enséñales las alianzas que hemos elegido.

Deposité el estuche sobre la mesa y lo abrí. Joyería Maguregui e Hijos.

Fundada en 1904 en la calle Astarloa, donde se han comprado todas las alianzas de esta familia y donde en 1937, en cuanto los nacionales entraron en Bilbao, unos Arsuaga de los que nadie quiere hablar empeñaron tantos objetos de plata, algo que tú deberías saber y no seguir ocultando.

Gloria se llevó al pecho los dedos sin joyas y admiró con grititos de placer:

–¡Ideales, ideales! ¡Qué cosa tan fina! Oro rosa, por supuesto; yo lo digo siempre, no hay nada como el oro rosa para las alianzas. ¡Finísimas!

Crucé una mirada con mi madre y supe de inmediato que esos suspiros y alharacas pasaban a formar parte de su repertorio de imitaciones. La podía escuchar ya, atiplando la voz y golpeándose la pechuga: «¡Oro rosa, oro rosa! ¡Qué cosa tan fina!». Y luego, entre risotadas y manoteos: «¡Ideales, ideales!».

Mi padre chocó su alianza de oro blanco contra el cristal de la copa, haciéndolo sonar, en un gesto que me pareció de complicidad hacia su mujer.

—¿Y tú, qué? —Germán se volvió hacia mí—. No nos vendrás con ninguna francesita, ¿no?

—Descuida, no hay peligro de que yo termine con ninguna francesa —descarté con total honestidad y una carcajada franca que él no comprendió, aunque rio igualmente.

—Estamos todos de acuerdo: el vino y las mujeres, mejor de la tierra, ¿verdad, consuegro? —Dio un codazo breve a mi padre.

El interpelado alzó su champán, asintiendo, y luego le contestó lanzándose por una pendiente harto peligrosa:

—¡Y con los apellidos correctos, consuegro, con los apellidos de pura cepa!

Sentí que un escalofrío de alarma sacudía a los novios. No era vasco el primer apellido de Gloria y por tanto, el segundo de Clara y el cuarto que llevarían los niños que tuviesen. Mi madre no pasaba por alto ese baldón y se quejaba amargamente de que sus futuros nietos no pudieran enorgullecerse a ciencia cierta de dieciséis apellidos vascos, olvidando interesadamente los malabarismos que hubo que hacer para demostrar que sí lo era el primero de mi padre, de etimología más que dudosa, y la solución salomónica que inventó el abuelo de convertirlo en un apellido compuesto con el suyo propio, de modo que los nietos seguíamos llevando el Arsuaga de primero. Yo aún recordaba los ojos desorbitados de Caroline y Pierre en la cafetería de la facultad cuando les había relatado estos dramas familiares que tantas lágrimas y gritos habían costado. No obstante, cada familia infeliz es infeliz a su manera, y aunque no fuésemos terratenientes rusos, ese dolor era bien real. Por eso mi hermano, y Clara, y mi madre, y la propia Gloria se apresuraron a iniciar conversaciones todos a la vez y se produjo una cacofonía de preguntas y frases entrecortadas, y quedaron olvidados sobre el mantel los anillos que llevaban grabada una fecha que nunca he podido borrar de mi memoria.

Mi padre debió de darse cuenta de su metedura de pata, porque quiso claramente congraciarse con la pobre mujer portadora del apellido culpable: se interesó por sus estudios «sobre la fotógrafa antigua esa», ante el ceño consternado de mi madre y el destello de alivio en los ojos de los futuros cónyuges.

–Es algo increíble: la mejor fotografía etnográfica de todo el siglo diecinueve la hizo una *amateur* de la que hasta ahora apenas se sabía algo –comenzó a explicar Gloria, embalándose cada vez más, con el aire de maestra que había heredado su hija–. De etnografía vasca, quiero decir. ¿Os lo podéis creer? Una vizcaína que vive en Liverpool hacia 1870, se aficiona a esa técnica que está naciendo, y al regresar con su marido a Bilbao poco tiempo más tarde, se dedica durante décadas a retratar a hijos, sobrinos y nietos, sí, pero también a las gentes y los oficios del puerto, de los caseríos, de las romerías... Su familia no da mucha importancia a ese pasatiempo de la abuela, que muere en 1943, y guarda sus miles de imágenes en cajas en un sótano. Hasta que hace un par de años, unos descendientes suyos vinieron a traerme unas placas para ver si podía restaurarlas y me encontré con auténticas joyas, no os podéis imaginar las cosas que están apareciendo.

–¡Esa colección vale una fortuna, consuegro! –Germán chocó su copa con la de mi padre–. Ya te imaginas quién se la va a asegurar, ¿no?

Gloria pareció molesta por la interrupción y recuperó la voz cantante con su tono profesoral:

–Es única, porque recoge toda la vida cotidiana en el País Vasco entre 1870 y 1940. Sabemos que también hizo algunos trabajos para otras personas, aunque ignoramos si llegó a tener clientes o simplemente eran regalos a gentes amigas, estamos tratando de encontrar más fotografías originales para poder cotejarlas. Juan Ignacio me ha dicho que vosotros conserváis álbumes de 1900.

–De 1898 –puntualizó picada mi madre, como si restarle dos años a la fecha inaugural fuese un crimen de lesa humanidad–; son de cuando mi bisabuelo don Alfonso de Arsuaga y Basagoiti construyó la casa.

–En realidad, los primeros no están fechados –le corrigió mi hermano, entusiasmándose con su futura suegra–. Quizás tú nos podrías ayudar: sabemos que la familia vivió en Cuba desde la tercera guerra carlista, hacia 1874, hasta la evacuación de La Habana en 1898, parece ser que tenían negocios allí, hay muchas imágenes que no sabemos dónde se tomaron ni a quién corresponden.

–Siempre nos han contado que don Alfonso edificó esa casa y el frontón con la fortuna que se trajo, vete tú a saber cómo la hizo. –No me pasó desapercibida la mirada de inquina de mi madre ante mis palabras–. A lo mejor eran unos negreros que explotaban ingenios de azúcar.

–¡Tonterías, Bosco! –saltó la digna heredera de aquellos patricios–. Los Arsuaga, como todos los vascos del diecinueve, eran gente honrada que salieron adelante gracias a que trabajaron duramente. ¡Algo que no todos pueden decir hoy!

Gloria se dirigió a mi madre tratando de apaciguarla:

–Eulalia de Abaitua, se llamaba la fotógrafa. Firmaba algunas fotografías al dorso y otras no, aún no sabemos por qué. Si encontraras alguna con su rúbrica en tus álbumes, Nuria, sería fantástico.

–¡Y yo te la aseguro de inmediato! –Germán guiñó un ojo a su futura consuegra con un gesto de picardía: otra ordinariez que ella reproduciría con choteo durante meses.

–Mi marido también hace fotografías artísticas, de esas raras –presumió mi madre. Y luego añadió con guasa–: Aunque a mí me parece que están todas movidas.

Rieron con ganas. Mi padre quiso justificar su idea de imagen por sorpresa, no estática, pero entró el metre con sus andares torpones a tomar nota de las bebidas y la conversación quedó truncada. Aproveché para escabullirme al baño.

Cuando estaba cerrando la puerta del salón privado, vi a tres camareros que se acercaban con bandejas y platos sucios por otro pasillo oscuro desde el comedor principal. Uno de ellos era Andoni. Noté su sorpresa al descubrirme y cómo se quedó mirándome el rostro; observando el moratón, supuse. Bajé precipitadamente las escaleras mal iluminadas que conducían a los aseos, sacudido por ráfagas de recuerdos: su espalda musculosa envuelta en una cazadora de cuero mientras abría el coche después del incidente en las fiestas, el frasco de *popper* en la guantera, su muslo moreno y robusto contra el freno de mano, un sándwich moribundo de tomate y atún en la barra de una cafetería al amanecer. Sí, me había gustado, y mucho, pero ¿cuántos había habido después de él? Abrí el grifo del lavabo mientras estudiaba en el espejo la sombra violácea, amarilla, azulada que me afeaba el párpado inferior y parte de la mejilla. Nunca nos dimos los teléfonos porque los dos sabíamos que aquello no tenía ningún futuro: él vivía con sus padres, yo con los míos; nos encontrábamos cada sábado en el Flamingo y no hacíamos preguntas, nos bastaba con la euforia de aquellas noches clandestinas, no hubo explicaciones antes de mi partida, un día simplemente había tomado el tren a París y dejé de aparecer en aquella discoteca. Empapé de agua fría una toalla de manos y me la apliqué sobre el hematoma. Había sido una venganza placentera descubrir que el capitán del equipo de fútbol por el que habían suspirado todas las chicas era tan de la acera de enfrente como yo; eso había sido todo: una mera revancha contra los sueños húmedos imposibles de mi primera adolescencia. Sin embargo hoy era hoy, y él, solo otro de los energúmenos que habían empujado a mi hermano a marcharse y a mí, a no regresar.

Al salir del aseo me encontré con Clara en el pequeño tocador al que daban las puertas de los dos baños, un espacio estrecho de luz muy tenue, con un espejo antiguo ante el que ella se estaba arreglando el pelo.

–¿Nerviosa? A mí me parece que está saliendo bastante bien, ¿no? –traté de tranquilizarla, peinándome yo también el flequillo con los dedos húmedos–. Te veo muy callada esta noche.

–¡Cómo se te ocurre arrastrar contigo a Juan Ignacio! ¿Es que no sabes lo que estamos pasando? –Echaba chispas por los ojos, encarada conmigo–. Es muy fácil vivir como tú, sin enterarse de nada, por ahí lejos. ¡Ya me gustaría verte aquí!

Fui a protestar; no me dejó. Se arrancó con furia un par de horquillas mientras me abroncaba:

–¡Yo sé perfectamente dónde habéis estado, Bosco, como lo sabe todo el mundo! Esa trola que ha contado vuestra madre solo se la traga el idiota de mi padre.

Se abrió la puerta del baño de señoras y apareció una mujer muy mayor. Clara se calló hasta que la otra desapareció escaleras arriba. Luego, antes de entrar en el aseo, me amonestó:

–No sigas estropeando más las cosas, ¡haz el favor!

Ascendí los peldaños por aquel hueco escasamente alumbrado arrepintiéndome de haber venido; tenía que haber pretextado cualquier excusa y haberme quedado en París. Me daban ganas de inventarme algo y volverme antes de la boda. ¡Aún quedaban siete días, cómo los iba a aguantar! Estaba decidido: le diría que no a mi padre y comenzaría a preparar esas oposiciones para traductores en Nueva York que había visto anunciadas, solo tenía que conseguir el dinero para una buena academia en la que prepararlas.

Andoni estaba esperándome en lo alto de las escaleras. En cuanto me vio aparecer, descendió rápido a mi encuentro. Me hice a un lado para dejarle pasar. No lo entendió, porque me susurró precipitadamente:

–¿Hasta cuándo te quedas? Me gustaría mucho verte.

En la semioscuridad, se le adivinaba muy guapo, con los rizos humedecidos con gomina y el uniforme de camarero bajo el que se insinuaban las formas duras de su cuerpo musculado.

–Ya me has visto bastante esta tarde, en la plaza. Esto –me toqué el moratón, y me escoció– me lo habéis hecho tú o alguno de tus amigos.

Seguí subiendo los peldaños sin esperar a su respuesta. Me alcanzó ya en el recibidor, a plena luz. Venían voces del fondo del pasillo que conducía a las cocinas.

–Mañana sábado, por la noche, después de mi turno, estaré en el Flamingo, ya sabes, vente y hablamos, por favor –imploró atropelladamente, al sentir que se acercaban pasos y conversaciones de otros camareros–. Tú y yo...

No terminó la frase, porque aparecieron tres colegas suyos con bandejas y echó a andar como si no me conociera.

Empujé la puerta de nuestro comedor privado. ¡Estaba listo Andoni si pensaba que yo iba a volver a aquel antro inconfesable! Tomé un cigarrillo del paquete de mi madre que reposaba junto al estuche de los anillos y lo encendí, ante el disgusto patente de Gloria.

–No os preocupéis, vendremos con frecuencia, las vacaciones las pasaremos siempre aquí, veréis mucho a los niños que tengamos –tranquilizaba Juan Ignacio a sus futuros suegros, al tiempo que jugueteaba nerviosamente con el cuchillo de la mantequilla.

Y dentro de muchísimos años, cuando esos niños heredasen la casa en ese lugar del que ya no sabrían nada, terminarían por venderla a los hijos de esos mismos que nos habían expulsado. *Nire aitaren etxea defendituko dut*, nos habían enseñado a recitar de memoria, pero yo no estaba dispuesto a defender la casa de mi padre. Me guardé las alianzas en el bolsillo de la chaqueta. No, la gente como yo no se casaba, no tenía familia, no terminaba en el panteón de los antepasados junto al mar; la gente como yo era libre para comenzar de nuevo en cualquier sitio, sin raíces y sin pasado. Hundí la cucharilla en el aperitivo de crema de remolacha; mañana mismo empezaría a refrescar el inglés con alguno de aquellos novelones de Dickens o de Emily Brontë que reposaban todavía sobre la biblioteca de mi dormitorio. *Aurrera beti!*, era el lema de la familia. Siempre adelante.

Caminaba resueltamente en dirección a la casa con el sobre que me quemaba en la mano, todavía ofuscado por la conversación con Ainhoa en el restaurante. Era verdad que ella y yo ya no contábamos: había llegado el tiempo de las nuevas generaciones, de esos críos que lo ignoraban todo y no echarían de menos el edificio decimonónico sobre el acantilado cuando lo hubiesen derruido para hacer un parque o unos jardines. Una quinceañera negra sin una sola gota de sangre Gondra en sus venas sería la única que podría perpetuar el apellido. ¿No era mejor entonces arrojar a la basura el recibo arrugado de la funeraria que me había guardado en el bolsillo, dejar que las cenizas de mi hermano terminasen en el osario común y olvidarnos para siempre? «Sabía que no le quedaba nadie más que tú», me había recalcado Ainhoa. ¿Dónde habían ido a parar todos aquellos que vinieron a la boda, gentes que ni conocíamos aunque se proclamaban también descendientes de don Alberto de Gondra? ¿Ni siquiera Blanca quiso volver a saber nada de él?

Había decidido bajar directamente a la playa para subir después la cuesta de la colina, evitándome el rodeo que había dado al mediodía. Tenía razón la pelirroja del hostal: toda esta zona se había llenado de chiringuitos y hoy que era domingo, una multitud bullanguera se apretujaba bajo las sombrillas de las terrazas o delante de los puestos de helados. Estaba claro que habían rellenado con arena nueva aquel erial pedregoso que yo recordaba, porque ahora el gentío tomaba el sol tendido voluptuosamente sobre toallas playeras. Incluso el mar aparecía limpio, sin el color achocolatado ni el hedor de mis tiempos. Pero lo más sorprendente era el parque para skaters:

lo que había sido siempre un lugar abandonado, lleno de grafitis y con escombros, se había transformado en un circuito elaboradísimo con hondonadas, rampas, paredones y barandillas en donde un enjambre de adolescentes de ambos sexos dibujaba cabriolas vertiginosas, trompos arriesgados, saltos dobles y triples, entre gritos de desafío y el tableteo de las ruedas contra el hormigón. Bajo el sol del comienzo de la tarde, brillaba el sudor en sus pieles apenas cubiertas por bañadores y algún elemento de protección; pieles que, como en el baile en la plaza, eran de todos los colores: blancas, cobrizas, negras, amarillas. Me fijé en un chico muy atlético que parecía volar a cada pirueta: se mantenía unos segundos con los pies en el aire haciendo girar el monopatín sobre sí mismo, y luego aterrizaba grácilmente encima de la tabla para volver a impulsarse en una nueva acrobacia. Me llamó la atención el casco que llevaba, de un rojo chillón, pintado con una lengua de fuego amarilla a cada lado; unos años antes, nadie se habría atrevido a esa combinación de colores que, a la velocidad endiablada con que volteaba, parecía una bandera al viento. Terminó su exhibición con un brinco arriesgadísimo, ante el cual un grupo que no le quitaba ojo prorrumpió en aplausos. Se acercó hasta ellos, y al sacarse el casco, me pareció el chaval que me había indicado el camino unas horas antes. Se besó con una chica negra mientras los demás le palmeaban los hombros.

Al pasar a su lado, ella me volvió rápidamente la espalda; sin embargo, reconocí el rostro adolescente y las largas trenzas de pelo cuidadosamente arreglado. Era Edurne.

Apreté el paso, aferrando el sobre con más fuerza. Necesitaba retornar cuanto antes a aquel dormitorio, ver una última vez el sitio donde me escribió, leer lo que tanto había insistido en dejarme, y acabar por fin. Estallaron burlas a mis espaldas entre la muchachada y me pareció que se reían de mí; tenían razón, no era más que un vejestorio que tal vez los había mirado demasiado y aquí ya no pintaba nada.

Ascendí la cuesta hasta lo alto de la colina resollando. El cartel de «Prohibido el paso» y los contenedores llenos de cascotes eran insultos añadidos. Al llegar, aporreé con todas mis fuerzas la aldaba vociferando: «¡Soy yo, el hermano de…! ¡Soy el dueño! ¡Abridme!».

¿El dueño de qué era yo ya?

Descorrieron el cerrojo. Asomó la cara de una de las chicas, la antipática. Le expliqué atropelladamente que necesitaba entrar de nuevo.

—¿Para qué? —me replicó de malos modos.

Pegué un empujón a la puerta y me abrí paso. Era mi casa. Los otros dos aparecieron en el umbral del saloncito. Se oía un televisor. Les gruñí que me dejaran en paz y, sin esperar a su reacción, me introduje en el pasillo apuntalado con tubos metálicos. Protestaron algo a mis espaldas, pero ya no los escuché. Una vez dentro de la habitación de mi hermano, a la tenue luz que se filtraba a pesar de las contraventanas cerradas, serpenteé por entre las torres de periódicos hasta sentarme sobre la cama desvencijada.

No sé cuánto tiempo estuve así, aspirando el olor a humedad y a orines, auscultando el silencio del caserón que se venía abajo, tratando de imaginar a Juan Manuel escribiéndome cada noche. Una franja estrecha de sol caía sobre la almohada cubierta con la sábana sucia y mis dedos que la acariciaban.

Rasgué el sobre. Resbalaron hojas y más hojas de letra apretada que cubría toda la superficie, renglón tras renglón escritos sistemáticamente de punta a punta, sin un solo espacio libre.

Leí.

Las palabras quemaban, dolían, acusaban, imploraban, pedían cuentas, ofrecían un relato, avanzaban y retrocedían, parecían aclarar y luego se contradecían, fantaseaban, se extraviaban en elucubraciones y rodeos, de pronto revelaban datos concretos y exactos, cifras y fechas precisas, mezclaban nombres y apellidos reales y conocidos con anécdotas de antepasados, justificaban y concedían perdón, pero también lanzaban reproches y recriminaban, abrían digresiones que después no cerraban, y repetían obsesivamente cada cierto tiempo la misma idea: «Tú que habrías podido contar el dolor», «Tú que sabrías explicarnos», «Tú que podías mantener la memoria». Hasta que en mitad de una línea aparecía por primera vez: «Tú nunca serás un verdadero Gondra».

Podía escuchar perfectamente su voz grave y cansada profiriendo esa condena que continué leyendo:

«Tú nunca serás un verdadero Gondra. Tú nunca serás un verdadero Gondra. Tú nunca serás un verdadero Gondra. Tú nunca serás un verdadero Gondra. Tú nunca serás un verdadero Gondra...».

Páginas y páginas rellenadas con esa frase repetida, percutiente, obsesionante. Traté de obligarme a leerlas absolutamente todas, para llegar hasta el fondo de la angustia. No fui capaz. Salté a la última hoja, por ver si había algo más: hasta el renglón final estaba emborronado con esos términos, como un castigo escolar alucinado e infinito.

Levanté la vista de la escritura y la posé sobre el alféizar de la ventana, donde seguían las tapas de la Biblia que había depositado el día anterior. «Porque a todo el que tiene se le dará y le sobrará, mas al que no tiene, se le quitará hasta lo que tiene.» Ya casi no había luz.

La cifra que aparecía una y otra vez era siempre la misma: diez millones de pesetas.

Y yo no había sabido verlo.

Esa acusación, aquí y allá: «No leíste», «No quisiste leer», «Dejaste sin leer», «Si hubieras leído».

¿A qué carta se refería?

Metí los dedos en el sobre, rebuscando. No había nada más.

«Todo hubiera sido distinto, pero tú te largaste del dormitorio con un portazo.»

En mi nerviosismo, rompí el sobre. Nada.

«Esa carta», «la carta por el suelo», «su carta», se repetía una y otra vez con aquella letra diminuta y difícilmente legible.

Recogí con cuidado las pantuflas viejas, las gafas a las que les faltaba una patilla, las tapas azules de la Biblia.

Los tres me miraron desconfiadamente cuando al entrar en el antiguo saloncito les pedí una bolsa de plástico. Maite se arrodilló en el rincón junto al hornillo y me tendió una grande negra, de basura. Guardé dentro los papeles y enseres de Juan Manuel, le hice un nudo. Me senté sobre la cama y eso les chocó. Quise saber dónde habían quedado el resto de las pertenencias de mi hermano; se quitaron la palabra uno a otro, muy nerviosos:

—Nosotros no sabemos nada.

—Nunca entrábamos en su cuarto.

—Pregunta en la iglesia, ellos se ocuparon de todo.

—La mujer esa, una que es familia vuestra, ¿no?, vino a organizar lo de llevárselo.

—¿No te creerás que nos hemos quedado con algo, verdad?

—¡Si a veces hasta le dábamos algunas cosas de comer! ¡Nosotros!

En una televisión diminuta muy antigua, un programa de telerrealidad vomitaba ordinarieces y griterío. Les solicité que la apagaran y el hombre (Ekaitz, me acordé que se llamaba) obedeció de inmediato.

Había latas de cerveza vacías, algún cartón de vino, vasos sucios, cajas y cajas de azucarillos, unas muletas apoyadas contra la pared.

—No voy a echaros, pero necesito las llaves de la casa —les expliqué, a pesar del objeto metálico que brilló un segundo en las manos de Ekaitz, que podía ser una cucharilla, aunque también un cuchillo pequeño.

Saqué la cartera y les tendí diez euros. Quería las copias al día siguiente, pasaría a recogerlas por la tarde, podían quedarse con el cambio.

Me observaban aprensivos, ninguno de ellos se movía.

—Con el dinero que sobra me podéis invitar a una cerveza, ¿no?

Deposité el billete sobre la colcha.

—No nos quedan —terminó por decir la que no había querido abrirme la puerta, cuyo nombre no lograba recordar.

Me quedé mirándola y se lo pregunté.

—Olatz —respondió chupando un azucarillo.

—¿Podrías ir a por unas bien frías, Olatz? Por favor. *Mesedez*. —Hizo un ademán de sorpresa, o de rechazo ante lo que le estaba pidiendo—. Yo las pago.

Ekaitz se guardó en el bolsillo el objeto metálico, que me pareció ser un canutillo de papel de plata, antes de recoger rápidamente el billete anunciando:

—Voy yo.

Después de que saliera, nos quedamos un rato callados. *Agur eta ohore*, ponía en el póster sobre la cama. Hoy sí creía saber a qué se refería: «Adiós y honor» a ese Kerman que aparecía en las pintadas de la plaza y que había pertenecido a aquel mundo que expulsó a Juan Manuel. Si era así, tuvo que convivir con la afrenta en su propio hogar.

—¿Mi hermano llegó a ver eso? —Señalé el cartel; no me atreví a arrancarlo.

Maite se apresuró a aclararme que él nunca entraba aquí, les permitía ocupar esta y otra habitación a cambio de que le consiguieran la luz y el agua, pero no tenían demasiado trato, «el señor» (así lo llamó, y me sonó extrañísimo) se pasaba el tiempo encerrado en su dormitorio, o en la calle recogiendo periódicos. En pleno invierno, cuando arreciaban las goteras y el frío, ellos habían ido varias veces a ver si necesitaba algo, hasta le llegaron a prestar uno de los radiadores eléctricos de Ekaitz.

Insistí en conocer más detalles: ¿nadie lo visitaba nunca? Ella solo recordaba que cuando vinieron del Ayuntamiento con lo de que seguramente habría que derribar la casa, el señor se puso como una fiera, amenazó con que conocía a «gente muy importante», iba a paralizar el proceso, no sabían con quién estaban tratando. Entonces desapareció unos días, ellos se preocuparon, no supieron nada de él. En una semana llegaron unos operarios y sin más explicaciones, colocaron los andamios y lonas de protección en la parte de atrás y apuntalaron el interior. Luego, él regresó: había estado «resolviendo asuntos» para que nadie les echara; apareció con esa mujer, la que decían que era pariente suya, y a partir de entonces ella volvía con frecuencia. Notaron un cambió en él: les repitió en varias ocasiones que «por fin había encontrado paz», ellos pensaron que se refería a algo de la iglesia, empezó a ir mucho por allí. No obstante, cuando ocurrió aquello, no supieron a quién llamar.

Me dirigí a Olatz, que había permanecido callada acariciándose los piercings sobre la ceja:

—Ayer me dijiste que fuiste tú quien llamó cuando os lo encontrasteis, ¿a qué te referías?

—Estaba tirado en el suelo, al comienzo del pasillo, una tarde, cuando volvíamos de... —Se interrumpió y miró a Maite, que bajó la cabeza—. Estos no querían avisar, podíamos meternos en un lío. Les dije que sería peor que se nos muriera ahí. Ellos querían acarrearlo hasta la cama, pero no había manera ni de levantarlo. No se sostenía en pie. Y la cabeza se le caía todo el rato. No tenía sangre por ninguna parte, no entendíamos qué le pasaba. Además, no paraba de murmurar frases sin sentido, hablaba de que tenía que ir al frontón, o que le esperaban en un frontón, que no se enterase su novia, llamaba todo el tiempo a alguien, «Borja» o «Bosco» o un nombre así, estaba empeñado en que viniera a hacer algo. Al final, fui yo la que llamó a Urgencias y se quedó hasta que llegaron. Ekaitz se largó, como siempre, ese nunca quiere problemas. Así que ya puedes darme las gracias.

Maite terminó de liar el porro que se había ido haciendo mientras hablaba la otra y me lo pasó sin decir nada. Aunque yo no fumaba desde hacía siglos, el gesto de aceptarlo y llevármelo a los labios fue natural, prácticamente automático.

—¿Cómo era? —les pregunté, dando la primera calada.

—Clavado a ti, los mismos ojos, la nariz igual. —Mientras respondía, Olatz me tendió la mano para que le pasara el cigarrillo.

—Erais gemelos, ¿verdad? —aventuró Maite—. Me di cuenta en cuanto te vi.

–No. Yo era el hermano mayor. Dos años más.

No eras tú digno de ese nombre, «hermano mayor». Lo dejaste solo cuando más te necesitaba. ¿Qué pretendías ahora, desenterrando sus últimos momentos con estas desconocidas? ¿Es que habías olvidado los términos de vuestra madre aquella mañana, frente al espejo del tocador: «Si vas a dejarlo solo, no hace falta que vengas a su boda»? Y lo que habías contestado enfurecido: «¿Acaso soy yo el guardián de mi hermano?». No bajaste al frontón al terminar la ceremonia porque fuiste un cobarde que no quiso saber, a pesar de que los habías reconocido perfectamente.

Me recosté en la cama. Maite se sentó a mi lado, con las piernas cruzadas. Olatz nos devolvió el porro. Fumamos un rato sin pronunciar palabra. Empecé a sentir que no era un lugar tan terrible; volvería cuantas veces hiciese falta hasta encontrar la dichosa carta. Quién sabía, quizás incluso descubriese más cosas bajo las torres de periódicos, no era probable que todos sus enseres se redujesen a lo que había metido en la bolsa, tendría que consultarle mañana a Ainhoa. Al cabo de un tiempo, las dos chicas se pusieron a hablar entre sí en euskera, y no me importó no entender qué se decían. Me fijé en los libros amontonados por el suelo. Reconocí uno: la primera edición de una novela latinoamericana que luego se había hecho muy famosa y que su autor me había dedicado en una firma de libros, después se ha vuelto a publicar siempre con otra portada, tenía que ser mi ejemplar, no cabía duda, me agaché a recogerlo y sí, allí estaba mi nombre con una fecha de mi adolescencia. Maite y Olatz no supieron explicarme de dónde habían salido esos volúmenes desperdigados por el cuarto, suponían que ya estarían en esta habitación cuando llegó Ekaitz, él había sido el primero en instalarse y posteriormente vinieron ellas dos, a él sí le gustaba leer, al parecer se los había tragado casi todos, había sido profesor «de gramática, o filología, o algo de eso». Continué revolviendo entre las tapas abiertas y encontré más dedicatorias: eran los restos de la biblioteca que había desaparecido de mi dormitorio.

–Olvidaos de las cervezas. –Me puse en pie y recogí la

bolsa negra de plástico—. Vámonos a buscar a vuestro colega y os invito a cenar

Nos lo encontramos al principio de la avenida y nos repartió las latas que había comprado. Fuimos bebiéndonoslas de camino hacia la plaza de San Nicolás.

Varios camareros nos observaron de forma huraña cuando nos sentamos en una terraza. Todos en el pueblo debían de conocerlos y no se engañaban en cuanto a lo que eran. Me daba igual. Noté la incomodidad de dos matrimonios que picoteaban algo en la mesa de al lado. No venía nadie a tomarnos la comanda. Al cabo de un rato, terminé por levantarme y entrar en el bar. Me miraron de arriba abajo y pensé que era normal: seguía llevando en la mano una bolsa de basura con las pertenencias de mi hermano. Pero no la iba a soltar. El dueño me informó muy hosco que estaban cerrando, ya no servían. Insistí: nos comeríamos enseguida unos pinchos de los que aún quedaban en la barra, bastaba con que nos pusiera rápido algo de beber.

—Está cerrado, ¿no me entiendes?

—¿Desde cuándo? —protesté, a punto de coger una tartaleta de cangrejo y salmón.

—Para ti, desde ahora mismo.

El camarero tatuado y con piercings que me había atendido el día anterior me hizo un ademán para que saliese del bar y, una vez fuera, me aconsejó:

—Mejor que os vayáis a la pizzería esa que abre las veinticuatro horas, en la esquina, allí podéis pillar birras todavía.

Metió la mano en el bolsillo del mandil de cuero y me tendió un montón de calderilla de las propinas.

—No hace falta —rechacé ofendido.

—A ellos, sí —me replicó indicándolos con una inclinación de la cabeza.

Debieron de entender lo que estaba pasando, porque a la distancia, los tres se pusieron en pie y me esperaron alejándose de las mesas, hacia la salida de la plaza. Cuando llegué junto a ellos, entregué las monedas a Maite; se las guardó sin una palabra, si bien luego fui yo quien pagó las pizzas y todo el alcohol que compramos. Se empeñaron en que consumiésemos allí mismo, en la pizzería, bajo la luz cruda de unos neones inclementes, yo insistía en que nos fuéramos a la calle, al parquecito, ellos tenían miedo de que nos sancionasen, no se podía beber a estas horas, exclamé que me daba igual, ya pagaría yo la multa, y salí con las provisiones. Hacía una noche templada, con una brisa muy agradable. Nos sentamos en los bancos de piedra cercanos, bajo una farola rota que nos concedía un poco de oscuridad.

Devorábamos la masa grasienta ansiosamente, muertos de hambre, mientras Ekaitz, que ahora se mostraba locuaz, desgranaba sus recuerdos a cada una de mis preguntas incesantes. Cómo venían chamarileros de vez en cuando a los que Juan Manuel iba vendiendo el mobiliario, gracias a eso sobrevivía, por lo visto era muy antiguo; cómo lo ayudaba con todos aquellos gitanos que siempre querían engañarlo y terminaban llevándose muebles que no estaban en los lotes; la mañana en que iba a venir un librero de viejo a desmontar todas las bibliotecas y «el señor» (así lo llamó, repitiendo esa expresión que tan rara sonaba) le avisó para que se quedara con los libros que quisiera antes de que llegase; había sido él quien había descubierto todas aquellas dedicatorias que sin embargo apenas aumentaban el valor del ejemplar, incluso las de algunos escritores de renombre, así se lo habían dicho cuando trató de revenderlos; cómo tuvieron que salir ellos tres a defenderlo el día en que se colaron en la casa unos negros cabrones que pretendían ocupar la planta de arriba; fue él quien le había reparado la ventana con papeles y cinta aislante hacía solo un mes, cuando una galerna rompió el cristal y la habitación se inundó de lluvia y lo encontró empapado sobre la cama; la bronca que tuvieron cuando llegaron Maite y Olatz y él tuvo que convencerlo de que no eran putas ni nada de eso.

Yo me daba cuenta de que a cada anécdota de Ekaitz sus amigas reían cada vez más fuerte sin venir a cuento, se daban codazos y hacían comentarios en euskera incomprensibles para mí. Tal vez era una sarta de mentiras, cuentos que iba improvisando para que yo oyera lo que quería oír; no me importaba, me hacía bien imaginar todo eso que había ignorado durante años, y estaba dispuesto a pagar y seguir pagando para saciar mi necesidad de saber y a cada rato, cuando nos habíamos terminado las cervezas, les mandaba a una de ellas a por más, y los billetes no dejaban de aparecer en mi cartera, llevaba encima todo el dinero que había cambiado, y luego, a la vuelta de alguno de esos encargos, empezaron a surgir botellas de alcohol que no vendían en la pizzería y no quise averiguar de dónde salían, y tuve una vaga conciencia de que me pasaron cosas para fumar y para esnifar, y Ekaitz continuaba y continuaba recordando y yo sorbía sus palabras y dejé de interesarme por qué hacían Olatz o Maite cuando desaparecían tras los arbustos, atento solo a los retazos y las migajas de la vida de mi hermano que iba desvelando esa voz que no podía dejar de escuchar. Cómo la emprendió a puñetazos con el del Ayuntamiento que trajo la notificación y tuvieron que separarlos y se negó a firmarla; la mujer que vino una noche y a la que no volvieron a ver nunca más; la mañana en que lo acompañaron a los servicios sociales a declarar que todo estaba bien entre ellos y que no los molestasen más con ningún inspector; el perro tan viejo que una tarde simplemente apareció muerto y les costó convencerlo de que lo enterraran en el jardín, no quería separarse de él; eso que repetía las últimas semanas de que «En cuanto me llamen de ese trabajo, me voy y os dejo aquí, es un puesto muy bueno»; cómo se puso y amenazó con echarlos una madrugada en que creyó que Olatz había traído un bebé y aullaba fuera de sí que, si él no había podido tener hijos, nadie podía tenerlos en aquella casa.

En algún momento debieron de decidir cambiar de lugar, las chicas llevaban tiempo apremiándome a ir a otro sitio que yo no terminaba de entender, al día siguiente solo recordaba que ellas desaparecieron mientras yo hacía la llamada a John, después todo se volvía muy confuso. Seleccioné su número siendo muy consciente del precio que iba a costarme, mis dedos temblaban sobre la pantalla del teléfono móvil, cuando él descolgó yo no lograba expresar claramente lo que pretendía explicarle, Ekaitz insistía a mi lado en que nos largásemos de allí, John quería saber quién era ese hombre que me hablaba, pensó que lo estaba llamando para restregarle que estaba con otro, me mandó a la mierda y yo repetía que volvería el jueves, «¡No a mi casa, no a mi casa!» rugía él, yo le rogaba que acudiese a recogerme al aeropuerto, que hablásemos tranquilamente, de pronto Ekaitz salió corriendo y me dejó solo, «Por favor, por favor» imploraba yo por el teléfono, sin encontrar los términos para aclararle por qué iba a cambiar todo, tres chavales jóvenes aparecieron al fondo del parque y vinieron a rodearme, querían que les diese cigarrillos, les grité que me dejaran en paz, John no paraba de repetirme «¿Dónde estás, dónde estás?», uno de los gamberros me dio un manotazo brutal en la espalda y todos rieron, no debieron de hacerme nada más, porque siempre he recordado cómo se alejaban mientras yo sentía las primeras arcadas, quería hablar con John y no podía, apenas oía por el auricular lo que él trataba de decirme al tiempo que comenzaban las convulsiones y finalmente el móvil se me cayó cuando terminé por vomitar. Solo pensé en una cosa: en apartar la cabeza a tiempo para que el vómito no aterrizara sobre la bolsa negra que había tenido a mis pies toda la noche.

Pero la bolsa no estaba.

Ruth Schlemovich está esperándome en la puerta del edificio universitario conversando con alguien, hasta el último minuto he estado dudando en venir y ella lo sabe. «No importa, puede compartir su experiencia en el coloquio posterior, seguro que le hace bien», me animó al teléfono cuando le comuniqué que en Recursos Humanos no me habían autorizado a participar como ponente, los Servicios Jurídicos tenían dudas con respecto a la confidencialidad que se le ha de suponer a un funcionario de la Organización, además era una actividad remunerada incompatible con mi visado G-4, «Y tú no necesitas más dinero», me soltó con recochineo Silvia Ábalo al comunicarme la respuesta oficial a mi solicitud de actividades externas. No conozco al hombretón que charla con Ruth, un tipo corpulento de barba cana y media melena con pinta de músico roquero pese a su traje formal, que fuma sin abrigo en la calle y parece indiferente al frío; en cuanto nos hemos estrechado la mano, ella me informa de que es Waldo Carrizo, el mediador colombiano que impulsó los primeros encuentros de justicia restaurativa entre victimarios de la guerrilla y sus víctimas, y que ha accedido con gran generosidad a sustituirme en el panel de oradores. Ambos apagan sus colillas en la nieve sucia que esta semana ha empezado a derretirse y me acompañan al interior.

Mientras recorremos pasillos abarrotados de estudiantes en dirección al auditorio, les comento que me resultó irónico que me invitasen a hablar en una facultad de derecho a mí, que abandoné esos estudios en segundo curso. Ruth se apresura a aclararme que, con este simposio sobre verdad, memoria y reparación, Human Rights Watch pretende precisamente llamar la atención de los operadores jurídicos sobre los aspectos morales que no resuelve el sistema legal, «Algo de lo que usted sabe bastante, ¿no?».

—Hay que seguir dándole duro hasta que los jueces se convenzan de que la condena penal será todo lo punitiva que ellos quieran, pero no resulta sanadora para la comunidad, eso no. —Waldo agita las manazas con vehemencia y añade entre risotadas—: ¡A mí solo me falta ya anunciarlo con tambores en el Palacio de Justicia!

No me atrevo a decirles que poco sé yo de los procesos por los que terminaron en la cárcel Ander y Kerman, por qué los imputaron y qué ocurrió durante los juicios, cómo pueden sentirse hoy aquellos cuyos nombres habían aparecido sobre dianas en el frontón al saber que, cumplida la condena, regresaron al mismo pueblo. Yo solo conozco el daño que me hizo la conversación que mantuvimos cuando por fin reuní el valor necesario para hablar abiertamente con un hombre de mi pasado que pese a nuestra relación había hecho lo que había hecho y eso no lo contaré jamás en público, porque duele pensar que aún justifica las cartas y las pintadas. No obstante, también sentí que su dureza era un modo de enmascarar el dolor en búsqueda de una paz que no había conseguido.

Ruth nos conduce hasta los asientos reservados en las primeras filas y nos va presentando con familiaridad a algunas personas que, por lo que entiendo, son luminarias del derecho internacional y los derechos humanos. Todos parecen conocerse y palmean con camaradería en la espalda a Waldo, que tiene un comentario chistoso para cada uno de ellos. Son caras que no me dicen nada hasta que descubro una que me deja atónito: es el famoso ensayista que está en boca de toda la *intelligentsia* neoyorquina por la polémica que provocó hace unas semanas la crítica demoledora que recibió en el *New York Times* el libro que había publicado poniendo en cuestión el concepto de memoria histórica. Él me estrecha la mano con afabilidad al tiempo que repite su nombre, «David», y luego me pregunta el mío, le resulta difícil de retener, ¿de dónde procede?

En el estrado, el moderador anuncia que va a dar comienzo el acto y quiénes intervendrán: gentes que han venido de Colombia, Irlanda del Norte y Sudáfrica para brindarnos sus experiencias. Pide una calurosa ovación para ellos, por la generosidad de regalarnos sus valiosísimos aportes; mientras el auditorio entero se deja las manos aplaudiendo ruidosamente, y yo con ellos, siento la vergüenza ajena que me causan siempre estas manifestaciones de efusión tan americanas, cómo se emocionan antes siquiera de haber escuchado nada, predispuestos a conmoverse ante el relato de las miserias del mundo para las que ya tienen preparados sus «*So shocking!*», y «*Oh, so moving!*», y el peor de todos, «*I am devastated*», con los ojos convenientemente puestos en blanco. En la mesa, entre los ponentes, hay una mujer menuda y nerviosa cuya incomodidad resulta obvia, y me llama la atención que en su cartela no figure ningún cargo ni título: «Mrs. Mary Doyle», reza simplemente.

Toma la palabra Waldo Carrizo y, con su vozarrón que hace innecesario el micrófono, se lanza a explicar que, conforme a la definición universalmente aceptada, la justicia restaurativa es una metodología para solucionar problemas que se asienta sobre la noción básica de que el comportamiento delictivo no solamente infringe la ley, sino que también vulnera a las víctimas y a la comunidad. Es un modelo alternativo que reconoce que en los procesos penales clásicos, quienes padecen el delito sufren dos veces: primero frente al infractor y después por no poder participar plenamente en el procedimiento que se lleva a cabo en sede judicial. En cambio, la justicia restaurativa devuelve a quien ha sufrido la agresión delictiva el protagonismo que merece, y va más allá de la idea de castigo propia del sistema penal.

Nunca he sido bueno siguiendo esos conceptos abstractos que me retrotraen demasiado a las aburridísimas asignaturas de derecho de las que huí enseguida, y pronto me distraigo a pesar del apasionamiento de ese hombre robusto al que se le adivina un celo misionario. Y a medida que él sigue explicando cómo en la justicia restaurativa interviene siempre una tercera persona ajena al conflicto cuya labor consiste en mediar entre el agraviante y el agraviado para que este último llegue a superar las consecuencias del agravio en la comunidad, mi pensamiento divaga rememorando los apartamentos que he visitado esta semana sin decir nada a John, por mi parte la decisión está prácticamente tomada pese a que aún no me atreva a verbalizarla, él debe de imaginárselo dado que no me ha puesto demasiadas pegas cuando le he confirmado que hoy jueves no iríamos a la terapia de pareja, yo tenía un compromiso «que me importa mucho más». Desde que ocurrió lo que ocurrió el sábado, casi no hemos hablado, porque ya está todo dicho: yo escupí el alcohol que había bebido en su botella deportiva, abandonamos la clase sin más discusión, él no abrió la boca en todo el trayecto del taxi de vuelta a casa y me dejó llorar los veinte minutos sin preguntarme nada. Enric me ha ofrecido que me vaya a vivir con ellos el tiempo que necesite, tienen una habitación de invitados que no usan, sin embargo yo prefiero acurrucarme a dormir en el sofá del salón apenas dejo de escribir en la madrugada, agotado aunque exultante: esta semana, en medio del naufragio, para mi sorpresa ya no hay bloqueos, la inspiración fluye como un torrente y he empezado a pensar que quizás sí, quizás sea capaz de dar forma literaria a los recuerdos dispersos de aquella quincena maldita y por primera vez me he atrevido a contarle ese proyecto quimérico a Martina, ella trabajaba en una editorial de Buenos Aires antes de venirse a Nueva York, tal vez pueda conseguir que alguien lea el manuscrito una vez esté listo, sería tan hermoso responder a aquella novela de don Íñigo que alguien quemó sobre la playa con otro libro igualmente descarnado y acallar para siempre las palabras de mi hermano que nunca oí pero llevan percutiendo incansables en mi imaginación todos estos meses.

Los aplausos atronadores me devuelven al auditorio y me sumo a ellos mientras Ruth me susurra al oído: «*Brilliant, isn't he?*». En cambio, el comentario que alcanzo a escucharle a David, el ensayista polémico que finalmente se ha sentado a mi derecha, no es nada elogioso, sino muy crítico con esa idea de «reparación comunitaria». La señora de pelo blanco situada a su lado asiente con la cabeza, es la fiscal de uno de los grandes tribunales penales internacionales, también la he visto alguna vez en la portada del *New York Times*.

Es el turno ahora de esa mujer que tan frágil y tan perdida parece. Cuando comienza a hablar con una afirmación simple y directa («*I am Mary Doyle and I am the mother of three, one of whom…*»), su voz es tan inaudible que el moderador la interrumpe y le reclina el brazo del micrófono para que le quede exactamente a la altura de los labios. Ella se excusa modestamente y vuelve a comenzar desde el principio repitiendo su nombre completo, y en ese gesto de humilde tenacidad se puede comprender por qué ha llegado a convertirse en un símbolo en su país; pronunciar siempre su nombre es una manera de reivindicar una identidad que Ian y sus compañeros quisieron arrebatarle un día de 1994 en el que para ellos no era más que un «objetivo» abstracto, alguien que no tenía un rostro ni una vida propia. Y conforme Mary va reviviendo sus recuerdos del hijo asesinado aquella tarde aciaga, algo cambia en el ánimo de quienes escuchábamos, algo que tiene que ver con la verdad y con el dolor sincero, con la transmisión de una experiencia humana que es irreductible a categorías abstractas, algo que se filtra en los pormenores de las noches sin dormir, los ataques de angustia, ese temor que se le ha quedado para siempre y que la hace saltar cada vez que escucha un automóvil que pasa cerca demasiado rápido, los años de terapia, las entrevistas que se sentía obligada a conceder a pesar de que la agotaban y que la convirtieron en un icono, todas esas fotografías con los políticos que venían a visitarla y darle ánimos, los meses de olvido que siguieron después en cuanto hubo nuevos atentados, nuevas víctimas, nuevos adolescentes muertos brutalmente y ella seguía buscando una respuesta para no hundirse, para sacar adelante a los otros dos hijos, sintiendo que el odio, esa cosa negra que le aleteaba en el pecho como un cuervo oscuro (así lo dijo, «*like a dark crow*» y la imagen me resultó certera y bellísima), la atenazaba hasta dejarla sin respiración y no encontraba salida a tanta angustia, y terminó por participar en aquel reportaje que titularon «Venganza» porque en su desesperación confesó a los periodistas que esperaba que a Ian (aunque ella todavía no lo conocía ni sabía quién era) y a todos esos asesinos les pagaran con la misma moneda, y recibió tantísimas felicitaciones de los vecinos.

El tono de Mary Doyle no se alza nunca, no subraya ni acusa ni remarca, se limita a narrar con precisión y objetividad ese periplo vital de la chica de un barrio obrero que no estaba preparada para la vida que le tocó vivir y absorbo fascinado sus palabras que completan el retrato de la otra parte de su historia, la que comienza el día de las detenciones y la portada del *Irish News* en la que vio por primera vez la fotografía de los cuatro activistas y reconoció vagamente a aquel muchacho de un pueblo cercano, acudía algunas veces a la misma lechería que ellos, le costó creer que hubiera sido él, algunos reporteros vinieron a entrevistarla con la noticia, no quiso recibirlos, tampoco asistió al juicio porque nadie la avisó y en el fondo se alegró de que así fuera, supo que los condenaron a veinte años entre rejas y le pareció bien, ella trató de seguir con su vida y su terapia, no les dijo nada a los niños, uno de ellos era ya adolescente y cada vez más rebelde, por eso muchísimo tiempo después, en 2015, cuando recibió la carta de los Servicios Penitenciarios de Justicia Restaurativa no supo cómo reaccionar, ¿para qué iba a reunirse con ese preso con el que no la unía nada?, sin embargo al acostarse se dio cuenta de que la herida seguía abierta y volvieron la ansiedad nocturna y la imagen obsesiva de la mano infantil ensangrentada y ya sin vida asiendo todavía la suya y por la mañana respondió, aún llena de dudas, que sí, que se encontraría con la mediadora, y dieron comienzo entonces aquellas citas preparatorias en las que le explicaron que Ian, así se llamaba el exterrorista que había solicitado verla, formaba parte de un programa piloto que se había puesto en marcha con tres condiciones: sería voluntario, no se le daría ninguna publicidad y no implicaría redención alguna de la de pena.

Me molesta advertir que, entre el público, algunas personas empiezan a sollozar discretamente; esta mujer no busca nuestra compasión, no trata de excitar nuestra lástima, lo que pretende únicamente es que prestemos oído a sus recelos y su pánico el día en que llegó a la prisión para encontrarse con Ian (y comprendo su fijación en llamar por el nombre de pila a quien asesinó a su hijo, una persona a la que ha puesto cara y sentimientos), el larguísimo tiempo que transcurrió mirándose ambos sin decirse nada bajo la supervisión de la mediadora, las dos únicas preguntas que logró formularle tan pronto como reunió el coraje para romper a hablar, «¿Por qué a mi hijo?» y «¿Por qué querías conocerme hoy?», las contestaciones que fueron sinceras aunque decepcionantes («Hubiera podido ser cualquiera que estuviera allí» y «Una vez fuera, el año que viene, quiero empezar de cero»), la sensación extraña que a ella misma le sorprendió al decidir ambos que volverían a verse porque aún tenían cosas que hablar, las dudas sobre cómo contárselo a los hermanos que no lo iban a entender, la intuición de estar haciendo lo correcto cuando al poco el programa de mediación salió a la luz y desató una tormenta política, su empeño en proseguir el camino emprendido a pesar de las críticas porque se dio cuenta de que, en conciencia, prefería contribuir a que uno de aquellos a los que tanto había odiado se convirtiese en un hombre nuevo, cómo comenzaron a criticarla y luego a insultarla los mismos vecinos que tiempo antes la habían ensalzado y alguno pintarrajeó la puerta de su casa días después de que apoyara públicamente que se le concediera un subsidio de desempleo a Ian, que no encontraba trabajo al salir de la cárcel, era lógico, ¿cómo querían que se reinsertara si nadie le daba una oportunidad?

—*This is my story, and I hope it can help others. But I wish I hadn't had to tell it* —concluye Mary Doyle con términos certeros que flotan un tiempo en el espeso silencio que se ha instalado. Nadie se atreve a moverse y yo me digo que esas palabras que acaba de pronunciar, «Esta es mi historia y espero que pueda ayudar a otros. Pero desearía no haber tenido que contarla», son el mejor principio narrativo con el que me he topado en años y las apunto mentalmente, quizás me sirvan para ese arranque que no termino de encontrar en el primer capítulo.

La siguiente en intervenir es una conocidísima defensora de los derechos humanos sudafricana que trabaja en los programas de mediación asociados con el Museo del Apartheid de Johanesburgo. Con ella regresa el tono profesoral, y mediante gráficos y porcentajes que proyecta en la pantalla situada sobre las cabezas de los ponentes, va trazando con prolijo detalle la evolución desde el primer encuentro restaurativo en el que participaron solo dos blancos y ocho negros hasta las actividades actuales con decenas de ciudadanos provenientes de todo el país; actividades que se interrogan permanentemente sobre el legado del racismo institucional, porque la memoria del horror no se debe fijar nunca, hay que reevaluarla continuamente, afirma, y siento que a mi lado se revuelven incómodos en sus asientos el intelectual neoyorquino y la fiscal internacional y recuerdo inmediatamente las dudas que me causó una idea similar que se repetía de manera machacona en el Museo del 11 de Septiembre y que luego tantas conversaciones apasionadas nos suscitó a John y a mí, y de pronto me acongoja caer en la cuenta de que no volverán a repetirse almuerzos y diálogos como los que tuvimos en una terraza soleada frente al río Hudson apenas salimos de visitar ese 9/11 Memorial & Museum, él había tenido que abandonarlo a mitad del recorrido, era incapaz de soportar la reconstrucción exactísima de aquella mañana fatídica, pensaba que seguir reproduciendo en bucle los videos de las torres en llamas para asombro de turistas no era más que una pornografía emocional que acababa por convertir esas salas en lugar de paso para que adolescentes excitados se hicieran fotos; en cambio, yo quise ver todos y cada uno de los objetos y leer hasta el último panel informativo, me parecía que era una muestra de compasión con las víctimas que podríamos haber sido nosotros mismos si aquella semana no hubiéramos estado de vacaciones en Yosemite, hasta que empecé a sentir náuseas ante la crudeza y el verismo de lo que se exhibía y también tuve que salirme, y al cabo de un rato, sentados en un café tan solo a unos cientos de metros de donde había ocurrido la tragedia unos años antes, debatíamos sobre el sentido de esa institución que trataba de renovar continuamente la lectura de aquel atentado inhumano. A él le parecía que la minuciosidad con que se reproducían los planes de los terroristas corría el peligro de concederles involuntariamente una victoria simbólica, la de perpetuarlos en la memoria en lugar de dejar que su barbarie fuera cayendo en el olvido, concediéndoles una publicidad permanente; yo no estaba de acuerdo: a mí sí me parecía necesario exponer los hechos exactos, si bien despojándolos de esa exaltación del patetismo, precisamente para combatir la noción de «ataque apocalíptico» y «choque de civilizaciones» que tantos querían imponer. Algo amargo y oscuro me oprime el pecho al rememorar imágenes de esas mañanas de sábado no tan lejanas en las que ver una exposición era el preludio para después intercambiar impresiones con un brunch antes de regresar a casa a hacer el amor durante la tarde, algo que ya no es posible, yo no puedo dejar hoy que un borracho me hunda con él, tengo que ser más fuerte, reunir el valor necesario para abrir pronto el paquete que me envió Ainhoa y aún sigue sobre mi escritorio, decidir qué hago definitivamente.

Concluye por fin la tercera intervención y el moderador concede la palabra al público por si alguien quiere ofrecernos sus experiencias. Consulto de reojo el reloj, me gustaría escabullirme con alguna excusa, no tener que pasar la vergüenza de explicarle en susurros a Ruth, empeñada en que alce la mano y exponga mi caso («Nadie sabe nada aquí sobre su lugar del mundo, Borja»), que no me siento justificado para hablar en nombre de nadie, lo mío es un dolor personal que en nada representa a ese pequeñísimo «lugar del mundo» de donde vengo. Respiro aliviado cuando David toma la palabra y formula, con el rigor intelectual y la claridad de ideas por los que se ha labrado una reputación, sus reservas con respecto al concepto de reparación colectiva conectada con la memoria histórica, que a su juicio sigue perpetuando generación tras generación la conciencia de un agravio del pasado, renovando en cada miembro de la comunidad el daño que no pudo sufrir porque se produjo en un tiempo que no vivió, pero que se le remarca una y otra vez como propio de su grupo; ¿hasta cuándo deberán seguir exigiendo justicia los habitantes de Guernica por el bárbaro bombardeo que padecieron sus abuelos? Algún día habrá que dejar que la sangre se seque y la hierba vuelva a crecer sobre las tumbas, porque, si no, las heridas no se cerrarán jamás. Y quizás la justicia restaurativa debería hacer más por facilitar el olvido paulatino que por preservar el recuerdo de la ofensa.

Ni bien ha finalizado de hablar David se alzan manos por todas partes para refutarlo, airadas o vehementes, y se arma un debate acalorado acerca de la obligación moral de corregir los desmanes de la historia o del deber de poner en primer término a los vencidos, y yo me digo que esa villa que esgrimen unos y otros como el icono de la barbarie del siglo xx sin conocerla hoy, para mí representa el frontón al que nos llevaba de tapadillo el abuelo Martín a jugarse los dineros del despacho, y pienso en la cesta de cesta punta que tan tortuosamente llegó hasta mí y luego terminé por entregar a su verdadera destinataria, en un gesto que tal vez abriese algo que esta gente no parece entender: el comienzo del olvido. David sostiene una batalla dialéctica con Waldo en torno a las *identity politics* (¿«políticas identitarias» o «políticas de identidad?», me pregunto de inmediato); a su juicio, corren el riesgo de terminar encerrando al individuo en una sola de sus características (judío, gay, víctima, mujer), contra lo cual Waldo argumenta que no se puede obviar que las minorías oprimidas lo han sido estructuralmente y tienen derecho a cohesionarse a través de esas identidades aglutinadoras como único modo de oponerse al discurso hegemónico. Asisto fascinado a la esgrima dialéctica entre estos dos eruditos que se refutan y matizan mutuamente sin alzar la voz ni perder nunca las formas: David desea lanzar una señal de aviso contra la utilización partidista de las opresiones del pasado para justificar reacciones igualmente injustas en el presente, y cita como ejemplo lo que pudo ver en Bosnia, donde la gente mataba pretendiendo reparar agravios perpetrados en el siglo xv; Waldo replica que en conflictos que todavía están recientes, y en Colombia saben mucho de eso, no es posible la paz sin establecer la verdad sobre lo que ocurrió, ni tampoco con una justicia que se limite únicamente a castigar a los culpables: hace falta además restañar las heridas en las comunidades.

Finalizado el acto, felicito tímidamente a David en un inglés que me esmero en pronunciar mientras Ruth riñe con humor a la fiscal por no haber intervenido en las discusiones («*Carla, I was counting on you to tone down so much testosterone!*»). Waldo se dirige directamente a nuestro corrillo al bajar del estrado, estrecha con efusión la mano de su oponente y le tiende su tarjeta, estará en la ciudad toda la semana, le encantaría quedar con él para seguir debatiendo, me ofrece otra tarjeta a mí por pura cortesía, supongo. Trato de recuperar la atención de David, a quien rodean ya montones de personas que lo asaltan a preguntas, me gustaría comentar esa idea del silencio y el olvido como antesala del perdón, no consigo que me haga caso. Ruth me toma aparte y me encomienda acompañar a Waldo a su hotel, está alojado cerca de mi casa, podemos tomar el metro juntos.

—No deje que se nos pierda en Nueva York —me exhorta, antes de guiñarnos el ojo a los dos—. ¡Ya sabe a lo que me refiero, Borja!

En la calle llueve torrencialmente y la nieve del pavimento se va derritiendo, lo que hace que caminar por la acera se convierta en un peligroso ejercicio de equilibrio. Le propongo que tomemos un taxi, pero responde con una sinceridad que me desarma que el viático de viaje que le ha concedido su ministerio solo alcanza para el transporte público; no quiero desairarle ofreciéndome a pagarlo y echamos a andar hacia el metro. Los primeros pasos son embarazosos y cómicos: lucho contra el ventarrón y el diluvio que me vuelven continuamente del revés el paraguas al tiempo que él se empapa a cuerpo gentil como ha venido, hasta que termina por encorvarse y tomarme del brazo; como es muchísimo más alto y fornido, no paro de golpearlo repetidamente en la cabeza con las varillas que se doblan a cada momento, y avanzamos lentamente entre ayes, disculpas y carcajadas.

En la estación de Canal Street, recorriendo los intrincados pasillos subterráneos donde nos sigue cayendo el aguacero casi con la misma fuerza que afuera, le explico ante su sorpresa que aquí a nadie le extraña que llueva dentro del metro, como todos los servicios públicos en los Estados Unidos está abandonado y decrépito, y siento que su bíceps musculoso se aprieta con más fuerza al mío bajo el paraguas tratando de no resbalar en los charcos. La conversación es fácil con él, fuera del ámbito académico es un hombre campechano que siempre tiene una chispa de humor presta, me relata con auténtica gracia el calvario que le hicieron pasar en el Control de Inmigración del aeropuerto como a todos los colombianos, a pesar de sus documentos oficiales del Ministerio de Justicia y del Derecho («Al tipo nada más le faltó meterme el dedito ya sabes dónde para buscarme la bolita de coca, ¡y no podías elegir el aduanero guapo!»). Le quedará poco tiempo para hacer visitas turísticas, me pide una lista rápida de cosas que ver en un día, el último de su estancia, me comprometo a enviársela.

—Aunque sería mejor si me las enseñases tú en persona —sugiere, acariciándome apenas el brazo con sus dedos fuertes.

¿Está pasando lo que creo que está empezando a pasar?

—No estoy libre el domingo —balbuceo, algo desconcertado—. Tengo que ver apartamentos para mudarme.

Seguimos el resto del trayecto entre risas y anécdotas, no parece insistir, o yo no detecto ninguna otra señal.

Al llegar a su hotel, de nuevo completamente calados, nos refugiamos en el vestíbulo para despedirnos.

—¿Quieres subir a la habitación? Para tomar un trago y secarte la ropa, no más. —La ironía en el brillo de sus ojos hace tentadora su oferta—. ¡Debes de tener las medias hechas pura agüita!

La melena empapada, su rostro barbicano cubierto por gotas de agua o la musculatura que se adivina bajo el traje ligero que la humedad le ciñe al cuerpo hacen que me debata mientras él juguetea con la llave.

—Gracias, no es posible. En casa me esperan —termino por responder, más por costumbre que por otra cosa, sin saber muy bien a qué estoy guardando fidelidad.

—Si quieres que almorcemos algún día, ya tienes mi teléfono. —Me tiende la mano, antes de rematar con sonrisa burlona—: También puedo ser muy interesante hablando de aburridos temas de justicia.

Estrecho esa mano varonil y nervuda de Waldo Carrizo un tiempo tal vez demasiado largo y me asalta un afán violento de besarlo en la boca y correr al ascensor y subir a la habitación y que pase lo que tenga que pasar.

Pero giro sobre los talones y salgo a la calle, a la lluvia y a la vida que conozco.

Capítulo 14

La casa estaba silenciosa en la mañana de sábado. No había rastro de mis padres, ni siquiera una nota en la cocina cuando fui a desayunar. Golpeé con los nudillos en la puerta de su dormitorio. Al abrirla, advertí que la cama estaba ya hecha. Me llamó la atención un fajo de fotografías sobre la mesilla de noche de mi padre, junto a la Biblia y la cuartilla doblada que yo había depositado la víspera. Apenas pensé unos segundos que no estaba bien husmear en sus cosas: quité la goma elástica que las sujetaba y las fui mirando una por una. Treinta y seis imágenes prácticamente idénticas, un carrete entero: la hoguera, la llama vacilante, el humo, el mar al fondo, algo de arena o piedras en primer término y siempre una mano, a veces con parte del brazo; en las que aparecía la manga del abrigo me pareció reconocer el que le había visto al tal Ramón. Al dorso, cada una llevaba una fecha manuscrita, y me di cuenta de que eran consecutivas: mi padre había documentado ese fuego durante más de un mes, día a día. ¿Qué pretendía con eso? ¿Por qué se dedicaba a semejante empeño absurdo en vez de luchar por que no se hundiera el despacho?

Lo tuviste delante y no lo supiste ver. O no quisiste verlo. Estabas tan obcecado en que nadie más que tú tenía inquietudes... Pudiste preguntarme, yo te había

abierto la puerta, «seas como seas», ¿recuerdas? Pero
en esta reconstrucción mentirosa que haces de cosas
que no ocurrieron sigues aferrándote a tu idea equivo-
cada de cada uno de nosotros. ¿Nunca contarás que yo
te pedí leer lo que andabas escribiendo y te negaste en
redondo?

En el tocador de mi madre, bajo un cepillo de plata
con las iniciales grabadas, estaba la lista alfabética de
los invitados a la boda con los números de teléfono,
escrita con su caligrafía picuda de antigua alumna del
Sacré-Coeur. Busqué los nombres de mis primas, en algún momento tendría que llamarlas para cumplir las
instrucciones de Clara y ponernos de acuerdo con el
dichoso arroz. Juan Ignacio estaba en lo cierto: figuraban todas, incluso Ainara. Me quedé atónito al descubrir que a continuación aparecía su madre, Izaskun,
aunque tachada con una anotación: «Ya no viven jun-
tas». Entonces, era mentira lo que nos habían hecho
creer siempre: que perdieron completamente el contacto
con ella. Allí estaba, bajo el tachón, un teléfono de
Francia; reconocí el prefijo inmediatamente, era de la
región del Sud-Ouest, al otro lado de la frontera. ¿Qué
sentido tenía invitarla? ¡A la tía Izaskun! Antes de que
yo me fuera a París, teníamos prohibido hasta pronunciar ese nombre en la familia; tan solo una de las tías
abuelas, que ya tenía la cabeza perdida, empezó una
Nochebuena con aquello que le habían contado en la
plaza de «esa Arsuaga, la que se fue a pegar tiros», y los
adultos la hicieron callar inmediatamente.

Me pasé el resto de la mañana en mi habitación, esperando a que regresaran o llamasen. Varias veces estuve tentado de ir a una cabina y telefonear a Antoine,
decirle que me acordaba de él, me gustaría volver a verlo a mi regreso. Desistí: la conferencia saldría carísima
y, además, no tenía tantas monedas sueltas. Busqué en
mi biblioteca algo de literatura americana en inglés, en-

contré libros de Salinger, Faulkner y Scott Fitzgerald, leí espigando palabras que no entendía y me asusté, había perdido muchísimo vocabulario, en los últimos diez años prácticamente solo había hablado en francés, la fecha del primer ejercicio eliminatorio de la oposición sería en unos meses, tendría que tomar clases. ¿Cómo iba a pagarlas si mi madre dejaba de enviarme dinero? No podía pedírselo de nuevo prestado a Élisabeth, todavía no le había devuelto lo que le adeudaba.

Pasadas las dos y pico del mediodía, cuando ya empezaba a inquietarme la falta de noticias, oí un portazo en la parte de atrás y a mis padres que entraban discutiendo. Los perros se pusieron a ladrar, excitados ante la perspectiva de que los sacaran; solo recibieron exabruptos. Salí en dirección a la cocina, pero me detuve antes de llegar, porque me pareció que no era una conversación para mí. Creí entender que se reprochaban mutuamente algo que le habían dicho a mi hermano: mi padre insistía en que era asunto de Juan Ignacio y Clara, nadie tenía que meterse en sus cosas, no era la mejor forma de comenzar un matrimonio; mi madre le reprochaba amargamente que «Tu hijo es tan tonto como tú, Xabier», se quejaba de haberse enterado tan tarde, qué idea era esa de casarse en gananciales; él se indignaba cada vez más, «¡Cómo se te ocurre soltarle eso a una semana de la boda!», y además, si Juan Ignacio empezaba a cobrar bien en ese nuevo puesto allí, en el sur, pronto aportaría tanto como Clara. «¡Precisamente por eso! ¡Separación de bienes! ¡Separación de bienes! ¡Así es como se hacen las cosas! ¡Mira dónde estamos ahora tú y yo!», bramaba ella.

Apenas comencé a recular se abrió la puerta de la cocina y mi madre me pilló en el corredor.

–¡Contigo también tengo que hablar! –me espetó, sin rebajar su cólera–. ¡Muchas cosas van a cambiar a partir de ahora! ¡Ya está bien de tantas contemplaciones para que luego solo hagáis tonterías!

Siguió de largo hacia su dormitorio, sin darme tiempo a replicar. Al poco la siguió mi padre y se encerraron.

Puse la mesa sin pedir explicaciones y me senté a esperar. Nunca los había visto pelearse de esa manera.

Eran casi las cuatro de la tarde cuando él apareció en el comedor y almorzamos los dos solos la comida que yo había recalentado dos veces. No pregunté nada y el primer plato transcurrió en silencio. En el segundo, se forzó claramente a iniciar una conversación:

–¿Cómo sigue tu ojo?

–Bien –contesté, tocándome el párpado inferior–. Todavía duele, pero va bien.

–Así quedarás para la posteridad, en las fotos de la boda. Como el chico malo de la familia.

–Si me pongo muy de perfil, quizás no se vea –sugerí girando muchísimo el cuello.

–No, hijo. Tú, de frente, siempre de frente. Eres un Arsuaga. No lo olvides nunca.

¿A qué venía este comentario de pronto? ¿Se daba realmente cuenta de lo que estaba diciendo?

Al poco sonó el teléfono en el saloncito de los abuelos y salió corriendo a coger la llamada. Por sus respuestas, que me llegaban lejanas, deduje que hablaba con mi hermano, trataba de calmarlo, le repetía continuamente «No hagas nada, no lo hagas, ni se te ocurra», después cerró la puerta para que no lo oyéramos.

Esperé un buen rato, y cuando sus pasos comenzaron a ascender al primer piso me tomé el postre a solas. Luego recogí la mesa y fregué todo. Dudé en llevarle la comida a mi madre en una bandeja; finalmente, opté por guardarla en el frigorífico y salí de la cocina. Al pasar al pie de la escalera me pareció que llegaban sollozos de una de las habitaciones de arriba. Me detuve un poco, titubeando. No me decidía. Hasta que subí y empujé suavemente la puerta entreabierta del baño. Volví a cerrar de golpe deshaciéndome en excusas, desconcertado ante lo que acababa de ver: mi padre, sentado en la taza del inodoro, con los pantalones bajados, lloraba abiertamente entre hipidos junto a una botella. Sus rodillas blanquísimas, los faldones de la camisa, aquella mano cubierta de manchas de edad que se golpeaba la boca, se me quedaron clavados en la retina. Bajé precipitadamente y me encerré en mi dormitorio. Esas imágenes que no se me iban de la cabeza daban entrada a un mundo ignoto para el que no estaba preparado. No podía ser el padre de mi padre. Aún no. Al desatarme los cordones de los zapatos para tumbarme sobre la cama, noté que me temblaban los dedos. «Los hombres no lloran», nos había abroncado él una y otra vez cuando de niños nos arreaba bofetadas. Hasta que aprendimos a no soltar una sola lágrima a pesar de las mejillas al rojo vivo.

En la duermevela de la siesta, le oí salir con los perros por la puerta de atrás. Poco a poco, empecé a sentir que el cuarto se llenaba de voces antiguas que pugnaban por imponerse. Me negué a prestarles oído: no estaba dispuesto a pagar el precio.

Sin embargo lo pagarás, aunque todavía no lo sepas. Como lo pagamos todas. No fuiste el guardián de tu familia ni protegiste a tu hermano, como tampoco supo serlo en 1940 tu abuelo con su propio hermano, al que dejaron casi muerto en el frontón los falangistas, y vosotros todavía arrastráis las consecuencias de aquella paliza y sus años en la cárcel. Estuviste ciego y es fuerza que lo pongas por escrito.

A media tarde, mi madre me llamó a su dormitorio. Estaba echada en la cama y la habitación era un revoltijo de papeles y objetos desparramados. Las tres puertas del enorme armario vestidor estaban abiertas y se veía que había andado revolviendo en cada uno de los cajones y baldas, porque estaba todo en desorden.

—Ya te explicó tu padre lo que tengo que decirte, ¿verdad? –preguntó, recostándose contra el cabecero.

—De eso tenemos que hablar, precisamente. Quizás ahora no sea el mejor momento... —tanteé, tratando de evitar la conversación.

No pareció escucharme.

—Entonces, ya sabes lo que tienes que hacer y por qué, hijo.

—No tiene ningún sentido que yo me quede.

—¿Qué piensas hacer si no? —me interpeló agriamente—. ¿Seguir perdiendo el tiempo en París y gastándote el dinero que no tenemos? ¡A los veintinueve años no tienes ni siquiera la vergüenza de ganarte la vida!

—¡Si me sale lo que pretendo, me la ganaré en Nueva York, y muy bien!

El desconcierto se pintó un momento en su rostro y no supo qué decir. Me di cuenta de que mi padre no le había contado nada.

—¿Qué nueva tontería es esa? —reaccionó por fin.

Traté de explicarle el anuncio que había visto, me convertiría en un funcionario internacional, el sueldo parecía bastante bueno. Pese al entusiasmo que intentaba infundir a mis palabras, yo mismo sentía que sonaba quimérico e imposible. Hasta que me interrumpió con el reparo en el que yo no quería pensar:

—¿Cuánta gente se presenta a esas oposiciones?

—Miles, supongo. Hacen pruebas en diversos países para encontrar a los mejores traductores.

—¿Y tú te crees que te van a coger a ti solo porque te sacaste ese título de inglés hace trece años? ¡Deja ya de engañarte, por Dios!

Protesté: la segunda prueba eliminatoria era de francés, en esa conseguiría una puntuación excelente, ya estaba haciendo algunas traducciones profesionales en París. No obstante, cuanto más argumentaba, más dudas sentía yo mismo. Era cierto: probablemente no pasara la primera criba, al parecer eran textos en un lenguaje muy técnico.

–¿No te das cuenta de que tu sitio está entre nosotros, hijo? –Me tendió la mano para que se la tomara; no me moví–. Yo te he ayudado mientras he podido, sin pedirte nada a cambio. Ahora te toca a ti. Está claro que eso de ser escritor no era tu camino. No pasa nada, no tires tu vida por la borda. Aún tienes mucho tiempo por delante. Haz las cosas bien, no como tu hermano.

Se quedó callada, con la palma todavía tendida, dándome la oportunidad de que dijera algo; no encontré nada que responder. Mi vista se fijó en el armario abierto y desordenado, donde colgaba el vestido que se había encargado para la ceremonia. ¿Lo habría pagado también ese futuro consuegro del que tanto se reía? Era de seda salvaje turquesa, la mancha de color destacaba entre las mantillas negras y las peinetas de carey que habían ido heredando tías y abuelas desde doña María Otaduy.

–Puede que ahora no lo entiendas –bajó la mano y se puso a alisar nerviosamente el embozo de la sábana–, pero dentro de unos años, cuando tengas hijos y sea tu turno de pasarles el testigo y que hereden esta casa, comprenderás por qué tienes que ser valiente hoy.

Ella sabía perfectamente que yo nunca tendría hijos, no habíamos necesitado hablar para que lo comprendiera, un día simplemente dejó de preguntarme por posibles novias y supe que el tema estaba zanjado, acepté el silencio tácito que impuso entre nosotros, por supuesto que no iba a mencionarle otras posibilidades, no tendría ningún sentido pretender que ellos aceptaran como normal algo que nunca habían conocido. ¿Por qué me decía esto, entonces?

–Ahí están las escrituras de la casa. Y las del panteón Arsuaga en el cementerio de La Galea, también. –Señaló uno de los cajones revueltos–. A partir de ahora, quiero que las tengas tú. Eres el primogénito, y tienes que ir asumiendo responsabilidades, en unos años serás tú quien tenga que decir aquello de *Neu naz neure familiaren jagolea*. En el fondo, me alegro de que no pasen a Juan Ignacio... Tu hermano es un lerdo que ha salido a vuestro padre, parece que no llevara sangre Arsuaga en las venas, nada que ver contigo. ¡Si supieras de lo que me he enterado esta mañana! ¿Para qué nos vamos a engañar? Yo siempre he sabido que el fuerte eras tú y que al final, podría confiar en ti.

¿Cuántas veces se habrían pronunciado términos similares en esta habitación a lo largo de las generaciones? ¿Y cuántos hijos habrían acatado la orden a su pesar y habrían asumido ese mandato, «Soy yo el guardián de mi familia»? Sentí el desaire que supondría para todos ellos lo que iba a proponer:

–No tenéis por qué quedaros aquí, mamá. Juan Ignacio tiene razón: ¿de qué sirve seguir resistiendo? Podríais vender la casa, iros lejos, tal vez con ellos, empezar en otro sitio. Antes de que sea demasiado tarde.

–¡A mí nadie me va a expulsar de mi tierra! –Saltó de la cama fuera de sí, entre gritos–. ¡Yo nací aquí y aquí moriré, como todos mis antepasados! ¡Y esta casa seguirá siendo de la familia mientras yo viva! ¡Si tu hermano y tú no sabéis defendernos, pues que sea de las otras Arsuaga! ¡Por lo menos, ellas sí que luchan por lo que creen! ¡Esas no se equivocan en lo que hacen!

¿De qué me estaba hablando?

Rebuscó entre los documentos del armario y después se encaró conmigo blandiendo unos legajos:

–¿Estos cien años de historia no significan nada para ti?

Traté de escoger cuidadosamente las palabras antes de pronunciarlas, aun sabiendo que se iban a estrellar contra un muro:

–Para mí, el mundo es muy grande. Y no tiene sentido seguir peleando por cómo se llame este trozo de tierra. ¿Qué tenemos que nos haga tan especiales? Fuera de aquí, nadie entiende que nos matemos por una lengua o por esa identidad tan nebulosa que ni siquiera sabemos definir. Vivir lejos, pero en paz, no me parece un precio tan terrible. Podéis ser muy felices con los hijos que tengan Juan Ignacio y Clara.

–No te engañes, Bosco: de esta casa no me voy a ir jamás. Si vuestro padre quiere largarse también, me quedaré sola. Yo no voy a dejar de cumplir la promesa que le hice a tu abuelo.

Dobló cuidadosamente los legajos y los volvió a guardar.

–¿A qué precio? –repliqué amargamente–. ¿De verdad merece la pena?

Sacó una fotografía de entre el batiburrillo y me la tendió. Yo la había visto montones de veces: era la imagen oficial que les habían tomado el día de su boda, en la que aparecían jovencísimos, más asustados que felices. Ella llevaba el velo de tul con encaje que tanta guerra estaba dando ahora.

–Mírala bien –me ordenó depositándola en mis manos–. ¿Tú te crees que eso era lo que yo quería? ¿O más bien lo que debía hacer? No tenía hermanos, no había nadie que pudiera mantener el despacho y el apellido, ¿para qué iba a empeñarme en estudiar periodismo, algo que no nos iba a servir de nada? El abuelo me sentó ahí, en esa butaca, me indicó claramente lo que necesitaba la familia y lo hice. «*Aurrera beti!*», no tuvo que decirme más.

Siempre me había parecido que en esa foto flotaba una extraña tristeza. Mi padre solía bromear con que era «demasiado realista».

–Los tiempos cambian, mamá.

–Pero al final, un día, todos acabamos yendo a ese cementerio junto al mar a enterrar a nuestros padres en el mismo panteón. Eso no cambia, créeme. Y el día que tengas que ir tú, te arrepentirás de esto que estás haciendo.

Se agachó a recoger todo lo que andaba desperdigado por el suelo, y me pareció que daba por terminada la conversación. Me puse a ayudarla.

–¿No entiendes que lo decimos por tu bien? –argumenté, arrodillado a su lado–. No serías la primera. ¿Por qué crees que se marcharon a Cuba los Arsuaga a mediados del diecinueve? Porque, con las guerras civiles carlistas, aquí no se podía vivir. Eso es lo que nadie reconoce y yo pretendía contar con mi novela. Las fechas son clarísimas: don Alfonso se fue a La Habana justo en 1874, cuando el ejército carlista iba caserío por caserío exigiendo la contribución para la causa. Y el de los Arsuaga era el más rico de Algorta. Ya habían matado a uno de los hermanos, el pelotari que era liberal.

Dejó lo que estaba haciendo y se encaró conmigo con incredulidad:

–¿Me vas a dar tú lecciones de historia? ¿Tú, que te has pasado años fuera y no sabes nada de quiénes somos?

–Es que a lo mejor sé mucho más de lo que pensáis –le rebatí, dolido–. Llevo años intentando escribir esa novela con todas las entrevistas que les hice al abuelo, a sus hermanas, a todos los Arsuaga que me contestaron, y con lo que averigüé en los archivos del Ayuntamiento. Optaron por salvarse y empezar de nuevo en otra parte, muy lejos de toda aquella violencia.

–Sin embargo, en 1898, en cuanto se perdió la colonia, regresaron aquí, a su tierra. A reencontrarse con los mismos contra los que habrían luchado veinticuatro años antes.

Eso era precisamente lo que me había desconcertado siempre. ¿Por qué una familia de ricos azucareros que había amasado una fortuna decide volver al lugar de donde tuvo que huir en lugar de instalarse en cualquier otro sitio donde sus negocios habrían ido muchísimo mejor? La explicación debía de estar en la novela a la que se refería continuamente don Ignacio en su diario, en el que hacía algunas alusiones muy confusas, hablaba del retorno de su padre para «saldar la deuda» o «borrar la culpa», parecía dar a entender que él la había escrito en contra del silencio que alguien le quería imponer; yo nunca había logrado encontrarla pese a que no dejé sin inspeccionar un solo arcón ni baúl de los que estaban arrumbados en el primer piso.

Mi madre se alzó en pie. Y mientras iba ordenando baldas y cajones, me habló de espaldas:

–Tú tienes otra razón para no quedarte aquí, y estás muy equivocado. No eres el único. Mira Rafa Elorduy: todo el mundo sabe que se va algunos sábados por la noche a Hendaya o a Biarritz, y ya está. Pero tiene mujer e hijos: nadie puede reprocharle nada.

Oímos cómo se abría la puerta trasera y mi padre regresaba con los perros. Sin volver la vista a mí, masculló rápidamente.

–Déjanos a solas. Y piénsatelo. Hay muchas buenas chicas en Algorta que estarían encantadas de convertirse en una Arsuaga a cualquier precio.

Horas después, de camino hacia el Flamingo, todavía seguía dándoles vueltas a esas palabras. Parecían indicar lo mismo que había insinuado mi padre; ¿habían hablado entre ellos y estarían de acuerdo en mirar para otro lado? Eso lo cambiaba todo. A lo mejor era posible una vida más fácil que lanzarme a la aventura tan incierta de Nueva York. ¿No sería mejor aceptar esa solución que seguir dando tumbos? Al fin y al cabo, no era más que lo que había hecho con Sylvie los primeros meses, y había funcionado. Tal vez pudiera encontrar una mujer comprensiva, alguien que no pidiese demasiadas explicaciones por ciertas ausencias y a cambio me diera la estabilidad que no acababa de encontrar con mis escarceos. No cabía mentirme: ninguno de los novios franceses que había tenido había durado más de algunas semanas, porque los hombres no se comprometían, buscaban siempre otra cosa. «Acuden a sitios como este un sábado por la noche», pensé empujando la puerta del único antro gay que conocía en Bilbao, «pero no quieren desayunar contigo el domingo por la mañana».

Nada había cambiado en aquella discoteca desde mis tiempos universitarios, cuando venía a escondidas, muerto de miedo, esperando agazapado entre dos coches a que no pasara nadie por la calle para entrar sin que me vieran. Era prácticamente igual que cualquiera de los garitos del Marais a los que ahora accedía a cara descubierta sin importarme lo más mínimo: una barra con un par de camareros guapos como cebo, la pista de baile minúscula en la que pocos perdían el tiempo, baños al fondo y el cuarto oscuro al que realmente veníamos todos. Lo que lo hacía único eran los dos cuadros monumentales que colgaban de las paredes: san Francisco Javier y san Estanislao de Kostka. Nadie supo explicarme nunca cómo habían acabado aquí aquellas pinturas que habían presidido tantos ejercicios espirituales durante mi adolescencia en el colegio de los jesuitas, si bien cuando llegué a acostumbrarme a su presencia impía entre hombres sudorosos que se agitaban como posesos al ritmo del house más duro, resultaban coherentes sus miradas lánguidas, sus bocas pálidas, la delicadeza femenina de sus manos recogidas sobre el pecho en oración.

Tomé asiento en uno de los taburetes y pedí un gintonic. A mi lado, dos cincuentones barrigudos y narizotas como estampas salidas directamente de un cuadro costumbrista del Museo Etnográfico bromeaban con el barman más escandaloso. Habrían dejado a la mujer y los hijos en Munguía o Arrancudiaga o Elorrio y se habrían venido a correr una juerga con cualquier excusa. Uno de ellos me recordó a un famoso chef, aunque no quise mirarlos demasiado por miedo a que iniciaran una conversación: si quería ligar, no convenía que me vieran hablando con los viejos que solo venían a alegrarse la vista. Y no tenía demasiado tiempo: Andoni llegaría hacia la una, después de su turno en el restaurante, no quería toparme con él. Al ir a pagar la copa que depositó ante mí el camarero, este me anunció, alzando mucho las cejas y señalando con una inclinación de cabeza a los *baserritarras*:

–Estás invitado. ¡Eso se llama llegar y besar el santo!

Me giré hacia ellos con sorpresa y el más gordo me soltó:

–¡Bienvenido! No todos los días aparecen chicos nuevos tan guapos como tú.

–Si mamá te ha pegado, aquí te queremos –añadió el otro, refiriéndose a mi ojo morado.

Protesté que no era necesario, saqué un billete, no hubo manera, se ofendieron:

–Oye, que no te exigimos nada a cambio, ¿eh? Y eso que se me ocurren muchas maneras de devolver el favor –insinuó el más deslenguado, palmeándome el culo sin recato.

Me sentí incomodísimo al darme cuenta de que estábamos atrayendo todas las miradas de la escasa concurrencia. Debían de ser unos habituales que siempre lo intentaban con la carne fresca y, para regocijo de quienes ya los conocían, hoy me había tocado a mí ser la víctima de sus atenciones. Pese a que siguieron con sus chanzas, me encogí de hombros y, sin responder, me fui con el gin-tonic al pie de la pista, a apoyarme junto al lienzo de san Francisco Javier. Era la posición estratégica que había ocupado muchísimas veces años antes: ideal para controlar quién entraba en el local, y también para saber cuándo se metía en el cuarto oscuro y ser así el primero en seguirlo. Bajo la mirada arrobada del santo, y quizás con su milagrosa intervención, una noche quien había aparecido fue aquel futbolista del colegio que había poblado mis sueños húmedos sin haberme dado jamás muestra de ambigüedad. Al verlo, había pensado que se habría confundido de sitio y así me lo dio a entender luego en nuestra conversación. Hoy, que no quería encontrármelo, me resultaba irónico recordar cuántas veces me había apostado aquí con la esperanza de que volviese a confundirse de bar, creo que incluso llegué a pedírselo con verdadero fervor a san Estanislao de Kostka. Y mis oraciones habían sido escuchadas.

Pasaba el tiempo y no aparecía nadie que atrajera mi atención. Cada posible candidato era demasiado afeminado, o demasiado flaco, o demasiado mayor, o demasiado calvo, o llevaba gafas, o tenía barba, o usaba mocasines. Y por supuesto, todos eran blancos. Me di cuenta de hasta qué punto me había acostumbrado mal en París, donde, cada fin de semana, el problema era gustarle a cualquiera de la multitud de hombres de todos los colores que me excitaban. Volví a pensar en Antoine, en sus brazos hercúleos, los pectorales duros bajo la camisa abierta, aquellos dorsales definidísimos sobre su espalda que yo había aferrado con furia mientras estaba encima de él. En dos ocasiones se me acercó alguien: el primero era muy amanerado y ni me molesté en contestarle; el que vino más tarde me pidió fuego sosteniéndome la mirada, me dije que podría servir si no surgía ninguno mejor, decidí esperar un poco, pero al rato lo intentó con otro y desaparecieron juntos en el baño.

Consulté el reloj y resolví marcharme: una velada perdida. Los dos aldeanos, que seguían acodados a la barra, me despidieron con retranca («¡Recuerdos a mamá, bonita!»). Caminé acera abajo, hacia el puente donde podría encontrar un taxi, rumiando que para eso serviría estar casado: para no dormir solo en ocasiones como esta.

—¡Bosco! —oí a mis espaldas.

Era Andoni. En la calle vacía resonaban los tacones de sus botas vaqueras mientras se acercaba a mí. El pelo humedecido, la cazadora de cuero negra y la camiseta blanca, el pantalón ajustado: exudaba la misma masculinidad desafiante que la primera vez, hacía diez años. Me iba a costar mucho decir que no.

Fue a estrecharme en un abrazo; no le dejé. Insistió en que regresásemos al Flamingo, allí podríamos hablar. Me negué. No se dio por vencido.

Y aquí dejarás de contar cómo te equivocaste aquella noche, porque no querrás que caiga en manos de quien aún puede leerte y sufriría con ello el relato de la indignidad que terminaste por cometer en su automóvil, sabiendo que te ibas a arrepentir a la mañana siguiente. No: no daba lo mismo un cuerpo que otro cuerpo y nadie entenderá que decidierais no pronunciar una sola palabra porque en el silencio el deseo iguala todas las bocas.

Durante unos segundos no supe dónde me había despertado: el golpeteo de la lluvia en el alféizar y los sonidos que se filtraban de la calle me resultaban desconcertantes. Las manchas oscuras del vómito sobre la ropa que aún llevaba puesta y el olor acre impusieron inmediatamente su certeza. A la luz que se filtraba reconocí la habitación del hostal, si bien no tenía conciencia de haber llegado hasta aquí. Me incorporé para sentarme en la cama y el ramalazo súbito que punzó la rodilla me hizo recordar que me había caído cuando salí corriendo tras los chicos. Con esa memoria llegaron las oleadas de pánico: noté cómo se empapaba de golpe la camisa, el pecho me oprimía, la migraña como un bisturí afilado que penetrara las sienes. Apreté los puños y traté de respirar del modo en que me había enseñado el psicólogo, no era nada, solo otro ataque de ansiedad, se pasaría en un momento. Pero no lo lograba: sentía que las uñas se clavaban en la carne, me ahogaba, el corazón parecía atravesado por clavos, empecé a verme desde fuera de mí mismo. Traté de echar mano al pastillero que seguiría dentro de la mesilla, sin embargo los dedos me temblaban tanto que no conseguía abrir el cajoncito. Descubrí el teléfono móvil en el suelo: la pantalla había reventado y las grietas del cristal sobre el fondo negro formaban constelaciones caprichosas. Más allá distinguí la cartera; me agaché como pude, comprobé que estaban las tarjetas, todavía quedaban algunos billetes y el recibo de la funeraria. No, no habían querido robarme. Entonces quizás la bolsa siguiera allí, en el parquecito.

Querías hacerte ilusiones; en tu fuero interno, sabías que le habías vuelto a fallar. No se podía confiar en ti. Nunca. Por eso bajo

la ducha, mientras te limpiabas la sangre seca de la rodilla, te esfor-
zabas con denuedo en rememorar palabras exactas y frases enteras
que habías leído, aquellas acusaciones que se te habían quedado
grabadas, los nombres y fechas que habían fulgurado ante tus ojos.
Bajo el sirimiri constante, pasé la mañana rebuscando en
cada rincón del parque, debajo de cada banco, dentro de cada
papelera, entre cada arbusto, recogiendo cuantos papeles encontraba con la esperanza absurda de que fueran un resto
mínimo de los que había perdido, no me importó que varios
jubilados me señalaran asombrados como a un loco, un policía local me interrogó y la respuesta sonó tan absurda como
era el empeño («Tengo que encontrar una bolsa de basura
que perdí anoche»), averigüé que el camión de la limpieza no
pasaba los domingos, no había riesgo de que la hubieran tirado, pregunté en la pizzería y luego revolví en sus contenedores hasta que me expulsaron con amenazas cuando vieron
que metía el brazo para sacar los desechos, aparté una por una
las sillas mojadas de las terrazas de la plaza escudriñando debajo de las mesas primero ante el estupor y después ante los
gritos airados de los camareros, en el bar donde había entrado
por la noche me echaron con cajas destempladas al reconocerme, allí no habían encontrado nada y si lo hubiesen encontrado lo habrían tirado, no andaban conservando porque-
rías de vagabundos, indagué en la Biblioteca Municipal y en la
iglesia de San Nicolás y en varios comercios, invariablemente
negaban meneando la cabeza con incomodidad o desprecio
apenas encubiertos, en el Ayuntamiento la funcionaria de la
Oficina de Objetos Perdidos me tendió el formulario con una
risita («Mira que aquí vemos cosas raras, pero esto…»), al relle-
narlo traté de ser absolutamente riguroso, como si esa exacti-
tud prestase consistencia a lo que ya empezaba a ser fantasma-
górico; si lograba describir con precisión no estaba todo
perdido, «unas treinta y cinco o cuarenta hojas escritas sin
márgenes, de punta a punta de cada línea, a mano con bolígrafo azul, las ocho o diez últimas con la repetición constante de la misma frase; sin ninguna firma, ni fechas, no obstante

aparece mucho un nombre, "Borja", casi siempre junto a un reproche», doblé la copia sellada convenciéndome de que no podía ser simplemente un mal sueño porque allí constaba la prueba material.

Eran casi las tres cuando me puse en camino hacia la casa calándome más y más por la lluvia que iba enfureciéndose. Me quedaban menos de cuarenta y ocho horas hasta el vuelo del miércoles, había que ser rápido. La dichosa carta tenía que estar allí, bajo las torres de periódicos del dormitorio. La iba a encontrar aunque tuviese que remover hasta la última hoja, porque averiguar lo que quiso que leyera y no leí era el único camino para despejar sus acusaciones que me seguían torturando («Tú que no quisiste contar y sin embargo sabías, o debías haber sabido», «Tú que eres cómplice con tu silencio»).

Había una notificación oficial sobre la puerta de entrada. Apenas empecé a leerla velozmente por encima, algunas locuciones comenzaron a bailar enloquecidas ante mis ojos como fuegos de artificio que explotaban en cascadas unos detrás otros: «expediente de declaración del estado de ruina», «Reglamento de Disciplina Urbanística», «elementos portantes agrietados y con falta de aplomo», «instalaciones obturadas», «fisuras a cuarenta y cinco grados que evidencian deformación y agotamiento», «posibilidad de colapso inmediato de mirador superior», «riesgo de caída de elementos de cobertura», «peligro de derrumbamiento parcial inminente», «ruina estructural, económica y urbanística», «orden de demolición», «desalojo de los ocupantes», «mandamiento de ejecución». La arranqué de un manotazo y golpeé la aldaba con furia. En vano insistí repetidas veces: nadie me abrió. Rodeé por completo el edificio, buscando ventana por ventana alguna por la que pudiera colarme; cada una de ellas tenía las contraventanas firmemente trancadas por dentro. Estaba empapado, muerto de hambre, me ardía la rodilla. Elevé la vista hacia los balcones del primer piso y me pareció distinguir a través de los cristales a fantasmas de épocas diversas que me increpaban coléricos, aunque no lograba oír sus voces, tapadas por el chaparrón y el viento. Sentí por primera vez que todo acababa aquí y estaba bien: si conseguía penetrar, podría dejarme ir con ellos, tumbarme en esa cama que habían ocupado tantos y tantos Gondra, abrir las venas con cualquier clavo saliente o cristal roto y dejar que la sangre volviera a la sangre. ¿Qué mejor sepultura para pagar la culpa que el dormitorio donde aullé a mi madre «¡Prefiero vivir lejos de vosotros, sin mentiras, en un sitio en el que nadie me diga cómo tengo que ser!» y más tarde en el silencio estallé la luna del espejo en un adiós insultante que me alejó para siempre?

De repente sonaron voces en la parte de atrás y corrí esperanzado. Sin embargo, no era euskera lo que creí entender al acercarme, sino alguna lengua de un país del este de Europa, rumano o búlgaro, y solo alcancé a ver a dos hombres que corrían cuesta abajo entre los escombros al darse cuenta de que me aproximaba, uno de ellos con algo que semejaba una palanca. Comenzaban los tiempos del pillaje, y supe inmediatamente el versículo de Lucas 11, 17 que habría venido a los labios de mi padre: «La casa dividida contra sí misma, perecerá».

Anduve como un sonámbulo errando bajo la lluvia incesante por calles que me costaba reconocer de regreso al hostal. Alguien me saludó, pero pareció asustarse cuando lo miré interrogante. Compré un cuaderno en una papelería y la dependienta contó dos veces con desconfianza las monedas que le entregué. Luego, encerrado en mi habitación, empleé el tiempo que me quedaba hasta el funeral en rellenar hoja tras hoja con todas las frases exactas de las que me acordaba, tratando de ser estrictamente fiel a la memoria de lo que había leído, y tachando en cuanto sentía que el escritor que ya no era embellecía las palabras de mi hermano que debían restallar duras y secas.

Al descolgar de la percha el traje y la corbata negros que le había tomado prestados a John, porque yo nunca había ido de luto, caí en la cuenta de que no había vuelto a preocuparme de él. Encendí el teléfono que continuaba por el suelo y a pesar de las grietas que recorrían la pantalla en formas sinuosas, pude leer todos sus mensajes, primero atemorizados, después ansiosos, por fin angustiados, y finalmente espantados: dieciocho en total. Entonces, no le era indiferente lo que me sucediera, aún albergaba algún afecto por mí. Saberlo me bastaba, no me sentía capaz de ofrecerle explicaciones, no ahora. Me puse su chaqueta y me abracé a mí mismo, como si dentro de esas mangas estuvieran sus brazos de años antes, de la época en que él sabía cómo calmarme los ataques de angustia y refugiarme en su pecho era encontrar el hogar que no tenía. Lo eché de menos, sus manos grandes acariciando mi espalda, pero no me permití esa debilidad y anudé la corbata diciéndome que no podía llegar tarde al único funeral de mi familia al que iba a asistir.

Al ver cómo iba vestido, la dueña del hostal insistió en prestarme un paraguas negro, estaba jarreando, ¿no prefería que llamara a un taxi?, la parroquia de Nuestra Señora estaba a quince minutos andando.

–Lo siento mucho, de veras. Yo también he perdido a alguien hace muy poco –me confesó, y ese pésame de una desconocida me hizo bien, había una tristeza acuosa en sus ojos, me apretó ligeramente el brazo al entregarme el paraguas y el contacto sincero me infundió ánimo.

Caminé bajo las ramas de los plátanos de la avenida del Ángel que se agitaban por el viento racheado y el aguacero con la impresión de que estaba haciendo el trayecto que debería haber recorrido al menos dos veces mucho tiempo atrás. Cuando murió mi padre hacía ya varios años que me había instalado en Nueva York, recibí un mensaje piadoso de una prima suya a la que apenas había tratado, deduje que si no me habían avisado ni mi madre ni mi hermano era porque no deseaban que apareciera, me emborraché esa noche con John en el Oak Bar del Hotel Plaza hasta que nos echaron, al día siguiente quemé la única fotografía que había conservado, una en la que salía movido lanzando piedras al mar y a cuyo dorso él había escrito la cita que nunca había olvidado («Mas al que no tiene, se le quitará hasta lo que tiene») y sentí que las amarras se cortaban definitivamente. En mis sueños empezó a aparecer este paseo que conducía a la iglesia de Nuestra Señora y una carroza fúnebre que lo atravesaba, tirada por caballos con penachos negros, y a veces yo era el cochero, y otras el muerto, y otras el percherón cansado que se negaba a avanzar y recibía los fustazos violentos. De la muerte de mi madre me enteré meses después de que ocurriera, unos Gondra que estaban de visita en Nueva York me localizaron y al no responder a sus llamadas me dejaron una carta en el buzón, pensé que aquello que había jurado se había cumplido, no había vuelto a ver jamás a ninguno de los dos, al leerla me sentí orgulloso de haber mantenido mi palabra, pronto las pesadillas se redoblaron, los caballos se despeñaban por el acantilado hacia el mar, si bien nunca terminaban de caer, por esa época arreciaron las crisis de ansiedad y tuve que volver a un psicólogo.

Doblé el último recodo y aparecieron al fondo la campa de hierba que ascendía hasta el templo, el atrio con sus pies derechos de madera, la casa parroquial adosada. Recorrí el sendero de cantos reviviendo la última vez que lo había pisado veinte años atrás, en un día radiante de mayo, sabiendo que, después de lo que acababa de ocurrir en la casa, mi presencia en aquella boda ya no tenía sentido. Hoy no había mujeres con pamelas y vestidos de seda ni hombres de chaqué ni corros de charlas animadas ni mirones del pueblo ni salió a recibirme ningún sacerdote nervioso ni me palmeó la espalda ningún familiar lejano ni me saludaron primas que viniesen a pedirme su saquito de arroz. No había nadie fuera, y eso que solo faltaban cuatro minutos para las siete de la tarde. Empujé la puerta y en la iglesia vacía divisé enseguida a Ainhoa y Edurne en el primer banco. Las dos únicas personas en toda la nave. Dudé un momento; mi prima me hizo una seña y fui a sentarme junto a ellas. Ainhoa me abrazó muy fuerte, mucho tiempo, y me dejé hacer. Su hija me besó en las mejillas y me pregunté si realmente era ella la chica negra que la víspera me había vuelto la espalda.

—Gracias por venir, estoy segura de que él te lo estará agradeciendo —me bisbiseó Ainhoa al oído.

¿Por qué se comportaba como si fuera la viuda y yo un simple convidado al funeral?

Sonó una campanilla y de la sacristía salió don Julen; había envejecido muchísimo, andaba con dificultad, se veía que bajo la casulla solo quedaba un cuerpo escuálido, subió lentísimamente los escalones hasta el altar y su voz temblaba al dar comienzo a la misa. ¿En esto había quedado aquel cura cuyos gritos en el frontón jugando a pala eran atronadores, el terror de los niños de Algorta cuando repartía mandobles a quien no se sabía el catecismo, el sacerdote siniestro que había pronunciado tantas justificaciones retorcidas a pleno pulmón desde el púlpito? Pegué un respingo al escucharle una fórmula que supuse ritual y en sus labios me sonó atrozmente cínica: «Estamos aquí para recordar a nuestro hermano bien amado Juan Manuel».

—No creo que mi hermano se sintiese precisamente muy amado por este —cuchicheé a mi prima haciéndome pantalla con la mano junto a su oído.

Se volvió a mí muy sorprendida. Luego añadió, también en un susurro:

—Te equivocas. Lo pidió él.

No era posible, tenía que estar mintiendo. Juan Manuel nunca había podido verlo ni en pintura, fue él mismo quien me abrió los ojos sobre lo que se rumoreaba que sucedía en el confesonario.

Me pasé el resto de la misa haciendo memoria de si en los papeles perdidos había anotado algo al respecto, solo me venía a las mientes un pasaje bastante oscuro en el que no citaba nombres pero lanzaba una diatriba contra la Iglesia que había arruinado su vida, resultaba difícil saber a qué se refería, mezclaba alusiones a un proceso que parecía de nulidad matrimonial con insultos al Tribunal de la Rota y menciones veladas que no comprendí en aquella primera lectura rápida, «mejor me hubiera ido sin fe, aunque solo con fe es posible el perdón», me sonaba que había escrito.

Al terminar, Ainhoa y Edurne fueron un momento a la sacristía, a pagar los sesenta euros, supuse, mientras yo me quedaba diciendo unas últimas oraciones. Recé mecánicamente en la nave vacía con la vista puesta en el Cristo crucificado que era la única ornamentación. Siempre me había gustado la desnudez de este templo que carecía de retablo, sus paredes de piedra desnuda sin imágenes ni cuadros ni capillas, el silencio monacal que me había calmado en tantas ocasiones en mi primera adolescencia cuando acudía a rogarle a la Virgen que dejara de gustarme el capitán del equipo de fútbol porque comprendía que no estaba bien eso que sentía sin saber ponerle nombre. Durante la boda, completamente sobrepasado por lo que acababa de acaecer en la casa, había implorado a un Dios en el que ya no sabía si creía que me ayudase a tomar la decisión correcta, sin embargo Él me había dejado en las tinieblas. ¿Me iluminaría hoy, que estaba igual de perdido que entonces?

Fui a sentarme en el extremo del tercer banco de la izquierda, exactamente en el mismo lugar en el que me había colocado veinte años antes porque estaba tan furioso que no quería ni acercarme a mis padres en la primera fila de la derecha y me daban igual las cejas que se levantaron al ver dónde me situaba. Aquí fue donde empezó a gestarse la audacia que decidió mi vida y el principio de algo de lo que ahora quizás me arrepintiese, y era atroz sentir que en este preciso punto arrancaron los senderos que se bifurcaban y, si hubiera escogido el otro, tal vez la iglesia hubiese estado hoy llena a rebosar y yo hubiera acudido con una mujer y unos hijos a llorar a un hermano bien amado y más tarde hubiésemos ofrecido un refrigerio en el comedor de la casa a tíos y primas y otros parientes que repetirían anécdotas añejas sobre Gondras carlistas del caserío original que en el siglo XIX entraban a tiros en casas de liberales y desafectos, y Gondras que habían hecho fortunas colosales en los años diez traficando por igual con ingleses y alemanes en la Gran Guerra, y Gondras respetabilísimos que habían perdido dinerales apostando en los frontones por pelotaris que nunca remontaban.

Pero elegiste el camino equivocado y ahora estabas solo, como estarás solo el día en que te llegue la muerte, solo y loco y perdido y sin techo, y no habrá nadie que diga un mal responso por ti en este templo, porque nadie se acuerda de quienes se apartan de los deberes de la sangre y el apellido.

En el despacho parroquial, Ainhoa conversaba con don Julen sobre las escrituras del panteón que necesitábamos consultar. El párroco se volvió a mí en cuanto entré y percibí un reproche sordo en el saludo que me dirigió:

—Tú eres el hermano, ¿verdad? ¡Cuántas veces me habló de ti!

Mi prima insistió: quería saber cuándo podríamos pasarnos a ver los archivos, habría que encontrar el contrato original de 1898, por las mañanas ella no podía, era funcionaria.

—¿Fue en esta parroquia donde le ayudaron tanto? —Me sorprendí. Siempre había dado por hecho que se referían a la de San Nicolás.

—Esta humilde morada fue su último refugio, aquí no le abandonamos —alardeó don Julen con el mismo cinismo con que debía de recibir los sobres en su día—. La paz que tanto estaba buscando la pudo hallar entre estos muros. *Azkenean.*

Descubrí una brevísima mirada cómplice entre el cura y Ainhoa que hizo aún más siniestra la palabra «paz». ¿Qué tela de araña estaban tratando de tejer para reescribir ante mis ojos una historia de la que yo estaba atando los cabos pese a que ya nadie me aclararía nada? ¿Por qué había dicho *azkenean*, «finalmente»?

Viendo que Edurne se impacientaba, su madre volvió a apremiar a don Julen para conseguir una cita. El sacerdote se excusó: el archivero era el único autorizado a abrir los legajos, venía todos los primeros viernes de mes, podíamos pasarnos en cuatro días. Pensé que a esas alturas yo estaría en Nueva

York haciendo la entrevista oral para el ascenso, y ese retorno a la normalidad me pareció aún más irreal que la pesadilla que estaba reviviendo aquí. No dije nada.

Apenas lloviznaba cuando salimos al atrio. Olía a hierba y a madera mojadas y quizá a estiércol, aunque ya no quedaba ninguno de los caseríos que habían rodeado la iglesia. Había sido aquí, sentado en uno de los bancos de piedra en lugar de lanzar el arroz como habíamos convenido, donde la idea de huir se había impuesto con rotundidad, había sentido que no podía dejarme atrapar o toda mi vida sería una mentira, un hombre elegantísimo al que no conocía había hecho un comentario junto a mí que me dejó helado, «plantarse aquí después de lo que pintarrajearon anoche ella y sus amiguitos ahí abajo», percibí las miradas de desprecio o de miedo en quienes lo rodeaban y no quise seguir escuchando, no era asunto mío, yo me iba a salvar de todos aquellos odios y violencias, alguien me llamó para posar en las fotos y no hice caso, se empezaron a oír las consignas que coreaban desde el frontón y tampoco quise saber, no bajé allí pese a que la había visto yéndose con los otros, resolví que iría al restaurante a fin de que nadie dijese nada y al día siguiente me marcharía para no volver.

Ni para eso fuiste capaz de ser considerado, y te largaste con estrépito, arruinando nuestra reputación y el banquete que tantos sudores había costado. Esperamos durante meses y años que reconocieras tu error y regresaras a pedir perdón… Era no conocerte bien: tu orgullo herido nunca cicatriza y por eso mientes una y otra vez y dispones las cosas no como fueron sino como te convienen y quien lea tu relato fantasioso nada sabrá de nosotros ni de nuestro calvario, que fue cierto y no literatura.

—Me gustaría ir al frontón, ahora que casi no llueve —les propuse.

—¿Para qué? —se alarmó Ainhoa, mirando de reojo a su hija.

—Me he arrepentido tantas veces de no haber bajado allí aquella mañana…

—De verdad, Borja, deja de remover lo que fue.

Edurne se dirigió en euskera a su madre y me pareció comprender que le preguntaba qué había ocurrido en el frontón. Aún me resultaba extraño escucharla en esa lengua con su color de piel. No entendí la respuesta de Ainhoa, algo así como «cosas del pasado» o «cosas que ya pasaron».

Sin esperarlas, eché a andar cuesta abajo al costado de la iglesia, por el camino empedrado. Me siguieron al poco.

La pista de cantos rodados para el arrastre de bueyes continuaba en el emplazamiento de siempre, con el mismo olor a bostas y las enormes piedras rectangulares; en cambio, detrás de ella, el antiguo frontón al aire libre estaba ahora encerrado entre paredes de cristal techadas de uralita que lo convertían en un feo pabellón deportivo. Se había transformado en un equipamiento impersonal, moderno, prefabricado en serie como los de tantos otros pueblos, en el que unos chavales jugaban a cesta punta con equipamiento de alevines. «Herri pilotalekua – Frontón popular», se leía en la pared izquierda, que lucía limpísima pintada de verde oliva con las marcas blancas de distancia, falta y pasa.

Me volví a mi prima y se encogió de hombros.

¿Quién podía saber hoy al verlas el dolor que habían supurado esas paredes cubiertas un día de dianas, de nombres y apellidos, de *Entzun: pin, pan, pun*, de *Alde hemendik*, de *Herriaren etsaia*, de condenas sin remedio en cuanto las amenazas dejaron paso a las acciones?

Entramos y nos sentamos en las gradas de hormigón que habían construido. Edurne se puso a consultar su móvil, aislándose de nosotros con unos auriculares.

Nada había servido para nada. Apenas una generación después, los niños jugaban indiferentes, nadie recordaba nuestro sufrimiento y la lluvia mansa terminaba por borrar cualquier huella.

Un crío gritó a su compañero «¡Adelante, adelante, *tori hau!*», y al chocar la pelota contra la piedra, estalló brutal la congoja que me había ido subiendo a la garganta y se abrieron paso a riadas las convulsiones, sollozaba sin control y sin retención y no podía parar, quise derrumbarme al suelo y Ainhoa me retuvo en sus brazos ante la mirada atónita de su hija, el pecho se agitaba en espasmos, la cabeza giraba suelta a un lado y a otro, babeaba y moqueaba y quería decirle «¡He perdido los papeles de mi hermano, he perdido los papeles de mi hermano!», no conseguía hacerme entender, Edurne repetía muy asustada «¡Cálmate, cálmate, cálmate!» mientras yo manoteaba y gemía e hipaba, su madre me dejó resbalar hasta tenderme en la grada y luego me pasaba la mano por la frente esperando a que remitiese la crisis.

En la puerta del servicio de Urgencias, cuando ya me habían dado el alta y una receta de Trankimazin, Ainhoa me tomó de la mano y pronunció las palabras que nunca habían aparecido en mis sueños:

—Yo te voy a ayudar.

Me dije que esa voz enemiga traicionaba mi pasado y el suyo. ¿Sería cierto que Juan Manuel lo hubiera aprobado?

NUNCA SERÁS UN VERDADERO ARSUAGA

Capítulo 15

–¡No te cases nunca! –me espetó Juan Ignacio bufando bajo el peso del aparador que arrastrábamos a duras penas entre ambos siguiendo las indicaciones de Clara.

Llevábamos toda la tarde del domingo en el apartamento de mi hermano empaquetando sus últimos libros y enseres, enrollando alfombras, corriendo muebles, los tres estábamos agotados, eran ya casi las nueve de la noche.

–Me lo estoy pensando muy seriamente –le respondí entre risas, todavía con el regusto de lo que había pasado la madrugada anterior.

–¡Si llego a saber que el matrimonio era esto, me hago maricón, de verdad te lo digo! –soltó entre carcajadas.

Me mordí la lengua, ya estaba acostumbrado. Pero Clara no le rio la gracia, y algo que asomó brevemente en sus ojos azules me hizo sospechar que sabía lo que su novio ignoraba; enseguida le replicó, picada:

–Aún estás a tiempo, guapo. De echarte atrás, quiero decir. Vuestra madre estaría encantada, menudo numerito que montó ayer. Y oye, que yo no tengo ningún interés en quedarme con sus millones. Es más: cuando quieras volvemos al notario a deshacerlo todo. Y mi padre se ahorraría un pastón.

Juan Ignacio terminó de arrinconar el aparador contra la pared de la entrada y abrazó zalamero a su novia. Era la primera vez que le veía un gesto de ternura.

—Yo voy a pasarme el resto de mi vida contigo, *maitxia* —prometió, estrechándola a pesar de que ella se ponía tensa—. Y Germán sabe que soy una inversión estupenda. ¿Quién va a cuidar de su única hija mejor que yo?

La besó en la frente y ella lo apartó con delicadeza. Imaginé que esas muestras de afecto ante terceros le resultarían inadecuadas. ¡Si hubiera sabido lo que habría dado yo por que me susurraran algo así! No me hacía ilusiones: ni Andoni ni Antoine ni ningún hombre iban a musitarme jamás nada por el estilo.

—¿Son estas las fotos para mi madre? —preguntó Clara, zafándose de Juan Ignacio a fin de alzar un sobre abultado que había caído al suelo.

—No, estas se las había apartado a Bosco, a ver si acaba ese novelón que dice que está escribiendo —aclaró él tomándoselas—. Las otras siguen en el dichoso armario que no conseguimos abrir. ¡En maldita hora se me ocurrió bajar ahí las cajas con los álbumes!

Sentí una vergüenza atroz, le hubiera partido la crisma allí mismo. No pareció percatarse, porque insistió, tendiéndomelas:

—Son las que me pediste, espero que te inspiren más que las que te mandé a París, mira que eres rarito...

Me guardé el sobre en el bolsillo trasero y cambié rápidamente de conversación. Sacamos del comedor el único elemento que quedaba: el arca del ajuar de los bisabuelos Victoria y Benigno, una *kutxa* tallada con motivos tradicionales vascos que él había heredado. Clara le advirtió que eso se volvía al desván de los Arsuaga, no pensaba llenar su casa de antiguallas, solo quería maderas claras y telas de color pastel, había que adaptarse a la decoración alegre del sur; Juan Ignacio protestó, fueran donde fueran tendrían que conservar sus raíces, no quería que sus hijos olvidaran el sitio del que procedían, a lo mejor un día regresaban, cuando hubiera pasado todo y se pudiera vivir.

–Ni hablar. Aquí no va a volver nadie –sentenció la futura esposa, con rotundidad y dureza; y luego remató, implicándome también a mí–: Más vale que os hagáis a la idea los dos; no quiero que les andéis llorando por lo que se queda en esta tierra. Nos vamos y no volvemos la vista atrás.

Me sorprendió que me incluyera en sus planes y un rato después, cuando ella ya se había marchado y mi hermano y yo compartíamos cervezas sobre las sillas cubiertas de guardapolvos, se lo comenté a Juan Ignacio.

–Es que tú vas a ser el padrino del mayor, está decidido –me anunció con la atención concentrada en rascar la etiqueta del botellín.

Hubo un silencio prolongado y creí descubrir de dónde venía la inquina de mi madre. Sin embargo, conociendo lo conservadores que eran ambos novios, me extrañaba sobremanera. Finalmente me atreví a preguntar:

–¿Está en camino ya?

–¡Con quién te crees que me estoy casando, por Dios! ¡Claro que no! –saltó indignadísimo, entre ademanes de espanto–. Es solo que ella ya lo tiene pensado todo: Gloria y tú, del primero; mamá y Germán, del segundo.

Sentí cómo afloraba la envidia: ellos sí sabían adónde se encaminaban sus vidas; habían tomado las riendas y no dudaban en los pasos que habían de dar. En un par de años andarían criando esos niños que a mí me estarían vedados si decidía irme a Nueva York. Había sido un pensamiento novedoso, que me había asaltado la noche anterior mientras acariciaba la espalda nudosa de Andoni tendido en el asiento de atrás, «pero nunca tendremos un hijo, y es triste»; algo pugnaba por abrirse paso en algún lugar muy profundo, algo que me decía que no ser padre era pagar un precio demasiado alto, quebrantar una ley que quizá me importaba más de lo que había imaginado. Oscuramente aún, comenzaba a intuir que escribir libros no iba a bastar: si de verdad quería ser un hombre completo y no un eslabón roto en la cadena de las generaciones, si pretendía seguir viviendo en el recuerdo de los míos cuando ya no estuviese, tal vez había que rendirse, encontrar «una buena chica» aquí y dejarme de quimeras. La vida podía ser más fácil sometiéndome a las reglas, quizás encontrase mi lugar si aprendía a callarme, en Algorta tenía un techo y un futuro trazado.

Juan Ignacio fue a tirar los botellines vacíos y yo aproveché para sacar las fotografías del sobre. Las estaba mirando distraídamente cuando una que no había visto nunca hizo que el corazón se disparara. La camisa y el pantalón blancos. El sombrero de paja entre los dedos. Los pies descalzos. La piel curtida. Los ojos aindiados. Le di la vuelta: por detrás solo había una fecha escrita junto con unas iniciales. Y coincidían.

–Extraña, ¿verdad? –apuntó al verme con ella en la mano cuando regresó con una funda de ropa–. Poco se parece al resto de la familia.

–Este guajiro no era un Arsuaga.

–Pensé que sería un pelotari de la primera época, todo vestido de blanco –explicó, abriendo la cremallera para sacar el traje y la corbata que me iba a prestar–. ¿No me dijiste que era jugador de pelota el hermano de don Alfonso, el que había muerto en la guerra carlista?

–¿Sin alpargatas? –objeté.

Se encogió de hombros.

–Sabía que te iba a interesar –se ufanó, tendiéndome las prendas–. Apareció en el álbum que encontré el mes pasado, ese que le quiero enseñar a Gloria, está lleno de imágenes del campo, a lo mejor son de la fotógrafa etnográfica esa, tenemos que abrir tu armario de una puñetera vez.

No podía creerme que tuviese en mis manos la prueba de lo que siempre había creído leer entre líneas. Y sí, era bellísimo: un mestizo gallardo, de mentón pronunciado y mirada desafiante en la que se podían vislumbrar la ambición y la crueldad que luego demostró, si era cierto lo que yo conjeturaba. Lo extraordinario era que su cabello ensortijado, las facciones duras y viriles, el bigote sobre los labios finos, reproducían exactamente los que habían surgido siempre en mis fantasmagorías, como si las alusiones apenas veladas que don Ignacio de Arsuaga y Otaduy había ido dejando en las cuartillas camufladas en el espejo hubiesen conseguido traspasarme no solo su dolor y su decepción, sino también hasta el último rasgo de aquel rostro que nunca consiguió olvidar y cuya belleza salvaje seguía torturándolo en los primeros tiempos de la casa.

—Mañana mismo lo abro yo, aunque tenga que cargarme la dichosa cerradura a martillazos —prometí, guardando las imágenes—. No puedo seguir con todas mis cosas ahí encerradas.

—Esta ropa te la puedes quedar toda la semana, no la uso ya. ¿Camisa también necesitarás?

—Me voy a sentir disfrazado, no sé por qué le dije a papá que iría al despacho, maldita la gana que tengo de ver al Aranduy ese —me quejé, al ver el atuendo anticuado que se había ofrecido a dejarme para la cita del martes, ante la advertencia de mi padre de que no podía presentarme como me vestía habitualmente—. ¡Que yo no me he puesto una corbata en mi vida!

—Te acostumbrarás, como nos acostumbramos todos. ¡Acuérdate de cómo iba yo cuando era surfero!

Era cierto: costaba reconocer en él al joven de piel bronceada y largos cabellos de color rubio pajizo, cubierto de collares y pulseras hawaianas, que había acabado la carrera de Derecho a trancas y barrancas en siete largos años de tardes perdidas cogiendo olas.

–Si me quedo... –me interrumpí al darme cuenta de que ya estaba verbalizando esa idea que venía asaltándome desde la madrugada, desde que me había bajado del coche de Andoni sintiéndome más culpable que nunca–. Si me quedase, tendría que ser a mi manera.

–Entonces, búscate una rica y nacionalista, no hay otra –afirmó, con una seriedad en la que no parecía esconderse ningún sarcasmo–. Así a lo mejor te libras de las cartas.

Sentí un hielo súbito alanceándome la espalda. ¿Me estaba diciendo que él sí las había recibido? ¿Por eso se marchaba precipitadamente? ¿O tal vez había pagado hasta que acabó con el dinero de los Arsuaga? El abuelo nunca había querido hablar de eso, siempre supusimos que se habría negado ni a responder en el caso de que le hubieran llegado en su época, cuando comenzaron a enviarlas a la «oligarquía», esa palabra que tanto le había hecho reír hasta que se volvió siniestra, era demasiado católico y demasiado piadoso como para salvarse él a cambio de contribuir a robustecer el hacha y engordar la serpiente.

–Me han insinuado que ahora se las envían a cualquiera, no hace falta tener millones en el banco –aventuré, tanteando el terreno.

–Sí: en Nuestra Señora cada día hay más feligreses. Por lo visto, el confesonario está lleno entre semana –ironizó, dando por sentado que yo comprendía la alusión. Al notar el desconcierto en mi cara, tuvo que añadir–: ¿Dónde te crees que se entregan las respuestas en este pueblo? ¡En esa iglesia que tanto adora nuestra familia! Menos mal que hemos conseguido que la boda la oficie el hermano de Germán, el que es jesuita; al párroco no lo puedo ver ni en pintura.

–Gracias a Dios que a nosotros no... –insinué, aunque dejé la frase sin terminar.

Y dejarla sin terminar fue tu primera equivocación.

Juan Ignacio me volvió la espalda, descolgó el último cuadro que quedaba en la entrada: una vista de los acantilados desde el comedor principal que había pintado alguna de las tías solteronas. Lo envolvió en papel de seda mientras me advertía sin mirarme:

–Tú sabrás lo que haces si te quedas, Bosco. Yo ya no quiero saber nada.

Se subió a una banqueta y lo sostuve en silencio por las caderas mientras desenroscaba las bombillas de la lámpara del recibidor. Quería hacerle la pregunta que me llevaba rondando desde la víspera, no sabía cómo iniciar esa conversación, quizás había llegado el momento, llevábamos un rato con medias palabras y sobreentendidos. No obstante, no era fácil soltarlo a bocajarro, ese nombre no se había pronunciado entre nosotros en años.

–Mañana empezaré a hacer las llamadas que me pidió Clara –anuncié por fin–. Creo que he visto por casa la lista de las invitadas.

–¿No es la cosa más absurda del mundo? No sé qué tienen las mujeres en la cabeza, la verdad –refunfuñó, apoyando su mano en mi hombro para bajar al suelo.

–Todas esas primas y tías que no hemos visto en siglos... Algunas yo pensé que ni sabíamos de ellas.

Me pareció que se ponía en guardia. Pude callarme entonces, y sin embargo continué:

–Tengo que telefonear también a Ainara, ¿verdad?

–No –respondió secamente.

–¿A quién se le ocurrió invitar a su madre?

Dejó sobre el aparador la caja con las bombillas y se encaró conmigo en un gesto brusco para espetarme desabrido:

–¿Qué estás diciendo?

–Estaba en la lista de mamá.

Se le desencajó el rostro y arreó un puñetazo súbito contra la pared.

–¡Qué idiota! ¡Pero qué idiota! –rugía fuera de sí, pegando manotazos–. ¡No entiende nada! ¡Se creerá que así se pueden arreglar las cosas! ¡Cómo se ve que no conoce a esa gente!

Me dio miedo: se le puso una mirada de loco y creí que iba a emprenderla a golpes con lo que tuviera delante. Agitó su dedo índice tan cerca de mi rostro que pensé que me iba a abofetear mientras me conminaba encolerizado:

–¡A esa hija de puta de la tía Izaskun ni se te ocurra llamarla, me entiendes! ¡O te abro la cabeza!

–Su nombre estaba tachado, al parecer ya no vive con la hija, quizás al final no la hayan invitado –expliqué atropelladamente, intentando tranquilizarlo.

La mano dejó de trazar giros arrebatados en el aire y se alejó de mi vista.

–Lo siento, de verdad, Juan Ignacio –me excusé aturdido sin atreverme a hacer ningún movimiento–. No sabía nada.

Le seguía temblando el labio al responderme aún agitado:

–Hay muchas cosas que no sabes, y es mejor así. Ya te enterarás si te quedas.

No quiso hablar más y no insistí. Para mí también era incomprensible que nuestra madre se hubiera planteado contactarla: en el caso improbable de que hubiese venido a la boda, la mitad de la familia no habría querido sentarse en la misma mesa. Ni siquiera estaba seguro de que la tía Josefa y toda esa rama aceptasen tener cerca a su hija Ainara, de la que ya corrían rumores, si bien nadie de este lado de la frontera parecía tratar con ella.

Lo acompañé a la cocina. Cerramos el paso del agua y cortamos la electricidad. En la penumbra, argumentó algo a lo que no supe qué contestar:

—Mamá se hace ilusiones, como se las hicieron los abuelos en su día. Pero ya no hay nada que hacer. Eso es lo que habría que contar, y no tus historietas del siglo diecinueve que no le interesan a nadie. ¡Su propia prima!

En el descansillo, percibí su melancolía cuando daba vuelta a la llave en la puerta de entrada al piso, probablemente por última vez: en unos días vendría el camión de la mudanza y el mes siguiente entrarían los nuevos dueños. Pronto yo haría lo mismo en mi estudio, la diminuta *chambre de bonne* que llevaba sin pagar los últimos meses, podía entender por lo que estaba pasando. Me asaltó el impulso de protegerlo, un instinto de hermano mayor que nunca había tenido, lo habría abrazado si eso hubiera sido posible entre nosotros. Me limité a llamar al ascensor alejándome de él por si quería estar un momento a solas.

En el portal, me estaba contando sus planes para las primeras semanas en la nueva ciudad (él iría en cuanto regresaran del viaje de novios, Clara no lo acompañaría hasta que hubiese encontrado una casa, ella se encargaría del guardamuebles y la mudanza), cuando vimos unas sombras que se alejaban de la puerta acristalada, perdiéndose por la calle. Me di cuenta de que había un cartel pegado por fuera, algo que no estaba por la tarde. Se interrumpió en mitad de sus explicaciones. Aceleró el paso y salimos al exterior.

El póster aún goteaba cola líquida. Una cara mofletuda, apenas salida de la adolescencia, con la nariz prominente, el flequillo horizontal y greñas hasta los hombros, claramente recortada de una fotografía y mal reproducida en blanco y negro. Bajo ella, en los dos idiomas: *Kepa askatu – Libertad para Kepa*, la convocatoria de la manifestación el martes en la plaza de San Nicolás, las siglas odiosas, el dibujo de un puño encerrado en un círculo.

—Hijos de puta —exclamó simplemente Juan Ignacio antes de ponerse a arrancarlo.

Sentí pánico al ver lo que hacía, bajo la luz de las farolas, a una hora en la que todavía podía pasar cualquiera. Sin embargo no me atreví a importunarlo.

Una vez despegados los jirones más grandes, fue arañando los restos que seguían adheridos. Terminó por sacar las llaves para rascar los fragmentos más diminutos: no estaba dispuesto a que quedara ni el más mínimo rastro sobre el cristal. Me di cuenta de que lo estaba rayando; no dije ni una palabra.

Advertí que entraba una motocicleta en la calle y avanzaba en nuestra dirección. Mi hermano siguió concentrado en lo que estaba haciendo: no iba a dejar ni un pedacito. Me alejé de él un par de pasos, instintivamente, al oír que el motor ralentizaba aproximándose a nosotros. Al llegar a nuestra altura, vi que ninguna de las dos chicas que iban montadas llevaba casco; pasaron muy lentamente, fijándose mucho, y cuando Juan Ignacio se volvió hacia ellas me pareció entender que la de detrás decía «*Alde hemendik, faxista*», sin que sonase agresivo: no lo profirió como una amenaza, parecía un simple comentario pintoresco, algo que se dice al ver un perro meando donde no debe o a un niño que molesta demasiado. Él se limitó a escupir en su dirección, no las alcanzó, aún pude distinguir que la que iba de paquete se volvía para hacerle un gesto obsceno con el dedo.

Recogió todas las tiras que habían caído al suelo y las depositó en una papelera antes de murmurarme amargamente:

–*Ongi etorri* y *Alde hemendik*: ya sabes a quién le dan bienvenida y a quién le dicen que se largue.

Echamos a andar en dirección a la casa y a cada pocos metros brotaba el mismo cartel chorreante todavía: en portales, muros, papeleras, bancos, farolas, señales, contenedores, marquesinas de autobús, árboles, escaparates. Estaban empapelando todo Algorta y solo quedaría un lugar sin marcar. Pensé en el Libro del Éxodo, en los dinteles ensangrentados, en la puerta que no mostraría el signo para que pasara de largo el ángel exterminador, esa historia bíblica ejemplar con la que nos había aterrorizado nuestro padre en tardes de catecismo.

–Pero ¿quién es ese Kepa? –terminé por preguntarle, aun a sabiendas de que la respuesta podría ser un paso más que me acercase a lo que había preferido obviar en la madrugada.

–El que pegó el tiro el lunes. O el que le acompañaba, quién sabe. Rondaba por allí, aunque a lo mejor solo estaba vigilando que pasara la camioneta de reparto, o dio el chivatazo. Lo acaban de detener y estos ya andan pidiendo que lo suelten.

Me encomendé a san Estanislao de Kostka y a san Francisco Javier para que no nos cruzásemos con Andoni engomando carteles antes de llegar a la otra única casa del pueblo en la que nadie se atrevería a pegar ese rostro apenas adolescente y ya condenado.

Si me quedaba, buscaría un piso en la ciudad.

Encontré las oficinas de la funeraria en un edificio moderno, acristalado, en una calle que habían abierto donde antiguamente se hallaban las últimas huertas de Algorta y el Matadero Municipal. Me resultó irónica la coincidencia, supuse que a nadie más le chocaría, aquel degolladero de muros cochambrosos ya estaba abandonado cuando éramos niños, pocas personas en el pueblo recordarían su emplazamiento. Empujé la puerta de entrada y me chocó el hilo musical new age que sonaba ahora donde en tiempos habían atronado los mugidos aterrados de las reses. Me había tomado dos pastillas de ansiolíticos en el desayuno antes de salir, el doble de la dosis que me habían recetado por la noche en Urgencias, en la caminata hasta aquí la realidad había ido perdiendo sus filos hirientes; acaso por eso mientras esperaba a que acudiera alguien a la recepción vacía iba invadiéndome la misma placidez que en esos sitios de masajes balineses a los que nos habíamos aficionado en una época en Nueva York. Los sonidos de flautas de bambú y xilófonos y cascadas de agua eran los mismos y hasta las láminas que decoraban las paredes resultaban similares: ocasos esplendorosos, mares en calma, bosques umbríos. No había ningún timbre en el mostrador. A un costado, sobre una vitrina con lo que me parecieron trofeos deportivos, estaba escrito «El final es el principio». Me acerqué intrigado: eran muestras de los relieves metálicos que se podían fijar sobre las lápidas y había para todos los gustos; junto a cruces y angelotes o pájaros en vuelo, aparecían símbolos vascos como *lauburus* e ikurriñas e incluso balones de fútbol o palos de golf. Me imaginé redecorando la tumba de los Gondra con la leyenda «¡Aupa, Athletic!», me entró la risa. También podíamos plantar rosales rojiblancos, depositar cada año el 1 de noviembre una bufanda del club, organizar charangas con chistularis en lugar de responsos solemnes, instalar altavoces sobre el panteón con el himno balompédico. Las carcajadas resonaban en el vestíbulo, y pese a que me tapé la boca, no conseguía enmudecerlas.

Llegó corriendo la recepcionista, una mujer de mediana edad maquilladísima, con las puntas del pelo teñidas de azul eléctrico a tono con las uñas, que venía por un pasillo subiéndose la cremallera de la falda sastre.

—¡Ay, *txiki*! ¿Estás bien? —me abordó, tratando de mantener la mueca de amabilidad profesional mientras se estiraba discretamente la ropa interior.

Cuanto más la miraba, menos conseguía reprimirme. Se veía que daba pequeños tirones disimulados llevándose la mano detrás de la espalda; el aro o presilla o lo que fuera que se le había enganchado en el pandero orondo no se recolocaba en su sitio. Terminó por encogerse de hombros y tomar asiento detrás del mostrador. Pero al sentarse se debió de clavar el dichoso estorbo, porque pegó un respingo y se le escapó un «¡Ay, coño!» muy poco fúnebre y nada profesional que a punto estuvo de hacerme caer al suelo de la risa.

Entre espasmos de hilaridad mal contenidos saqué como pude la cartera y le tendí el recibo, tratando de explicarle lo que había venido a recoger.

—Esto no es aquí, es en Objetos Perdidos, en el Ayuntamiento —me informó después de examinarlo.

—Bueno, es que como he perdido a mi hermano… —contesté desternillándome por la equivocación.

Ella festejó la ocurrencia, haciendo esfuerzos por no reírse:

—Pues tienes una eternidad para encontrarlo, pichín.

Nos miramos un segundo y ya no pudimos evitarlo: ambos estallamos en carcajadas. Se abrió una puerta en el pasillo y un hombre asomó la cabeza:

—¿Pasa algo, Amaia?

—He venido a retirar unas cenizas —me justifiqué, rebuscando el recibo correcto, antes de que la recepcionista respondiese nada.

—Venga conmigo —me indicó él, cerrando la puerta tras de sí. Tenía las manos aún mojadas y terminó de subirse la cremallera del pantalón con la punta de los dedos.

Lo seguí por el corredor hasta su despacho. Me fijé en que el cabello sobre su nuca no parecía natural.

Sentados frente a frente, me comentó algunas posibilidades especiales que podía ofrecerme para los restos: si quería enterrarlos en un bosque de la memoria o esparcirlos en el mar o incluso convertirlos en una joya, Euskalocaso Servicios Funerarios Vascos brindaba todas las opciones a un precio competitivo. Yo no podía dejar de mirar su peluquín, que se había ladeado y parecía una moqueta despeluchada. De cuando en cuando se atusaba el flequillo con un gesto mecánico y eso hacía que el postizo se corriera más y más. Al ver surgir los fijadores metálicos que lo sujetaban sobre la coronilla, pensé: «Se lo va a desmontar». Según el expediente que consultó, la urna funeraria elegida había sido la más sencilla, era biodegradable y ecológica, una alternativa muy respetuosa con el medio ambiente, aunque si finalmente prefería conservar los restos de mi ser querido también me ofrecían contenedores en otros materiales de calidades y costos diversos, uno de los alambres de sujeción le cayó sobre el hombro y no pareció darse cuenta, no había prisa en que me decidiese, con la carta de acreditación de cenizas que me iban a entregar podía hacer cualquier gestión a mi ritmo, el falso pelo se desenganchó definitivamente, quedó al aire una tira de piel blancuzca encima de la oreja.

Me dejó un momento a solas mientras iba al depósito a traerme la urna. Aproveché para tomar rápidamente el fijador que había terminado por aterrizar sobre el escritorio y guardármelo en el bolsillo. Me entretuve leyendo las frases modelo para esquelas y recordatorios enmarcadas sobre la pared y eché en falta la que no le habían permitido grabar en piedra a aquel primo de mi padre: *Agur, mundu puñeterue.*

Se abrió la puerta y el peluquín había cambiado de sitio: ahora lo llevaba muy caído hacia atrás, se lo había recolocado de cualquier manera, salían dos alambres como dos cuernitos sobre la frente. Me acometió el impulso de acomodárselos bien; me limité a firmar el documento que me tendió y recoger el recipiente en mis manos. Parecía una caja de galletas o un bote de cacao antiguos, lo agité por ver cómo sonaban las cenizas dentro, no oí nada y me sentí ridículo haciendo ese gesto de maraquera brasileña.

Francisco Javier Agirregomezkorta Santxez, director comercial para Euskal Herria Peninsular, me entregó su tarjeta profesional para lo que necesitase y me acompañó hasta la salida, no sin antes recordarme una y otra vez con una risita nerviosa que «Los servicios funerarios son siempre necesarios, aunque rime» mientras yo me fijaba en los ademanes furtivos que le hacía la recepcionista señalándole la cabeza, que a punto estaba de quedar por completo al descubierto.

Me senté en un banco donde estuvo otrora la entrada al matadero, con la urna sobre mis rodillas. Al poco, me invadieron unas ganas violentas de regresar corriendo de nuevo a la funeraria: si me daba prisa, pillaría a Francisco Javier con la mata de peluche en la mano o metiéndosela en el bolsillo. Quería seguir riéndome hasta que me dolieran las mandíbulas, y tuve que forzarme para no regresar a la carrera y apartar de un empujón a las dos viejas que acababan de acercarse a la puerta.

¿Qué iba a hacer en el poco tiempo que me quedaba en Algorta? El nuevo avión de Bilbao a Madrid salía al día siguiente a las nueve de la mañana, después me esperaban unas tres horas de conexión y luego, vuelta a Nueva York, a ese hogar en el que tal vez ya no había sitio para mí. No había llamado a John, sus mensajes angustiados se habían elevado de dieciocho a treinta y dos. ¿Y las cenizas? ¿Las iba a perder también en un descuido? ¿Qué pensaba hacer con ellas: llevármelas conmigo y conservarlas en el salón? Cuando decidí recogerlas, ni me había planteado qué destino darles.

En la casa, la respuesta siempre te estaría aguardando en la casa. Como yo, que nunca me moví de aquel ventanal, perseverando contra toda esperanza hasta que alguien supiera ver y oírme. Solo tenías que ponerte en camino.

Cayeron unas gotas escasas de lluvia fina, definitivamente se habían acabado los calores y el sol de las primeras jornadas, eché a andar sin pensármelo demasiado, sin ningún rumbo, al llegar a la plaza donde estuvo la estación del tren tomé la dirección hacia el mar sin ser consciente de lo que hacía, cuando avisté la playa sí me percaté del lugar al que me estaba encaminando y era lógico, esparciría los restos por el antiguo jardín, donde teníamos las hortensias y el cenador junto a los que tan feliz fue bailando con la prima que aún no era una enemiga.

Al aproximarme, vi a media colina una excavadora y un volquete que no se encontraban allí los días previos. Estaban aparcados y no había ningún operario, supuse que habrían ido a almorzar, eran más de las dos del mediodía. Habían arrasado algunos troncos de tamarices que ya estaban arruinados y los últimos restos del muro, los cascotes se mezclaban con la tierra removida y fragmentos de cristales y losetas, nada quedaba del sendero pespunteado de jardineras. «No puedo hacerlo. Aquí, en esta escombrera no, ¿verdad, hermano?», pensé, y luego caí en la cuenta de lo absurdo que era hablarle a una caja ecológica de galletas. Fui sacando del bolsillo el fijador metálico de Francisco Javier mientras rodeaba la casa hasta la entrada principal: estaba dispuesto a forzar la cerradura. Pero no hizo falta: al llegar frente a ella, me pareció que la habían violentado. Empujé suavemente la puerta con un dedo. Estaba abierta.

—¡Ekaitz! ¡Maite! ¡Olatz! —llamé esperanzado colándome dentro.

Sonaban los gorgoteos de algunas goteras. Avancé con precaución, agudizando el oído.

En el antiguo saloncito habían desaparecido el televisor, el hornillo y los cacharros, y habían quitado el póster de *Agur eta ohore*. Sin embargo, los libros que antes se apelotonaban de cualquier manera por el suelo hoy se encontraban apilados ordenadamente contra la pared. La cama estaba revuelta, todavía con sábanas sucias. Abrí los cajones de la cómoda: vacíos, salvo por algunos objetos inexplicables (tapones de plástico, botes de champú, cucharillas). Las muletas que había descubierto el domingo seguían apoyadas junto a la ventana; me fijé en la pegatina que llevaban en las abrazaderas: Osakidetza, el servicio vasco de salud. «Habría que devolverlas a su legítimo propietario», me dije.

Inspeccioné a toda prisa las otras habitaciones cerradas en las que no había entrado los días anteriores. Solo una de ellas parecía haber estado ocupada: en una esquina había un cochecito viejo de bebé al que le faltaba una rueda y sobre una cama deshecha se amontonaban ropas de mujer.

Avanzando de vuelta por el corredor hacia el dormitorio de Juan Manuel con la urna en las manos, me oí pronunciar en voz alta «Vuelves al punto de partida, hermano» y me dio la risa de sentirme hablando de nuevo con un bote biodegradable de cacao.

Las torres se habían desmoronado, ya no había caminos ni orden, la habitación era ahora una ciénaga de periódicos desperdigados que asfixiaban todo el espacio en remolinos amorfos, difícilmente podía adivinarse el bulto de la cama. La ventana estaba abierta, con un cristal roto, se habían llevado el hornillo y el orinal del alféizar. La lluvia que había entrado a raudales había convertido el papelerío en una masa húmeda y pastosa, que comenzaba a unificarse.

«¿Cómo voy a encontrar esa carta?», pensé, y también: «¿Dónde me dijo, antes de salir para la iglesia, aquello de "Vete al frontón, mira lo que han pintado y luego me das lecciones tú a mí", antes de arrojármela a la cara?».

Oí ruidos en el piso superior. En el techo que se estaba viniendo abajo, una fuga de agua se colaba por donde se entreveían las vigas. Salí al pasillo y eché a correr como pude por entre los tubos metálicos que lo apuntalaban. Tuve que subir pegándome mucho contra la pared, porque las escaleras de madera estaban carcomidas, parte de la barandilla había cedido y faltaban tablas en algunos peldaños. Una vez arriba, comprendí al instante cuál de todas las puertas cerradas tenía que abrir: los sonidos venían claramente del cuarto original de don Íñigo de Gondra y Arsuaga, ese donde no quise verlo la última vez.

Entré. Una familia de ratas chapoteaba en los pocitos de agua sucia que se habían formado, con chillidos breves y agitar de colas. El fantasma del heredero tarambana, equívoco y enamorado contemplaba el horizonte por los ventanales rotos y apenas me dirigió una mirada triste haciéndome un gesto ambiguo con la mano cubierta de sortijas. Me acerqué despacio, tanteando con muchísima precaución el pavimento a cada paso que daba. Señaló lo que estaba oteando: al otro lado de la playa de Arrigunaga, sobre el acantilado de La Galea, en el cementerio junto al mar, cerca de donde debió de estar el caserío original, se elevaba lo que parecía una columna de humo negro, o quizá era solo el nubarrón de una tormenta que iba a descargar. Sus labios resecos me susurraron entonces aquello que él había presenciado con ojos de niño en una noche de guerra de 1874 entre su padre y el hermano liberal: el secreto terrible de nuestra estirpe cainita que yo no había sabido descifrar a pesar de las palabras que me había musitado al oído en los primeros tiempos acerca del pelotari cubierto de sangre. Atormentaba descubrir tan tarde de dónde venía la culpa primitiva, como atormentaba comprender que yo no había sido sino otro Gondra y otro Arsuaga que había cometido un error fatal. Y empecé a intuir que debería dar respuesta a los reproches de Juan Manuel poniendo por escrito el dolor de la casa alzada contra sí misma.

Una rata marrón pardo pasó rozándome el pie con algo en la boca que parecía un palito o acaso un trozo de paja. Era parte del botín que se repartían cinco o seis, ventrudas y dentonas, que mordisqueaban ávidas una forma convexa enterrada entre los escombros: los restos de una cesta vieja y rota de cesta punta. Les arrojé un cascote, que al impactar en el suelo abrió un agujero por el que cayeron un par de ellas. Alcé lo que quedaba de aquel objeto podrido y antiguo: el cuero roído del guante, algún rabillo de las ataduras, parte de las costillas de castaño, el taco sobre el que aparecían grabadas una flor de loto y unas iniciales. Imaginé de inmediato lo que era: mi única herencia, tal vez la última pieza que me concedía la estirpe para encajar el rompecabezas.

Me volví para dar las gracias a don Íñigo, pero ya no había nadie: quizás habían sido simplemente el viento y la lluvia colándose por los cristales rotos quienes me habían susurrado esas historias antiguas y terribles. Comprendí que estaba solo, definitivamente solo, y sin embargo por primera vez me sentí acompañado y sereno entre las ruinas de los míos. Bajé las escaleras muy lentamente, con la urna en una mano y la cesta en la otra, apoyando la espalda contra la pared, no era cuestión de tener un accidente ahora que por fin sabía lo que había que hacer.

En el dormitorio de mi hermano, antes de ponerme a la tarea, seleccioné el número de Ainhoa sobre la pantalla estallada del teléfono móvil. En seguida respondió que le parecía bien mi idea, pensaba que en un par de días podría estar todo organizado, bastaba con telefonear al cementerio y consultarlo, ella también creía que era lo más sensato. Le pedí que nos acompañase Edurne, hubo una pausa larguísima y después musitó: «Sí, claro, es lógico». Luego le hice la pregunta que la dejó verdaderamente desconcertada, hasta el punto de que tuve que repetírsela:

—¿Tú me podrías poner en contacto con Ander Beascoa?

—¿Qué pretendes, Borja? —objetó, con un acento duro en la voz que había desaparecido en nuestras últimas conversaciones.

—Aclarar algo que quedó pendiente.

¿Fui el tonto útil o el último muro de contención? ¿El mutismo de las caricias había servido para algo? ¿O tenían razón las voces acusadoras que me habían atormentado con sus graznidos en los últimos meses de París?

—No querrá verte, es otra persona. Muy distinta. Mucho —recalcó con insistencia—. Déjalo en paz, es lo mejor para ambos.

No, no estaba dispuesto a que el silencio siguiera sepultándolo todo. Y no iba a volver a dejar que decidieran por mí. Sabía perfectamente en qué tipo de bar podría encontrármelo, no la necesitaba a ella para localizarlo, por eso no entré en discusiones, acepté que cambiara de conversación, me parecía bien lo que me propuso, un simple responso del sacerdote del cementerio bastaría, no necesitábamos más ceremonia. De golpe, retumbó la excavadora que se ponía en marcha en el exterior, me dije que no me quedaba demasiado tiempo, colgué precipitadamente.

Pasé casi cinco horas bregando y solo conseguí despejar un espacio mínimo del dormitorio: había que ser sistemático, desdoblar con dificultad cada página de periódico, comprobar que no hubiera el más mínimo papel ni sobre entre los pliegues, depositarla a continuación en el pasillo formando una torre encima de las anteriores y regresar a por otra. En cuanto empezó a anochecer tuve que abandonar, habían cortado la luz eléctrica. A ese ritmo necesitaría varios días, se me pasó por la cabeza quedarme a dormir allí mismo, me dio miedo la idea de sentir a las ratas correteando junto a mi rostro durante la noche, caminé de vuelta al hostal prometiéndome que lo primero que haría a la mañana siguiente sería comprar un candado y asegurar la puerta de entrada.

La conversación con John fue breve, supuse que ya estaría en el torpor de su segunda o tercera botella de blanco, en Nueva York serían las cinco de la tarde; mientras él pasaba del alivio al reproche suave y luego me pedía perdón y después que volviera a casa, yo concentraba la atención en la urna y la cesta rota que acababa de disponer como un altar sobre la mesilla de noche de mi habitación. Cuando me dejó hablar, le revelé que finalmente había decidido quedarme once días más, hasta el 15 de septiembre, luego respondí tal vez demasiado mecánicamente «Yo también» a lo que él pronunció con ternura («*You know I love you, don't you?*») y corté, no quería seguir gastando.

Inclinado sobre el retrete, me quedé mirando embobado cómo flotaba cada una de las pastillas de ansiolíticos según las iba expulsando del blíster. Tiré de la cadena, pero algunas tuve todavía que empujarlas con la escobilla porque subían rebeldes a la superficie.

Antes de sentarme con el cuaderno a la pequeña mesa que había en el rincón pensé que debería telefonear además a Enric. Lo descarté: no tenía fuerzas para explicarle cuál era la entrevista que me importaba de verdad a estas alturas. Alcé el cuadro con la lámina del molino de Aixerrota que aún seguía por el suelo y lo coloqué sobre el tablero, apoyado contra la pared, a escasos centímetros de las hojas donde comencé a anotar, sumergiéndome con encarnizamiento en el dolor, cuanta palabra, fragmento, imagen o cifra conseguía recordar de los papeles malditos y perdidos de mi hermano.

En la madrugada, antes de que me venciera el agotamiento, me esmeré en trazar una flor de loto sobre la portada. Pero dibujar con sangre era más difícil de lo que pensé y quedaron varios borrones.

NUNCA SERÁS UN VERDADERO ARSUAGA

Capítulo 16

Efectivamente, me sentí disfrazado en cuanto me puse el traje demodé de mi hermano, la corbata demasiado ancha, la camisa de cuadros que no pegaba nada. La imagen que me devolvía el espejo lo proclamaba a voces: «No te has vestido así jamás, Aranduy se va a dar cuenta de que es todo un paripé».

–Más paripé fue lo de su hijo, el que era amigo tuyo –me rebatió mi padre cuando se lo dije dentro del coche, ya camino del despacho en Bilbao–. Deberías quedar con él, ese sí que te puede dar lecciones. En el Consorcio de Aguas, le han enchufado. Y con la carrera a medias. ¡Al que apareció por aquí con una coletita!

Podía imaginarme perfectamente a Vicente en los primeros días de su retorno, aún reacio a quitarse la media melena y la vestimenta negra de intelectual parisino. «Coletita»: en ese diminutivo se encerraban el sirimiri constante, los domingos yendo al fútbol con la cuadrilla, las comuniones y bautizos en mayo, los bollos de la confitería Zuricalday. Miré de reojo en el retrovisor mi pelo cortísimo para disimular la alopecia incipiente: al menos, esa humillación me la ahorraría.

Subimos en el ascensor al noveno piso de un inmueble tristón de oficinas de los años ochenta: hilo musical melódico, ambientador agrio, plantas de plástico. Mi padre me explicaba entusiasmado el avance que había supuesto empezar a recibir el repertorio de legislación Aranzadi en CD y ya no en papel («¡Se acabó lo de clasificar cada cuadernillo en los archivadores, esto es el futuro, te lo digo yo!»), ajeno a la desolación que me iba ganando a mí al comparar esta nueva sede con el edificio señorial de la Gran Vía donde había estado el bufete Arsuaga Abogados desde que lo estableció en 1920 don Benigno de Arsuaga, hasta que se trasladaron hacía tres años. Abrió animoso la puerta número 12 de un pasillo iluminado crudamente por tubos fluorescentes («¡Encontrar jurisprudencia ahora te va a ser pan comido!»), me dejó pasar. Comprendí de una ojeada lo que había querido decir mi madre en sus cartas con aquello de que era «coqueto», «más moderno», «recogido».

–¿Qué te parece, hijo? –Abarcó los cuarenta metros cuadrados con un gesto amplio del brazo.

–Las vistas son estupendas –elogié al cabo de un breve silencio, y era cierto: por la ventana podían verse los montes frente a la ciudad, parte de la ría, los viejos muelles industriales que iban reconvirtiendo. Pero también era cierto que en la década de los setenta habían trabajado en la antigua sede cuatro abogados y diez pasantes, hasta el punto de que hubo que adquirir la mano de al lado y luego el piso de arriba entero.

–Esta es tu mesa –señaló una de plexiglás transparente–. Por ahora, quiero decir. En cuanto tomes las riendas, te quedas tú con el mamotreto original.

Tamborileó sobre el único mueble que habían conseguido reubicar en este espacio: el escritorio de caoba que todavía conservaba las muescas de los culatazos que le habían propinado unos milicianos que quisieron requisarlo en los primeros días de la Guerra Civil. Decían que don Benigno lo había mandado traer de Londres, una copia exacta de las escribanías que usaban en los Seguros Lloyd's en los años diez.

–Lo de Aranduy es un caso de avería gruesa de un buque de la naviera que un juez ha inmovilizado preventivamente en Jamaica. El armador está que trina, no quiere ni oír hablar de repartir las pérdidas, según él esos barcos tienen un defecto de construcción en el motor. Imanol nos trae hoy la documentación para que le echemos una primera ojeada. Vete mirándote esto. –Me tendió una carpeta voluminosa sobre cuya portada distinguí la letra diminuta y torcida de mi hermano–. Juan Ignacio te ha recopilado cuanto ha encontrado al respecto en derecho marítimo.

«Reglas de York y Amberes», «Código de Comercio», «Ley de Hipoteca Naval»: cada epígrafe era una nueva ancla que me amarraba a otra vida, tediosa pero mucho más fácil. El reloj con el escudo Arsuaga marcaba apenas las nueve. Mi padre se puso a hacer llamadas que denominó «prospectivas». Si bien al principio no les hice mucho caso, poco a poco fui reparando en que eran cada vez más breves y terminaban siempre de manera similar: «Dígale que me llame», «Pásele el recado», «Que me devuelva la llamada cuando pueda».

Almorzamos el menú del día en un bar cercano lleno de oficinistas con trajes adquiridos en segunda rebaja, hipotecas a treinta años, esclavas de plata. En lugar de postre me pedí dos cafés, y aun así luego se me escapó alguna cabezada sobre los documentos, aguardando la hora de la cita.

Mi hermano llegó del notario cuando iban a dar las cinco; estaba exultante, todo había ido sobre ruedas.

–Con Urberuaga, ningún problema, exactamente como me lo dijiste –le comentó a nuestro padre–. Lo hemos escriturado por la cantidad que me recomendaste tú.

–Vuestra madre no tiene por qué enterarse de nada de esto –le exhortó él–. Y tú, Bosco, te estás calladito, que siempre terminas por meter la pata.

Sonó el timbre, los tres nos arreglamos las corbatas y abrimos a Imanol Aranduy.

Reconocí en ese hombre alto, bronceado, atlético, de dónde venía la belleza que había heredado Vicente: los pómulos altos y pronunciados, los ojos vivísimos de un tono verdiazul, el cabello frondoso y cano peinado con agua hacia atrás. Tenía pinta de antiguo campeón de esquí o de remo y te saludaba como si fueses a entregarle un trofeo.

—Mi hijo Bosco, el último en incorporarse al bufete, la nueva generación, ¡cuidadito con él! —me presentó nuestro padre, con un brillo de orgullo en los ojos—. A Juan Ignacio ya lo conoces, nos deja por un despachazo de Andalucía que acaba de ficharlo, se va de número uno, hay que ampliar horizontes, ya sabes.

¿Por qué nadie me había contado eso? Nuestra madre me había dicho vagamente que mi hermano había encontrado «algo para empezar, luego ya irá viendo», nunca había concretado cuál era ese nuevo trabajo.

No preguntaste, y ahí estuvo tu segunda equivocación. Si hubieras sabido adónde se iba… o mejor dicho, adónde no se iba, y por qué, hubieras podido convencerlo de su error. Como siempre, solo pensaste en ti. No tuviste la decencia de interesarte, y él se gastó lo que tantos disgustos le iba a acarrear después.

—¿Tú no estabas en París? —Imanol no me soltaba la mano acercándose muchísimo, parecía que estuviese inspeccionándome el hematoma del párpado.

—Andaba preparándose en derecho internacional, pero ya se nos vuelve —intervino raudo nuestro padre antes de que yo pudiera explicar nada—. ¡En la Cámara de Comercio, *pas moins*!

—Como mi hijo Vicente, entonces. Buenísimos, esos cursos —dictaminó el futuro cliente, con una sonrisa irónica de oreja a oreja que no me pasó desapercibida.

Tomamos asiento y el escritorio vetusto pronto se cubrió de planos del buque, contratos de fletamento, copias de los cables que había enviado el capitán antes de arrojar la carga al mar, correspondencia de todas las aseguradoras intervinientes, facturas de salvamento de la Autoridad Portuaria de Kingston. El costo mensual de la inmovilización del Peña de Amboto sería astronómico, la naviera no podía permitírselo. Capté el destello de avaricia en los ojos de nuestro progenitor al calcular la minuta que podríamos pasar, calculada como porcentaje del lucro cesante.

–Necesito un argumentario jurídico imbatible en un par de días, tres a lo sumo. ¡Tenemos que empezar a dar la batalla ya, Xabier! –urgió Imanol exclusivamente a nuestro padre, como si Juan Ignacio y yo no estuviésemos delante–. ¡Y si hay que irse a Jamaica, pues se va!

–Lo veo muy justo de tiempo, sinceramente –objetó él preocupado, mirando de reojo a mi hermano.

–Lo que nos hace falta es que al menos dos peritos navales certifiquen el defecto de fabricación de la biela que se partió –defendí, y todas las cabezas se giraron en mi dirección–; las reglas de York son claras, en la avería gruesa no hay otra manera de eximir a las mercancías ni al flete de la pérdida proporcional. ¿La naviera podría conseguirnos esos dictámenes en tres días?

Touché.

–Hablaré con los ingenieros navales, mañana a primera hora te hago llegar la respuesta –se apresuró a asegurarme el padre de ese otro escritor también diletante y fracasado.

Me pareció que por la mirada de Juan Ignacio pasaba un nubarrón sordo y oscuro. En ese pronombre «te» dirigido únicamente a mí sentí un triunfo y al mismo tiempo la aceptación de una derrota: sí, yo podía tener un futuro aquí, quizás no fuese tan mala idea rendirse, una de estas tardes debería ir a la universidad a ver qué hacía falta para la matrícula.

Nuestro padre comenzó a tratar los detalles de la provisión de fondos: pasaríamos una estimación en cuanto recibiésemos los dictámenes de los peritos, entre el treinta y el cuarenta por ciento del total de los honorarios.

–¡Me vais a sacar las muelas, ya me conozco yo a tu padre! –protestó entre risas Imanol, mirándome solo a mí.

–¡La calidad se paga, amigo! –replicó el aludido en el mismo tono–. ¡Ya te digo yo que vas a fichar a los mejores!

Antes de despedirse, se palmotearon la espalda con la confianza de gente que llevaba cuarenta años acudiendo a la misma misa de doce. Mi hermano fue a estrechar la mano del nuevo cliente; nuestro padre me empujó discretamente para que me adelantase y Juan Ignacio reprimió rápido un ademán de sorpresa.

–Le diré a mi hijo que he estado contigo. A ver si os veis un día –me sugirió Imanol con un apretón de manos tan efusivo que me dejó la muñeca dolorida–. Me va a hacer abuelo, ¿lo sabías? ¡Ay, qué viejos nos volvemos, Xabier!

Le beau Vincent. Sí que había sentado la cabeza, sí.

–Yo confío en que estos también pronto me den la quinta generación del bufete Arsuaga, ¡eso sí que sería hermoso! –fantaseó en voz alta nuestro padre.

–Aquí es donde se encuentran las mujeres de casar y no en París, ¿eh? No quiero ni imaginar las juergas que os habréis corrido Vicente y tú por allá. Pero todo lo bueno se acaba... –insinuó Imanol con un codazo y señalándome el moratón, no sé qué se pensó–. Y si no, que se lo pregunten a tu *aita*.

Por primera vez en nuestra existencia, vimos a nuestro padre enrojecer. ¿Había tenido una vida antes de conocer a la heredera de los Arsuaga?

Como todos los hijos, pensabas que la historia daba inicio contigo. ¡Qué poco sabías tú de nada, tú que te creías más listo que cualquiera de nosotros! «*Seas como seas*», *se te dijo, porque todos habíamos tenido algún pasado, y nadie le preguntó a tu padre antes de entrar en la familia qué le había hecho cambiar y abrazarse con tanto fervor a la Biblia.*

–¡Piensa el ladrón que todos son de su condición! –rechazó él apenas cerró la puerta tras nuestro cliente, ante las miradas interrogativas y atónitas de sus dos hijos. Nos dio la espalda para recoger todos los documentos explicándome–: Juan Ignacio te dará las llaves del despacho, él ya no las necesita, puedes venirte mañana a la hora que tú quieras.

Mi hermano meneó la cabeza y se encogió de hombros.

–No podemos aceptar ese caso, no hay ninguna posibilidad de eximirle de responsabilidad al armador –argüí absolutamente convencido–. Sería litigar por litigar para terminar perdiendo.

Me asustó el rostro desencajado de nuestro padre cuando se volvió a mí blandiendo los papeles:

–¿Sabes cuánto hemos ingresado en los últimos dos años, Bosco? ¡Cero! ¿Has oído? ¡Cero pesetas! ¡Así que nos vamos a poner a estudiar todo esto hasta que se nos ocurra algo! ¡Dios sabe que a este no lo vamos a dejar escapar!

–Díselo tú –imploré a mi hermano–. Dile que piensas lo mismo que yo.

–Yo ya no trabajo aquí –rehusó, sacando las llaves de su llavero con el escudo Arsuaga–. Y el brillante abogado nato eres tú.

–¿Es que no lo veis? –me defendí, desbordado–. ¡Ningún perito naval va a certificar eso, le lloverían las reclamaciones al constructor! No era más que una manera elegante para que se diese cuenta de que su demanda no se sostendría.

–¡Pues si hay que untar a uno para que lo certifique, se le unta y ya está! –chilló nuestro padre completamente fuera de sí. Me tomó del brazo y me hizo daño–. Todo ese dineral que te ha estado mandando tu madre a nuestras espaldas... Ahora es cuando lo vas a pagar: arrimando el hombro.

Las llaves de Juan Ignacio golpearon mi mesa y el sonido me dijo que él no lo sabía. Nuestro padre se giró en su dirección:

–Y tú le echas una mano. Hasta que te vayas, todavía trabajas para mí.

Ambos fuimos a protestar, pero no hubo caso; dio un puñetazo sobre el escritorio casi centenario y sentenció:

–¡Vais a ayudarme con este asunto os guste o no! ¡No seré yo quien tenga que cerrar el bufete Arsuaga! ¡Y a ver si me dais nietos pronto también, que ni para eso me habéis servido!

En el silencio rencoroso que se instaló, sacó del cajón un güisqui caro y un vaso tallado, se sirvió una buena cantidad y lo apuró en largos sorbos. Me percaté de que Juan Ignacio y yo fijábamos la vista a través de la ventana en el mismo punto de un rascacielos en construcción.

–¿Desde cuándo guarda una botella en el despacho? –le pregunté a mi hermano en el autobús que habíamos tomado de vuelta a Algorta, cuando íbamos a mitad de trayecto. Apenas nos habíamos hablado desde que nuestro padre nos dejó en la parada, de pronto había decidido quedarse a cenar con unos amigos en Bilbao, ni se molestó en decirnos quiénes.

–Ya lo irás descubriendo –masculló Juan Ignacio.

Eran casi las ocho de la tarde y el tráfico avanzaba cada vez más lento en las primeras calles de Las Arenas. Bares atestados. Chubasqueros. Adolescentes en las aceras. Litronas.

–De lo que ha dicho antes, lo de que mamá me ayudaba económicamente... –comencé, tratando de trabar una conversación.

Me interrumpió sin miramientos:

—Yo ya no quiero saber nada de nada. Me voy, que os vaya muy bien. Me las arreglaré perfectamente y no voy a andar pidiendo un duro a nadie.

Llevábamos varios minutos detenidos. Fuera, cada vez más chavalería. Pañuelos palestinos y pisamierdas. Una pegatina en cada solapa.

—No fue tanto dinero —argumenté, pese a que él miraba por la ventanilla—. Y le prometí que se lo iba a devolver. No cobraré nada por los primeros asuntos que ganemos, eso es lo que le voy a proponer.

—Déjalo, de verdad. No me interesa. ¡Por qué no avanza esto!

—A mí, de todos modos, nunca me van a pagar una boda ni una luna de miel —refunfuñé amargamente.

Estratagema de abogado marrullero y liante: sabías perfectamente que a él tampoco, aunque nunca lo reconocería delante de ti.

Fue a replicarme airadamente, pero el chico que acababa de subirse embozado con un pañuelo ordenó con una calma y una sangre fría que lo aparentaban a un bombero o agente de protección de civil:

—A ver, bajarse todos del autobús, que está confiscado. *Gora Euskadi askatuta! Kepa askatu!*

La gente se fue levantando de sus asientos. El conductor paró el motor y luego abrió las dos puertas. Los viajeros comenzaron a descender. Juan Ignacio me indicó que saliese yo también. Lo seguí sin una palabra, aliviado al ver que no se oponía. Entre las conversaciones bisbiseadas se alzó la voz de una mujer con un fuerte acento del campo, iría de vuelta a los caseríos que aún quedaban al final de la línea:

—Anda, majos, que ya podíais haber quemado el siguiente, con la prisa que llevo esta tarde.

A algunos les hizo gracia el comentario, hubo un murmullo de chanzas. El chaval, que iba empujando suavemente a quienes se quedaban atrás, le contestó de buen humor:

—No se preocupe, *amoñi*, el de mañana se lo quemamos más tarde, cuando a usted le venga bien. Hoy es que llegamos tarde a la mani.

Otro joven que aguardaba abajo, también con un pañuelo cubriéndole la boca, gritó impaciente:

—¿Bajan o no bajan, Iker? ¡Que no tenemos toda la tarde, cojones!

—¡Ya va, tío, ya va! —farfulló por una ventanilla abierta el interpelado, antes de girarse hacia los que aún quedábamos dentro—. A ver si nos vamos rapiditos, que el de ahí abajo se está poniendo nervioso, ¿eh? Como le han cargado en trigonometría, está de mala hostia.

Esta vez nadie rio el chiste.

—Y ahora, ¿qué? —le dije a Juan Ignacio al encontrarnos sobre la acera.

—Entre que queman este, vienen la *Ertzaintza* y los bomberos a apagarlo, lo retiran y llega otro, tenemos por lo menos para hora y media o más, y quiero llegar pronto a casa. Así que nos vamos a pie, son cuarenta minutos andando hasta Algorta.

Echó a caminar, como la mayoría de los demás viajeros. Di un último vistazo al interior del autobús. Había un señor mayor sentado todavía en uno de los asientos del fondo. El primer embozado aún seguía dentro.

—¡Mecagüen la hostia, Iker! ¿Qué cojones pasa? ¿Bajáis de una puta vez o qué? —increpó el de abajo a su compañero.

El tal Iker asomó la cabeza por la puerta trasera.

—Espera, Joxean, que aquí hay un abuelo que no baja.

—¡No espero nada, joder! ¡Ahí va!

—¡Que no, tío, *itxaron apur baten*!

Joxean fue a acercar la llama a la mecha que sobresalía en el cuello de una botella. Varios pasajeros que estaban cerca de él le pidieron que tuviese un poco de paciencia. Nos miró desafiante.

–¿Qué, hay miedo de que se queme el *aitite*, o qué?

Iker seguía dentro tratando de convencer al anciano. Joxean, desafiante, estrelló la botella sin encenderla contra una de las lunetas, que se astilló en círculos concéntricos como una telaraña que se tejiera instantánea en el lateral del vehículo. Su colega se asomó de nuevo:

–¡No seas bestia, tío, que me vas a quemar a mí también!

–¡Pues espabílate, coño!

Sin descender, Iker se dirigió a la escasa gente que quedaba todavía congregada al pie del autobús:

–A ver si alguno podéis subir a ayudar al señor este, que dice que no puede correr.

–¿Que no puede? ¿Que no puede? –se burló Joxean, que ya estaba preparando otra mecha–. ¡Verás cómo puede en cuanto vea cómo arde esto! ¡Vamos, que va a bajar cagando leches, *oraintxe bertan*!

Yo seguía embobado contemplando la escena, que tenía algo de irreal, de pesadilla absurdamente entretenida. Juan Ignacio, que había vuelto sobre sus pasos, me tiró del brazo previniéndome:

–Tú ni te metas. ¡Que se maten entre ellos!

Una chica entró en el autobús. Una mujer madura fue detrás. Dos adolescentes subieron también. Oí vociferar aún a Joxean:

–¡Todos para afuera, todos para afuera, que esto va a arder!

La mujer asomó la cabeza:

–Espera un momento, hombre, no seas bruto, ¿no ves que lo vamos a bajar entre todos?

Juan Ignacio no aguardó un segundo más, comenzó a alejarse. Yo continuaba clavado al asfalto, incapaz de apartar la vista, a punto de convertirme en estatua de sal calcinada por mirar atrás. No era solo que quería saber el final de la historia, conocer si el señor se salvaba o Joxean lanzaría el cóctel molotov con todos ellos dentro; era también que la propia irrealidad de la situación la convertía en simulacro despojado de verdad y de peligro, como una imagen en pantalla. Resultaba difícil de creer que estuviese pasando a tan solo unos metros. Bastó con que apartase un instante la vista tratando de localizar a mi hermano para que el hechizo desapareciera, sentí miedo, lo alcancé en silencio.

–Me da igual. Ya me da todo igual –fue lo único que murmuró al pasar ante los que comenzaban a cruzar coches en la calzada y hacer acopio de contenedores para pegarles fuego, entre gritos de «*Gora Euskadi askatuta!*» y «*Gora ETA militarra!*».

—¡Mira que no darte un revolcón con él! —se carcajea Enric, revolviendo su *matcha latte* con leche orgánica de soja—. A tu edad venerable, las oportunidades no abundan, criatura. ¡Con un chulazo colombiano!

Le lanzo a la cabeza una cucharilla reciclable de bambú.

—Aún no me he separado. Y yo soy un caballero, *bitch*! —afirmo con toda la dignidad de la que soy capaz ante las risotadas de mi amigo—. Le di mi palabra a John y la cumpliré hasta el día en que salga de su casa. *No fooling around, ever.*

—¿*Ever*, en los casi veinte años que habéis estado juntos? ¿En Nueva York? ¿Una pareja gay?

Desde el mostrador, el librero le chista para que no hable tan alto. Nunca he entendido las reglas de este lugar que tanto le entusiasma a Enric, hasta el punto de que va a empezar a colaborar como voluntario dos tardes por semana. Housing Works Bookstore Cafe es lo que indica su nombre: una librería y un café. Pero como los ejemplares a la venta son donados, los empleados trabajan desinteresadamente y todas las ganancias van destinadas a la organización benéfica a la que pertenece, los domingos se convierte en cantina donde los vagabundos pasan el día con sus bolsas de plástico y el *regular coffee* más barato de la ciudad, biblioteca gratuita donde los universitarios progresistas de las facultades en torno a Washington Square vienen a estudiar bien calentitos y paraíso vegano donde las turistas exhaustas que salen cargadas de compras de las tiendas de lujo obsceno del Soho mordisquean sándwiches de pepino y zumos *detox*. El resultado es que si hablas te mandan que te calles y si hojeas libros te mandan que te sientes.

—¡Cuántas veces quieres que te lo explique! —me exaspero, aunque procuro no elevar el tono–. John estaba harto de relaciones abiertas, había perdido todo su mundo a causa del sida, se había quedado completamente solo. Y yo… yo necesitaba volver a confiar en alguien. En realidad, fue idea mía: le puse como condición que fuésemos absolutamente monógamos, sin excepciones.

—¡Lo que no querías era que otro terminara echándote de su pisito junto a Central Park! —ironiza mi amigo, que no es capaz de tomarse nada en serio–. Si a mí Randy me llega a pedir eso, le digo que se vuelva a Martensdale, en Iowa, con sus boñigas de vaca y sus votos en la iglesia.

Alguno de los *homeless* y un par de viejas arrugadas de las mesas vecinas nos dirigen miradas reprobadoras. Enric baja la voz, no quiere enemistarse con su futuro compañero de trabajo, me susurra:

—Y sé sincero, Borja: sigues sin querer que otro ocupe tu sitio en ese apartamento. ¡Por eso no te gusta ninguno de todos los que hemos visitado!

Encima de la mesa, junto a nuestras ensaladas de kale y quinoa, reposa la lista de los pisos que me ha acompañado a ver en una mañana agotadora de *open houses*. Está repleta de anotaciones manuscritas que documentan los mil y un defectos: 201 West 89th Street, «Sin lavadoras en el sótano»; 105 East 63rd Street, «*Prewar*, bañera descascarillada»; 350 East 54th Street, «Ni portero ni superintendente, *no way*!»; 330 East 38th Street, The Corinthian, «Torre de apartamentos, cientos de vecinos, un agobio»; 270 West 22nd Street, «Baño demasiado lejos del dormitorio»; 33 St. Mark's Place, «Muy ruidoso, encima de deli coreano»; 36 Greene Street, «Cuatro pisos sin ascensor».

—¡Si de verdad quisieras irte, buscarías por donde vivimos los honrados proletarios! —insiste, cruzando sus cubiertos.

Con su ascenso a P-5, mi amigo pudo por fin comprarse uno de dos dormitorios en Williamsburg y piensa que yo perdería el tiempo alquilando en Manhattan, todavía se siente culpable por ocupar ese puesto que debería haber sido para mí, no deja de darme consejos para sacarle el mejor partido inmobiliario a mi sueldo de P-4. No he querido contarle la carta que me llegó ayer del notario de Algorta con la notificación oficial del Ayuntamiento, me pondría la cabeza loca con lo que debería hacer con la indemnización si finalmente decido impugnar como único y legítimo causahabiente el procedimiento por el que nos expropiaron.

—Quizá tengas razón —reconozco, sin levantar la vista de mi *smoothie* ya terminado—. Todavía hay días en los que me despierto sobre el sofá, y en el salón en silencio me acuerdo de lo complicados que fueron los principios y no puedo creer que entonces lográsemos superar todas aquellas dificultades y ahora no encontremos el modo.

Enric sabe bien de lo que hablo, porque se lo he contado montones de veces. El apartamento lleno de fotografías de Howard, «*the love of my life*», el novio que fue uno de los primeros seropositivos en morir a pesar de los tratamientos experimentales con el AZT y con cuyo recuerdo omnipresente y hostil tuve que luchar para encontrar mi sitio en la vida de John. La mañana en que me enseñó el pastillero lleno de las píldoras que tenía que tomar diariamente para combatir la depresión por estrés postraumático desde que falleció el último de su grupo de amigos y supo que se había quedado definitivamente solo. Las llamadas infructuosas al padre inflexible que lo había desheredado y nunca quiso dar su brazo a torcer mientras John no volviera al temor de Dios y a la terapia de conversión, que le hacían llorar durante horas y horas mientras yo trataba de calmarlo. Los meses de angustia peleando contra viento y marea para no tener que declararse en bancarrota cuando la crisis brutal barrió por completo el mercado y desaparecieron todos sus clientes mientras aumentaban desbocadas las deudas a las que no había manera de hacer frente únicamente con mi sueldo de clase media.

—No puedes seguir viviendo en el pasado, Borja —sentencia el futuro barista benéfico, recogiendo con más voluntad que destreza los platos y tazones de cartón compostable. Y luego añade, guiñándome un ojo y olvidándose de susurrar—: Escucha las señales que te envía el universo y abraza el poder del ahora... ¡hasta que aparezca en tu vida un rico intelectual judío del Upper East Side con el que puedas volver a sufrir a gusto!

Viéndolo alejarse hacia la barra en la que trabajará gratis todos los miércoles y viernes de seis a nueve de la noche me digo que lo voy a echar mucho de menos si al final me decanto por la idea que cada vez me parece menos descabellada. Él sí se ha contagiado del espíritu protestante que le permite ser pragmático e implacable para progresar en este país y al mismo tiempo sentir que debe contribuir a paliar las desigualdades brutales; deja la ridícula propina mínima si el servicio no ha sido excelente aun a sabiendas de que esa será prácticamente toda la retribución de los camareros, que apenas cobran ningún sueldo fijo, y sin embargo va a regalar seis horas semanales de su valioso tiempo a esta ONG cuyos fondos se destinan a la misión quimérica de acabar con el sida y la falta de hogar.

Deposita nuestros desperdicios en los cubos de reciclaje y aprovecha para tontear con el camarero, un chico mulato jovencísimo que debe de tener unos veinticinco años menos que él. Ya sé que si no regresa en diez minutos me tocará levantarme y desaparecer discretamente del local; mañana en la pausa del café me contará cómo terminó la cosa.

Me dan ganas de esperarlo hojeando el polémico ensayo de David sobre las paradojas de la memoria histórica, *A New York Times best-seller book!!!*, dice encima de la pila de ejemplares dedicados que donó él mismo, pero ¿para qué cargarme ahora con más libros que no me llevaría de vuelta?

Enric choca las palmas con el guapo en lugar de estamparle dos besos, señal inequívoca de que en un momento estará conmigo. En su camino de vuelta hacia nuestra mesa se detiene ante una de las estanterías de madera antigua, me hace gestos cómicos señalando el rótulo sobre la balda superior

(*How-to books*, que nunca sé cómo traducir, ¿«libros sobre cómo hacer cosas por uno mismo»?, ¿o simplemente «manuales de autoaprendizaje»?), creo entender que me pregunta cuál necesito, y sin aguardar mi respuesta recorre con dedos rápidos los lomos coloridos, escoge uno y se lo esconde sin ningún recato en el plumífero.

Antes de salir, se despide amablemente del librero que lo mandó callar, confirma con él su hora de entrada el miércoles próximo, será su primer día de voluntario y estará encantado de unirse a la gran familia de Housing Works en la lucha contra la exclusión y la precariedad, toma varios folletos de la organización para distribuirlos en su edificio, le estrecha la mano efusivamente.

No hemos terminado de bajar los cinco peldaños que descienden a la acera de Crosby Street cuando Enric se saca el libro y me lo tiende con una sonrisa exultante:

—¡Para que te hagas rico con esas cosas que escribes! A cambio, quiero salir en tu novela.

How to write a best-seller book in just 10 days, pone sobre la portada en la que una escritora de dientes blanquísimos, pelo cardado y pechuga exuberante promete revelar los secretos para escribir en poco más de una semana la revelación que se arrancarán de las manos editores y consumidores.

—¡Enric, por Dios, cómo se te ocurre mangar esto!

—¡Nene, que yo trabajo aquí! ¡A ver si los empleados no vamos a poder hacer regalos a nuestros amigos!

—No, si lo que me parece fatal es que robes uno tan malo —le aclaro entre risas señalando con un índice acusador la palabra infame—: ¿«Consumidores» y no «lectores»?

—Anda, trae, ¿cuál quieres? —ofrece al tiempo que me tiende la mano para que le devuelva el tratado milagroso con el que podría hacerme escritor y millonario, todo a la vez.

Sé que es perfectamente capaz de entrar de nuevo y volver en unos minutos con *Aspects of the novel* de E.M. Forster sin haber pasado por caja, así que lo tomo del codo y le obligo a echar a andar. Por fin ha desaparecido de la ciudad la nieve y sobre el empedrado irregular de la calzada brillan algunos charcos que las ruedas de los taxis vacían aparatosamente con salpicones de agua sucia como quien chafa tomates. Pronto será marzo y en las jardineras que por ahora solo acumulan el barro del deshielo empezarán a brotar crocos y narcisos. No echaría de menos el invierno interminable, plomizo y despiadado, pero sí estas premoniciones de la primavera que te asaltan de pronto en un breve aroma a hierba que despierta el olfato hibernado o un destello de luz a las cinco de la tarde que ya no es grisácea, mientras tu mejor amigo de los últimos quince años, colgado de tu brazo, insiste en que le cuentes qué es eso que escribes por las noches con tanto misterio.

—Ni yo mismo lo sé muy bien —reflexiono en voz alta, mientras caminamos hacia el metro—. No son unas memorias, tampoco consigo hacer una novela, quizás solo sea un diario íntimo en el que vuelco lo que fue, aunque también lo que sospecho que pudo ser y lo que me hubiera gustado que fuera. El otro día leí una cita extraordinaria de Sophie Calle, «Mi arte es una ficción real», creo que tal vez vaya por ahí.

Enric se detiene ante una tienda japonesa de extremo minimalismo: un cuenco de exquisita porcelana blanca es lo único que se ve en el enorme escaparate. Se queda contemplándolo arrobado y cuando empiezo a sentir que no ha atendido a nada de todo lo que le he expuesto, me suelta sin mirarme:

—O sea, uno de esos rollazos que no se entiende nada y pasan 346 páginas hasta que te enteras de algo. Avísame cuando lo acabes, conozco a alguien en Barcelona que trabaja en una editorial que publica pestiños así.

Me arrastra dentro de Shō y, mientras se extasía ante jarrones de dos mil y tres mil dólares, le puntualizo que jamás voy a hacer público lo que pergeño en mis madrugadas de insomnio.

—Sería un libro para una única lectora, dos a lo sumo —especifico cuando aparta la vista de una tetera Noritake decorada con flores de loto–. O quizás se lo enviara también a un hombre que no lo querría leer, o lo leería a escondidas.

Menea la cabeza dejándome por imposible. Nada sabe de lo que ocurrió en septiembre en Algorta: aceptó que para mí fuese demasiado doloroso hablar de todo aquello al volver, celebramos su ascenso con una cena espectacular en Eleven Madison Park que le costaría una fortuna, tuvo la delicadeza de no preguntarme por el correo electrónico que le había enviado a la gorda Ábalo y del que se enteró toda la Sección de Traducción al Español porque casi me costó el despido, y cuidó de mí como no lo hizo nadie, cubriéndome las espaldas los días en que no podía ni traducir una línea y me encerraba en los baños junto al Salón del Consejo Económico y Social. Sí, voy a echar de menos a este amigo que sabe cambiar de tema a tiempo y me señala el precio del juego completo de té:

–Cuando me hagan jefe a mí, a lo mejor me llega para comprar dos tazas… ¿Has visto todos estos ceros?

Me callo que no solo he visto las cifras, sino que durante mi infancia veía todos los jueves a mi abuela Angelita y sus amigas tomar chocolate con picatostes en unas porcelanas idénticas que su marido había heredado con toda la vajilla Noritake, y que me castigaron un año entero sin paga cuando descascarillé uno de los platillos de postre. Y también me callo que entre 1980 y 1998 mi madre fue vendiendo una a una las piezas del juego a fin de pagar mis cursos abandonados de Derecho y los estudios de mi hermano, los tratamientos para paliar el cáncer que acabó con el abuelo Martín, el tejado de la casa que a punto estuvo de hundirse en dos ocasiones, las deudas del despacho y los adelantos que nunca le devolví.

Nos despedimos en la boca del metro, ha cambiado de idea, qué es eso de encerrarse a las cinco de la tarde a ver series en un butacón, aún tenemos tiempo de mudarnos de ropa y pasarnos por la fiesta del Eagle Bar. Insiste tratando de convencerme:

—Vente aunque solo sea para verme en acción. Hace tiempo que no le doy candela al látigo que me traje de Dore Alley, los domingos es cuando más yeguas hay, todas dispuestas a la doma. Yo te presto el *dress code*.

Declino entre risas: me divierte escuchar sus hazañas relatadas el lunes por la mañana en el Café de los Delegados, pero por nada del mundo quiero verlas en directo, sabiendo los extremos de crueldad a los que puede llegar.

—Entonces tendré que ir con mi marido, ¡qué planazo! —concluye sarcástico agitando la mano en señal de adiós.

Al llegar a casa, me sorprende que John no esté. Habrá bajado al pub irlandés de la esquina, últimamente se ha emborrachado allí algunas tardes en lugar de beber copa tras copa de blanco en el apartamento, un delicado equilibrio que me ha permitido teclear tranquilamente unas horas en el salón hasta que regresaba y comenzaban las discusiones. Arrojo el impermeable sobre el sofá que se ha convertido en mi cama y me llama la atención que repose sobre la mesita baja la diosa de madera que compramos en el viaje a Bali. Las tres piezas en que se partió llevaban ocho días por el suelo: desde que la rompimos en uno de los forcejeos y cada uno convirtió en un principio irrenunciable que había sido el otro y el otro debía recogerlas, habían ido acumulando polvo junto a la alfombra. Ahora está sobre la peana, recompuesta mal que bien: una divinidad protectora que nada ha protegido.

Me siento al escritorio sobre el que continúa la nota que en estos últimos días ha dejado de ser enigma para convertirse en acicate que me empuja a seguir escribiendo sin descanso, ese papel arrugado cuyas palabras ahora creo comprender, «se acaba el tiempo del sueño», iban dirigidas a otro hombre que se niega a renunciar a su sueño de fanática violencia pero seré yo quien me haga cargo del mandato. Acaricio en la mano la pella de barro reseco que arrancó Ainhoa de la tierra original y me digo que muy pronto estaré listo para rasgar las cintas de tira adhesiva del paquete y leer quién envió las cartas a quién, porque eso debe de ser lo que me hizo llegar.

Podría hacerlo hoy mismo, en este momento, y que lo que encuentre tiña la escritura en las próximas madrugadas.

Oigo abrirse la puerta de la calle y un calambre de tensión me muerde el estómago. Comienzo a teclear. Al cabo de unos segundos siento las manos de John que se posan sobre mi cuello y el beso que deposita sobre mi nuca. Y luego otro en la mejilla, junto al oído.

El aliento no le huele a alcohol.

—¿Has encontrado piso? —pregunta, obligándome a mirarlo.

—Por ahora no.

—¿Te vas a ir?

Me gustaría responderle lo que necesita escuchar.

Pero para todo es ya demasiado tarde, y me encojo de hombros.

Poco después, mientras escribo enfervorecido y arrebatado y sin descanso sobre aquella mañana extraña en el despacho y la carta con la nueva grafía, me acompaña el sonido rítmico e ininterrumpido de las botellas que se van rompiendo una a una en la cocina, al estallar contra el cubo donde las reciclamos.

NUNCA SERÁS UN VERDADERO ARSUAGA

Capítulo 17

A las nueve en punto de la mañana sonó el pitido y el fax se puso en marcha: lo primero que apareció sobre el papel continuo fue el encabezamiento. Iba dirigido a mí, debajo de mi nombre aparecía «Arsuaga Abogados», me chocó verlo escrito como en una tarjeta de visita. Luego, el rollo no paraba de escupir gráficos, esquemas y especificaciones técnicas, dibujos de las bielas y los motores, informaciones de venta del constructor; finalmente, apareció una nota aclaratoria: «Puedes ir estudiando esta documentación para hacerte una idea del funcionamiento. No hemos conseguido un dictamen todavía. Saludos. Imanol».

–Ni lo conseguirán jamás. ¡Esto es absurdo! ¿Qué pretende, que descubramos nosotros el fallo? –refunfuñé, arrancando la tira larguísima que se había ido enrollando sobre sí misma. La deposité encima del escritorio en el que se atareaba Juan Ignacio para que le echase una ojeada. Ni siquiera levantó la vista de lo que estaba haciendo: sobre el plano de las mesas del banquete, escribía nombres a lápiz y luego los borraba, tratando de acomodar a los invitados por afinidades y parentescos. Insistí–: ¿Puedes mirar esto, a ver si tú entiendes algo?

–Si he venido hoy al despacho, ha sido solo para que papá me dejase en paz. No pretendas encima que te ayude –contestó ásperamente.

Lo conocía demasiado bien: sus cóleras frías eran peores que las explosiones de rabia y podían durarle jornadas enteras, sería inútil tratar de discutir con él ahora. Recogí el fax, corté una a una las hojas por las líneas negras, me senté a estudiarlo. No lograba comprender absolutamente nada.

A media mañana, mi hermano se dignó por fin a hablarme:

—No has hecho todavía las llamadas, ¿verdad? —Sin esperar la respuesta, me tendió un folio—. Aquí tienes la lista con los teléfonos. Anda, haz algo de provecho en lugar de perder el tiempo con eso.

Recorrí los nombres en diagonal. La prima Ainara no figuraba.

—¿Finalmente no viene la hija tampoco? —Me sorprendí.

—Si mamá quiere invitarla, es asunto suyo. Pero no va a participar en nada. ¡No quiero ni que se acerque a mí, y mucho menos a Clara!

—¿Tú has vuelto a verla alguna vez? De críos os llevabais muy bien —insinué, rememorando sus bailes infantiles en la campa delante de la iglesia

—¡Ni ganas! Cuanto más lejos de esa rama Arsuaga, mejor. —Bufó con una mueca de desprecio—. Mira de qué le sirvió a nuestro abuelo ayudar a su propio hermano: de nada. Lo hizo venir, trató de protegerlo sabiendo a lo que estaba arriesgándose, era 1940 y los falangistas de Algorta no se andaban con tonterías, tuvo suerte de que le expropiaran el frontón y no algo peor. ¿Y cómo se lo pagó el padre de la tía Izaskun? En cuanto salió de la cárcel se largó a Francia y se juntó con los fundadores a imaginar formas de pegar tiros.

Lo hizo venir prometiéndole que no le pasaría nada, todo había quedado olvidado, jugaría el partido de cesta punta en el frontón como antes de la guerra, después saludaría con el brazo en alto al nuevo alcalde y podría quedarse y comenzar a trabajar en el bufete.

Nadie le iba a reprochar su militancia política anterior, el nuevo párroco le haría un informe favorable, bastaría con que no se juntase con sus antiguos camaradas del Partido a los que sí habían represaliado. No contamos con que era un Arsuaga testarudo como todos: no quiso hacer lo que tenía que hacer y por eso el 31 de julio por la noche el frontón se tiñó de sangre bajo la lluvia y la cesta quedó partida en dos y hubo que ir a visitarlo a la cárcel durante los años siguientes. De todo eso no tuvo la culpa vuestro abuelo, que fue un buen hombre.

Bajo la lista estaban escritas a mano las instrucciones precisas y tajantes de Clara: antes de entrar en la iglesia cada invitada tendría que recoger un saquito de arroz que yo le entregaría, en cuanto empezase a sonar la marcha nupcial en el órgano habrían de salir rápidas y formar un pasillo (solteras a la izquierda y casadas a la derecha), arrojar el primer puñado al aparecer ellos dos en la puerta para que el fotógrafo captase ese momento, un segundo puñado una vez que las hubiesen rebasado, pero «No, nunca, de ninguna manera» (subrayado dos veces) sobre los contrayentes, especialmente no sobre el velo ni el moño de la novia. Me sentí ridículo memorizando esos detalles y más ridículo aún cada vez que después de repetírselos punto por punto a tías, primas, sobrinas, cuñadas, nueras y demás féminas con diversos parentescos entre sí se hacía un silencio embarazoso en el teléfono y recibía las excusas con las que casi todas ellas se desentendían del asunto. Solo la tía Josefa, que nunca había tenido pelos en la lengua, tuvo el valor de responderme a las claras:

—¡Esa *parvenue* que todavía ni ha entrado en la familia y ya está dándonos órdenes! Dile que no se casa con el primogénito de los Arsuaga, sino con un segundón. ¡Y que la próxima matriarca de la casa será tu esposa, no ella!

No llegué a tapar el auricular a tiempo y Juan Ignacio, que había levantado la cabeza de sus papeles, pudo escuchar la réplica indignada.

–¡Mujeres! –fue todo lo que comentó, mientras tachaba un nombre de una de las mesas. Y luego añadió sarcástico–: Ya sabes dónde se va a sentar esa: junto a las cocinas y al lado de la etarra. ¡Que se aguanten entre ellas!

Sacó la botella de güisqui de nuestro padre y sirvió dos vasos generosos. Era solo la una del mediodía y tuve que forzarme a beber a palo seco.

Media hora más tarde, se sirvió otro dedo antes de despedirse:

–Lo voy a necesitar para comer con Clara y con mi suegra. ¡A ver qué les parece esta distribución! Tú te sentarás en la mesa presidencial con nosotros, digan lo que digan.

Se lo agradecí con entusiasmo, supuse que para él significaba mucho, cabían únicamente ocho personas y algo le había oído a mi madre de las escaramuzas que mantenían ambas familias para ver quién acababa allí.

Apenas hacía unos minutos que se había marchado cuando llamaron a la puerta. Era uno de los conserjes del edificio, subía un sobre que acababan de entregarle en mano. Iba dirigido a Juan Ignacio y me extrañó que el apellido apareciese conforme a la nueva grafía vasca, «Artsuaga» en lugar de «Arsuaga», nosotros nunca lo habíamos escrito así. Lo dejé sobre el escritorio, por si él volvía por la tarde. Antes de salir, cerré los visillos: el sol de la primavera que por fin había comenzado a despuntar hería con luz cruda todo el despacho. «Van a tener suerte», pensé, con una pizca de envidia, «será una boda preciosa, a pesar de todo. Se acabaron las lluvias».

El almuerzo con mi padre fue muy tenso. Se había pasado la mañana visitando un par de bufetes de amigos suyos especialistas en derecho marítimo y ninguno de ellos le había ofrecido la más mínima pista para atacar el caso, estaba de un humor de perros.

–Por eso ha venido donde nosotros el cabrón de Aranduy, porque nadie más habría querido encargarse de ese muerto –se quejaba rascando maniáticamente el mantel sobre el que había derramado el vino de la casa.

Devolvió a la cocina el primer plato porque los espaguetis carbonara no tenían suficiente beicon y el segundo porque la pescadilla no estaba fresca; el dueño del bar terminó por hartarse: por el precio del menú del día, eso era todo lo que nos daba. Airado, mi padre se levantó de la mesa para marcharse, luego lo pensó mejor y se quedó por tomar el postre, no se lo iba a regalar a ese timador, aunque al final le pareció tan malo que dejó la mitad del arroz con leche.

Durante todos estos dimes y diretes, monologaba sin cesar y no era fácil seguirle, tan pronto hablaba de unos créditos que no sabía de qué modo pagar como me hacía preguntas sobre el anclaje del árbol de levas y se enfadaba porque yo no había sabido descifrar los planos técnicos, después me instaba a aprovechar la boda para echarle el anzuelo a alguna de las Zarrabeitia («Esas tienen un dineral, te lo digo yo»), al poco se indignaba por el tiempo que había perdido confiando en que Juan Ignacio conseguiría clientes o se prometía que él no iba a acabar «como el desdichado de Ramón, antes me pego un tiro».

–Tu pobre madre… tu pobre madre… –repitió al llegar los cafés y de golpe el torrente de palabrería se secó.

Esperé un momento; al ver que no continuaba, le solté a bocajarro algo que llevaba rumiando desde el día anterior:

–¿Por qué no le pides a Juan Ignacio que nos preste dinero? ¿No ha hecho tan buen negocio con la venta del piso? Pues que arrime el hombro.

–No quiere, y está en su derecho, diga lo que diga vuestra madre –sostuvo, sin asomo de reproche–. Ya puso un buen pellizco cuando descubrimos las deudas de don Manuel en el frontón.

Sentí que nos precipitábamos por la pendiente de una disputa que habíamos mantenido montones de veces a la muerte del abuelo. Sin embargo no pude evitarlo y volví a recordarle lo que le había restregado continuamente, y con igual amargura:

–¡Normal, a él le había dejado todo ese legado! ¡A mí no me dejó nada en su testamento! ¡Y el primogénito era yo!

Mi padre me rebatió con lo que me había objetado siempre, y que seguía escociendo de la misma manera:

–¡Juan Ignacio era su ahijado y tú no! Además, ¿quién se había largado a París, en contra de sus deseos?

–Si se compró ese apartamento con el dinero del abuelo Manuel, que había sido de toda la familia, lo lógico es que con el beneficio que le haya sacado ahora contribuya a pagar las deudas de la familia –argumenté elevando el tono–. ¡No hace falta ser un genio para entenderlo!

Hizo un gurruño con la servilleta de papel y lo arrojó sobre la mesa.

–¡Qué razón tenía tu abuelo, Bosco! ¡Tú sí que llevas el abogado Arsuaga en las venas! ¡Pero deja en paz a tu hermano, que bastantes problemas tiene con sus propias deudas!

Quise replicar y no hubo modo: dio por zanjada la conversación poniéndose en pie.

–No voy a ir al despacho esta tarde –le advertí tan pronto como lo alcancé, ya en la puerta del bar, entregándole las vueltas–. Necesito tiempo para mí.

–Cuando te lo hayas ganado, podrás tomártelo –me rebatió secamente, guardándose las diez pesetas.

–Cuando haya trabajo que hacer, iré.

Apenas pronuncié estas últimas palabras caí en la cuenta de que de nuevo estábamos repitiendo disputas de diez años atrás. Decidí que si íbamos a trabajar juntos, sería a mi manera y eché a andar en dirección contraria. Gritó a mis espaldas algo que ya no oí.

En el autobús de regreso a Algorta, una mujer que se sentó junto a mí enseguida se puso a charlar conmigo:

–A ver si tenemos más suerte y esta tarde no nos pasa nada, ¿eh? Dicen que hoy van a montar igualmente jaleo, por eso me he cogido este tan pronto, no quiero tener que darme una caminata como la de ayer. ¡Jesús, qué vida llevamos!

La reconocí: era la señora que había ayudado al anciano. No quise dejarme envolver por su familiaridad dicharachera; asentí con un breve movimiento de cabeza y me puse a mirar por la ventanilla. Otros pasajeros sí pegaron la hebra con ella y se formó un coro de voces que se relataban unas a otras los sustos por los que habían pasado. Era imposible no dejarse arrastrar por lo que narraban y me vinieron a las mientes las palabras de Juan Ignacio; a lo mejor tenía razón, tal vez fuera el presente lo que habría que novelar y no historietas del siglo XIX que no le interesaban a nadie.

Antes de penetrar en el casco urbano de Las Arenas, hacia el final de la carretera paralela a la ría, descubrimos el esqueleto de hierros calcinados en que se había convertido el autobús de la víspera, apartado en el arcén. Bajo el sol radiante, el amasijo ennegrecido se recortaba contra el paisaje industrial de los Altos Hornos y sus grúas azafranadas por el óxido. En la carrocería, sobre el metal abrasado, algún grafitero había pintarrajeado ya su firma. Dos mujeres pasaban por delante con bolsas de supermercado de las que sobresalían puerros. Esa hubiera sido una buena imagen para comenzar un libro; me dije que quizás tomando fotografías de la vida cotidiana empezara a surgir la inspiración que no encontraba en París.

Mas no hiciste tu propio álbum ni engendraste tu propia genealogía y nadie verá lo que tú viste con tus ojos, y el día en que consigan su objetivo y declaren la independencia, no habrá un Arsuaga que descubra en las imágenes olvidadas en un desván el precio y la sangre y el dolor que costó.

En la siguiente parada se subió don Jokin, el párroco de Nuestra Señora al que tan poca simpatía profesaba mi hermano. Ni bien vimos al chico que se montó poco después y vino a sentarse a su lado, la mujer del día anterior y yo nos miramos con temor o con fastidio, no sabría precisarlo: era uno de los dos que habían incendiado el autobús, el que recibía las órdenes arriba, Iker recordé que se llamaba. Esta tarde sus intenciones debían de ser otras: se puso a conversar animadamente con el cura. Estaban bastante alejados de nuestros asientos, y por más que intenté escuchar qué podían decirse, solo llegué a captar palabras sueltas que no entendí porque se hablaban en euskera.

–Parece que hoy nos libramos, será que tienen partido –musitó aliviada la señora junto a mí, y se santiguó.

Era cierto: Iker llevaba una bolsa de deporte de la que sobresalía el mango de una pala de frontón.

No sabría decir por qué dejé pasar mi parada y los seguí hasta que ambos descendieron en la que había delante de la pista de arrastre de piedra. Bajé precipitadamente antes de que el conductor rearrancara y don Jokin se volvió a mirarme. No pareció reconocerme, yo apenas era un crío la última vez que me puso la mano encima por no saberme las cuatro virtudes cardinales, eché a andar rápidamente hacia el arrastradero de *idi probak* y el frontón que estaba detrás mientras ellos dos cruzaban la carretera en sentido opuesto para tomar el camino empedrado que subía a Nuestra Señora.

Poco había cambiado esta zona desde que nos traían los abuelos a la romería del 15 de agosto: seguía siendo la linde imprecisa en la que las últimas casas del pueblo se mezclaban con campas y caseríos, por aquí comenzaban huertas y terrenos cultivados y aún podían verse burros y bastantes vacas. Olía a humedad y a bostas y sobre la pista de cantos rodados quedaban restos de paja de alguna prueba reciente de arrastre de bueyes. Me apoyé contra los asideros de hierro de una de las piedras enormes, de más de 1.500 kilos, que aún seguían allí, delante del frontón que había sido de uno de mis antepasados y cuyas paredes al aire libre estaban cubiertas de pintadas que de tan repetidas se habían vuelto anodinas: *Gora ETA, Kepa askatu, Alde hemendik, Amnistia osoa.*

Alcancé a ver cómo entraban juntos en la iglesia don Jokin e Iker. Sonaron las campanadas de las cinco de la tarde. Sí, sería una boda preciosa, en un entorno idílico: habían encalado recientemente los muros y habían picado la arenisca, la torre estaba remozada, bancos verdes y maceteros con geranios rojos y blancos bordeaban la explanada delantera. Bastaría con que ninguno de los invitados volviese la mirada hacia el frontón a sus espaldas para que nada empañase la estampa de bucólica ermita campesina. Si terminaba por casarme con una de las Zarrabeitia, yo también debería hacerlo aquí, y la mentira sería completa.

Al cabo de unos veinte minutos vi acercarse el autobús de vuelta. Iba a cruzar la carretera y regresar a casa cuando reparé en que por la puerta del despacho parroquial salían dos chicos vestidos con chándal, cada uno de ellos con una pala de frontón. Reconocí a Andoni, que llevaba al hombro la misma bolsa de deporte que Iker antes. Avanzaban hacia mí, y no fui capaz de moverme. Al pasar a mi lado hizo como que no me conocía y algo gracioso le debió de comentar al otro, porque ambos rieron y bromeando, hicieron además de golpearse mutuamente con las palas. Los seguí con la vista; no se volvió a mirarme.

Quizás era mejor así.

La pelota rebotó contra las pintadas y comenzaron el partido. «*Tori, tori hau*, ¡adelante!», gritaba esa garganta que había acariciado con mis dedos, lanzando las mismas consignas que yo había chillado jugando a idéntico juego en este lugar.

Tañeron otra vez las campanas y al girarme instintivamente para comprobar la hora en el reloj de la torre, vi que de nuevo alguien salía del despacho parroquial. De lejos, me resultó una cara conocida. Bajó rápido el sendero hacia la carretera, mirando a un lado y a otro, y antes de que comenzase a caminar en dirección a Algorta, lo reconocí.

No era ya el crío del que nos habíamos reído tanto en el colegio, sino el hombre cuyo rostro había visto en un cartel en una taberna del Puerto Viejo. El enemigo del pueblo. Jaime Ortúzar Aristondo.

¿A qué venía un miércoles a las cinco y media de la tarde a esta iglesia?

El trallazo de la pelota al chocar contra la chapa metálica de falta me hizo volver la cabeza. Salió disparada en diagonal al frontón, hacia donde estaba yo. Dio un par de botes y terminó muy cerca de mis pies. Andoni acudió corriendo a por ella. La alcé y se la ofrecí para que la tomara de mi mano.

–Vete. Vete enseguida. Por favor. *Mesedez*. Antes de que vengan –aprovechó para avisarme atropelladamente, con el aliento entrecortado por la carrera.

No pregunté nada. Giré sobre los talones y me fui. En lugar de esperar al autobús, yo también eché a andar hacia Algorta. Pero a un paso lento, para asegurarme de que no alcanzaba a Jaime Ortúzar.

No preguntaste y te fuiste y esa fue tu tercera equivocación y la más grave. Porque habrías sabido con quién vino ella y la amenaza que estaban preparando y hubieras podido prevenir a tu hermano y ser de verdad el guardián que no quisiste ser.

La ferretería era una covacha oscura en el cruce de Cuatro Caminos, un establecimiento de otro siglo que había sobrevivido en un edificio bajo entre los bloques modernos que habían levantado en la bajada a la playa de Arrigunaga. Utensilios de otra época se acumulaban por todas partes: ollas de barro, escaleras de madera, escobones de mijo. Un bosque de objetos de mimbre colgaba del techo como exvotos de un culto antiguo. No me hubiera extrañado que hubiese salido de la trastienda el viejo Richter cascarrabias al que de críos nos mandaban a comprar velas cuando se anunciaba una tormenta; en su lugar, surgió otro hombre también mayorcísimo con una bata que llevaba bordada en la pechera el mismo apellido de los dueños originarios.

—¿Vienes a recoger las llaves? —me espetó directamente, sin saludarme siquiera.

—No, yo vengo a comprar una cadena y un candado. Uno grande, como para proteger una puerta de entrada.

—Me dijeron que vendrías —insistió, inspeccionándome de arriba abajo con sus ojos de un azul clarísimo bajo las cejas pobladas.

—Perdone, creo que me confunde.

—No, no me confundo. Tú eres el hijo de los Gondra, el que no fue a los funerales. Todo el mundo sabe lo que andas haciendo ahora por Algorta. —Abrió un cajón y sacó un sobre abultado que depositó sobre el mostrador de madera—. Ándate con ojo, que aquí no a todos les parece bien. Yo os he copiado las llaves, pero luego no quiero saber nada.

—Ayer alguien saltó la cerradura de la casa —le expliqué, entendiendo por fin de qué me hablaba—; si son las que yo creo, no sirven ya de mucho.

Esparció el contenido sin hacerme caso: junto a dos llaves modernas se desparramaron muchas antiguas de cilindro, con cabezas de formas caprichosas.

—Tu hermano nunca vino a por ellas. Me las encargó nada más llegar y luego no las recogió. ¡Con lo que nos había costado sacarlas igualitas, eh! —comentó girando la cabeza hacia la trastienda, como si alguien lo escuchara desde dentro—. Estas otras dos son las que trajeron el lunes los que se habían metido allí, los raros esos, antes de que se los llevaran. Dijeron que tú me pagarías todo.

Posé los dedos sobre los metales fríos que Juan Manuel habría tocado el último, y que tantas manos habrían manipulado anteriormente para abrir y cerrar armarios desaparecidos.

—¿Quién se los llevó? —me interesé al cabo de un momento.

—Por lo visto, los tuvo que sacar la *Ertzaintza*. En el mercado, las de la pescadería contaban que los raros no querían irse. Por ahí se dice que tú les habías dado permiso. ¡Qué más da! Total, en un par de días los pondrán de vuelta en la calle, aquí ya no encierran a ninguno. Aunque sean unos yonquis que no paran de robar.

—Cuidaron de mi hermano, ¿eso no lo andan diciendo también por ahí? —protesté.

—De tu hermano cuidamos los que lo recordábamos. Y por deferencia hacia vuestro padre, que siempre se portó bien con nosotros, eso que te quede claro. Fueron las mujeres de la parroquia, las del grupo de estudio de la Biblia, las que iban día sí y día también a ver si necesitaba algo. Hasta que se metió por medio esa pariente vuestra y no dejó ya que se acercara nadie. Claro, que ahora que has venido tú, le ha salido mal el negocio.

—¿Me da dos metros de cadena y un candado grande y me dice qué le debo por todo? —le corté, echando mano a la cartera. ¡Qué me importaba a mí lo que comadrearan en este pueblo de murmuradores!

El ferretero se volvió hacia el interior de la tienda y ordenó:

—Raúl, tráeme la cizalla.

Escogí el candado más grande de todos los que me presentó revueltos en una caja de cartón. Luego, mientras él giraba la bobina y dejaba caer eslabones de la cadena para cortar la medida exacta, salió de la trastienda un octogenario cuya mirada perdida parecía ajena a la herramienta que traía en la mano. Me llamaron la atención sus ojos, también de un azul clarísimo, casi transparente.

—Saluda al hijo de don Xanti, hombre —animó el tendero a quien aparentaba ser su hermano—. ¿No te acuerdas de él?

«El hijo de don Xanti.» Ese era mi nombre en este lugar y ese era yo. Había vuelto a casa, sí. Al sitio donde aún seguía viviendo en la memoria de los viejos.

El tal Raúl me tendió la mano, pero en su rostro no se reflejó ninguna expresión. Estaba muy lejos de nosotros. Se asemejaba muchísimo a uno que cuando éramos niños solía pasar las mañanas encendiendo hogueras en la playa, nos daba un miedo terrible porque decían que era ciego y tenía ojos de cristal, nuestro padre le tomó algunas fotografías de aquellas suyas raras. Resultaba conmovedor ver la delicadeza con la que el ferretero lo sentaba cuidadosamente en una silla de mimbre y le pasaba la mano por los cabellos grasientos para arreglárselos; después, mientras envolvía mis compras en papel de estraza que ataba con un cordel, iba murmurando:

—Vuestro padre era una buena persona y no se merecía lo que le hicisteis. A mi hermano lo ayudó mientras pudo, cuando lo tuvieron que despedir del despacho. ¿Quién recuerda ya nada de eso?

Los ojos vacíos de Raúl no se apartaban de mí, como si la mirada quisiera relatarme lo que la lengua ya no era capaz. ¿Qué había hecho mi padre por él? Se me ocurrió que la única justicia posible sería volver a reunirlos si alguna vez escribía algo.

—Son otros tiempos, y seguramente está bien así —insinué, depositando las monedas junto a la viejísima máquina registradora.

Acaricié brevemente la mano pellejuda de Raúl antes de salir. Luego, ya en la puerta, tuve una idea y me volví a preguntar al ferretero:

—¿Usted sabría decirme dónde vive ahora Ander Beascoa?

—¿Dónde quieres que viva, hombre? —tronó, haciéndome sentir estúpido—. Pues donde siempre, en la cuesta de Aretxondo, bajando al Puerto Viejo, en el piso que fue de sus padres. Aquí todo el mundo sigue donde siempre.

Con el ánimo mucho más ligero, me encaminé hacia la casa de los Gondra: las cosas empezaban a ir por buen camino, las llaves antiguas tenían que ser un signo de algo, me dio el pálpito de que hoy sí encontraría lo que andaba buscando entre la maraña de periódicos del dormitorio. Y con esa carta en la mano, tendría la fuerza suficiente para apostarme después frente al número exacto de una cuesta que recordaba nítidamente y tener la conversación aplazada tantos años. Sí, había tirado por la borda mi carrera en la Organización al quedarme unos días más, pero ese careo con Ander era lo que realmente necesitaba, mucho más que la estúpida prueba oral que ya no haría, para regocijo del chupaculos de Esteban Alechinsky.

Las sirenas luminosas de varios coches de la *Ertzaintza* giraban monótonas en el terreno desescombrado de lo que había sido el jardín delantero. Saltaba a la vista que la cinta que acordonaba toda la zona impidiendo el paso estaba atada de cualquier manera, retorcida sobre sí misma, con gruesos nudos chapuceros como de escolar apresurado. Al pie de una excavadora, algunos operarios gesticulaban mucho hablando con unos agentes; de lejos, parecían gaviotas excitadas que aleteasen ante restos de sardinas.

El *ertzaina* que acudió corriendo en cuanto rebasé el cordón era jovencísimo, me resultó ridícula la tiesura con que pretendía imponer una autoridad que no conseguía sobre mí («Caballero, no se puede pasar, no se puede, vuélvase por favor»), tuvo que llamar azorado a sus compañeros cuando seguí avanzando impertérrito hacia ese edificio centenario que era mi verdadero hogar. Los dos mandos que se acercaron sí supieron cortarme el paso sin miramientos.

—Voy a entrar. Es mi casa —les informé educadamente.

Capté las miradas que se intercambiaron; sin embargo, yo no había perdido la cabeza.

—Está declarada en ruina. El lunes pegamos la notificación, ¿es que no la ha visto? —me regañó desdeñoso el superior de pelo cano cruzando los brazos sobre su corpachón que hacía barrera.

No servía de nada perderme en explicaciones que no podrían entender.

—Me da igual, todavía tengo cosas que coger. ¿Me deja pasar, por favor? —pedí con la mayor amabilidad de la que fui capaz a su compañera, que inspiraba más confianza.

—Ya no va a poder, esta noche se ha derrumbado parte del suelo del primer piso —me anunció, como si realmente entendiese la gravedad de lo que estaba contando—. Lo siento. De veras.

No era cierto. No podía ser cierto.

—¿Qué parte? ¿Sobre qué habitación? —demandé a gritos, perdiendo toda compostura.

Volvieron a mirarse entre sí, noté que se burlaban. No tenían motivo, yo no estaba loco, sabía muy bien lo que estaba preguntando y por qué.

—Cálmese, no lo sabemos —indicó ella.

—¿Qué más dará, si van a tirar toda la casa abajo en unas semanas? —razonó el canoso antipático, a punto de empujarme.

Levanté el brazo, aunque no tenía intención de pegarle, argumentara lo que argumentara después el agente que era apenas un muchacho y que me lo retorció a la espalda inmediatamente. Mientras me conducían fuera del recinto acordonado, yo trataba de girarme, sabiendo que detrás de los ventanales, varios pares de ojos antiguos me estarían reprochando este adiós indigno, susurrando los versos que me habían enseñado en vano («Me cortarán las manos / y con los brazos defenderé / la casa de mi padre»). Quería volverme a decirles que lo había intentado con todas mis fuerzas, pero el *ertzaina* me agarraba por la nuca y me forzaba a mirar hacia delante, hacia un mundo sin la casa sentenciada.

Así terminaba todo siempre. Sin épica y sin adioses. La casa que se había levantado con tantos sudores caía derrumbada por el tiempo y las máquinas y los odios. Alguien se quedaba con unas llaves en su bolsillo que ya no abrían nada. Con suerte, quizás lograra alzar otra casa y renovar el sueño; alguno de su misma sangre vendría sin duda más tarde a sembrar la discordia y empañar el apellido manchándose las manos con el mismo gesto de Caín que en 1874 tuvo ese Gondra maldito que nos condenó a todos y que ahora tú sabías.

Al llegar junto al coche patrulla, uno de los operarios de la excavadora que charlaba con otros tres *ertzainas* me reconoció:

—Este es el que andaba merodeando ayer. Para mí que se coló dentro a robar. Todos estos son iguales. ¿Qué eres, rumano, tú?

Prendió la desconfianza entre los seis agentes: pese a que me ofrecí, no me dejaron sacar la documentación y el que me inmovilizaba hizo un gesto a otro para que me registrara los bolsillos. Varios de ellos me ordenaron sin contemplaciones que me callase en cuanto intenté protestar. Pude ver de refilón cómo meneaba la cabeza confirmando sus sospechas el operario cuando los dos mandos rompieron el paquete de la ferretería que me habían quitado y volcaron el contenido sobre el capó.

Yo procuraba no perder de vista las llaves desparramadas sobre el metal azul, no podía dejar que se perdiera ni una sola, no les quité ojo en todo el tiempo que algún agente tardó en revisar mi pasaporte y dar con el visado G-4 en el que figuraba mi estatuto de funcionario internacional y el nombre de la Organización. Tampoco giré la cabeza cuando oí:

—Está todo bien. Usted perdone, señor Ortiz de Gondra. Comprenderá que son comprobaciones necesarias, cosas de rutina.

Me di cuenta de que la *ertzaina* se esmeraba en rehacer el paquete y atar el cordel como si fuera un envoltorio de pastelería antes de devolvérmelo, mientras continuaban oyéndose voces afuera, a mi alrededor:

—Lo sentimos mucho, de verdad, era una casa preciosa.

—Vive usted en Nueva York, ¡qué suerte, eh!

—Anda que este... Es que es su primera semana de servicio, y ya se imagina, ¿no?

—Son órdenes del arquitecto municipal, no saben si se puede seguir derrumbando, nosotros solo hacemos lo que nos han mandado. Lo entiende, ¿verdad?

—Los bomberos ya se han ido; si no, ellos a lo mejor... aunque no creo, al parecer está ya casi todo hundido.

Sin embargo, era una voz dentro de mí la que se impuso sobre todas, la que reconocí y a la que sí presté oídos.

Tú construirás una casa de palabras porque eso es lo único que podemos hacer los malditos de la estirpe, los que no sabemos perpetuar el apellido junto a una mujer y estamos obligados a cambio a perpetuar la memoria; una casa que no derribarán el tiempo ni la discordia: seguirá en pie mientras alguien quiera leer el dolor del hermano alzado contra el hermano. Pero encuentra el modo de que a ti no te silencien tus escritos y nadie queme tu novela en una hoguera sobre la fría arena de la playa; sé tú más listo, borra las huellas, di nuestra herida con otros nombres: miente para contar nuestra verdad.

Por segunda vez en mi vida, me alejé de la casa sin volver la vista atrás. A diferencia de entonces, en esta ocasión sí sabía perfectamente adónde me encaminaba. Crucé todo Algorta a paso decidido, atravesando plazas, avenidas y calles en las que me asaltaban por doquier los carteles de despedida a Kerman. *Agur eta ohore*, decían, y hoy mismo tendría que explicármelos ese hombre que en la boda me había susurrado «Es mejor que no sepas nada, de verdad», al pasar junto a mí con una bandeja de volovanes de faisán, y más tarde había murmurado, en una conversación entrecortada en el baño, «Por tu bien, hazme caso». Eran apenas las once de la mañana cuando enfilé la cuesta de Aretxondo hacia el Puerto Viejo; en cuanto divisé desde lejos la pancarta que colgaba en el balcón de un tercer piso me prometí quedarme al pie de ese edificio las horas que hiciera falta: ya no había otra cosa que hacer que enterarme por fin de lo que nunca supe.

Al atardecer, sentado todavía en el mismo banco de enfrente, comenzó a vencerme el cansancio. No había comido, tenía la espalda agarrotada, a veces los párpados se entrecerraban buscando el sueño. En todo el día no había entrado ni salido nadie del portal, y en las ventanas del tercero no se había percibido el más mínimo movimiento; estaba absolutamente seguro, puesto que no había apartado nunca la vista, ni siquiera para consultar el móvil que no había parado de sonar en mi bolsillo. Se encendieron las farolas y seguía sin haber ni rastro de Ander. Al poco, los camareros del restaurante Bidegain, que regresaban al turno de la noche, se detuvieron a preguntarme si necesitaba algo, supuse que les sorprendía verme aún delante de su puerta, en el mismo sitio que cuando habían entrado por la mañana; respondí que no y que me estaban tapando la vista, se metieron dentro meneando la cabeza.

En lo alto de la calle solitaria surgieron dos adolescentes que venían comiéndose a besos: el chaval bajaba la cuesta con un pie montado en su skate y la chica, entre risas, intentaba una y otra vez que no despegasen los labios para que él perdiese el equilibrio. Sus carcajadas y el ruido de las ruedas sembraron de vida el silencio.

—Edurne —llamé a la muchacha cuando pasaron a mi altura.

Me pareció miedo, y no sorpresa, lo que asomó en su mirada al reconocerme. Su novio la protegió instintivamente, tal vez me tomaron por un vagabundo, hacía dos días que no me cambiaba la ropa de luto y sí, también había dejado de ducharme, qué más daba eso ahora.

—¿Te ha dicho tu madre que tenemos que ir al cementerio los tres? A enterrar las cenizas de mi hermano, quiero que tú vengas también. Es importante. Muy importante para mí.

¿Te lo ha dicho? —insistí, acercándome a tomarla del brazo, no entendí por qué estaba paralizada.

Edurne esquivó mi movimiento y se aferró al chico. Me vigilaban como si fuera a hacerles daño, era absurdo.

—Tienes que venir, *mesedez* —supliqué, mientras ponía las manos en alto para indicarles que no pretendía nada raro—. Tu madre iba a telefonear al cementerio, ella se encarga de todo, no me ha llamado todavía para decirme la fecha que le han dado.

—Vale, sí, iré —concedió por fin, sin soltarse de su novio y claramente asustada—. Pero tú no le digas que nos has visto. Por favor, por favor, no le digas que estaba con Enrique… que estábamos juntos.

Algo extraño debieron de ver en la carcajada que me provocaron sus ruegos y en lo que contesté después entre risas («Nadie como yo para guardar secretos, no os preocupéis»), porque echaron a andar a buen paso y él la llevaba agarrada por el hombro como si la consolara de algo.

Apenas me había sentado de nuevo en el banco, lo vi entrando en la calle en penumbra. Lo reconocí por su modo de andar que tantas veces había contemplado cuando nos despedíamos sin una palabra, y también por su cuerpo, que pese a la edad seguía siendo el de un deportista fornido. En cambio, no reconocí a la mujer que caminaba a su lado, dando la mano a una niña de cinco o seis años. Ander llevaba en brazos a otra más pequeña, que iba dormida agarrada a su cuello.

Yo no recordaba que él tuviera ninguna hermana, aunque nunca supe casi nada de su familia, de eso no hablábamos jamás.

Me puse en pie a esperarlos. Venían hablando en euskera, la cría parecía explicarles algo muy importante para ella, los dos adultos repetían «*Bai, bai*» prestándole toda su atención. No entendí mucho más de lo que se decían, de golpe creí escuchar en los labios de la niña una palabra que podía ser *aita* y ya no tuve el valor de acercarme al portal.

Cuando se encendió la luz en el tercer piso, iluminando aquel balcón donde colgaba la pancarta en la que se pedía el retorno de los presos a Euskal Herria, tuve que luchar contra las lágrimas que me arrasaban los ojos para seguir espiando quién bajaba lentamente, muy lentamente, la persiana.

NUNCA SERÁS UN VERDADERO ARSUAGA

Capítulo 18

–¡La gente como tú termina siempre sola, loca, perdida y sin techo!

Horas después, por la tarde, en mi dormitorio, recostado sobre la cama, aún seguían atormentándome esas palabras que había bramado mi padre fuera de sí al mediodía en el despacho, hasta que me largué dando un portazo. ¿Cómo habíamos podido llegar a eso? ¿En qué punto había descarrilado la conversación? Me había entregado la fotografía que me había tomado la semana anterior en la playa, era una imagen movida de mi rostro vuelto y la piedra volando hacia las olas, «Yo también renuncié a mi vocación, ya ves», había dicho. Le había preguntado entonces por qué me había escrito por detrás esa cita de Mateo 25, 29 («A todo el que tiene se le dará y le sobrará, mas al que no tiene, se le quitará hasta lo que tiene»), no había entendido su insistencia en recordarme la parábola de los talentos, yo no debía olvidar los dones que había recibido y era mi obligación que fructificaran, ya estaba bien de perder el tiempo por Algorta, ¿por qué no había ido por las tardes al despacho?, Imanol Aranduy se estaba poniendo cada vez más nervioso ante las largas que estábamos dándole. Le había replicado que tampoco Juan Ignacio había ido la víspera, la carta seguía sobre su mesa, yo todavía no había prometido quedarme, si lo hacía no iba a ser para que me tuviera encerrado. Ahí había empezado a hablarme de «la gente como tú», «lo que sabe todo el mundo», «tiras por la borda tus posibilidades».

¿Quién era la gente «como yo»? ¿La que no obedecía ciegamente a sus progenitores? ¿O la que amaba de una forma que a él le resultaría inimaginable? Dejé de darle vueltas en las manos a esa imagen que me había entregado y extendí sobre la colcha las fotografías que me había conseguido mi hermano. En el centro, el guajiro bellísimo me desafiaba con su mirada burlona. «Lárgate, no es este tu sitio» parecía decirme, como le habría dicho un siglo atrás a aquel antepasado mío. Me quedé observándolo un buen rato. Pero eran otras las estampas que se iban imponiendo ante mis ojos. El autobús calcinado. Los carteles siniestros chorreantes de cola. La frágil pancarta bajo la lluvia de huevos y monedas. Saqué folios de la mesilla: algo me empujaba a escribir por fin, de nuevo. En ese momento, mi madre entró en el dormitorio sin llamar.

–¿Dónde está Juan Ignacio? –preguntó de malos modos.

–No lo sé. ¿Acaso soy yo el guardián de mi hermano? –contesté en el mismo tono.

–Precisamente: ya podías haberlo cuidado más. Si hubierais trabajado los dos en el bufete con tu padre desde el principio, él ahora no tendría que irse. En fin, eso ya no tiene remedio. Parece ser que Clara no lo encuentra por ningún lado, y tenían una cita en el restaurante. Ya ha llamado tres veces.

–A lo mejor está en la iglesia –repliqué con sarcasmo–. Confesándose por haber sido también un mal hijo, antes de comulgar mañana en la boda.

–Espero que eso no sea verdad y que él no sea tan idiota –se alarmó de pronto mi madre, santiguándose–. Bastante me equivoqué yo.

Cerró la puerta y me dejó desconcertado: ¿había querido decirme lo que yo estaba entendiendo? Sin embargo, no pude pararme mucho a pensar en ese comentario extraño, porque al poco de ponerme a escribir irrumpió en casa mi padre dando voces y preguntando por mí. Entró en la habitación aún más furioso que por la mañana.

—¡Estarás contento! —me increpó—. ¡El cabrón de Mario Hernández ya se ha metido por medio!

No respondí. No era mi culpa. Acercó muchísimo su rostro al mío y percibí el olor.

—¿Me estás oyendo? ¡Ha comido con Imanol y le ha ofrecido una solución! ¡A ese picapleitos no le tiembla el pulso para hacer el chanchullo que haya que hacer!

Pero yo no alzaba la vista de mis folios y mis fotografías antiguas. Por eso no vi venir el sopapo brutal. Y tras la sorpresa y el dolor, me costó seguir fijando la vista en ellos.

—¡A qué te crees que estás jugando, Bosco! ¡Mírame cuando te hablo!

Se puso a dar manotazos a las imágenes y a mis papeles, desperdigándolos con saña. No me moví. Entonces empezó a hacer trizas todo. Cayó al suelo el rostro del guajiro desgarrado en jirones y supe que algo definitivo se había roto en mí. La habitación se llenó de gritos y de voces antiguas, de peleas ancestrales, de amenazas que habían proferido mucho tiempo atrás padres contra hijos y hermanos contra hermanos, un clamor de Arsuagas y Artsuagas de todas épocas que no me dejaban oír algo en lo que insistía mi padre una y otra vez, mientras bailaban ante mis ojos absortos en el papel pintado de la pared los arabescos de una flor de loto y un pavo real.

Solo regresó el silencio cuando los pasos paternos se alejaban por el pasillo hacia su dormitorio y de rodillas yo recogía los restos de mis páginas desgarradas. Unos minutos después, me pareció que salía de casa con los perros.

—¿Dónde vas con eso? —se inquietó más tarde mi madre al verme en la cocina con el martillo y el punzón que había tomado de la caja de herramientas.

Me encogí de hombros: ya no tenía que dar explicaciones de nada a nadie. Me habían concedido permiso quienes tenían que concedérmelo.

Cerré la puerta de mi dormitorio con el pasador. Fui palpando suavemente con las palmas bien abiertas todo el frente del armario ropero, acariciando cada una de sus molduras, volutas y sinuosidades como hubiera hecho con un animal amado para calmarlo antes de clavarle la punta que lo descerrajaría a base de martillazos. Al poco saltaban las astillas de la caoba decimonónica como chisporroteos de una hoguera, sin embargo la cerradura no cedía.

—¡Bosco! ¡Qué estás haciendo! ¡Qué haces! —gritaba mi madre desde fuera.

Redoblé los golpes para ahogar sus palabras, hasta que por fin el punzón consiguió dejar todo el pestillo al descubierto y la puerta del armario giró lentamente hacia mí como si cayera desmayada contra mis brazos.

Fui sacando toda mi ropa y tendiéndola encima de la cama. Si Ana me decía que sí, me iría a su casa hasta tomar una decisión. No podía negarse a hacerme ese favor. Bajo los polos negros de cuello vuelto y los pantalones negros que yo había amontonado de cualquier manera emergieron las cajas con los álbumes del siglo XIX que había depositado Juan Ignacio. Abrí dos o tres en busca de esas imágenes que él había descubierto recientemente y en la última encontré un sobre abultado. «Le envío estas fotografías que usted sabrá apreciar en su justo valor, usted que lo conoció bien», decía la nota manuscrita que apareció dentro, antes de múltiples retratos de estudio en los que el guajiro, entrado en carnes y avejentado, posaba primero con uniforme militar, luego con elegante traje de tres piezas y finalmente junto a una mujer de tez muy pálida y cabello claro. Seguían después otras vistas que aparentemente no estaban relacionadas: una casa con una bandera de los Estados Unidos, un coche fúnebre de caballos, las obras de un malecón que parecían estar construyendo frente a un mar, el paisaje de una plantación de azúcar.

En algún momento mi madre debió de cansarse y se alejaría por el pasillo, porque fue en el más completo de los silencios como posé las yemas de los dedos sobre el borrón de tinta que cubría lo escrito al dorso de una de las fotografías de la pareja. Y también en silencio escuché esas palabras que alguna mano piadosa había tratado de ocultar emborronándolas a conciencia: «Sí, se ha casado con la americana, lo ha olvidado a usted, cundango».

Pero no pudiste ver la postal en la que la mano rencorosa me había escrito «La isla prospera sin necesidad de españoles, qué alegría que ya todos ustedes se fueron para afuera», porque esa la rompí en cuanto me llegó a Algorta y luego me arrepentí amargamente. Si la hubieras visto, habrías contemplado como yo la esquina de aquella calle en La Habana Vieja con el feo edificio que construyeron tras derribar nuestro antiguo caserón y la bandera odiada que ondeaba insultante en lo alto.

Metí también el sobre en la maleta, junto con todos los jirones de fotografías destrozadas. Y, no sé por qué, arranqué una tira del papel pintado que empezaba a despegarse junto a la cómoda en la que estaban todavía los anillos. Dudé en dejarlos, aunque enseguida me dije que no podía hacer eso. Cumpliría con mi cometido en la boda y después ya veríamos.

—No hagas caso de lo que te haya dicho tu padre. Está fuera de sí —me rogó mi madre al verme entrar en el saloncito de los abuelos, donde cosía nerviosamente cintas a los saquitos de seda en los que meteríamos el arroz–. No veo el momento de que llegue el domingo y todo esto haya acabado. Y de que tu hermano se vaya antes de que ocurra algo.

La conocía demasiado bien y no iba a dejar que me envolviera en sus argucias para ablandarme. Era demasiado tarde.

–Yo ya no vivo aquí. Por ahora, me voy a casa de Ana Larrauri –le informé, levantando el auricular del teléfono que reposaba sobre una mesita baja, al tiempo que comenzaba a marcar el número.

Fue difícil explicarle a mi ex lo que quería de ella mientras de fondo las súplicas de mi madre iban subiendo de volumen («Por favor, Bosco, no lo hagas, por favor, cuelga ahora mismo, por Dios»). Más difícil aún, y humillante, fue tener que escuchar lo que me respondió Ana en el momento en que más la necesitaba:

–No puedo hacer eso, Bosco, lo siento. Comprenderás que vivo sola, una cosa es pasearme contigo y otra meterte en mi casa, esto es un pueblo y yo estoy de alquiler, la casera vive arriba, a mí todavía me queda un tiempo aquí.

El alivio que sintió mi madre me puso todavía de peor humor. Dejó lo que tenía entre manos y me confió, remarcando mucho las palabras:

–Ten paciencia y no hagas tonterías, hijo. Estoy convenciendo a tu padre para que cambiemos el testamento si te quedas. Juan Ignacio ya salió bastante beneficiado cuando murió tu abuelo; es de justicia que ahora te mejoremos a ti. Te dejaríamos el máximo que se pueda, con el derecho foral creo que es casi el ochenta por ciento.

–¿El ochenta por ciento de qué? ¿De una casa vieja que no podría vender? ¿O de las deudas de un bufete que se ha ido a pique? ¿De qué cuerno me estás hablando? ¿Te crees que me puedes comprar con cuatro duros?

Lo debía de tener todo bien madurado, porque no tardó un segundo en alegar con vehemencia la solución:

—Cuando yo no esté, podrías vender una parte del jardín para que edificaran. Hay terreno suficiente.

—¡Deja de engañarte de una vez, mamá! Tu mundo se ha acabado y eres la única que no lo ve. ¿Qué quieres: quedarte aquí hasta que alguno de esos energúmenos le pegue fuego a la casa o algo peor?

—Nadie nos va a hacer nada de eso. ¿Por qué te crees que hemos invitado a esa... a Ainara? Es una Arsuaga, y es hora de que aquí lo sepan unos cuantos. Que vean con quién se las traen.

—Pero, mientras tanto, tú sigues teniendo miedo de que pase algo —le hice ver, exasperado ante su estúpida obcecación.

En lugar de contestarme, encendió un cigarrillo que temblaba entre sus dedos cubiertos de sortijas. «¿Cuánto va a tardar en comenzar a empeñarlas?», pensé.

—Tengo miedo de la gente que no sabéis estaros callados y esperar. De eso tengo miedo —afirmó al cabo, dando caladas inquietas.

Iba a preguntarle «¿Esperar a qué?» cuando llamaron al timbre del jardín. Nos miramos extrañados: eran casi las ocho de la tarde, no tenía que venir nadie.

—Voy yo —me ofrecí.

Salí de la casa diciéndome que traerían flores para la madre del novio o algún regalo de última hora, había varios invitados de los que aún no se había recibido ninguno. Abrí la cancela: no había nadie. Desconcertado, comprobé que no hubieran dejado ningún sobre ni paquete por el suelo o encima del muro, entre las rejas contra las que se apretaban las hortensias. Nada. Me asomé a la calle: tampoco se veía un alma. Solo había algunos coches aparcados, uno de los cuales se puso en marcha. Al pasar a mi altura, entreví al chico que iba de copiloto a pesar de que volvió la cabeza: me pareció el que jugaba en el frontón de pareja con Andoni, no podía estar seguro a ciencia cierta porque ya caía la tarde y la luz era mortecina. ¿Qué hacía ese junto a mi casa?

–Unos que se habían confundido, iban buscando otro número –le conté a mi madre.

Un rato después, de camino hacia el Puerto Viejo, al entrar en la plaza de San Nicolás me encontré con que un grupo de siete u ocho chicos embozados con pañuelos palestinos estaba cubriendo de pintadas el quiosco de la música y la parada de autobuses. Los pasajeros que esperaban fingían ignorarlos abstrayéndose detrás de sus periódicos que apenas podrían alcanzar a leer porque ya se había hecho de noche. No quise fijarme en las consignas odiosas que pintarrajeaban y crucé la plaza a buen paso. Fue al llegar a la esquina de la avenida Basagoiti cuando me percaté de los tres jóvenes que estaban apostados a cara descubierta, con *zuritos* de cerveza de un bar vecino, y podrían tomarse por estudiantes que se divertían un viernes por la noche. Y en realidad lo serían, o al menos uno de ellos: yo sabía perfectamente que le habían suspendido trigonometría y que se llamaba Joxean. Los otros dos eran una pareja que no me sonaba, por eso me sorprendió tanto que el chico me señalara y cuchichease algo a su amiga, una muchacha delgadísima de pelo lacio, rostro chupado y brazos escuálidos que se me quedó mirando muy fijamente y luego asintió con la cabeza.

De repente, comenzaron carreras a mis espaldas: los que hacían las pintadas echaban a correr en todas direcciones apenas había aparecido a lo lejos una furgoneta de la *Ertzaintza*. Uno de ellos pasó junto a nosotros y alcancé a ver que lanzaba rápidamente algo a Joxean al tiempo que le gritaba «*Frontoian! Frontoian!*». ¿Qué pretendían hacer en el frontón? En cuanto repararon en que yo había visto la maniobra, los tres que estaban de plantón me miraron desafiantes, al tiempo que el chico de la pareja exclamaba:

–*Kontuz! Kontuz, eh!*

¿Les estaba advirtiendo a sus compañeros de que tuvieran cuidado con lo que hacían o me estaba amenazando a mí con que me cuidara de decir nada a nadie? Mejor no averiguarlo. Bajé la cabeza y seguí mi camino: tenía que encontrar a Andoni en la taberna del Puerto Viejo en la que solía reunirse los viernes toda esta caterva, él me explicaría qué estaba pasando. El silencio podía ser divertido para jugar dentro de su coche, pero ahora había llegado el momento de que hablásemos.

Avisté las primeras llamas en cuanto doblé la calle que bajaba hacia la cuesta de Aretxondo. Al fondo ardía un contenedor de basura con un humo sucio, y los gritos que coreaban los veinte o treinta chavales que trataban de incendiar otros cuantos se mezclaban con la alarma de un coche, en una cacofonía que a pesar de la distancia no me impidió comprender inmediatamente las consignas en las gargantas enardecidas: «*Kepa askatu!*», «*Errepresiorik ez!*».

–Ya están los de siempre montando jaleo, a ver cómo recojo yo ahora a los niños, que los tengo en un cumpleaños –se quejaba una mujer joven apoyada con su consumición a la puerta de uno de los bares.

Seguí avanzando, aunque no tenía ningún sentido ya: los dueños de las tabernas comenzaban a bajar las persianas a toda prisa y Andoni era uno de los que se acercaban empuñando botellas, palos, bates, papeleras. Lo reconocí inmediatamente, a pesar de la capucha de la sudadera y el embozo con los que pretendía taparse, y también a Iker, el que había quemado el autobús; las cadenas de metal pendían de las manos de ambos como serpientes dormidas que pronto se alzarían para morder los cristales de las cabinas de teléfonos a las que se dirigían, detrás de mí.

Lo que más me dolió no fue que Andoni pasara a mi lado ignorándome, con la vista fija al frente para no mirarme, sino que ni siquiera se girara cuando Iker, al ver que les estorbaba el paso, me soltó:

–¡Aparta de ahí, maricón!

Oí el estrépito de las lunas que empezaban a estallar sin atreverme a volver la cabeza. ¿Por qué ese insulto, si no me conocía de nada? ¿O tal vez sí?

Comenzaron las carreras y los botes de humo y las pelotas de goma y eché yo también a correr en cuanto divisé los cascos y los escudos antidisturbios de los *ertzainas*, sin darme cuenta de que era lo peor que podía hacer. ¡Ojalá le abriesen la cabeza a ese cobarde que no era capaz de dar la cara por el día de lo que hacía por las noches! Traté de buscarlo entre el tumulto, pero me pegaron empujones y tantarantanes, estuve a punto de caerme, me tuve que refugiar brevemente en la entrada de un portal con dos señoras asustadísimas, enseguida un agente nos gritó «Váyanse, váyanse hacia el otro lado, rápido, rápido», salí con ellas y me alejé en sentido contrario.

Al atravesar la plaza de San Nicolás ahora vacía, pasé junto a un cartel mal pegado en el que bajo el rostro del tal Kepa figuraba en letras grandes *Askatu!* ¡*Libertad!* Lo arranqué a manotazos y me dio igual si me veía alguien. Así no se podía vivir.

Regresé hacia nuestra casa preguntándome si no me habría hecho notar demasiado el día en que asistí a la concentración; para estos bestias tal vez me había convertido en «el del ojo morado» o «ese al que le estalló el huevo». Clara me lo había advertido en el restaurante: «Aquí todo el mundo sabe dónde habéis estado». El hematoma casi había desaparecido, al final no había sido para tanto, no levantaría comentarios entre los invitados, y me dije que era una pena: visto cómo se estaban poniendo las cosas, esa marca me parecía un signo de decencia del que debía estar orgulloso.

La pintura era roja y parecía que habían querido dibujar un círculo, aunque no habían llegado a cerrarlo: lo habrían pintarrajeado precipitadamente, porque habían quedado gruesos chorretones. Lo descubrí sobre el muro, cerca de la entrada del jardín trasero, antes del recodo que hacía la calle, bajo las ramas de los tamarices que sobrepasaban la tapia en esa zona.

«No lo verán mañana desde el coche, camino de la iglesia, sea lo que sea», fue lo único que pensé mientras abría la puerta sin querer mirar detrás de mí.

Sobre la mesa de madera oscura del vetusto despacho parroquial reposaban dos fotocopias, como pequeñas losas blancas cubiertas de inscripciones: la partida de bautismo de don Alberto de Gondra y Basaguren y el contrato original de la concesión de 15 de septiembre de 1898. El archivero, un joven barbudo y entusiasta, seguía perorando sobre el nuevo sistema que estaba permitiendo digitalizar los libros de registro de todas las parroquias y centralizarlos en el Archivo Histórico Eclesiástico de Bizkaia de manera que se evitaran errores y contradicciones, sin embargo ni Ainhoa ni yo lo escuchábamos ya, tratando cada uno de digerir la sorpresa. «Único y legítimo heredero autorizado», habían sido las palabras exactas que nos había dicho un rato antes y se nos habían quedado grabadas a fuego; «rama directa», «exclusión de descendientes colaterales», «cláusula habitual en la época, similar al mayorazgo»: las explicaciones y tecnicismos que había ido añadiendo a continuación nos habían dejado mudos.

«Habré perdido una casa, pero he heredado una tumba para mí solo. A cambio de cuarenta mil euros, bonito negocio», era todo lo que conseguía decirme a mí mismo tamborileando sobre los documentos del panteón una vez que don Julen me los había entregado con sus manos temblorosas. Viendo que el archivero insistía en aclararle a Ainhoa, sobre el árbol genealógico que le habíamos trazado, el grado de parentesco que la invalidaba, el cura aprovechó para tomarme aparte.

—Sé un buen Gondra y un buen cristiano, como lo fue Juan Manuel al final de su vida —me rogó en un cuchicheo—. Él supo perdonar y olvidar.

—¿Por qué me dice eso, padre?

—No es bueno remover el pasado. Solo el Señor puede juzgar lo que hicimos. Déjale ese trabajo a Cristo, que lo hará con infinita misericordia.

Clavé la vista en sus ojos velados tratando de descifrar lo que él pretendía dejar en la ambigüedad, y comprendí que la única justicia y la única venganza posibles estaban en esa casa de palabras que yo tendría que levantar. Esta vez, sí: esta vez, prestaría atención a las voces y haría las preguntas adecuadas.

Buscando un bar por aquel barrio nuevo de chalets y parquecitos, Ainhoa y yo caminamos en silencio, y aunque no nos lo dijéramos, ambos éramos conscientes del rodeo que estábamos dando para no pasar por delante del frontón. Solo encontramos el *batzoki* local y me resultó irónico que los tres camareros que lo atendían fueran de Europa del Este; ninguno de ellos supo contestarle cuando ella pidió en euskera. Caí en la cuenta de que muchos de nuestros antepasados comunes no hubieran puesto jamás un pie en un lugar como este. Pero hacía tiempo que todas esas fronteras se habían ido desdibujando. Ahora yo tendría que dirimir hasta dónde habían desaparecido.

—Tú eres quien decide, entonces. —Su voz quería ser neutra, y no lo lograba: el dolor y la decepción la teñían de acentos amargos. Revolvía su café sin alzar la vista—. Al final, invariablemente sois vosotros los que termináis decidiendo, ¿no?

—Para mi madre siempre fue vital quién entraba y quién no en la tumba de los Gondra —expliqué, rememorando una de nuestras últimas conversaciones, cuando la descubrí obsesionada por que no enterrasen en el panteón centenario a ninguna de esas «otras» Gondra, que no habían sido dignas herederas de don Alberto.

—¿Sabes lo que me escupió vuestro padre, el día mismo de la boda, Borja? Que nosotras no éramos de «los Gondra verdaderos, los auténticos». ¡Vuestro *aita*, que ni siquiera llevaba el apellido!

Me chocó que aludiese directamente a esa jornada fatídica que habíamos evitado en nuestras conversaciones; quizás ella tampoco había conseguido dejarla atrás.

—¿Es tan importante para ti conservar esa tumba? —me atreví a plantearle—. Tu madre no está enterrada ahí, ¿no?

—Me hizo prometérselo: que un día, ella y su *aita* descansarían junto con sus antepasados en el lugar que les correspondía. Era una obsesión en nuestra rama desde que el bisabuelo expulsó de esa casa al *aitite* cuando la Guerra Civil. ¡Cuántas veces no me habrán contado que si sigue existiendo el panteón original es porque fue mi *aitite* Roque quien corrió al cementerio en cuanto los anarquistas empezaron a incendiarlo!

En la versión que habían recitado siempre en mi familia, era precisamente su abuelo, ese Roque de Gondra, quien incendiaba la tumba y, a pesar de ello, su buen hermano Martín lo hacía regresar de Francia al terminar la Guerra Civil para jugar el partido en el frontón. ¿Tenía algún sentido ponernos a discutir de todo eso a día de hoy?

—Déjame que los entierre en el panteón de los Gondra. Cerremos las heridas de una vez —imploró, y ese acento de súplica sonaba extraño en ella, que siempre había sido autoritaria y cortante en mis pesadillas—. Y un día, también tú, y yo, y Edurne. Con Juan Manuel. Mezclemos de una vez las cenizas y que esto acabe por fin.

Todas las esperanzas estaban depositadas en ti. ¿Sabrías defender nuestra dignidad o venderías el perdón a cambio de nada? ¡Ciento veinte años de lucha para que ahora la decisión dependiese de un Gondra vergonzante o contemporizador!

Las voces empezaron a susurrarme, y las acallé: si las ironías de la genealogía y el contrato de don Alberto me habían convertido en el único responsable de decidir qué pasaría en los siguientes ciento veinte años con los restos de los Gondra de cualquier rama, no iba a permitir que nadie más que yo dictara las condiciones.

—No sé si puedo gastarme ese dineral en una tumba... —comencé, y a Ainhoa se le iluminaron los ojos.

—Yo pagaría la mitad, obviamente —se apresuró a ofrecerme—. Incluso podría prestarte el resto, si hace falta. Soy funcionaria del Gobierno Vasco, no tenemos problemas para conseguir un crédito.

Si ella creía que las cosas iban a ser tan fáciles, estaba muy equivocada.

—Antes de que se mezclen las cenizas, tendremos que aclarar qué hizo cada uno —proseguí, escrutando su reacción—. Conocer toda la verdad. Que me cuentes qué ocurrió exactamente la noche antes de la boda y si tuviste algo que ver en esa diana que pintaron a medias sobre el muro de nuestra casa. Y por qué mi hermano estuvo desaparecido toda la tarde.

La mirada se le endureció brutalmente y vislumbré en un segundo a la adolescente que me había dado miedo cuando la descubrí por primera vez en la esquina de la plaza de San Nicolás con los que vigilaban.

—Nada de todo aquello es asunto tuyo —me advirtió tajante—. Era algo entre Juan Manuel y yo que ya resolvimos nosotros dos; nadie más tiene por qué meterse.

—Lo dudo. En los papeles que me dejó me reprochaba continuamente que no hubiese contado nuestro dolor.

Bajó el tono, aunque solo había otra mesa ocupada por cuatro señoras mayores que jugaban a las cartas bajo el retrato del padre de la Patria. Supuse que ciertas cosas todavía tenían que seguir diciéndose a media voz.

—El dolor estuvo en las dos partes, Borja. ¿Qué sabíais vosotros del exilio que le impusieron a mi *ama* o de lo que sufrió mi *aitite* Roque en la cárcel por culpa de tu abuelo? ¿Alguien os contó que ya nunca pudo volver a jugar a cesta punta y que le destrozaron la carrera profesional? Es muy fácil haceros las víctimas, pero las cosas venían de muy lejos.

Entró un grupo ruidoso de adolescentes con cascos de skate, rodilleras y monopatines y me di cuenta de que a Ainhoa se le torcía el gesto. Cuando se acodaron sobre el mostrador, comprobé con alivio que ninguno de ellos era el muchacho atlético al que había visto con Edurne.

—¿Teníamos nosotros la culpa de lo que habían hecho nuestros abuelos? —continué con amargura—. Lo que es muy fácil es achacarlo todo a los agravios del pasado; ya es hora de asumir que cada uno es el único responsable de lo que hizo. Nadie te obligaba a pintarrajear aquella diana, si es que fuiste tú. Sabíais perfectamente la condena que podía significar y no os importó.

—¡Eran otros tiempos! —Alzó bruscamente el tono y alguno de los skaters se volvió, sorprendido—. No soy quién para decir si aquello estuvo bien o estuvo mal. Entonces había que elegir bando, y yo pertenecía al mundo al que pertenecía.

—¿Nunca te has arrepentido?

Aproximó muchísimo su rostro a mi oído y, aun así, su respuesta fue apenas audible:

—Todos hicimos cosas que quizá hoy no haríamos. No sirve de nada martirizarse. Es hora de pasar la página y mirar al futuro.

Estaba claro que esa palabra que yo necesitaba nunca iba a brotar de sus labios. Y tal vez tuviese razón en lo que me había insinuado al salir del restaurante: ella y yo pertenecíamos al pasado. Si había alguna esperanza, estaba en Edurne, una vasca de piel negra que no tenía una sola gota de sangre Gondra aunque llevaba el apellido. ¿Sería esa cría la digna heredera del panteón?

—Precisamente: esos chavales. —Señalé a los que compraban cervezas a pesar de que ninguno de ellos debía de llegar a los dieciséis años—. ¿Qué futuro les vamos a dejar si no saben nada de lo que hicieron gentes como tu madre y el sufrimiento que causaron?

—Lo que hizo la generación de mi *ama* era lo que había que hacer en su momento porque se lo debía a la anterior. —Indicó con un gesto vago a las jubiladas que jugaban despreocupadamente al *bridge*. Y luego, refiriéndose con desprecio a los adolescentes, añadió—: ¿O me vas a decir ahora que los abuelos de esos niñatos ricos habían pagado por todo lo que sus antepasados habían jodido la vida a los nacionalistas después de la guerra?

No supe qué responder. Seguiríamos remontándonos en las generaciones y siempre encontraríamos a vascos de un signo ofendidos y agraviados por vascos de otro signo. Tal vez la pausa actual fuese momentánea: un respiro hasta que la espiral de la venganza volviera a ponerse en marcha. ¿Para qué mezclar las cenizas bajo la tierra, entonces? ¿No sería mejor arrojar todos los restos al mar y que las olas embravecidas bajo el acantilado se llevaran para siempre la memoria del dolor hasta que el olvido hiciese su tarea? Seguramente, el mayor favor que podríamos hacerle a Edurne sería que empezase su propio panteón, y confiar en que la sangre nueva supiera encontrar otro modo de vivir juntos.

Se enfriaban los cafés que ninguno de los dos sorbíamos. Me distraje pensando que en Nueva York serían las doce y media de la mañana: Esteban, Enric y Martina habrían terminado sus entrevistas orales y todo el tribunal habría leído el correo electrónico con el que justifiqué ante Recursos Humanos por qué finalmente no me presentaba a la prueba («Nepotismo descarado de mi supervisora directa», «Sabiendo de antemano que el puesto será para mi colega Esteban Alechinksy»). Silvia Ábalo estaría furiosa por el que le había enviado a ella: me había divertido buscando los insultos más procaces en un francés barriobajero para que tuviera que pasar por la humillación de que alguien se los tradujese, seguro que jamás los habría escuchado en sus clubs de golf de Saint Barth.

Las jugadoras de cartas menearon la cabeza con desaprobación cuando pasaron por su lado los chicos, cargados con latas de cerveza que les habían vendido. ¿Lo que les desagradaba era que bebieran siendo tan jóvenes o que penetrasen en este santuario ellos, que serían los hijos o nietos del enemigo? Algunas barreras estaban cayendo, sí, y no todo el mundo parecía satisfecho.

—Piénsatelo rápido, no hay demasiado tiempo —me apremió Ainhoa, rompiendo por fin el silencio—. Si tú dices que sí, podríamos aprovechar el entierro de las cenizas de Juan Manuel la semana que viene para trasladar también al panteón los restos de *ama* y *aitite*. Y luego dejar firmada la renovación antes de que te vayas.

Deposité encima de la mesa el manojo de llaves antiguas del que no me había separado desde que me las entregó el ferretero y el jirón de papel pintado, que siempre llevaba conmigo.

—Esto es todo lo que queda. Esto y una cesta vieja de cesta punta que está rota, comida por las ratas. ¿De verdad mereció la pena odiarnos tanto?

Permaneció callada y yo tampoco añadí nada más en un buen rato. Los dos sabíamos que no éramos capaces de desatar el nudo y ninguno tenía una respuesta a la petición del otro. Terminó por ponerse en pie para ir a pagar.

—Quédate con alguna de estas llaves —le ofrecí, esparciéndolas sobre el tablero—. No significan nada, pero me gustaría que Edurne y tú al menos tuvierais también algo de todo aquello.

—Preferiría quedarme con esto otro. ¿Sabes lo que era? —Extendió suavemente con los dedos la tira de papel pintado, que, enrollada sobre sí misma, apenas dejaba ver la flor de loto.

—El empapelado antiguo de la casa. En mi época, ya solo sobrevivía en mi dormitorio. Y en el pasillo, creo.

—Me refiero a este dibujo. Era la marca de mi *aitite*, la tallaba en todas sus cestas, al parecer desde que ganó el primer campeonato profesional en Filipinas, a principios de los años treinta.

Se remangó la chaqueta y la blusa, y cerca del codo apareció el tatuaje: discreta, no muy grande, la flor de loto azulaba la piel blanquísima de su brazo que había dejado de ser escuálido hacía muchos años.

Ahora ya sabía de quién era ese objeto que reposaba sobre el escritorio que había improvisado en mi habitación del hostal: de otro Gondra expulsado y traidor. No dije nada, porque intuí oscuramente que aún debía fidelidad a mi rama; me limité a recoger las llaves al tiempo que ella guardaba el jirón de papel en su bolso de marca.

Se ofreció a llevarme de vuelta a Algorta en su coche y echamos a andar hacia el aparcamiento que estaba detrás del frontón. Me arrepentí en cuanto comenzamos a cruzarnos con gentes de todas las edades que llevaban pancartas enrolladas, camisetas con consignas, trajes tradicionales. Podrían haber sido aficionados que acudiesen a una final de pelota mano, si no fuera por la pegatina que se repetía adherida en todas las solapas, en algunas mochilas, incluso en mofletes de críos: *Kerman, agur eta ohore.* Caminaban festivos y bulliciosos, como si acudiesen a la llamada de la música de *trikitixa* y pandero que ya se escuchaba por megafonía. Ainhoa parecía conocer a todo el mundo, no paraba de saludar a unos y otros, me pregunté por qué no acudía ella misma al homenaje. Una rabia visceral y amarga empezó a arañarme el pecho con uñas de fuego: la herida atroz que a mí me había abierto el pasado seguía supurando pus entre la indiferencia o la alegría de estos que festejaban a quienes la infligieron. Bajé la vista para no verlos, como había hecho tantas veces en los tiempos en que mirar para otro lado era el único modo de seguir conviviendo.

Sin embargo, tuve que levantarla y sostener la mirada a Ander, porque la mujer que iba enlazada a su cintura plantaba dos besos a mi prima y esta acariciaba la mejilla a Saioa, la mayor, la pequeña la habían dejado en casa, eso lo entendí en euskera, inmediatamente Ainhoa saltó al castellano para hacer las presentaciones, muy nerviosa:

—Ander y Miren, y esta preciosidad es su hija. Este es Borja, un primo mío que está de visita. *Amerikarra da.*

—*Amerikarra? Nongoa?* —Los labios de su esposa pronunciaron esas palabras corteses apenas me habían besado en las mejillas; él no decía nada.

—*Ez, ez naiz amerikarra. Algortakoa naiz* —pronuncié con dificultad, buscando el verbo correcto mientras los ojos se me iban a los bracitos infantiles que reclamaban la atención de su padre–. Aunque haga muchos años que no viva aquí. Algunos todavía me recordarán.

Al estrechar la mano que me tendía Ander sentí su alianza rozar mi piel.

–Claro que nos acordamos, Borja. –No distinguí qué emoción había en su voz: no sonaba asustada, tampoco amenazadora, más bien me hablaba como a un viejo conocido al que no se le da más importancia.

–Estaré todavía unos días por aquí –insinué, viendo que Saioa se impacientaba y tironeaba del pantalón a ese hombre que ya no era el que yo había conocido.

–Ya nos veremos, entonces –continuó Ander en el mismo tono neutro, tomando de nuevo a Miren por la cintura.

–Estoy casi todas las noches en el Bidegain, ya sabes, en la bajada del Puerto Viejo, en la cuesta de Aretxondo. Por si alguna vez quieres pasarte y nos tomamos un vino –le propuse, con una ligereza que me costó fingir–. O también podríamos cenar juntos.

–¡Anda! Enfrente de nuestra casa –reaccionó Miren con naturalidad, pese a que Ainhoa dio un respingo que quizás solo yo advertí–. Pégale un timbrazo cuando quieras y baja. Vivimos en el tercero.

Acaricié la cabecita de la niña y no entendí el susto que traslucieron las palabras atropelladas con las que Ainhoa los despidió precipitadamente. Saioa me hizo adiós con los deditos, se perdieron entre el gentío.

–Ella trabaja conmigo, en la Dirección de Normalización Lingüística. Les va muy bien –me hizo saber luego mi prima en el coche, pese a que yo no había despegado los labios desde que lo vi alejarse, abrazado a su familia, entre los que se dirigían al frontón–. Déjalos tranquilos, de verdad.

–¡Aquí a todo el mundo le va muy bien olvidándose de lo que ocurrió! –estallé, incapaz de contener la rabia que me aleteaba en el pecho furiosa como un cuervo oscuro–. ¡El Kerman ese, y también Ander, arruinaron la vida de mucha gente, aunque a todos los que van a rendirle homenaje no les importe nada! ¿Qué celebran? ¿Que anduvo implicado en la muerte de aquel pobre repartidor? ¿Cómo crees que se pueden sentir su viuda, o los hijos que tuviera?

—¡No sabes nada de nada! —contraatacó enfurecida—. ¡Celebran que alguien que pasó años injustamente en la cárcel, en lugar de empeñarse en el rencor como vosotros, rehízo su vida al volver! ¡No tienes ni idea de su labor en este pueblo! ¡El grupo de *dantzas* vascas lo sacó adelante él! ¿Y quién te crees que impulsó el nuevo coro? ¿Quién organizaba los concursos de *bertsos*? ¿Quién daba clases de euskera gratis a los inmigrantes? ¿Quién se ofrecía a tocar la *txalaparta* en cualquier acto que se lo pidieran a cambio de nada? Claro, que a ti lo que pase con la cultura vasca te da igual. No lo puedes entender. Kerman Larrinaga fue un gran hombre y una buena persona, y en Algorta nadie lo va a olvidar.

Estacionó el automóvil, aunque todavía estábamos bastante lejos del hostal. Se desabrochó el cinturón de seguridad para girarse hacia mí antes de continuar:

—Tú te fuiste, pero aquí la vida siguió y hubo que adaptarse. Teníamos que vernos todos los días. Y olvidar. Nosotros lo hemos hecho, como hemos podido. Es la gente como tú la que está envenenada de pasado. Y de rencor. ¿Es que nunca vais a dejar de recordarnos aquello?

—Nunca vais a pedir perdón, ¿verdad? —me escandalicé, provocando un gesto de exasperación en ella, que golpeó el volante—. ¿Cómo piensas que cerremos la herida, entonces?

—No, Borja: yo nunca voy a pedir perdón por haber hecho en su momento lo que creía que tenía que hacer —descartó, con aquella dureza que aparecía siempre en mis pesadillas—. Porque tampoco nos lo ha pedido a nosotros nadie.

Me entraron ganas de apearme del coche allí mismo; sin embargo, me obligué a proseguir aquella conversación que tanto dolía:

—¿Para qué bajaste al frontón con todos aquellos cuando acabó la ceremonia en la iglesia?

—¡Deja el pasado en paz de una vez, por Dios!

—Ainhoa: destrozasteis la vida de mi hermano, que no volvió a levantar cabeza. Tuvo que irse por lo que le hacíais, ¿cómo quieres que mezcle sus cenizas con las de tu madre, si no sé si era ella quien lo amenazaba?

—¡Tu hermano hubiera terminado igual en cualquier sitio; sus problemas allá lejos no fueron porque se hubiese tenido que ir! —me rebatió iracunda, aporreando de nuevo el volante—. ¿O también fue culpa de Kerman o de Ander o mía que su mujer le dejara y que él acabase sin un duro?

Me quedé sin argumentos: ¿qué conocía yo de la vida de Juan Manuel una vez que se marchó de Algorta? Jamás me atreví a llamarlo porque pensé que él no querría saber nada de mí. Los primeros días en Nueva York, cuando me sentía más solo y más perdido que nunca, una vez llegué a marcar su número de teléfono, y al escuchar su voz responderme al otro lado de la línea, colgué inmediatamente: no tenía las palabras que hubieran podido tender puentes. Me dije que cuando las encontrase, repetiría la llamada. Seguí buscándolas durante meses, hasta que conocí a John y él me convenció de que la vida podía comenzar de nuevo si cortábamos todas las amarras con esas familias que tanto daño nos habían hecho. Pero ahora Ainhoa acababa de abonar una duda que yo también me había empezado a plantear estos últimos días: ¿cómo se pudo arruinar luego Juan Manuel si la venta del piso le había ido tan bien? ¿Cuál era ese trabajo que había encontrado allí y del que solo supimos vaguedades? ¿Y por qué su esposa no quiso volver a saber nada de él?

Al ver que yo no respondía, mi prima abrió la guantera y revolvió entre los objetos hasta tenderme unos formularios mal doblados.

—Aquí tienes todos los papeles que necesitas para enterrar las cenizas. Si piensas que *ama* y yo éramos unas bestias sanguinarias, no hace falta que te acompañe. Ahora bien: la culpa de que la herida no se cierre será tuya. Y no dejaré que Edurne lo olvide, tenlo por seguro.

Tampoco en esta ocasión encontré palabras que hubieran podido tender un puente y terminé por bajarme del automóvil sin decir nada. Luego, en el hostal, pasé la noche en blanco tratando de rescatar de la memoria algún recuerdo nuevo que anotar en el cuaderno.

Enric irrumpe como un huracán en el despacho que comparto con Martina, la sonrisa de oreja a oreja, las manos palmoteando, el vozarrón imperioso y alborozado, excitadísimo. Yo todavía sigo bajo la conmoción por el correo electrónico que me acaba de reenviar.

—¡Quiero un porcentaje de los derechos de autor! ¡Y cuando hagan la película, tengo que hacer un cameo! ¡Prométemelo, Borja!

Martina aparta la vista del informe sobre prospección de sulfuros polimetálicos en la zona internacional de los fondos marinos que nos han encargado traducir y se queda mirando asombrada, no comprende el motivo de que Enric me abrace con tanta efusión ni por qué estoy paralizado, incapaz de reaccionar.

—¡Borja nos va a abandonar en nada de tiempo, ya lo verás! —le explica vehemente mi amigo, sin dejarme intervenir—. ¡Le van a publicar su novela en Literatura Random House! ¡Al editor que conozco le ha encantado el manuscrito!

—Ah, ¿que se lo diste a leer antes que a mí? —me recrimina ella.

No sé muy bien realmente por qué se lo pasé a Enric, fue un momento de debilidad, sentí que quizás lo que estaba narrando era demasiado críptico para alguien que no conociera el mundo vasco de los años noventa, quise saber su opinión, me prometió que no se lo enseñaría a nadie, está claro que no ha cumplido su palabra y ahora tengo en mi bandeja de entrada ese mensaje de un tal Claudio López de Lamadrid a quien le han entusiasmado los primeros dieciocho capítulos y quiere hablar conmigo para hacerme una oferta «antes de que se los presentes a ninguna otra editorial».

—¿Por qué se lo enviaste, Enric? Son escritos muy privados, no quiero que anden circulando por ahí —le reprocho, cerrando la puerta para que nadie más en todo el pasillo de la Sección pueda escuchar lo que hablamos. No quiero sobre todo que llegue a los oídos de la gorda Ábalo.

—¿Has visto tamaña ingratitud, Martina? —La indignación estentórea de mi amigo no sé si es auténtica o jocosa—. Pues porque esta vez no vamos a dejar que tú mismo te boicotees tu gran oportunidad de salir de este antro y restregarle un triunfo en las narices a *you-know-who*.

—¿Qué adelanto te ofrece? —La mente práctica de mi compañera ya ha empezado a echar cuentas—. No firmés por menos de tres mil euros. Dejámelo a mí si querés, yo lo negocio por vos. A cambio del cinco por ciento, mucho menos que cualquier agente literaria.

—No voy a publicar nada. Es un desahogo, un ajuste de cuentas… ¡qué sé yo! Además, no puedo aventurar públicamente lo que creo que hicieron esas personas: hoy son otras, tienen hijos… Y las que están muertas no podrían defenderse. Sería arrastrar el apellido de los Gondra por el fango. En Algorta todavía hay gente que los recuerda.

—¡Mirá que sos salame! Se les cambian los nombres como se ha hecho siempre, y en paz.

Martina lee en mi pantalla las palabras del editor sin atender a lo que protesto:

—¡Los reconocerían! Era una familia muy destacada. No puedo contar eso que me pide.

Los dos comprenden perfectamente que me estoy refiriendo a la frase con la que se cierra el último párrafo, antes del saludo afectuoso: «No puedo esperar a leer esa boda trágica. Mándame el capítulo en cuanto lo tengas».

—Querido: no podés hacer buena literatura sin dañar a alguien. Hacéme caso. Con escrúpulos morales nunca escribirás nada de provecho.

—Martina tiene razón, Borja —le secunda Enric, reclinándose contra mi mesa—. Solo has de preocuparte por encontrar el mejor modo de contar esa historia, por nada más. Mejor dicho, sí: por lo que te vas a poner para el estreno en el cine. ¿Qué coño te importa a ti lo que pase con esos que tanto daño os hicieron?

Sí que me importa, y mucho, y ahí radica el problema que mis colegas no alcanzarían a entender si se lo revelase. ¿Cómo podría explicarles lo que pretendo regresando para el 15 de marzo, antes de que venzan los seis meses de prórroga de la concesión? Si al final opto por quedarme, si vamos a tener que convivir viéndonos todos los días por Algorta, ¿hacer público lo que ocurrió no sería reabrir las heridas? El último encuentro con Ainhoa en el cementerio fue difícil, sin embargo creímos encontrar un resquicio para mantener la relación y en enero ella terminó por enviarme eso que lleva semanas sin abrir sobre mi escritorio; si contiene lo que sospecho, fue un gesto de buena voluntad, la respuesta a lo que le había pedido, y hacer una novela con aquel pasado doloroso sería traicionar su confianza.

—Pensálo: el silencio es cómplice de la atrocidad. Mirá que te lo dice una argentina, de eso sabemos pila nosotros. Vos tenés la obligación de testimoniar.

—¡Ah, no, literatura con mensaje, eso sí que no! —se burla Enric con una mueca de horror.

Se enzarzan sobre el sentido que debería tener ese libro que aún no existe mientras yo pienso en las palabras crueles y rencorosas que pronunció Ainhoa con respecto a Enrique, el novio de su hija (*etsaia*, lo llamó, recuperando una expresión del pasado: «el enemigo») y me pregunto si tal vez la única posibilidad de que esos adolescentes tengan un futuro no sería que relatos como el mío caigan en el olvido para que ellos puedan comenzar de cero.

En cuanto oímos acercarse por el pasillo el taconeo inconfundible de «la bruja *on heels*», como la ha rebautizado Enric desde que vio un musical en Broadway en el que salía una arpía «clavadita a nuestra gorda», él se apresura a abrir la puerta de golpe. Demasiado tarde: Silvia Ábalo entra al poco en nuestro despacho hecha una furia.

—¿Qué hacían con la puerta cerrada? ¡Quieren que los amoneste, o qué! ¿No aprendieron nada en la formación contra el acoso? ¡Abierta, siempre abierta! Y tú, Enric, te me vas ahorita mismo a tu despacho, ¿ya?

—¡Sí, señorita Escarlata! —se mofa al salir mi amigo, que desde que ascendió se atreve a todo, incluso a imitar el acento y los contoneos de esclava sureña ante nuestra ama despótica.

—¡Por Dios, Silvia, qué me van a acosar estos dos! —rechaza Martina con una carcajada que pretende desarmarla.

No está la Magdalena para tafetanes: nuestra doña del altiplano ha venido indignada a responderme a la petición que le ha debido de llegar esta tarde por los cauces oficiales y se dirige a mí ignorando por completo la gracieta de mi compañera:

—Tres meses te concedo de licencia especial sin sueldo. Ni un solo día más, ¿ya? Aquí necesitamos funcionarios que trabajen, ¿qué es eso de pedirte un año sabático en Recursos Humanos sin consultarlo primero conmigo? Te guste o no te guste, aún sigo siendo tu supervisora directa.

Arroja teatralmente sobre mi mesa la autorización con su firma y de una ojeada alcanzo a ver que podré estar en Algorta en esas fechas que tanto me importan. Ya veremos qué ocurre después, a lo mejor no regreso a Nueva York, según el notario la indemnización que me corresponde es importante, el Ayuntamiento se saltó algún paso en el procedimiento de expropiación, tal vez ese dinero me sirva para instalarme allí.

—¿A eso se refería Enric? —Martina se ha quedado boquiabierta al escuchar a la jefa y me interroga ansiosa apenas la otra se ha ido bamboleando su orondo culo sobre los *stilettos* de más de mil dólares—. ¿Nos vas a abandonar de verdad? ¿Te vas a dedicar a la literatura?

—No sé lo que voy a hacer con mi vida, Martina. Pero sí que tengo que resolver algo que quedó sin cerrar en su día. Y que necesito una temporada larga allá, en aquel pueblo del que vengo, hasta que decida quién soy de verdad.

—Mirá que sos melodramático vos —se burla ella, antes de arrojarme una de sus pelotas antiestrés—. De todos modos, no sé qué tienen ustedes los vascos con su tierra, que no hay modo de que se desapeguen. Después de los judíos, ustedes son los más cargantes con eso del solar de donde salieron. ¿Es que nunca cortan el cordón umbilical?

—Jamás.

No ha habido ni el más mínimo titubeo en esa respuesta tajante e inmediata que le acabo de dar a Martina porque es lo que he terminado por reconocerme a mí mismo después de todos estos meses sajando la angustia y la culpa a través de la escritura: el corazón de un vasco no elige y yo seguiré siempre regresando a aquella colina sobre el mar y a la carta que en mi huida precipitada no leí, lo mismo que mi antepasado regresó en 1898 de su exilio en Cuba buscando la expiación o el olvido de aquello terrible que había hecho veinticuatro años antes en el caserío originario de los Gondra en una noche de guerra carlista; no, nunca cortaremos el cordón umbilical con esa tierra que cada cierto tiempo vuelve a teñirse de la sangre del hermano, del primo, del vecino. Nunca.

«Tres meses. Suficiente para decidir si la generación de Edurne necesita el silencio o la verdad», me digo mientras tecleo una contestación ambigua y agradecida al editor barcelonés. Le confieso que aún he de encontrar una estructura que dé forma a esos apuntes familiares dispersos que por ahora son solo el embrión de algo, le aseguro que será el primero en leer el libro si es que llego a concluirlo, me despido insinuando que quizá podamos hablarnos una vez que me instale en Algorta.

El viaje en metro de vuelta a ese apartamento que a partir de hoy ya no será mi hogar se convierte en una carrera de obstáculos en la que a cada estación he de ir apartando los recuerdos traicioneros que me asaltan, empeñados en ponerme más difícil lo que ya está decidido: al pasar bajo Bryant Park, es una de las primeras tardes de agosto en que nos citamos allí y al encontrarme leyendo *Voyage au bout de la nuit* en la biblioteca al aire libre me dijo con aquel acento atroz que me iba enamorando «¿Céline, en francés, en verano? *Holy cow!*»; cuando el tren arranca de 66th Street-Lincoln Center es la noche en que, después de aburrirnos soberanamente con cinco horas de *Parsifal* en la ópera, me hizo reír a carcajadas cantándome «Fly me to the moon» mientras nos salpicábamos mutuamente con el agua de los charcos; al salir a la calle en 77th Street y Broadway y pasar por delante del deli de Zabar's, es el primer bagel con salmón y crema de queso que desayunamos la mañana de domingo que por fin pasamos juntos cuando al cabo de tres meses se decidió a dejarme dormir en su apartamento.

En el ascensor, mientras subo sin pronunciar palabra hasta el quinto piso con los vecinos vietnamitas, sus dos niñas observan intrigadas mis esfuerzos por sacarme el anillo que aún sigo llevando en el anular derecho. No, nunca quise casarme con él, cuando al fin se hizo legal en Nueva York fuimos los únicos de nuestros amigos que no corrimos alborozados al Ayuntamiento a solicitar la licencia, ¿para qué, si él cada día llegaba a casa más tarde y en peores condiciones? Pero la sortija idéntica a la suya que me acompaña desde que las intercambiamos aquella tarde de 2000 en el muelle sobre el río Hudson donde nos habíamos conocido el año anterior, una tarde en que nos prometimos seguir juntos y ser fieles sin más testigos que algunas gaviotas distraídas porque un matrimonio entre dos hombres parecía una quimera, ese anillo que ahora no hay manera de deslizar fuera de mi dedo, ese no me lo he quitado nunca, ni un solo día, con la esperanza vana de persistir en la palabra dada. Seo-yun, la pequeña, se refugia asustada entre las faldas de su madre al ver que me he hecho sangre. «*Good night*», se despide educadamente toda la familia en el descansillo.

Sentado sobre la alfombra del salón, con los párpados cerrados y un té en la mano, seguramente poniendo en práctica la meditación que está aprendiendo en la nueva terapia, John parece otra persona. Lo observo un tiempo antes de que abra los ojos; la taza vieja que tiembla aferrada entre sus dedos es el único objeto de Howard que ha sobrevivido a mis casi diecinueve años en este apartamento. Sí, también él debe de estar haciendo un viaje hacia su pasado, hacia el principio, hacia donde se torció todo, hacia ese chico que estaba destinado a ser su verdadera pareja y murió antes de llegar a los veinticinco, segado brutalmente por un sida para el que entonces no había cura. Mejor así: pensar que cada uno hemos sido solo un paréntesis en la vida del otro nos evitará infligirnos mutuamente un dolor que ninguno deseamos ya.

—Me pongo el abrigo y te ayudo a bajar las maletas —se ofrece apenas percibe mi presencia.

Aunque su rostro sigue acusando los estragos, la naciente serenidad de los últimos días hace que aflore a veces el hombre que fue, y las dudas o el remordimiento vuelven a dentellearme la conciencia unos instantes. Demasiado tarde para dar marcha atrás: no quiero engañarme con que esto es una separación temporal, ese consuelo que él se permite yo no deseo alentarlo, y deposito el anillo sobre la mesita baja. Sin un ápice de sorpresa, él hace lo mismo con el suyo y las dos sortijas quedan al pie de la estatuilla que rompimos en nuestra última pelea y él recompuso. No hay ningún simbolismo en eso, por más que John se empeñe:

—Aquí estarán hasta que vuelvas. *Take your time and do your part.* Yo estoy haciendo lo que me corresponde.

El abrazo que sigue es torpe: siento que lo estrecho por primera vez con la presión ligera que usaría para un buen amigo, luego me tenso al notar que él pretende la misma intimidad que han mantenido nuestros cuerpos durante dos decenios, me separo demasiado pronto y su beso queda suspendido en el aire.

En la acera, delante del portal, esperando ese taxi que tarda demasiado y nos obliga a mantener una conversación para la que ya nos faltan palabras, la brisa que sube del río Hudson tiene una tibieza de primavera temprana que acaricia las mejillas. Me abstraigo pensando en todos los detalles prácticos que no hemos concretado (¿hasta cuándo me quedaré con las llaves?, ¿cada cuánto me enviará el correo que siga llegándome a esta dirección?, ¿qué haremos con la cuenta común?) y tiene que tomarme de la barbilla para atraer mi atención antes de confesarme juntando casi sus labios con los míos:

–*I love you. And I want you back in my life.*

No quiero responderle con algo que ya no siento, me parece más honesto el silencio aunque duela, me sigo sintiendo extraño y culpable por no haberle contado nada de mis planes para los próximos meses en Algorta cuando él me ha conseguido a precio de saldo el alquiler de ese estudio en el Lower East Side que sin embargo abandonaré en unos días, la autorización de Silvia Ábalo empieza a correr el 5 de marzo. Tengo un último momento de indecisión, quizás podría quedarme en nuestra casa hasta que emprenda el viaje, tampoco es tanto tiempo.

–*Faggots! Get out of the way!* –El insulto brutal nos sacude como un palmetazo por la espalda y al instante nos giramos rabiosos, dispuestos a golpear ciegamente como aquellas noches en que teníamos que defendernos a puñetazos a la salida de los bares gais. Pero es solo un mendigo borracho que nos sigue increpando porque le estorbamos el paso y las manos quedan en el aire sin necesidad de que nos digamos nada.

Dentro del taxi que me aleja a toda velocidad por Columbus Avenue, intento convencerme de que esa reacción al unísono, ese mínimo segundo en el que hemos vuelto a ser lo que fuimos, constituye solamente el estertor de algo que ya ha dejado de existir, quién sabe cuándo. Si de verdad decido reinstalarme en el lugar de donde nunca debí de irme, será porque no hay lazos que me sigan atando a esta ciudad, a todos estos años de errores y negaciones huyendo de fantasmas. Allá lejos, según vayan transcurriendo los meses, John empezará a desvanecerse como hilo de humo en la sombra y quiero creer que la culpa que hoy me atenaza por abandonarlo a su suerte irá desdibujándose también.

El estudio es apenas una habitación con cocina integrada y baño cuya única ventana presenta una vista deprimente a una escalera de incendios; con su sagacidad de avispado agente inmobiliario, John ha debido de pensar que yo no aguantaría mucho en este cuchitril y retornaría pronto con el rabo entre las piernas. Aplasto a zapatazos una por una las cucarachas que echan a correr enfurecidas por entre mis pies al abrir el frigorífico: el mismo gesto repetitivo y feroz que hice en París cuando me instalé en la *chambre de bonne* para comenzar mis estudios de filología. Nadie podría entender por qué río a carcajadas viendo la escabechina de caparazones negros despanzurrados, ni por qué me encuentro de pronto tan feliz como aquel día inaugural de mi vida en Francia, ni la sensación eufórica que me embarga de estar volviendo a la casilla de salida, ni por qué abro la mochila y, con una seguridad que no he tenido en meses, hoy sí, hoy rasgo las tiras adhesivas y el papel de estraza de ese paquete que no me atrevía a abrir y desperdigo por el sofá cama los sobres que contiene. Nuestro apellido figura escrito conforme a la nueva grafía vasca en el destinatario de todos ellos y reconozco de inmediato el que no quise abrir después de lanzar la Biblia con todas mis fuerzas.

Son tres cartas, fechadas las dos primeras unas semanas antes de la boda y la última, a solo unos días del enlace. El tono no es amenazador: la madre de Ainhoa se limita a recordarle a Juan Manuel el parentesco que les une («Ya sabes, la prima de tu *ama*, mi padre era hermano de tu abuelo»), lo que representa nuestra familia en el pueblo, por qué es importante que demos ejemplo. Se extraña de que no haya contestado a los requerimientos que le han enviado, no comprende que no haya acudido todavía al lugar que le indicaron, «Tú no puedes ser un traidor». En la última aparecen algunas insinuaciones veladas: le felicita por la venta del piso, le pregunta por los negocios del padre de Blanca, deja caer que «Un verdadero Gondra nunca se iría sin cumplir primero con sus obligaciones, no hace falta que vaya nadie a recordártelo, ¿verdad?», termina diciendo «Diez millones de pesetas tampoco es tanto dinero para la gente de vuestro lado». En ningún momento aparecen las siglas asesinas, no se habla nunca de «construcción nacional» ni de «lucha armada», en absoluto se mencionan posibles represalias. Y eso es precisamente lo que me hiela la sangre: descubrir que lo que tengo ante mis ojos no son las misivas que esperaba encontrarme, idénticas a las que recibieron tantos ciudadanos, una extorsión anónima, impersonal, aséptica, sino cordiales cartas familiares enviadas con nombre y apellidos al hijo de una prima porque la mujer que las escribió se sentía a salvo; cartas que sobreentienden complicidad y discreción en el destinatario, que dan por supuesto un «nosotros», que saben que nunca irán a parar a manos hostiles o policiales.

La nota de Ainhoa que las acompaña es muy escueta: «Quédate tú con ellas. Juan Manuel me las entregó para que las destruyera después de leerlas y nos olvidásemos de una vez. No fui capaz».

Vuelvo a doblar las hojas amarilleadas siguiendo con cuidado los pliegues antiguos. Luego me quedo muy quieto, mucho tiempo, escuchando el silencio.

Ninguna voz susurra hoy dentro de mi cabeza.

Citarnos en el frontón había sido idea mía. Le había esperado cada noche en el restaurante Bidegain emborronando servilletas de papel en las que dibujaba obsesivamente flores de loto una y otra vez, pero Ander nunca cruzaba la calle para tomarse un vino amistoso conmigo y se iba acercando el 16 de septiembre, mi último día en Algorta. Miren, su esposa, no me puso ningún reparo cuando finalmente terminé por abordarla en su portal para pedirle el teléfono, aunque me contestó algo totalmente inesperado («Es necesario que habléis, sí, yo también lo creo»). ¿Le había animado luego ella a enviarme su escueto «De acuerdo» en respuesta a mi mensaje? ¿Qué sabía esa mujer sobre nuestro pasado común? Ahora, sentado a media tarde en las gradas modernas de hormigón que habían añadido recientemente, me entretenía en observar a los críos que jugaban a pelota mano mientras iba repasando todas las preguntas que me quemaban en la lengua. Necesitaba conocer la verdad antes de regresar a Nueva York, no habría más oportunidades.

Al llegar a mi lado en lo alto del graderío, Ander me tendió formalmente la mano que le quedaba libre; con el otro brazo sostenía a su hija pequeña, y el esfuerzo le marcaba poderosamente el bíceps que dejaba al descubierto una camiseta negra ajustada. Su cuerpo seguía siendo fibroso: me fue difícil no admirar disimuladamente la masculinidad que apenas se había atemperado con la madurez. Solo los movimientos eran algo más lentos, como si los amortiguase un ritmo interior pausado, muy distinto de la viveza y el nerviosismo que yo le recordaba. También la voz sonaba más monocorde, quizás con una tristeza velada, cuando respondió a mis preliminares de cortesía:

—Se llama Haizea, tiene casi dos años, es muy tímida. No habla mucho, *ezta maitxia?*

La niña escondió la cara en el pecho de su padre y Ander la tranquilizó estrechándola delicadamente. Estuve a punto de confesarle cuánto me estaba arrepintiendo de no haber tenido un hijo; me callé a tiempo. Los gritos de los chavales en la cancha ocupaban el espacio de las palabras que nosotros no encontrábamos. Los dos desviamos la vista y me pareció que ambos nos fijábamos en las letras sobre la pared izquierda: «Herri pilotalekua − Frontón popular». ¿Únicamente yo recordaba lo que tal vez siguiera debajo de la pintura nueva?

—¿Qué le has contado de mí a tu mujer? —Apenas lo dije, me arrepentí de haber sido tan directo, sin embargo él no dio muestra de alterarse.

—Lo que pasó entre tú y yo fueron tonterías que se hacen de joven. Miren lo sabe perfectamente. Fue ella la que me empujó a que te viera.

¿Es que había olvidado lo que hacían nuestros cuerpos y nuestras bocas cada vez que nos encontrábamos? No, no habían sido juegos de adolescentes confusos; la imagen de su espalda sudorosa arqueándose bajo mi pecho nunca se había borrado de mi memoria.

—A mí nadie me curó, ya ves. Sigo siendo el mismo de entonces. Por eso necesito saber exactamente lo que pasó: para dejar atrás por fin todo aquello. ¿Amenazabais a mi hermano? ¿Fue esa la razón por la que te acercaste a mí, para sonsacarme?

—Hubo que hacer lo que hubo que hacer, Borja. En aquella época, la represión era brutal; tú no te enterabas de nada porque vivías tranquilamente en París. Aquí seguían torturando a gente, y no os importaba.

Ese «vosotros» me dejó anonadado, aunque lo pronunciase con desapego, sin virulencia. ¿Quién creía que era yo?

Mi vista no podía apartarse de la pelota de los alevines que chocaba una y otra vez contra el frontis donde veinte años atrás este hombre quizá pintó dianas y nombres y apellidos. Hoy unos críos que no podían saber nada de todo aquel daño corrían despreocupados arriba y abajo de la misma cancha. Y ninguno era hijo de Juan Manuel.

—¿Qué era aquello de lo que no debía enterarme? —insistí, obstinándome en esclarecer algo que me atormentaba más que nunca—. ¿Recuerdas? Me dijiste, en el restaurante: «Es mejor que no sepas nada. Por tu bien, hazme caso».

—Fuiste tú el que nos denunció, ¿verdad, Borja? Por eso no has vuelto en tantos años. —Sus dedos siguieron acariciando imperturbables los cabellos de Haizea con una ternura que yo conocía muy bien—. Me lo hicieron pagar. Y bien caro. Pero no te guardo rencor. Todo ese tiempo en la cárcel me cambió la vida.

—Ander: yo me marché y nunca volví a saber nada. No sé de qué me estás hablando. Te lo juro.

En el artículo que había encontrado sobre él antes de emprender el viaje hablaban de detención preventiva. Luego no quise seguir averiguando más, tal vez había sido ingenuo por mi parte, él tendría su propia versión sobre todo aquello.

—Ya me da igual quién me denunciase. —Tapó los oídos de Haizea, o tal vez solo le arregló el pelo—. Metíais a uno en el *mako* y otros diez se apuntaban a la lucha. Nunca podréis acabar con la voluntad de este pueblo.

Algunos padres vinieron a sentarse en las primeras gradas, alejados de nosotros, y al verlo le saludaron expresivamente agitando las manos. Se conocerían de las reuniones escolares, supuse que los chiquillos pelotaris irían a la ikastola con Saioa, se había convertido en un hombre de familia, ¿qué pretendía yo tratando de desenterrar un pasado en el que él era otra persona? Este tipo endurecido que seguía perorando a mi lado era un absoluto desconocido para mí.

—Esa es nuestra fuerza, lo que no conseguís entender. Porque esto sigue. Tiene que seguir hasta que Euskal Herria sea libre.

—¿No hay nada de lo que te arrepientas?

—¿Se arrepiente alguien de haberme tenido encerrado porque sí, sin juicio, incomunicado durante días? ¿Y de todo lo que vino después? Si no llega a ser por Miren, que nunca dejó de venir a verme, me hubiera vuelto loco. Eso vosotros no lo sabéis, porque vuestra prensa no os lo cuenta. Su familia casi se mata en un accidente yendo a visitar a su hermano, que lo tienen preso a más de mil seiscientos kilómetros. Y a nosotros nadie se nos acerca a pedirnos perdón.

Ander no mostraba indignación ni vehemencia, y era extraño: en su habla solo se traslucían una fatiga y una lentitud que no parecían corresponderse con el dolor enquistado.

—¿Por qué estabas a la entrada de nuestro jardín por la mañana, junto al muro, donde había aparecido aquello? —Reprimí el gesto de tocarle el hombro para que se volviera a mirarme—. Y la tarde en que te encontré aquí, jugando con aquel otro, ¿estabais vigilando? ¿Tú pasabas información?

—No —respondió secamente, sentando a Haizea en sus rodillas—. Yo no hice nada de lo que me acusaban.

Sonaron las campanadas de las seis de la tarde en la iglesia de Nuestra Señora. Esos tañidos metálicos eran lo único que no iba a desaparecer nunca: nuestros odios caerían en el olvido, como terminaron por borrarse los rencores y la sangre que habían derramado nuestros tatarabuelos carlistas y liberales; sin embargo dentro de otros cien años, cuando nadie recordara nuestros nombres ni lo que nos hicimos, otros vascos seguirían oyéndolas en este mismo frontón.

—¿Lo volviste a ver por Algorta? ¿Os cruzasteis en alguna ocasión? ¿Llegaste a enterarte en qué se había convertido? —Mientras yo desgranaba interrogantes, Haizea iba perdiendo la vergüenza y me observaba con curiosidad. Acabó por tender sus deditos hacia mí, y tuve que contener el instinto de hacerle una carantoña.

—Tu hermano no fue el único que sufrió el conflicto. Aquí todavía hay muchas cuentas por saldar. Se fue porque quiso y pudo volver cuando le dio la gana, a él nadie le deportó. ¿Qué pretendía entonces viniendo todas las mañanas a verme trabajar, cuando por fin el Ayuntamiento me consiguió ese puesto de jardinero? No decía nada, pero ahí estaba cada día, sentado en un banco, como si yo… Dejadnos en paz de una vez.

—¿A eso has venido hoy? —aventuré con la misma tristeza y con el mismo hartazgo que había en su queja—. ¿A decirme que me calle y me largue?

La niña balbuceó algo ininteligible señalando a los jugadores al tiempo que tironeaba de la barbilla a su padre. Ander besó la cabecita antes de contestarme:

—He venido por si querías pedirme perdón. Porque ahora empiezan a hablar mucho por ahí de encuentros y reconciliación y todo eso; siempre exigiéndonos que el paso lo demos nosotros. Y mientras tanto, vosotros no os movéis ni un milímetro. Así, ¿cómo queréis que haya paz?

—Yo no escribí en ninguna pared *Herriaren etsaia*, ni *Escucha: pim pam pum* —repliqué—. ¿De qué tendría que arrepentirme?

Ander levantó a Haizea en sus brazos y se puso en pie. La cría daba palmas, excitada por los gritos de los pelotaris, mientras su padre me recriminaba:

—No sirve de nada que hablemos. No quieres comprender que hubo que hacerlo y que ya hemos pagado un precio muy alto. En este pueblo estamos todos muy orgullosos de ese pasado: sal ahí afuera y mira los carteles que pegaron en las fiestas. No somos nosotros los que sobramos. Y no, nunca vamos a dejar que nos humilléis.

Con la mano que tenía libre extrajo dificultosamente del bolsillo un sobre muy sobado. Me fijé en que le temblaba el pulso al apartar del papel amarillento los dedos de Haizea, que lo aferró con fuerza y a punto estuvo de rasgarlo antes de que él me lo tendiese.

—Tu hermano le dio esto a don Julen para que me lo entregara, antes de empezar a perseguirme. Vosotros sabréis qué quería decir. Y no vuelvas por mi casa. Tú no tienes hijos, no puedes entender nada.

Al llegar al pie de las gradas se detuvo un momento a saludar a los otros padres. Después, apenas depositó a Haizea en el suelo, supe perfectamente lo que iba a hacer y no quise verlo. Aunque bajé precipitadamente los escalones apenas él entraba en la cancha con sus andares lentos, no logré salir a tiempo del frontón: aún llegué a oír su voz pidiendo a los chavales que le dejaran hacer un saque, y luego el sonido de la pelota chocando brutalmente contra una pared desnuda, limpia, nueva.

Esa noche no escribí nada en el cuaderno: ¿para qué seguir tratando de arrancar frases a la memoria cuando tenía ante mí palabras de puño y letra de Juan Manuel?

«Se acaba el tiempo del sueño. Y habrá que empezar a contar», había garabateado mi hermano con su caligrafía dificultosa en la nota arrugada que contenía el sobre.

No, no era Ander quien iba a entender esa petición extraña. Ni quien estaba en disposición de responderla, porque su sueño no había terminado todavía.

«Pero haría falta un arrojo que tal vez yo no tenga», pensé, acariciando la urna que tendría que enterrar en un par de días a solas, sin nadie que viera nuestra derrota.

Don Julen se negó a darme más explicaciones cuando a la mañana siguiente me presenté en la sacristía, al terminar la misa:

—Tu hermano murió en paz, es lo único que puedo decirte.

—No tan en paz, padre. Después de esa nota me escribió a mí páginas y páginas en las que vomitaba su amargura.

Las manos temblonas del viejo cura aferraron las mías con una fuerza insospechada en su cuerpo enjuto y vencido por la edad; luego tiraron de mí para que sus labios pudieran susurrarme muy de cerca:

—Juan Manuel se equivocó en muchas cosas, sin embargo supo entender el sacrificio que le pedía el Señor. No comprendería que hoy tú destrozases lo que tanto esfuerzo nos costó.

—No era el silencio lo que él quería —protesté.

—¿Te crees que es fácil reconstruir los puentes, lograr que la gente vuelva a hablarse? Tú no sabes el trabajo que estamos haciendo en las parroquias, hijo.

No, yo no sabía nada de eso y tampoco me era de ninguna ayuda. Cualquier reconciliación me había resultado imposible y a estas alturas solo aspiraba a conocer la verdad antes de irme, en dos días. Estaba claro que no iba a obtenerla de este anciano que de nada se arrepentía. Traté de deshacerme de sus dedos sarmentosos; él me lo impidió para añadir con su rostro casi pegado a mi oído:

—Vuestra prima fue una de las primeras que quiso asistir a un encuentro que organizamos aquí, en esta iglesia, tuvo la valentía de dar el paso, ¿quién eres tú para decirle ahora que sus cenizas no se pueden mezclar con las vuestras?

—¿Ainhoa pidió perdón a mi hermano aquí, en público, delante de gente? —exclamé atónito, mientras don Julen miraba con aprensión hacia la puerta de la nave, por si quedaba alguna beata rezagada que hubiera podido enterarse—. No es posible, me lo hubiera contado.

—No se trata de pedir perdón. Es algo mucho más difícil: escuchar al otro, no juzgarlo. Yo no puedo contarte más. Solamente te digo que seas generoso como lo hubiera sido Juan Manuel, aunque no lo entiendas.

Fue al salir de la floristería, al caer la tarde, cuando finalmente terminé por rendirme. Había escrito y tachado y vuelto a escribir y vuelto a tachar hasta cinco veces el texto que quería para la cinta de la corona funeraria, incapaz de decidirme: «Tu familia», «Tu hermano», «Los Gondra», «No te olvido», «Te recordaremos». La dependienta, perdida la paciencia, me formuló a bocajarro una interrogación a la que no supe contestar («¿Pero tenía o no tenía más familia?») y después no entendió que a la postre optase por no poner nada. «No supe ser el guardián de mi hermano, ¿qué sé yo quién hubiera querido él en su entierro?», me dije sacando el teléfono móvil que nunca había reparado.

Ainhoa solo respondió: «De acuerdo, allí estaremos mañana». No insistió en el traslado de los restos de los suyos, era obvio que ya no había tiempo de organizarlo; ni siquiera me hizo preguntas cuando le confié que había firmado una prórroga de la concesión de la tumba por seis meses, el máximo que permitía el Reglamento («Hasta el 15 de marzo del año próximo; si para esa fecha no han regularizado el pago completo, perderán el derecho a renovarla, no se duerman en los laureles», me habían prevenido en las oficinas del cementerio), colgó enseguida sin una palabra.

¿Cuánto tiempo tuve entre mis dedos aquella noche la cesta rota que no pertenecía a nuestra rama de los Gondra, pasando y repasando mis yemas por las varas astilladas y la flor de loto y las iniciales que se iban desdibujando sobre el taco? Alguna vez tendrían que volver las sombras a las sombras y dejarnos a los vivos que tomáramos decisiones con las manos vacías. ¿Había llegado ese momento?

Cuando la luz tenue del amanecer lluvioso empezó a filtrarse por entre las cortinas, escribí en la última página del cuaderno: *Esku hutsak*. Sí, así me iría al día siguiente de Algorta: con las manos vacías.

—Pensé que a lo mejor te habías arrepentido en el último minuto —me susurró Ainhoa guareciéndome bajo su paraguas tan pronto como llegué al pie del panteón abierto, donde ya me esperaban alarmadas con los enterradores y don Julen. Me dio vergüenza confesarle que se me había hecho tarde buscando por todo el pueblo papel de regalo con el que envolver lo que finalmente llevaba bajo el brazo en una bolsa de supermercado, me limité a denegar con la cabeza mientras el sacerdote iniciaba el responso.

A lo lejos se oía el mar batiendo contra el acantilado y a ratos me parecía discernir, confundidas con el rezo y la furia de las olas, protestas airadas de antepasados que me recriminaban la presencia de esas dos mujeres. Las rachas de viento traían voces entrecortadas que insinuaban con distintos acentos el mismo vocablo repetido en ambos idiomas: *traidorea,* «vendido». Las recriminaciones redoblaron apenas entregué la urna a las manos negras de Edurne para que fuera ella quien la depositara en el nicho. Después los operarios corrieron la losa, dejamos de ver el hueco y las imprecaciones se fueron acallando para dejar paso al murmullo monótono de la lluvia encharcando la tierra.

—No he decidido nada —puntualicé a Ainhoa, cuyos ojos no se apartaban de la lápida en la que el último nombre de la lista de Gondras era el de mi madre, no había habido tiempo de añadir el de Juan Manuel—. Pero te he traído algo. Creo que sois vosotras quienes deberíais tenerlo.

En lugar de contestarme, le cedió el paraguas a Edurne y se agachó para moldear una pequeña pella con el barro que se había ido formando al pie de la piedra centenaria.

—Llévate esto a Nueva York, Borja. —Me entregó la masa húmeda y fangosa—. Es lo que hizo tu hermano, cuando tuvo que irse. Vino aquí y arañó un puñado de tierra. «Para no olvidar nunca de dónde venimos», me contó.

«De aquí vengo y aquí volveré un día, yo también», supe inmediatamente al sentir el tacto frío entre mis dedos. «Y ellas, si encontramos la manera de deshacer el último nudo.»

Arreciaba el chaparrón y don Julen echó a caminar con sus andares dificultosos por entre la hierba que se embarraba. A una seña de su madre, Edurne corrió a ayudarlo tomándolo del brazo. Los enterradores se apresuraban chapuceramente, dándose órdenes desabridas uno a otro en polaco, o tal vez rumano, para acabar cuanto antes el cierre de la tumba. Aunque no era como lo había previsto durante mi noche en vela, quise que fuese allí donde Ainhoa recibiera aquello que podía ser un final y un principio; sin embargo, resultó grotesco tenderle una bolsa grasienta y chorreante de Supermercados Eroski mientras trataba de imprimir alguna dignidad a mis aclaraciones:

—No sé por qué estaba en la casa, cómo llegó allí, quién la ocultó durante tantos años. Tampoco sé nada de todo eso que empezaste a contarme el otro día. Me hubiera gustado que alguien se la hubiese devuelto a tu madre, o a tu abuela, hace años. No fue así, y a pesar de todo, quisiera creer que no es demasiado tarde.

En las manos emocionadas de mi prima, la cesta rota temblaba como un pájaro moribundo: las varas de castaño astilladas parecían aletear bajo los goterones del aguacero, hasta que Ainhoa terminó por introducir sus dedos en lo que quedaba del guante roído con una destreza que me hizo pensar que alguna vez habría jugado a cesta punta y cobijó delicadamente bajo su impermeable aquella reliquia arruinada. Después se colgó de mi brazo sin decir más y nos alejamos a paso rápido hacia la salida del cementerio protegiéndonos como podíamos de las ráfagas de agua que nos azotaban sin cesar.

No hubo muchas más palabras entre nosotros aquel último mediodía en Algorta. Junto a las rejas de la entrada, montado en una motocicleta, un muchacho muy joven esperaba empapándose bajo la lluvia espesa. A pesar del casco, reconocí enseguida a Enrique, el novio de Edurne, y mi prima también lo reconoció. Madre e hija se enzarzaron inmediatamente en una agria discusión en euskera y cuando creí distinguir aquellos términos del pasado, «*etsaiaren semea*», me pregunté si esos seis meses que habíamos ganado serían bastantes para cerrar las heridas. ¿Cuánto tiempo nos haría falta aún para que nadie volviera a pronunciar «hijo del enemigo»?

A la mañana siguiente, en el aeropuerto, Ainhoa únicamente apuntó, al abrazarnos por última vez:

—En cuanto las encuentre, te las envío. Ya te lo imaginas, ¿no? Es de justicia que seas tú quien decida qué hacer con todo eso.

No, no sabía a qué se refería, y sin embargo no dije nada. En el avión, mientras apretaba en el puño el barro de la pella que se iba secando, solo podía pensar en que los aduaneros no me confiscasen esa tierra extranjera al llegar a los Estados Unidos. Por primera vez, mentí en un formulario de inmigración.

De: borjaortizdegondra@gmail.com
Para: claudio.lopezdelamadrid@literaturapenguinrandom-
house.com
Asunto: Novela «Nunca serás un verdadero Arsuaga»

Querido Claudio:

Perdona el silencio de estas semanas. Te escribo para decirte
que no creo que podamos publicar la novela de la que hablamos y que me ofreciste con tanta generosidad. Llevo borradores
y más borradores tratando de escribir el capítulo que me pediste, el número 19, en el que tendría que contar la boda, y no lo
consigo. ¡No sabes cuántos se han ido a la papelera! Sigue siendo demasiado doloroso rememorar todo aquello y no logro
encontrar la distancia necesaria para convertir en literatura ese
montón de recuerdos. Pensé que al instalarme en Algorta podría hacer las paces con todos los fantasmas que me atormentaban, pero no ha sido así. Lo que está pasando con mi prima, con
su hija, con la gente que nos conocía… nada está siendo fácil.
Quizás sea demasiado pronto aún.

Paso el tiempo releyendo continuamente lo que anoté en
mi diario en los días siguientes a regresar a París y me doy
cuenta de que es imposible reproducir esa verdad si no la cuento en primera persona, como unas memorias. Sin embargo,
¿qué derecho tengo yo a sacar a la luz mi sospecha de lo que tal
vez hicieron otros? ¿Tendría sentido que le pidieses a mi prima
Ainhoa su versión de lo que ocurrió y presentáramos los dos
testimonios juntos en un solo libro? No sé, a lo mejor así con-
siguiésemos cerrar esta dichosa herida.

Como ves, estoy muy perdido. Espero tus noticias sobre esta nueva posibilidad. Por ahora, voy a ir trascribiendo mis notas, que andan manuscritas y desperdigadas por el menú del banquete, varios papeles de envolver bocadillos, los billetes del tren a París y algunos cuadernos viejos, aquellos *cahiers de brouillon* que usábamos por entonces en la universidad.

Un abrazo grande,

Borja

16 de mayo

Todavía no sé muy bien cómo ha ocurrido.

«Si no vas a defendernos, lárgate y no vuelvas nunca», no puedo quitarme esas palabras de la cabeza.

No hay autobuses a Francia hasta mañana, voy a tener que pasarme la noche aquí, en la estación. Pero no pienso regresar a la casa.

Nunca.

«¡Maricón, no te da vergüenza!», eso me ha dicho papá.

No puede haber vuelta atrás, esto se ha acabado, no quiero saber nada más de ellos.

Ni de nadie, que se maten entre sí.

«*Gora ETA militarra!*», gritaba la muy bestia. Yo ya la había reconocido, desde que la he visto disfrazada de boda. ¡Presentarse con todos esos, qué coño pretendía!

«Tú nunca serás un verdadero Gondra. No eres capaz ni de tener un hijo», ¿quién se ha creído que es mamá para soltarme eso?

No, claro que no voy a tener hijos. Jamás. ¿Es que no pueden entenderlo? ¡No pienso ser un desgraciado que se tiene que escapar los sábados por la noche a los aparcamientos de Hendaya o Biarritz!

Y el cobarde de Ander, ¿qué hacía por la mañana ahí, junto al muro, donde el círculo pintado? ¿Quería meter miedo?

¿O terminar lo que habían empezado? ¡Y venirme después con esas en el restaurante!

Mi hermano es idiota. ¿Qué pensaba, que podía beberse todos esos güisquis y no se iba a notar? ¡Si hasta las tías Solaguren se han dado cuenta, no paraban de comentarlo!

¿Por qué iba a tener yo que aguantar las impertinencias que me ha soltado Blanca? ¿Quién se cree? ¡Meterse con lo que hago o dejo de hacer, como si ella pudiera ir dando lecciones! ¡Ella, que le ha empujado a Juan Manuel a largarse, todo el día repitiéndole eso de «a un lugar sin bombas y sin tiros en la nuca»!

No pienso devolver un duro. Me lo cobro como herencia y que se queden con el resto.

No voy a regresar en la vida.

¡Decirme que soy la vergüenza de la familia, que todo Algorta sabe lo que hago por las noches, que me largue y me quite el apellido!

Pues claro que me voy a largar.

Que no se preocupen, ni siquiera voy a pedirles que me envíen las cuatro cosas que me he dejado.

¿No ha dicho que no querían saber nada de mí nunca más? ¡Pues eso es precisamente lo que van a tener!

17 de mayo

En el tren, camino de París. Sigo dándole vueltas y más vueltas a todo lo que pasó ayer y no comprendo nada.

La bronca con Juan Manuel en su dormitorio, cuando entré a que me atara los gemelos del abuelo que no conseguía encajar en los ojales. ¿Por qué estaba tan nervioso y me gritó eso de «Vete al frontón, mira lo que han pintado y luego me das lecciones tú a mí», al tirar el vaso? ¿Cómo pudimos enzarzarnos y por qué me llamó «maricón» y «enemigo»? Vale, a lo mejor no era el momento de soltarle lo que le solté, a solo una hora de salir para la iglesia, pero ¿por qué tengo que callarme siempre yo y tolerar que me insulten por hacer lo que hago? ¿Y qué era la carta esa que me arrojó a la cara justo antes de que me largase con un portazo? ¿La que estaba más tarde sobre la mesilla de papá, cuando volví por última vez a la casa?

Y luego mamá, cuando le dije que no estoy enfermo, que lo que hago es normal, que en muchos sitios del mundo a nadie le importa nada, ¿por qué me chilló «No, eso que hacéis en la cama no es normal, no pretendas que lo acepte porque gente como vosotros aquí no la queremos»? ¿No me había insinuado la semana pasada que si me callaba y seguía en el armario, todo era posible? ¿Qué le contó Juan Manuel en la habitación cuando fui a terminar de vestirme? ¿Y cuándo vio ella lo que habían pintado en el muro? ¿A eso se refería cuando me dijo que soy un cobarde que no es capaz de defender a su familia? No sabemos lo que era. Podía ser el círculo de una diana sin terminar o podía ser cualquier otra cosa. No habían escrito ningún nombre, ningunas iniciales, ¿de dónde se sacó mamá que era contra Juan Manuel o contra mí? El pueblo entero está lleno de paredes pintarrajeadas, la noche del viernes no pararon todos esos *abertzales*, nuestra casa no es ninguna excepción.

¡Y papá, que me soltó que le devolviera las alianzas, que yo no era digno de llevarlas hasta el altar! No sé por qué me empeñé en seguir discutiendo; menos digno es él, que ni siquiera tiene el apellido y ha vivido todos estos años del dinero que quedaba de su suegro. A pesar de todo lo que nos habíamos dicho, me monté en el coche con ellos, cualquier otro ni hubiera ido a la iglesia, y encima conduje yo, porque él estaba tan alterado que nos hubiésemos salido en cualquier curva. No soy ese bestia que me hicieron sentir. No lo soy. ¡Si hasta bajé la cuesta a la mayor velocidad que pude para que Juan Manuel no viera nada de lo que había en el muro! ¡No atropellé a Ander y al otro de casualidad, porque se apartaron a tiempo!

Estaba yo como para acordarme del arroz… ¿Es que Blanca no se dio cuenta de que a la salida de la iglesia todo el mundo andaba mucho más preocupado por los energúmenos aquellos que coreaban algo desde el frontón? Nadie sabía muy bien qué era eso que habíamos escuchado antes de entrar, a muchos les había parecido una explosión, o cristales rotos. Y cuando acabó la ceremonia, yo no quitaba ojo a Ainhoa, esa tía está loca, todavía no entiendo a qué vino. ¿Por qué estaba en primera fila con esos dos, los mismos de la víspera, cuando Juan Manuel se bajó del coche? No me extraña que él le dijera a mamá que alguien la echara.

18 de mayo

El teléfono ha estado sonando toda la tarde en la *chambre de bonne*, pero no pienso descolgar. No dejan ningún mensaje en el contestador. Harto, estoy harto de todo esto.

Mañana mismo le pido a Élise que vuelva a prestarme dinero, qué más le dará a ella, su padre le pasa todos los meses un buen cheque, la academia es carísima.

19 de mayo

No dejo de pensar en lo que ocurrió en el restaurante y cada vez es todo más confuso. Tuvo que pasar algo desde que terminó la ceremonia hasta que llegamos allí, tuvieron que verse y decirse algo; si no, no tiene sentido que esa bestia de Ainhoa se pusiera como se puso después. Sin embargo, cuando al salir de la iglesia me negué a posar para las fotos de familia y me senté en el atrio, estoy seguro de que la vi bajarse al frontón. No sé qué hacían allí todos aquellos bestias gritando, ¿para qué se habían concentrado? Claro que luego, mientras buscaba a alguien que me llevara al restaurante en coche, la perdí de vista. Para mí, que esa vino a provocar. ¿Cómo se le ocurre berrear delante de todo el mundo «Algo habría hecho, ETA nunca se equivoca»? Ya llevaba un buen rato incordiando a todos los comensales de su mesa con sus proclamas, la primera vez que bajé al baño había dos señoras escandalizadas con lo que estaban oyendo, hasta me preguntaron cómo se nos había ocurrido invitarla. ¡Y decirle a mi hermano que se fuera él, que ella tenía mucho más derecho a estar en ese lugar, ella sí era una Gondra que cumplía con su deber y con el pueblo vasco! ¿Qué andaba cuchicheando con Ander al principio, durante el cóctel, cuando los pillé juntos en el pasillo con ese otro, el que se había colado? Debió de ser ahí cuando Blanca me vio con ellos, ¿qué le contó luego a Juan Manuel para que se pusiera así conmigo? Si él no me hubiese gritado de esa manera delante de todo el mundo, yo tampoco habría tenido que defenderme. Todavía tengo sus palabras grabadas: «¡Lárgate con ella y con tus amiguitos y déjanos en paz, maricón!». ¿Qué querían, que me hubiese quedado allí, bien calladito, tomándome el lenguado a la *meunière* en la mesa presidencial como si nadie me hubiese espetado eso? Fue mamá la que me dijo «Vete». No me dijo «Cállate». Me dijo «Vete». Vale que yo me puse como me puse y les solté lo que les solté, pero fueron ellos los que me echaron. Delante de todos los convidados. Y soy el primogénito. Me trataron igual que a esa loca de Ainhoa, a esa salvaje que tuvieron que sacar a rastras los camareros cuando empezó a gritarnos «¡Fascistas!» y «*Txakurrak!*» y «¡Traidores!» y «¡Pagad lo que debéis, cabrones!». Por más memoria que hago, no consigo recordar cómo empezó la bronca, algo debió de ocurrir mientras yo estaba en el baño tratando de sonsacar a Ander, porque al volver al comedor ya sentí el ambiente enrarecido, me sorprendió que ni Blanca ni Juan Manuel estuviesen en la mesa, era extraño que los dos novios se hubiesen ausentado al mismo tiempo, pensé que a lo mejor habían ido a comprobar algo de la tarta, solo recuerdo a la tía Josefina quejándose a mamá de las burradas que estaba soltando «esa sobrina lejana vuestra», ahí tengo un vacío porque cuando empezaron los murmullos y luego los gritos en las mesas del fondo, papá y yo seguimos hablando con los padres de Blanca, pretendiendo que no ocurría nada. Y por más vueltas y vueltas que le doy, no estoy seguro de que esos que vi, los que esperaban apoyados bajo el letrero de letras rojas cuando salí corriendo del restaurante, fuesen los mismos que estaban con

Ainhoa el viernes por la noche; a lo mejor solo me lo pareció a mí, ya veía fantasmas por todas partes. ¿A qué estaban esperando?

A veces pienso que en realidad da igual, porque yo me hubiera tenido que ir de todas maneras, antes o después.

20 de mayo

Siguen las llamadas que no dejan mensaje. Ahora telefonean por la noche. No pienso descolgar.

21 de mayo

Hoy no ha sonado el teléfono. Mejor.

22 de mayo

Una amiga de Carole conoce a alguien que hizo las oposiciones y trabaja en Nueva York, a lo mejor me puede poner en contacto con ella. Segundo día sin llamadas.

23 de mayo

Se lo he contado a Élise, ella dice que yo tendría que haber bajado al frontón, a ver lo que estaban haciendo todos aquellos, antes de irme para el restaurante, que podía haber avisado a mi hermano. Pero iba vestido con un chaqué, era ridículo meterme entre esos *abertzales*, muchos invitados se habían percatado de que no estaba posando en las fotos, algunos cuchicheaban, si me hubiera escapado al frontón se habrían dado cuenta. Y además, ahora empiezo a pensar que no fue en ese momento, que tuvo que ser la noche del viernes. En la cama me pareció escuchar que Juan Manuel entraba de madrugada en la casa, tenía que ser él, cuando yo llegué la luz del dormitorio de papá y mamá estaba encendida. ¿Dónde anduvo metido hasta esa hora? Por la tarde mamá dijo que Blanca no lo encontraba por ningún sitio. O sea, que tuvo que ser la noche anterior, no al salir de la iglesia. Porque él me dijo «Vete al frontón y luego me das lecciones tú a mí» en casa, a la mañana, cuando estábamos vistiéndonos. Entonces no lo entendí, ahora no paro de pensar en esa frase y en la carta que se quedó por el suelo mientras nos gritábamos. Si me volvieran a telefonear… No sé, si él me llama y me explica… A lo mejor cuando regresen del viaje de novios. Hoy tampoco ha sonado el teléfono.

25 de mayo

Vomitando todo el día. Sin dormir desde ayer, más de veinticuatro horas. ¿Y si me equivoqué? El teléfono por fin ha sonado, pero era el que conocí la noche antes del viaje. Le he colgado.

26 de mayo

Sylviane me ha conseguido tranquilizantes. He podido dormir algo, muy poco. Vomito todo lo que intento tragar. El teléfono sigue mudo.

1 de junio

De vuelta en casa. Sylviane y Julie me internaron el miércoles por la noche, parece ser que solo fue una crisis de angustia, aunque me han tenido cuatro días en observación en el hospital. La doctora Chaumié me ha puesto medicación y se empeña en que empiece un tratamiento con un psicólogo. Ni hablar.

Han reemplazado el cristal roto de la ventana y mañana Élise traerá un teléfono nuevo.

3 de junio

He llamado a Algorta, pero he colgado antes de que contestaran. Todavía no soy capaz.

Ha salido la convocatoria oficial de las oposiciones.

7 de junio

En el último momento me he echado atrás. Estaba en el borde del andén, creía que decidido a hacerlo, había solo dos o tres personas en la estación, era el último metro, el vagón ha entrado por el túnel y de pronto he visto de lejos a la conductora y ya no he podido. Luego me he sentido muy absurdo pensando en las precauciones que había tomado para que no pudieran avisar a nadie, eso de haber salido sin documentación y con la cabeza rapada. Ni para eso tengo valor. Ellos tenían razón. Un cobarde.

9 de junio

Finalmente, entre Sylviane, Julie y Carole me han conseguido el dinero. Mañana me apuntaré. Es lo mejor.

He empezado una carta, luego la he roto. Hasta que no esté seguro de qué decirles, no tiene sentido hacer nada. Si al final no apruebo, si no lograra irme a Nueva York...

16 de junio

Un mes ya.

A veces, andando por la calle, la sensación de que se abre una grieta en el asfalto y no podré hacer nada, no lograré cruzar al otro lado.

O de encontrarme en cualquier momento lo que les pasaron la noche anterior a los tres que estaban vigilando, cuando empezaron las carreras: ¿un espray, una botella, un trapo empapado en gasolina?

Gritándole a mi padre que quien acabaría solo y loco sería él, que se había ganado el desprecio de sus hijos; echándole en cara a mi madre que en todo caso la culpa sería suya por hacerme como soy; deseándole a mi hermano que ojalá no tuviesen hijos, porque ellos sí que tendrían de qué avergonzarse.

Bramando «¡Arruinados!» y «¡Pobre alcohólico!» y «¡Patéticos!» delante de ciento veinte invitados y luego, llorando como un imbécil encerrado en el baño.

Corriendo desquiciado por Algorta para regresar a por mi maleta entre las burlas y los cuchicheos de las viejas que se cruzaban conmigo.

El último momento en la casa, cuando rompí el espejo del armario centenario con la Biblia de papá que lancé con todas mis fuerzas antes de irme y que se desencuadernó por completo. ¿Cómo pude no leer la carta que ahora estaba sobre su mesilla? No se me va de la cabeza que me pareció ver el apellido en el sobre como lo escriben actualmente, no como lo hemos escrito nosotros siempre.

Ainhoa recibió el espray, o la botella, o el trapo empapado. Tuvo que recibirlos. Y algo tuvo que hacer con ellos por la noche. La pesadilla de que se encontrase con Juan Manuel.

Esos bestias parecían dispuestos a todo.

Que mire hacia delante, me dice el psicólogo de la Sécurité Sociale: «*De l'avant, toujours de l'avant*». Es un idiota que no entiende nada, pero al menos me firma los informes para las recetas.

4 de febrero

Empaquetando las últimas cosas, han aparecido en una caja los cuadernos de lo que empecé a escribir los primeros años aquí, cuando escuchaba aquella voz extraña. Los he tirado todos, no me llevaré ninguno a Nueva York. ¿A quién le iba a interesar esa historia decimonónica de carlistas vascos que pegaban tiros a pelotaris liberales porque no pagaban el tributo a los rebeldes?

Sylviane se quedará con la lavadora, no sé cómo vamos a bajarla los seis pisos sin ascensor sin que se entere la casera.

No hubiera querido contar, pero al final he contado como pediste, lo que he podido y lo que he sabido, horadando el silencio en un empeño que habrá de terminar aquí, donde todo comenzó y donde muy pronto volverá a empezar todo de otra manera.

Sentado junto a esta piedra que volverá a abrirse mañana, ahora que solo oigo el rumor de las olas en el acantilado porque las voces ya no susurran nada y ninguna me llama más «fabulador» ni «*traidorea*» ni «mentiroso», vengo a decirte, hermano, que nadie sabrá nunca cuánto había de testimonio y cuánto de ficción en ese libro que ya no existirá. Nuestra historia quedará en sombra y duermevela, un cuento entretejido en noches de insomnio para quemar la memoria de la herida. Únicamente tú y yo sabremos cuál fue el dolor real, si es que lo hubo. Y sé que tú entenderás lo que he decidido hacer a pesar de las protestas de Claudio, un editor de Barcelona que insiste en que me equivoco por completo.

Sopla el viento y cae la tarde y paso los dedos sobre los nuevos nombres que mandé grabar esta semana en el mármol centenario y quiero creer que las dudas quedan atrás. No, no ha sido fácil el regreso, y me gustaría contarte la amargura de los primeros días, cuando empecé a percibir miradas de reproche apenas se corrió la voz de que iba por Algorta preguntando por ti a gente que había participado en los encuentros, y la frustración porque siempre rehuían contestarme hasta que la viuda del concejal que mataron, ya sabes, la madre de Enrique, ese chico que sale con Edurne, fue franca e indiscreta conmigo. ¿Cómo iba a haberme imaginado yo que te ibas sin ningún puesto de trabajo y que luego mentiste a tu mujer hasta que se te agotó el dinero del piso? Ainhoa no ha querido confirmarme nada, no tengo manera de constatar qué hay de cierto, no será ella quien me cuente por qué tu suegro tuvo que salir corriendo igualmente y llevarse el negocio fuera; las cosas no están siendo sencillas desde que le mencioné la posibilidad de que escribiera también, «A nadie le importa» es la frase a la que se aferra.

Nada ha sido como lo esperaba, y apenas llegué ya discutimos por el destino de las cartas que te envió su madre, no quería aceptar que Edurne las leyese antes de destruirlas. Pero para poner la nueva concesión a nombre de esa cría, yo necesitaba que antes ella supiera. Me la llevé a la playa de Arrigunaga y le pedí que las quemara sobre la arena cuando las hubiese terminado. Al acabar de leerlas, esa adolescente que apenas había oído hablar de ti empezó a hacerme preguntas una detrás de otra, quería conocerlo todo, y yo le conté lo que pude y lo que he llegado a saber.

No, no habrá ningún libro ni nadie leerá nuestra historia fabulada ni la de nuestros antepasados cainitas porque a quien había que contárselas ya las escuchó mientras ardían las cartas como en su momento debió de arder sobre las arenas frías aquella novela, y arrojaré ahí abajo, dentro de la tumba, todas estas páginas dispersas al tiempo que Ainhoa depositará la cesta rota y los restos de su madre y su abuelo, eso es lo que he decidido y quería que supieses. Será mañana, el 15 de marzo, y darán comienzo así otros ciento veinte años y quizás, por fin, los días del olvido.

Y ahora que anochece y van a cerrar el cementerio, me levanto y camino alejándome hacia la entrada y ya no sé si a mi espalda es el viento o es tu voz quien parece susurrar: «Nada de todo aquello fue cierto. Solo las heridas son reales».

Cruzo la verja, y estoy fuera, y empieza el tiempo en el que dejarás de soñarme.